若松賤子の生涯とその文芸

女性、子どもへの愛に生きて

宮本沙代　著

聖学院大学出版会

若松賤子（わかまつ　しずこ）
元治元（1864）年３月１日～明治29（1896）年２月10日
本名：幼名：松川甲子（かし）、通称：島田嘉志（嘉志子）、
嫁して巌本姓となる
出典：国立国会図書館「近代日本人の肖像」
（https://www.ndl.go.jp/portrait/）

賤子と子どもたち
右から　長男・荘治、次女・民子、長女・清子。
出典：フェリス女学院歴史資料館蔵

染井墓地の賤子と善治の墓
都立染井霊園（東京都豊島区駒込）　撮影：筆者

「明治女学校之址」碑
巣鴨庚申塚
（東京都豊島区西巣鴨）
撮影：筆者

巖本善治（いわもと　よしはる）
文久３（1863）年６月15日～昭和17（1942）年10月６日
出典：フェリス女学院歴史資料館蔵

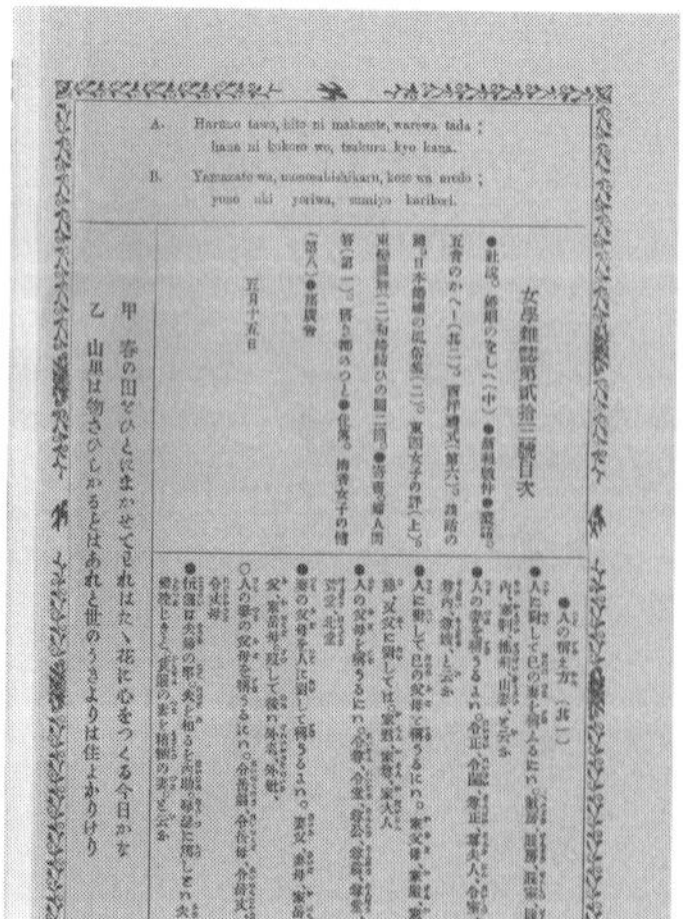

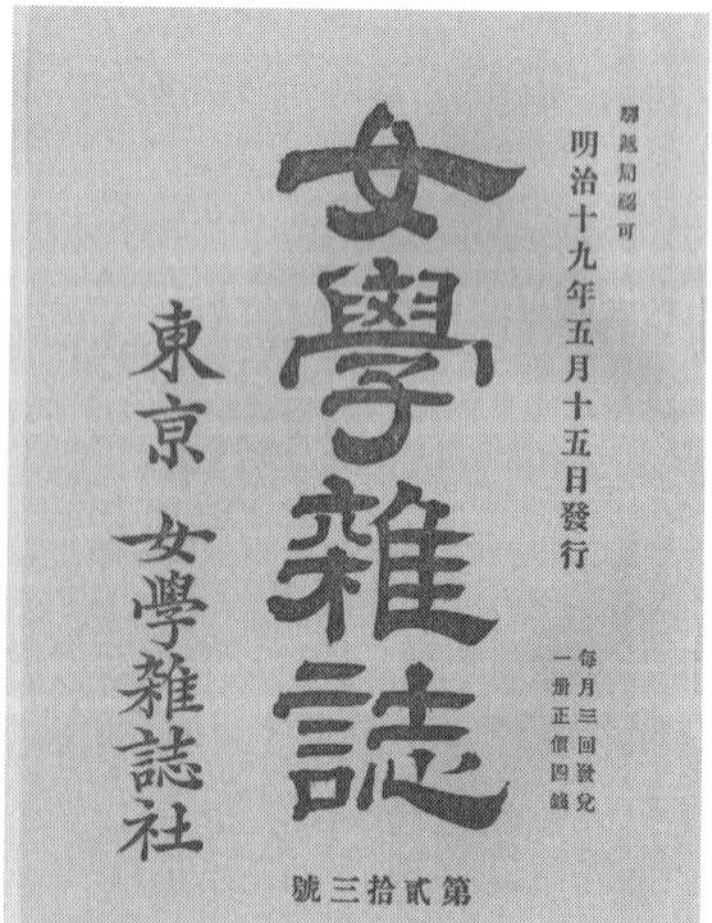

「旧き都のつと」が掲載された『女学雑誌』第23号表紙と目次

賤子文学碑（表）

賤子の生家、会津若松市古川登氏邸　撮影：古川宏子氏

賤子文学碑（裏）

賤子の従妹古川きん子氏による賤子の略歴と碑の由来

若松賤子略年譜（筆者作成）

元治　元年	一八六四		三月一日、松川勝次郎正義の長女として生まれる。名は甲子。
慶応　四年	一八六八	四歳	戊辰戦争のため祖母・母と共に郊外に避難。妹・宮子生まれる。
明治　二年	一八六九	五歳	父、函館戦争で敗れて捕虜となる。
明治　三年	一八七〇	六歳	母、会津で病死。
明治　四年	一八七一	七歳	横浜の大川甚兵衛の養女となる。養母：大川とり。 キダーの学校に入学。
明治　五年	一八七二	八歳	養家の仕事が行き詰まり、東京に移住。 いったんキダーの学校を去る。
明治　七年	一八七四	一〇歳	キダーの学校に戻る。キダー夫妻の家で一緒に暮らす。
明治　八年	一八七五	一一歳	フェリス・セミナリ開校（横浜山手町）。寄宿舎に入る。 義弟・一生まれる。
明治　九年	一八七六	一二歳	横浜海岸教会でキダーの夫・ミラーから洗礼を受ける。
明治一五年	一八八二	一八歳	フェリス・セミナリ卒業。母校の教師となる。

明治一八年　一八八五　二一歳　養家から実家に復籍。島田嘉志子と名乗る。

明治一九年　一八八六　二二歳　『女学雑誌』に作品を発表しはじめる。筆名：若松賤（しづ）。キダーのすすめで世良田亮と婚約。結核の第一回喀血（かっけつ）。

明治二〇年　一八八七　二三歳　世良田との婚約解消。冬から熱海で静養。

明治二一年　一八八八　二四歳　春に職場復帰。巌本善治と婚約。父逝去。

明治二二年　一八八九　二五歳　善治と横浜海岸教会で挙式。入籍してフェリスを退き、善治の「明治女学校」（麴町）で教鞭をとる。

明治二三年　一八九〇　二六歳　長女・清子を出産。

明治二四年　一八九一　二七歳　長男・荘治（荘民）を出産。

明治二五年　一八九二　二八歳　北豊島郡王子村に転居・療養。

明治二七年　一八九四　三〇歳　次女・民子を出産。病状悪化。明治女学校構内の校長舎に戻る。

明治二九年　一八九六　三二歳　二月五日火災に遭う。石川角次郎邸に避難。吐血、心臓麻痺の兆し。二月一〇日逝去。第四子を妊娠中であった。

若松賤子家系図（筆者作成）

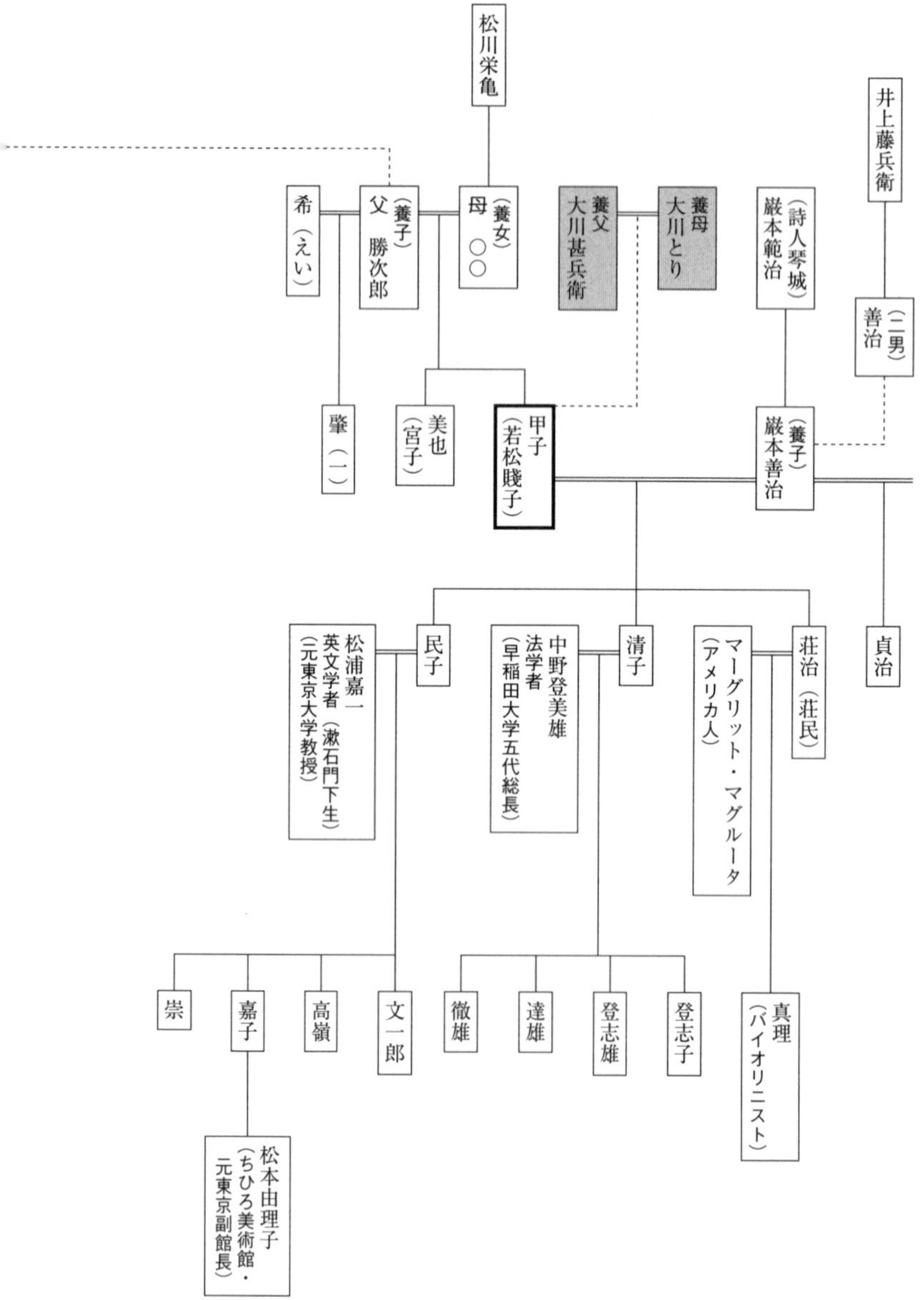

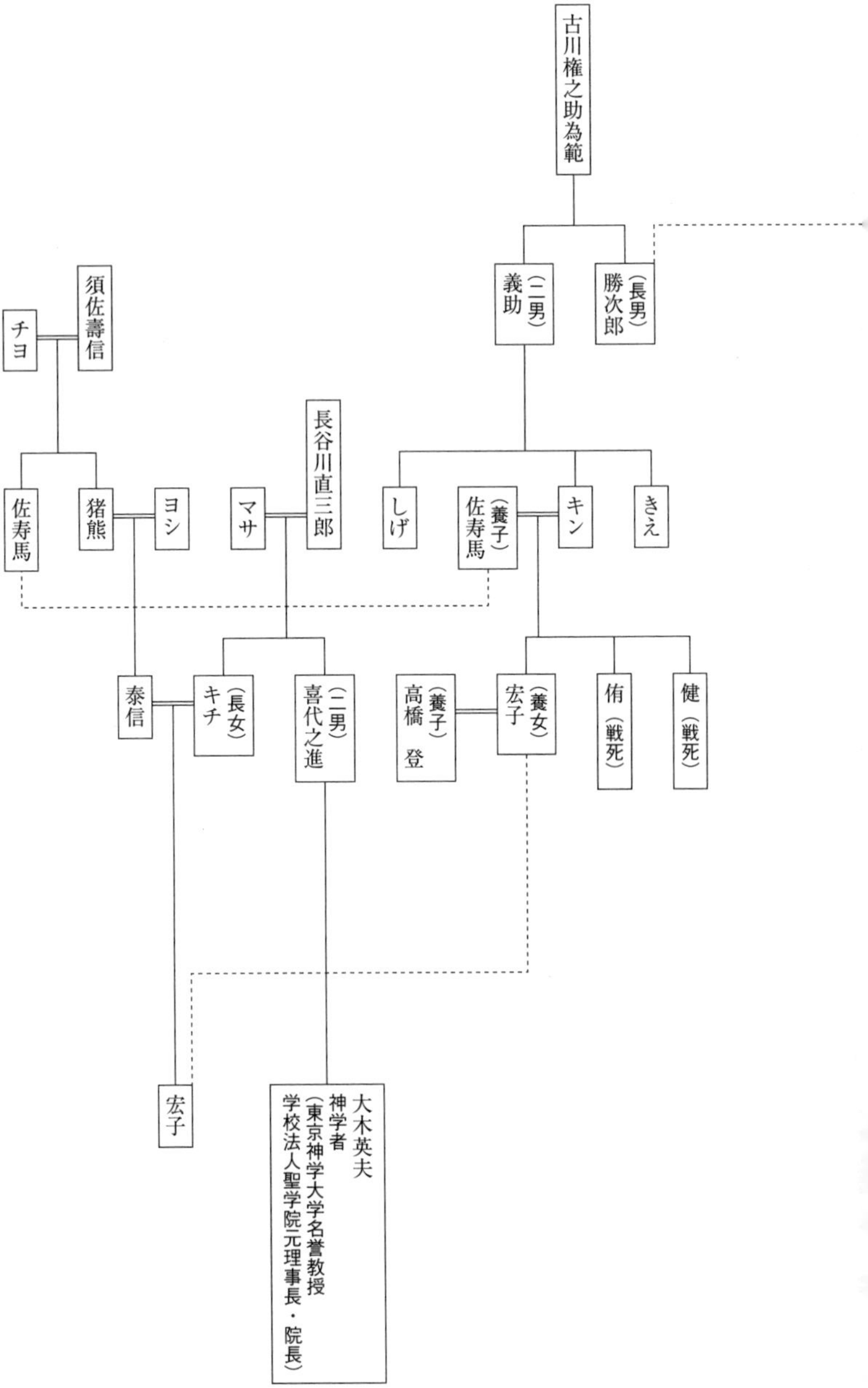
古川権之助為範
（長男）勝次郎
（二男）義助
須佐壽信
チヨ
長谷川直三郎
きえ
キン
（養子）佐寿馬
しげ
マサ
ヨシ
猪熊
佐寿馬
健（戦死）
侑（戦死）
（養女）宏子
（養子）高橋　登
（二男）喜代之進
（長女）キチ
泰信
大木英夫
神学者
（東京神学大学名誉教授
学校法人聖学院元理事長・院長）
宏子

はじめに

思えば今から三五年ほど前、恩師水谷昭夫先生（関西学院大学名誉教授、日本文芸研究者）からお電話をいただいたのが事の始まりであった。水谷先生が原爆の後遺症で早逝される数か月前のことであった。先生から受話器を通して「明治の時代に本物のクリスチャンがいる。若松賤子（しずこ）だ」と伝えられた。並々ならぬものを感じ、私は若松賤子を調べようと思い立った。

それから時がたち、国語の教師として働いていた嘉悦学園の紀要に若松賤子論を書き、その後女子聖学院に転職した。一九九九年、暑い夏の昼下がり、私はJR山手線の巣鴨駅に降り立った。染井墓地の中ほどに若松賤子の墓はあった。「賤子」と二字刻まれている。ひっそり樹の葉陰に、夫・巌本善治（いわもとよしはる）の墓の横に並んでいる。西に進んで巣鴨庚申塚（こうしんづか）の「明治女学校之址」碑を捜しあてる。区立西巣鴨小学校（二〇二四年一月に小学校はなくなり、西巣鴨幼稚園になっている）に隣接したやや小高い丘にあった。とげぬき地蔵通りを通って雑誌『巌本』発刊の日報通信社があったビルを見つけるが、予想どおり社はない。巌本記念会をつくり、『巌本』を発刊しつづけた主、磯崎嘉治氏は亡くなられているのである。磯崎氏は巌本善治とその妻・若松賤子、そして二人が手がけた『女学雑誌』

や明治女学校、島崎藤村、北村透谷等々、明治とその文芸の大きなうねりを追い続けた研究者であった。巖本善治、若松賤子たちゆかりの地に住み、彼らの出生地在住の人々に手紙を送り、電話をかけ、時には自らその地に出かけて行ったという。氏の執念と浪漫であろうか。(1)

明治の時代は遥か彼方にある。欧米の新しい文化と思想が怒濤のごとく押し寄せ、日本が根底から突き動かされていった時代である。全てが混沌の中にあり、そこにあらゆる可能性の萌芽があった。その萌芽が持つ魅力が、今また新たな混沌の中にある現代の私たちに語りかけてくる。そして明日への視点を示唆するのである。

翌日思い立って、会津若松にある若松賤子の生家である古川登氏宅を訪問した。四月、女子聖学院の校長・小倉義明先生、同僚と共に訪れ、その年二度目の訪問である。鶴ヶ城の城下町宮町（旧阿弥陀町）にある。当時ここから向こう五軒、藩士の家が続いていたらしい。夫人の宏子さんに案内され、庭の黒御影石の文学碑（五頁写真）を見せていただいた。次のような賤子の遺言が刻み込まれている。

私の生涯は神の恵みを最後まで心にとどめたということより外に語るなにものもない

碑の裏には次のような若松賤子の略歴が書かれている。

明治中期の女流作家として令名をはせた若松賤子は会津藩士松川勝次郎の長女として元治元年三月一日この家に生まれ七才まで此処（ここ）に育った　本名は甲子（かし）であるが筆名は生地とその信仰に由来する

そして、次のような賤子の従妹・きん子さんの碑を建てた由来が記されている。

> ／「お向ふの離れ」を処女作とし「おもひで」を絶筆とするがことにバーネットの名著「小公子」を訳し流麗な文章で世に知られた　甲子は幼少から篤信な基督者で彼女の一生は基督教精神で貫かれている　私は甲子の父勝次郎の実弟古川義助の二女で甲子と同じくこの家に生れ育ち現にこの家を継いでいる　そしてまた甲子の従妹として彼女に深い親愛と尊敬をつづけてきた　茲（ここ）に甲子が薫陶をうけた当時のフェリス女学校長ブース氏から聴いた彼女のことばを碑に刻んで生誕の小庭に据え　これを永遠に伝えまた私の追慕の記念とする
>
> 一九六一年十二月十日　古川きん子

日付は賤子の生誕九七年、没後六五年にあたり、建碑者の命日でもある。フェリス女学院の鈴木二三雄教授の揮毫（きごう）による。「会津文化を語る会」、フェリス女学院同窓会、生家の隣にある日本組合教会などの尽力によって建てられた。見上げると古い土蔵があり、大火の折にも焼けず、壁は白く塗り替えられてはいるが当時のままの面影をただよわせている。この碑をつくったきん子さんは、夫・佐寿馬氏との間の子どもを戦死させていたため、病床の中をたっての希望で、大学生であった宏子さんを養女とされた。そして宏子さんは古川家を継ぎ、後に登氏と結婚される。お宅の中に入れていただき、いろいろとお話を伺った。訪問のちょうど一年前、学校法人聖学院理事長（当時）の大木英夫先生にお会いした折にお聞きしたことと合わせ、家系図（主に生家古川家を中心としたものを八―九頁に掲載）を確認した次第である。大木先生と宏子さんは従妹の関係にある。佐寿馬氏は、この碑を建ててほしいというきん子さんの願いを彼女の死後一年して約束どおり果たし、自身も一年後に亡くなった。佐寿馬氏は生前、会津中学を出て士官学校の前の幼年学校に入る時の大木先生の保証人でもあった。市会議員もされ、若松賤子の会を開いて若松賤子研究に貢献されている。

大木先生、小倉先生はお二人とも女子聖学院に尽くされた方々である。若松賤子の夫・巌本善治が校長をし、賤子が深く関わった歴史的な女学校・明治女学校の卒業生は、女学校廃校後、その子女を多く女子聖学院に学ばせたという。

古川氏宅を辞し、翌日、旧制会津中学の跡地にある福島県立若松女子高等学校教諭・高橋正俊氏を訪ねる。この方も巌本記念会のメンバーの一人であり、若松賤子研究者である。闇に包まれている幼少時の賤子をフィールドワークで発掘し、実証的に探究しようとしてこられた。学校の屋上に立つと、カッと照りつける太陽の下、風格ある鶴ヶ城が真近に迫って美しい。眼下に青空を映した堀はなみなみと水をたたえている。ここは当時、まだ城の中であったという。「会津の人間は純粋で誠実なのですよ。若松賤子の文章に『イ』と『エ』の区別がつかなかったり畳語の多い会津弁が出てくるが、会津の言葉は隣接する他の地域とははっきり違う。人と人とが共に力を合わせて働くからでしょう」。そう高橋氏は語られた。

何と多くの人々が一般にはあまり知られていないこの若松賤子に思いを寄せていることであろう。賤子はどんな作品を遺したのだろうか。彼女が最後まで心にとどめた「神の恵み」とは何を意味するのだろうか、若松賤子の文学碑の遺言が事あるごとによみがえり、若松賤子のことをもっと知りたいと思った。

若松賤子が生きた時代は、政治的には徳川慶喜の大政奉還から明治天皇の王政復古宣言、言い換えれば江戸幕府の倒壊を経て明治政府成立に至るまでの一大変動が起こった時代であった。権力を握った薩摩長州による明治政府の側からいえば、「明治維新」と名づけられる時代である。ダイナミックな一大変革が起こったが、変革を余儀なくさせたものは、大きな国際情勢の変動であった。アメリカのイギリスからの独立、ヨーロッパでの戦争の終結、第二次産業革命、商品市場と安価な原料とを求めての各国のアジア侵略等々であった。日本は、各国の捕鯨船のアジア補給基地、すなわち蒸気船を動かすための石炭の中継基地に適していた[2]。日本の幕藩体制が限界にきていたこともその要因の一つであったと考えられる[3]。

若松賤子は元治元（一八六四）年に生まれ、明治二九（一八九六）年に逝去した。幕末から明治にかけてのすさまじい戦乱のただ中で物心つき、三二年というあまりにも短い生涯を稀有な足跡を残して駆け抜けていった。彼女は士族の娘として生まれた。しかし彼女が学んだのは、アメリカ人がつくったミッションスクールであった。当時としては珍しい英語と日本語のまさにバイリンガルの教育を受けたのである。なされた教育はどのようなものであったのか。何を見聞きし考えたのか。彼女の成長過程を追いながらその作品を見る中で明らかにしていきたい。

本名は松川甲子（かし）、幼時島田嘉志子（仮の名）、巌本善治に嫁して巌本嘉志（嘉志子）と呼ばれた。「若松賤子」はペンネームであり、彼女はこれを数々の著作に終生使った。「若松」は出身地の会津若松をさし、「賤子」の「賤」は賤（いや）しいと訓（よ）み、キリスト教の神の婢（はしため）を表す。彼女はこの名にその数奇な運命からつかみ取ったものの全てを込めたと思われる。

第Ⅰ部では彼女の生涯をたどり、第Ⅱ部では代表的な作品がどのようなものであったのかを明らかにしたい。また、第Ⅲ部では賤子の生きた激動の時代を、そして会津のキリスト者を、補足として簡略に説明したい。

注

(1) 関西学院大学の実方清は、東北大学の恩師岡崎義恵の日本文芸学の体系を継ぎ、「学門の世界ではない作品としての具象的世界に学の名称をつけた処にそれを対象として研究する学門の世界との混同が存するのである。／この文芸学は文芸の外部的なものとしての文献と言語の研究に関係しながら、本質的には内部的な文芸性の究明を直接の研究対象とするのであり、文芸性の具体的認識の上に立つものである」（実方清『日本文芸理論――風姿論』弘文堂、一九五六年、四―五頁）と論じている。

(2) 貴堂嘉之『南北戦争の時代――19世紀』岩波書店、二〇一九年。

(3) 山本七平『日本人とは何か』祥伝社、二〇〇六年。

※ 本書は、嘉悦学園紀要『帆』創刊号（一九九七年）、『女子聖学院研究紀要』（一九九七―二〇〇九年）、学校伝道研究会紀要「キャンパス ミニストリー」第二一号（二〇一五年）に発表した論文、および、第一七回日本プロテスタンティズ

ム研究会（代表：大木英夫、富士見町教会、二〇一六年）での発表を基に加筆し、まとめ直したものである。

※　本書では、引用部分の旧漢字は新漢字に、かな繰り返し記号はかな書きに改め、振り仮名は読みやすいよう新しく振り直している。引用文中の強調の○印は傍点に変更し、省略箇所は主に／で表記している。引用文中の［　］内は筆者による付加である。

※　人名、書名、団体名等の旧字も同様に新漢字に改めている。また、人名については、敬称はすべて略させていただいており、読みにくいと思われるものを除き、振り仮名は省略させていただいている。

目次

第Ⅰ部　若松賤子の生涯

一　人間の「罪」

（1）幼時の戦争体験――非日常における人間の罪

幕末から明治への動乱の時代、悲惨を極めていたのは徳川幕府の会津藩であったといわれている。徳川二代将軍の子を会津に藩主として迎えて以降、歴代藩主はずっと徳川将軍を補佐する家訓を守っていた。世界情勢の変化の中で、体制変革を穏やかな公武合体から始めようとしていた会津に、幕府は藩主松平容保（かたもり）をして京都守護職につくことを命じる。会津は文武経済三拍子揃った東北の雄藩であった。京都を中心に高まる勤皇運動の対策として京都所司代の上に、京都守護職を新設したのである。容保は家老等の強力な反対を押し切って京都守護職を引き受けた。文久二（一八六二）年八月、家臣一〇〇〇名を率いて京都入りし、聖護院（しょうごいん）村には、三万七〇〇〇坪にも及ぶ練兵場を兼ねた宿舎と藩校・日新館の文館もつくられ、藩士の文武教育が京都で行われた。孝明天皇は公武合体派で、幕府を倒すことに賛成していなかった。孝明天皇は、容保を厚く信任し、京都御所の中に全国唯一藩邸を置かせた。ところがその孝明天皇が毒殺されたのか、急死する。薩長の新政府軍は会津藩を抑えておかなければ、討幕の大義名分がなくなってしまうと判断したのであった。官軍であったはずの会津が、強硬に天皇の錦の御旗を担いだ薩摩、長州から賊軍とされていった。蛤（はまぐり）御門の変が、続いて鳥羽・伏見の戦いが起こり、会津は戊辰（ぼしん）戦争へと追い詰められていく。

戊辰戦争の末期、イギリスのヴィクトリア女王公使パークスが一八六八年一月二五日に国際法上の措置「局外中立」を主唱したため、欧米列国は内乱終結まで武器援助等をしない不関与の態度を宣言した。榎本武揚が、オランダ製の開陽丸で戦っていたが、アメリカから購入する手はずとなっていた甲鉄艦ストーン・ウォールを入手できなくなり、幕府側一万五〇〇〇人は、結果として三〇〇〇人の新政府軍に敗北した。武器の性能が違い過ぎたのである。榎本は「我らは薩長に負けたのではない、イギリスに負けたのだ」と言ったという。イギリスは、ロシアの南下政策を恐れ、榎本がロシアに結びつくのを阻みたかったといわれている。翌一八六九年一二月二八日、局外中立の撤廃が宣言された。

欧米列強は、佐幕派にも薩長方にもそれぞれ武器を売りつけていた。イギリスから武器を購入した薩長勢は、アメリカから購入される予定の武器を手に入れることができなくなった幕府軍を撃退した。

若松賤子はこの会津の藩士松川勝次郎正義の長女として元治元（一八六四）年三月一日、岩代国会津郡若松町阿弥陀町六番地に生まれた。彼女は甲子と名づけられた。生誕の元治元年というのは、十干（甲・乙・・・壬・癸）と十二支（子・丑・寅・・・戌・亥）と九星（一白・二黒・・・九紫）の最初の年だという意味があり、この組み合わせが一から始まるのは一八〇年に一度となる。干支の甲子は、はじめのはじめ、ものごとのはじまりとして重んじられ、さまざまな行事が営まれてきており、甲子はそんな年に生まれたことにあやかって、行く末の幸せを祈る親の思いが込められ、名づけられたのだろう。

勝次郎は古川権之助為範の二男に生まれ、松川栄亀の養子になったと伝わっている。賤子は明治二七（一八九四）年一〇月の“The Japan Evangelist”[1]（『日本伝道新報』以下『J.E.』と略す）Vol.II-No.1の「会津城籠城」に、祖母を「母の義母」と書いているので、母は松川家の家付き娘ではなく、賤子の父母は二人とも養子だったものと思われる。

勝次郎は翌元治二年、松平容保からの命で京都詰めの公用人物書きという職につく。[2] 各藩の動静を探る諜報の役を勤めたらしく、謎の行動も多く、仮に島田の姓を名乗ったため、後にそれが本姓のようにもなっていた。勝次郎は京都に行く前後に結婚しており、賤子は京都で生まれたのかもしれない。

慶応四（一八六八）年一月、賤子が三歳一〇か月の時、鳥羽・伏見の戦いが起こった。一八六八年戊辰の年、明治と改元される半月前の慶応四年八月二三日（旧暦。太陽暦では一〇月八日）の朝、一万数千の薩摩、長州が会津に迫って来た。その時、会津勢は三〇〇〇。勝次郎は前哨隊長であった。[3] 家族は勝次郎にともない京都に上っていたので、一緒に滞在していた京都と、疎開先の会津の両方の戦闘に直面したという。賤子は戊辰戦争のただ中に投げ出されていく。「五〇〇マイル以上もの距離」を駕籠（かご）で戻ったが、会津は戦火の真っただ中で、父と祖父は出陣していた。官軍が抜け道から城下に迫ったため、一家は城に入れず、賤子は祖母、母の三人だけで落ちて行ったという。[4] 賤子は『J.E.』「会津城籠城」に「幼少ではありましたが、この政権交代期のぞっとする出来事を、いくつか憶えております。／革命の産みの苦悶（くもん）に直面しました」と記している。薩長土肥、諸藩の敵は早く迫り、敗報に藩主容保は前線指揮していた滝沢村本陣を引き払い、籠城を決意した。賤子の家は城から一キロほどに位置し、東北から攻める敵の進路にあたり、最初に襲撃を受けたのであった。七時過ぎ、追手口郭門に着いた容保は、そこで郭門守備を指揮する。その時、従者の数人が敵弾に斃（たお）れ、一五歳以下の少年兵、六〇歳以上の老兵、合わせて四五〇〇人に過ぎなくなっていた。ほとんどの兵が鉄砲を持たず、あいにくの雨でわずかの火縄銃は役に立たず、刀と槍で戦った。少数ではあったが、井深数馬率いる大砲隊が駆けつけ、すさまじい市街戦となった。帰城を促された容保は乗馬に弾が命中し、徒歩で入城しようとしたその時、城内隅櫓(すみやぐら)の火薬が爆発した。大爆音の直後、辰の下刻(午前九時)の鐘が鳴った。容保が帰城するやいなや、城門は閉じられた。土佐の板垣退助率いる兵が、先頭に立って迫って来た。板垣が城に一番近い家老西郷家に入ると、静まり返った屋敷に二〇人余りの女たちが自害していた。大混乱の町は、負傷、殺戮(さつりく)の阿鼻(あび)叫喚……。さながら地獄図のようであったという。「一面火の海となって戦闘が続く」市街を逃れる道もなかった。この朝、一六歳と一七歳の少年からなる初陣の白虎隊のうち、高禄士族の息子たち一九人が、飯盛山(いいもり)で城下に上る火の手を見て自刃した。賤子は、祖母が語っていた母についての記憶を、「会津城籠城」に次のように書きとどめている。

／わたしたちの母親はまだ若かったのですが、封建時代の教育を受けた人で、使用人の老女たちに、怪我人を弾丸から守ろうと邸内にとどまるなどしてくれるな、それよりも懐剣を用いて彼らを楽にしてやり、自分たちは避難しなさい、ときっぱりと指示したのです。／そのときの母のことばや、その言い方を思い出すと、［祖母は］いまでもぞっとすると生前よく語っていました。

（「会津藩籠城」前文、柴田亜由美「巌本嘉志子による英文の訳出」(三)、『あゆみ』三八号：四〇）

士族の妻の「怪我人を楽にするため殺し、避難する」といった壮絶な行為を促す当時の状況が書かれている。すさまじい精神状態である。老父病母幼児たちをおおかた主婦の女たちが介錯(かいしゃく)し、その後自害した。

籠城に間に合うよう藩主の帰城までに城門に着かなくてはと、人々は弾丸の降る中をひしめき合ったが、門は開かなかった。肌寒い中、激しい雨は降りやまず、人々はずぶ濡れで逃げ惑った。大川の渡船場へと逃れていったが、濁流がみなぎり、船はあふれる人々で転覆する。戦闘は夜になってもやまず、この日一日だけで会津藩士の戦死四六〇人余、家族の殉死二三〇人余、その他死者多数であったという。婦女子五七〇人、老幼五七〇人余り、三〇〇〇人の兵が籠城し、新政府軍は攻めあぐねた。鶴ヶ城が落ちると賤子たちは敗走した。「会津城籠城」には、次のように記されている。

妹が産まれたときのことはかすかに記憶しています。それは母とわたしが以前の首都から非難する最中で、ミヤまできた頃でした。そこからわたしたちのふるさとまで、500マイル以上もの距離を、あの遅いノリモノで戻ったこと、そこでも思わぬ発砲と戦闘に出くわしたこと、そしてわたしたち女子が邸から避難する際、頭の上を弾丸がかすめていったことも、うっすらと覚えています。（同：四〇）

この賤子の記憶では「宮」はどこの宮だったかわからない。そこで、母は妹・宮子を生んだのである。「のろい乗物」は駕籠なのか、それもわからない。赤子と共に賤子たちは山村を転々とした。両軍が対峙して九月八日、明治と改元された。食料が尽きた一か月後の九月二二日、突然銃砲声が鳴りやみ、会津は降伏し、城は明け渡された。賤子たちが若松に入るのを許されたのは一〇月も末であった。敗戦した会津藩は、死体が野ざらしにされ。目を覆うばかりの状況であったという。賤子の家のあたりは、薩摩の守備区域で、賤子の家は占領兵に荒らされていた。

郡部には世直しを求める「ヤーヤー一揆」が起こってくる。鳥羽伏見の敗戦以来、会津藩士の殉難は二七〇〇人以上だという。主以下生き残りの藩士は捕虜になり、城内の三〇〇〇人（その中の一人が賤子の祖父・古川権之助）は猪苗代収容所に入れられ、その後東京に、場外の一七〇〇人（その中の一人が賤子のもう一人の祖父・松川栄亀）は若松の北の塩川に入れられ、その後越後高田に送られた。賤子の父・島田勝次郎は五稜郭へ、賤子たち母子三人は、生きていく手だてもないまま父の実家古川家と共に、飢えと寒さと疲労の中を逃げ、生き延びる。体力のない者から倒れていった。行きは藩の家族として阿賀川を船で下り、新潟から船で斗南（となみ）（現・青森県むつ市）に移封された。

そんな中、賤子の母はおこりのように急に震えだし、止まらなくなる。賤子はしがみつき、「その時の母の腕の力を／怖ろしいと思う」と書いている。人間を破壊するただならぬものへの母の激しいおののきを思わせる言葉である。母より長生きし、戦後も生き続けた祖母はこの時のことを振り返り、後に「お母さんは、あれがこたえたのだよ。時報の鐘が鳴り出すと、どうしてもふるえがとまらない。鐘をきくたびに、あの怖ろしい場面がよみがえってくる。そのうち、時なしに寒気がするようになって、体が弱ってしまったのだよ」と語っている。「鐘」とは、戦闘の火蓋が切られた辰の下刻を告げた鐘であろうか。お産で弱った母が追い打ちをかけられるように受けた心の傷の深さがそこにある。おそらくＰＴＳＤ（心的外傷後ストレス障害）という心の病気にかかったのであろう。他の戊辰戦争体験者にも同様のことがあったと思われる。戦場の修羅場は、たとえ肉体が生き残ったとしてもその深みにおいて人間を破壊するものがあるということを、賤子は直観したのではないだろうか。大方の記憶は、年月とともにおぼろげに霞んでいく。だが、強烈な、生々しい記憶は、そこだけくっきり薄れることのないものとして焼きつけられた。母は明治三年、賤子六歳の時、二七か二八歳で病没とのみ伝わる。疫病にかかっていたともいわれるが、祖母は衰弱死と言う。異常な事態の続く中で、ついに息絶えたのであった。それが会津若松だったか、斗南へ向かう道中だったか、斗南に着いてからだったか、不詳である。母子抱き合ってくぐり抜けた死の恐怖、そして自分を守ってくれるはずの愛する母との死別の悲しみ。その深さはいかほどであっただろう。

彼女はこうした実体験を通して、戦争という非日常の世界が繰り広げる〝人間の罪〟を目に焼きつけたと思われる。平常は普通の人々が、戦争が起こると豹変して殺し合い、恐ろしい存在になる。ひとたび戦争が起こると、営々築き上げた城も街も、人々も、いかにあえなく無惨につぶされてしまうことか。幼くして人間の罪を心身深く刻みつけたと言ってよいだろう。

勝次郎は函館五稜郭の戦いを経て、悲惨な捕虜生活を送ることとなる。(5) 父も祖父も捕虜になったまま、明治三年が明けた。その間、明治新政府は会津藩をいったん取りつぶしたが、家老・萱野権兵衛が反逆首謀の責任を負って処刑され、藩主松平家存続を許された。容保の生後間もない子、容大（かたはる）を新藩主として、旧会津藩士も赦免還付されることになった。旧会津藩実質三〇万石以上は、斗南藩実質七〇〇〇石として再興が許された。人々は賊軍の汚名を着せられ、難民となって本州最北の地、斗南（冬は零下一五度の厳寒の地。「斗」は「斗う（たたかう）」、「南」は「失った全て」を意味する）に追いやられる。(6) 勝次郎の実父の古川権之助も、養父の松川栄亀も斗南に移る。不毛な火山灰地での酷寒、飢餓と闘いながらの開墾であり、流刑にも等しい処置であった。戊辰戦争以上の過酷さであったという。移住者は「地獄への道」と呼んだ。彼らは土地の人々に方言で「会津のゲダガ」と呼ばれたという。ゲダガとは毛虫のことである。死者の葬儀を出すこともできなかった。

廃藩置県により、明治四（一八七一）年、斗南藩は弘前県となった。旧藩主容保、容大父子は東京へ、権大参事を務めた山川浩も東京へ出た。一一月には旧斗南貫属士族（斗南に籍のあった者）が次々と県庁官員になった。会津の人々は斗南で解散となり、一家族一〇円の手当をもらったという。北海道（後志）へ移住した者、十和田の開拓に生きようと去っていった者等々であった。職業の選択、住居移転の自由が正式に認められたのは明治六年三月であった。大半は会津へ戻る道を選び、古川、島田の一行は、会津への道を選んだのであった。苦しい徒歩の連続であった。賤子はもう一歩も歩けなくなったはずである。一行はやっとの思いで阿弥陀町の家に着いた。幼い賤子、宮子姉妹にもう母はいない。妹はまだ三歳であったが、親戚へ預けられる。一家離散であった。

落魄（らくはく）の身の士族が、武士の商法によって生活に困窮し、妻子を遊女として身売りさせた悲惨な出来事が各所であったというが、価値あるもの、確かとされていたものが崩壊してしまったのも幕末から明治にかけての実態である（村上信彦『文明開化』明治女性史・上巻、理論社、一九六九年参照）。

この「会津城籠城」執筆のきっかけは、賤子が三〇歳になって、同郷の先輩が三人集まり、二七年ぶりに昔語りをする時であった。残念ながら彼女はこの日、病気のため出席できなかった。後に英文にまとめ、わずかに自身の記憶をも付記した。「詳しくはいずれまた別の折に」ということであったが、それから一年三か月で賤子は死去し、再びその機会は訪れなかった。

（2）横浜の養女生活――日常における人間の罪

賤子は、明治四年七歳の時、生糸の交易商人大川甚兵衛の養女となった。同年一二月に岩倉使節団が欧米に派遣された。明治政府は、津田梅子、賤子と同郷の会津出身者山川捨松など五名の少女たちをアメリカに留学させている。翌明治五年には学制が頒布されているので、明治新国家は女子に新しい教育を施そうとするちょうどその頃であったと言えよう。賤子が養女になったのは、彼女の聡明さが気に入られてのことともいわれているが[7]、それだけではなかったらしい。父・勝次郎は、幕末動乱の一連の戦で外国文明をその戦力を通じ身近に知っていた。時代の流れを敏感に感じ取り、賤子が最新の教育を受ける可能性をさぐり手を回したと考えるのが妥当ではないだろうか。大川甚兵衛が大番頭を務める山城屋の主人・和助は勝次郎と同様京都で長州側の諜報役であった。二人は敵対関係にあったが、維新後どこかでつながる部分があったのかもしれない。どこでどのようにそうなったかは一切が不明である。

養家は横浜にあった。横浜は、外国人寄留地で、西欧列強との交易では当代髄一の熱気にあふれる躍動的な世界であった。イギリス、フランス、オランダ・・・とさまざまな国旗のはためく領事館や外国商館、ホテル、銀行、「ゲーテ座」と呼ばれる外人劇場も出来ていた。入江を埋め立て、掘割をつくって関内と呼んで囲み、南が外国人居留地、北が日本人居住地であった。山城屋は、関内の、南仲町三丁目に本店があった。こうした横浜に東西の商人、キリスト教宣教師とそれに連なる人々が集まり、遊郭がつくられ、飴（あめ）売り、芸人が住みついた。まさに坩堝（るつぼ）のような所であった。賤子をとりまく世界は一変したのである。この当時の賤子の住まいは、『神奈川県史料』第一巻制度部禁令中の書付によると、「元町二丁目大川甚兵衛店」とされているので、元町二丁目であったのかもしれない。大川家の戸籍簿も焼失してしまっている。「横浜拝借地坪願済渡世名前、篠原忠右衛門筆録」には「本町三丁目、生糸、繭種、大川屋甚兵衛」と出ており、これは明治五年以前と思われるらしい。賤子が横浜に着いた頃、悪性の天然痘がはやった。種痘所が設けられ、賤子も種痘を受けたという。

当時、横浜では外国人宣教師たちにより蘭学に代わって英学が盛んであり、欧米のものがいち早く紹介されていた。この新興都市に、戊辰戦争に敗れて家を失い、禄を失った旧幕臣や佐幕派の家臣師弟たち（大方が下級武士）が、多く集まってくる。切支丹邪宗門禁制の高札[8]が撤廃されたのが明治六年である。その頃から宣教師たちとそれら家臣子弟たちとの出会いや交流は表立つようになり、横浜は、札幌、京都、熊本とともに日本におけるキリスト教プロテスタント発祥の地となっていき、横浜バンドと呼ばれるようになる。会津藩など当時薩長出身者以外の者には、官職について立身出世する途は閉ざされていた。彼ら旧士族は、宣教師たちから英学によって欧米のものを学ぼうとしたのである。例えば賤子と同郷の井深梶之助（明治学院設立）、たみ兄妹と井深とせ（フェリス女学院の教師）、津軽の本田庸一（青山学院長）、伊予の押川方義（東北学院、仙台教会を創立）、幕臣の子である植村正久（横浜バンドを結成、明治一〇年代のキリスト教信仰復興の源流となり、富士見町教会を主宰）などで、キリスト教を通して当時の封建的人間関係と闘い、重要な役割を果たしていった。後に賤子とは直接的、間接的に関わりを持つようになる。

養家は、賤子を引き取って間もなく、米国長老派教会医療伝道宣教師のジェームズ・カーチス・ヘボン（James Curtis Hepburn）夫人に彼女を学ばせた。その後そこからまもなく引き継がれた米国改革派教会外国伝道局派遣の宣教師ミス・キダー（Marry Eddy Kidder）の学校に彼女を入学させた[9]。従来、甚兵衛は賤子を将来自分の商売に役立たせようと思って入学させたのだろうというのが定説になっている。一般には女子の教育など途方もないと思われていた時代である。こうして高等教育を受ける貴重な機会を得たことは、賤子の生涯を決定する運命的な出来事であった。賤子の家が元町二丁目だとすると、学校まで五分から一〇分で行くことができた。授業は次のように始まった。

私の学校（学校と申して良いと思いますが）には現在十九名の女生徒がおり、／自分達で作った二つのテーブルに向って、背のない椅子にこしかけています。椅子も自分達で持ってきたものです。当地の一人の友人が小さなストーブを貸してくれ、少女達が薪を持ってきますので、私達は大変楽しく、気持よく過しています。

（榎本義子「ミス・キダーの手紙（3）」、『あゆみ』三号：二七）

相馬黒光（そうまこっこう）（旧姓：星（ほし）、名：良（りょう））は、当時の賤子の様子を次のように書いている。

女史は極めて無智な養母の手に育てられましたが、さすがは新知識の横浜だけあって、／八歳から西洋流の教育を受けました。そして自分の無学を悲しんでゐる養母は、教育の一切をミス・キダに委ね、家庭では格別躾らしいこともしなかつたやうであります。そのせいかちひさい時はなかなか我儘（わがまま）で、また怠けぐせがあり、それが物質的にも甘やかされて、衣類など贅沢なものを身につけてゐるので一層目立つたといひますが、この境遇ではさもあらうと思はれ、善良で石女（うまずめ）の養母の可愛がりやうも見えるやうであります。

（相馬黒光「若松賤子女史のこと」『明治初期の三女性』：二二四）

フェリス・セミナリの二代目校長E・S・ブースは「八才のころのかし子には怠惰な気質があって、勉強の時もつきそっていた女中に、いつも励まされていた。ところが成長するにつれ、段々とよく勉強するようになり、年下の少女たちにたいへん人気があった」（『巌本嘉志子夫人』、巌本善治編、師岡愛子訳『訳文　巌本嘉志子』：八、『J.E.』Vol.III-No.4）と記している。賤子の初期の学校生活での消極性は、新しい家の中で自分の身が落ち着かなかったこと、また、まだ勉強を自覚するには幼かったことがその理由であったと思われる。基本的にこうした彼女の境遇は、彼女自身が選び取ったものではなく一方的に大人によってそうさせられていたものであり、横浜も、新しい母も、勉強も、何もかも「嫌」だったのであろう。しかし、その頃そこに集まる生徒たちは皆、向学心に燃えていた。横浜太田の醤油屋の娘〝お松さん〟に誘われた岡田こうは、「ただもう高等の教育を受けたい一心」で毎日通っていたようである。最年長の奥野久子は、旧幕臣・奥野昌綱の娘で、賤子と同じく戊辰戦争体験者である。昌綱は上野彰義隊で参謀格として働き、維新後各地を転々とし、ヘボン博士の助手兼日本語教師になっていた。

賤子が養家でやっとなれてきた頃、思いがけないことが起こった。賤子入学の一年後、養父の山城屋主人・和助は、山縣有朋の関わる海軍汚職事件[10]に連座し、自刃して倒産してしまった。山城屋は、維新後、陸軍の御用商人として屈指の豪商にのし上がり、番頭手代は四八四人もおり、当時の貿易商としては桁外れのものであった。主人を失った養家の大川甚兵衛は山城屋倒産の後始末をした。彼は経済的困難に陥った。

その頃キダーの学校は、神奈川県令・大江卓夫人が新しく生徒に加わり、県令の好意で野毛山紅葉坂の官舎へ移された。そこは賤子の家から三キロもあって遠く、当時金策に追われていた養家にはもう賤子を送迎する余裕はなかったと思われる。賤子はもう学校には通えなくなってしまった。一家は東京へと転居した。こうして賤子が頼みとする養家は二年そこそこで危機に瀕したのであった。明治一八年七月三〇日付の戸籍には、東京の下谷区下谷稲荷町九番地と記されているが、その時そこに賤子が移ったかどうかは不明である。

　賤子の内面深くはどのようなものであったのだろうか。当時の事を伝える資料、そして後に賤子自身が書いた作品によって検証してみる。後者は彼女の代表的な翻訳作品『小公子』のほぼ執筆後に書かれている。賤子は新しい世界に容易になじまなかったらしい。悲惨な戦争――そこで知った非日常での恐ろしい人間の罪と死、母の死、一家離散等々の体験を奥深くに焼きつけられた内面世界は、商家の、そして新時代の横浜の空気とはあまりにもかけ離れている。深い重い精神状態の彼女には、横浜はあまりにも軽々しく浮ついていて、受け入れることを抗ったのではないだろうか。養母はおろくと呼ばれたが、賤子の叔父の婿養子である古川佐寿馬[11]の調べによると、戸籍上の名は「とり」である。賤子は養母になじまなかった。養母は子を生まなかった人でもあり、子育ての経験はなかった。そして元は遊女で、無学であった。賤子は頑なに心を開かなかった。賤子はその時の経験を通して、「みとり」に次のように書いている。彼女の死去五か月前の作品である。

　世に一家団欒（だんらん）の快楽ほど清く床敷（ゆかしき）ものはありません。然（しか）るに其美敷（そのうつくしき）快楽を防ぐる悲痛な邪魔物が折々侵入することが有升（あります）。死、別離、疾病などが其中（うち）ですが、／幸福な家はと尋ねると、／ただ思遣ること、一口にいはば「其身になつて見る」といふより外の心得は殆んど要らぬ位です。

（尾崎るみ編『若松賤子創作童話全集』：一一三―一一四、『少年世界』一巻一八号、明治二八年九月初出）

暗に過去の賤子にとっては、「一家団欒の快楽」は、「死、別離、疾病」によって奪われたと述べている。「死」は何といっても幼少期の母との死別であろう。「別離」は家族すなわち父、妹・宮子との別れであろう。彼女にとって、肉親との別れは「一家団欒の／美敷快楽を防ぐる悲痛な邪魔物」であり、慣れることのできないつらさであったと思われる。続いて「幸福」な家は、「思遣る」家だと言っている。それでは「思遣らない」家とはどんな家なのか。「みとり」よりほぼ二年前の彼女二九歳の時、次のように「子供に付て」を書いている。

私が九歳位の時でした。学校友達に縮緬細工の香箱を貰ひ升た。丁度此時分、人が綺麗な小切を集めて持つて居るのを見て、ひどく羨しく思つて居升たから、家へ帰つて其香箱に粘つた緋の紋縮緬や浅黄縮緬をつくづく眺るにつけ、箱よりか切の方が欲しさに、小供のこととてあとさきの考なく、手の平ほどもない其切を無雑作に、剝ぎとり升た。そして厚紙の殻は流石面目なかつたと見へて、丸めて本棚の後ろへ匿して置き升た。折の悪いことには、此日、私は養はれて居た家の実の娘に何かしたとか、いつたとかで御機嫌を損こねた時故、私ども両人を育てて居た婦人（母に非ず、子を持しことなき人）が、早速私のいたづらを見つけ、義理ある姉と口論つた上句の癇癪と一途に思ひ僻め升た。権幕の恐ろしさに度を失なひ、ろくろく弁解の出来ない中に、私を責檻するとて紐でくくり升たが、私は思ひちがへられた弁解つまり立ぬと諦めて、それなりに過してしまひ升た。併(しか)し、子供心の当惑と口惜しさは、今に骨髄(ほねみ)に浸み徹(とお)つて忘れられません。さりとて此婦人は決して乱暴な方(ほう)でもなく、私には寧(むし)ろ深切な人でしたから、此時の処置は、全く子供を躾ける義務として得意に致したことでした。／二寸三寸の小切が欲しさに、美事な香箱を破(こわ)すことは、まさかあるまいと独断して、私の分別の薄い度合はしらず、幼な心の可愛(かあい)らしひとおもへば思へぬことのない嗜好(このみ)に、同情を持つことが出来なかつたのでした。一口にいへば、思ひ遣(や)りがないので、思ひ遣ることを知らなかつたのでした。

（「子供に付て（二）」『女学雑誌』三四六号：一六―一七、明治二六年六月一〇日）

「私」は賤子その人である。横浜の養母は、賤子の「幼な心の可愛らしひとおもへば思へぬことのない嗜好」を「同情を持つこと」「思ひ遣ること」ができなかった。「思ひちがへられた弁解つまり立ぬと諦めて」と、口惜しさの中で泣き叫びもせず、こんな人に何を言ってもしようがないと養母を冷ややかに見下す。そのうち養母は根負けし、紐を解きにくるだろうと開き直って縛られたままでいる。横浜の養母による「思ひ遣らない」家の体験は、賤子に「幸福」を与えなかった。それどころか「当惑と口惜しさ」をその骨髄(ほねみ)に浸み徹らせてしまった。賤子は「母に非ず、子を持しことなき人」と言ってつき放し、決して養母とりを「母」と呼ばなかった。彼女と養母との間には、情愛は生まれなかった。誰よりも情愛を欲していたであろう、過去の悲惨な内的体験を持つ彼女は、それを得ることができなかった。それ故、幸福な家庭への渇望は、彼女の諸作品に繰り返し述べられている。九歳ぐらいといえば、明治五、六年ごろのこと、養父・甚兵衛の主人の倒産後の東京移住前後のことである。甚兵衛たち大人は落ち着かない中にあり、以前のような金銭的豊かさはなかったであろう。賤子をかばってくれる賤子付の下女もいなかったはずである。大川家には子どもがいないから賤子を養女にしたと伝えられていたが、甚兵衛には先妻の遺児がいたらしい。養母はその遺児を意識し、賤子を抑えがちだったのかもしれない。

明治二六年二月に書かれた「ひろひ児」は、賤子の初めての創作である。そこにこの家庭の幸福が問いかけられている。「幸福」、「折檻」がまた違った設定をしてとらえられている。実母に死に別れた孤独な少女おきくは「どこまで行っても落着く家なく、お腹（なか）はへり、寒」かった。はじめ、自分にとっての御新造さんのありようは次のようである。

／窓の腰ガラスは今下女の持込んだランプの光を洩（も）らし、中（うち）にはフツクリ温かさうな座布団に坐（すわ）つた御新造が火鉢の側（そば）に香箱つくる小猫の頭（かしら）を撫でて居升（いまし）た。小女は濡るる身を忘れつま立（たて）て窓を覗き込み、あの猫になつて、あたたかさうに火鉢の側へ坐り、あの御新造に可愛がられたらさぞ好（よ）からう、羨（うらやま）しい猫だと思ひ、又シクシク泣始め升（ま）した

（「ひろひ児」『女学雑誌』三三八号乙の巻：二二―二三、明治二六年二月）

そして願いがかなって御新造さんは自分を拾ってくれた。しかし彼女はなかなか厳しく、嘘を言われることは何より嫌いであった。おきくがよくないことに手をだすとその都度折檻（せっかん）した。それを見た下女のおうらに対しておきくは次のようであった。

／ある時御新造さんがいつもよりひどくお怒（おこ）りなさつたのをおうらどんが悲しがつて泣いて居るのをおきくは驚

ろいた様に丸い眼を開いて見詰めて居て、それからおうらどんの膝へよぢ登つてその顔を覗き込み、モウ決してわるいことはしないから、泣いちや、いや、と幾度(いくたび)かくりかへしていひ升(まし)た。

（同、三三九号乙の巻：一九）

おきくは「人にも苦労をさせ、自分も苦労をし」た「おうらが好(すき)で、こんな好(よ)い人はないと思つて」いた。おうらの思いやりがおきくを変えていったのである。それは次のように描かれている。

／人には、構ひつけられぬといふよりはかふしておうらどんとお奇麗なお台どこに暮らすのはどの様に好(よい)か知れぬと思つて居升(いまし)た。厳し過ても躾(しつけ)をすれば好い結果は必ずあるもので、おきくも暫(しばら)くする内に自分が悪いことをしなければ決して責檻されはしないといふことが分る様になり升た。

（同、三四〇号乙の巻：四）

しかしおきくはある時、御新造さんに邪推されて折檻され、逃げ場を失って家を飛び出していく。少女を失った御新造さんの嘆きは次のように描かれている。

／此上(この)もなく弱く、此上もなく愛す可(べ)く、心を尽して保護す可き幼児の一生を過まらせ魔界におとし入れたとおもへば其(その)なげきは実に慰藉(なぐさめ)のない嘆きでした。／邪推。邪推ほど罪の深い罪は有升まい、寧(むし)ろ人を好(よ)く思ひ過ぎて、人に欺むかるるが幾倍の増(まし)でせう！只に覚えて置度(おきたい)ことは人を愛するといふことが義の骨頂なることと慈悲に勝る掟(おきて)はないといふことです。

（同：七）

折檻されたこの少女の逃げ場のなさは、悲痛である。悲痛なこの少女こそ当時の賤子その人ではないだろうか。「此上もなく弱く、此上もなく愛す可く、心を尽くして保護す可き幼児」という表現は、ありし日の幼い賤子と重なるのである。惨めな少女を折檻して骨髄に浸み徹らせるほどの当惑、悔しさをさせ、幼な心を思い遣れないということ――独りぼっちの哀れな子どもを邪推し、折檻し、逃げ場を失って家を飛び出させてしまい、子どもを慈悲によって保護しないのは、何と酷であろう。それは大人の子どもに対する罪である。

よく似た創作に翌明治二七年四月執筆の「邪推深き後家」がある。また、論説では、明治二一年二月に「家族の勢力」、二七年六月に「幼児家庭教育の原理」で同様のことを述べている。「家族の勢力」は、中村敬宇の訳文「西洋品行論」からとっているが、それを見てみよう。

> ホーム即はち家族なるものは人の品行を養成する最初の学校のごとき者にて而もあらゆる学校の中ちに斯く計り大切なるはあらず、元来人々が其の美徳を養成するもまたは非常の悪徳の人となるかは必竟は皆な幼年の時其の家族に於ての仕立方如何んに由るものなり、蓋し幼き時家族の内にて得たる習慣は長じて人と為りたるのち迄も始終滅することなく一生の内ち決して消えざるものなれば人間の人柄を造るも家族の勢力の広大たること明らかに知らるべき也。
>
> （「家族の勢力」（一）『女学雑誌』九六号：一〇、明治二一年）

このように人柄をつくる家族の勢力の重要性を述べている。賤子は創作と論説で、繰り返し「思ひ遣らない」

家――大人の子どもに対する罪を書いている。賤子は幼少期、戦争という非常時に人間の罪を、そして日常時に家庭における大人の子どもに対する罪を心奥深く見たのであった。賤子は得られなかった情愛を、生涯こだわり続け、求め続けていったのであった。

賤子の実父・勝次郎は明治一六年札幌県後志(しりべし)国に在籍している。彼は賤子の妹・宮子を親戚に預け、賤子を大川家に託した後、すぐ北海道に渡ったのであろうか。後志は斗南藩の加増支配地になっており、明治三、四年ごろ、ひどい生活苦のため約二〇〇〇人が斗南から後志に移住したという。斗南であれ後志であれ会津若松であれ、会津藩の人々は貧窮のどん底にあった。勝次郎はそんなところで賤子や宮子を育てる望みを持てなかったのだろう。

賤子は大川家の「思ひ遣らない」家の中で、「父のところへ帰りたい」と思いつつじっと耐えていた。明治五年九月、勝次郎は旧会津藩士林長助の二女・希(えい)と再婚した。賤子が大川家の養女となって約一年数か月目のことであった。しかし勝次郎は飢えを免れ得ず妻子とは離れて職を探し、住所不定のままであった。その後、東京へ出て商人になっている。佐寿馬は、勝次郎が、日付はわからないが「麻布区霞町八番地」に住居していたことを突き止めている。

勝次郎は山城屋倒産後、賤子の身を案じて養父の甚兵衛のところにやってきた。彼は賤子をこのまま大川家に置いておくことはできないと直感した。二人は話し合い、賤子をまたもやキダーの学校に預けることとした。明治七年、賤子は再びキダーのもとへ行く。賤子一〇歳の時である。落魄(らくはく)の旧士族は、薄幸の我が子をまたも欧米の文化に託し、彼女が幸せになる一縷(いちる)の望みをそこにかけたのであろうか。そして敗者のまま社会的活路を閉ざされた勝次郎の見果てぬ夢は、賤子へと重ねられていったのであろうか。一方、賤子は、どんなに待ったことか、なぜ来てくれなかったのかと父を恨み、このままずっと父と一緒にいたい、父に甘えたいと一筋に思っていたことと思われる。それに対して勝次郎は「武士の娘が苦しいなどと言ってはならぬ。ならぬことはならぬのだ」と会津の家訓を賤子に言って聞かせたのであった。この時、勝次郎は「思無邪（おもいよこしまなし）」と銘打った短刀を賤子に渡した。「思無邪」は孔子の論語を出典とする。それを父は賤子に与えた。なぜすがりつこうとするギリギリの私をつれなく突き放すのか、父を恨みがましく思ったはずである。父への愛慕の情があふれ、邪推と思無邪、相反する二つの心が賤子の中でせめぎ合った。賤子の長男・荘治（まさはる）（後に荘民）は「若松賤子のことなど」（『詩界』五六号）に母のことを「或（ある）時、苦しいと洩らした時、武士の娘はそう云う事を口に出さぬものと嗜（たしな）［窘］められ、其（その）後は決して苦痛を訴えなかった」と書いている。賤子は多くの涙を流した。そして一人孤独にじっと耐えて時を過ごした。しかし人前では情を殺して決して泣かない子になった。

奇跡が起こった。フェリスに戻ってからそれが起こった。賤子はその日々のことを、「主婦となりし女学生の述懐」と題して次のように書いている。

／さる宗教学校の恩庇（おんぴ）をうけ、十数年一日の如く、師の撫育（ぶいく）を辱（かたじけな）ふせしことにて、我が生れし時代と、置かれし境遇に対して考ふる時は此（この）時与へられたる者に増したるホームなく、恩愛深き師に越たるフォスタ（仮の）、ペーレンツ（親）なしと固く信じ、感謝の念さへ怠りなく養ひ居（お）り候（そうろう）

（『女学雑誌』三七六号：三、明治二七年四月二一日）

キダーとの出会いである。キダーを仮の親として受け入れ、深く感謝しているのである。養母とりに対してはなかった感情である。賤子の内面で大きな変化が起こっていた。

二　女性宣教師キダーとの出会い

賤子に初めて感謝の思いを起こさせ、恩愛深さを感じさせたキダーとはどういう人物であったのだろうか。キダーは一八三四年、アメリカ合衆国バーモント州ワーズボロに生まれた。アメリカは産業化により、道徳が退廃の一途をたどっていた。女性は男性に比して欲望のない「より神に近い存在」として崇められ、女性たちは社会の浄化を期待されていた。南北戦争（一八六一〜一八六五年）後、それはより顕著であった。

キダーの祖先は、中流の農民、職人の家系のピューリタンであった。祖母ポリーは非凡な女性であったという。キリスト教徒としての人徳と学識は有名であったらしく、大学に行くことはぜいたくと思われていた当時、息子たちのうち四人が大学で学び、三人が牧師となっている。ポリーの教育への情熱は、孫、ひ孫へと受け継がれ、キダーはその影響下に育ったのであった。ピューリタンは、神と人との間の相互契約思想であり、子どもは神から預ったものととらえる。それ故身体にたたきこむ厳しい鍛錬で子どもを育てるが、これをキダーは彼女の祖母ポリーから与えられた。

私信を中心に編集された『キダー書簡集』（フェリス女学院編訳）を中心にしてキダーのことを見てみよう。キダーは、活発な少女であり、勉強や読書が好きで、裁縫や編物など当時の女性たちに望ましいとされた手作業は嫌いであった。彼女は、生きものに対するいたわりの気持ちが強く、野鳥の巣や野生の花の生息地は何マイルにもわたり知っていたし、傷ついた鳥の羽を治してやったりして、弟たちから〝ひよこのお医者様〟と渾名をつけられていた。母親が定期購読していたアメリカン・ボードの"Missionary Herald"（『ミッショナリー・ヘラルド』）という宣教の情報雑誌を読み、幼い頃から海外伝道に憧れを持っていたという。彼女は、モンソン・アカデミーで最後の学生生活を送った。そこはオランダ改革派の最初の日本派遣宣教師サミュエル・ロビンス・ブラウン（Samuel Robbins Brown）の故郷であり、彼が学んだ地であり、永眠の地であった。そして幕末に薩摩藩の家臣六名がブラウンの紹介により学術研究のため留学したところでもある。ブラウンはイエール大学、ユニオン神学校を経て、中国モンソン記念学校長となって、八年間マカオと香港で過ごした。その後八年間ニューヨークのサンド・ビーチ教会の牧師を務め、アメリカで最も早く創設された女子大学のエルマイラカレッジの設立に関わり、同校の理事を務めていた。キダーは母の死亡に伴ってこのブラウンが経営していた学校で教師として働きはじめていた。キダーは信仰復興（リヴァイヴァル運動）の影響も受け、ブラウンからすすめられて日本への伝道を決意した。ブラウンは、後の明治五（一八七二）年、プロテスタンティズムの力を結集して教派間の協力体、運動体といわれる日本基督公会の設立に尽くし、また、聖書翻訳委員長でもあった。彼はまた、明治六年、自宅に塾を開いて、井深梶之助、植村正久等々日本のキリスト教界の指導者を育成した。彼はJ・M・フェリス（John M. Ferris）博士にキダーの推薦状を書き、その中で「女子教育は日本がキリスト教国の仲間入りをする前にやりとげなければなりません」と述べている。そしてキダーが三五歳の明治二（一八六九）年夏、それは南北戦争終結後四年目、ブラウン六〇歳の時であるが、ついに彼女は日本へと海を渡った。女性による海外伝道が本格化しはじめた時であった。

当時日本では宣教は許されておらず、外国人は何か仕事をしなければならない規定になっており、はじめブラウン夫妻とキダーは新潟の男子校で教えた。品川から新潟までは政府の用意してくれた駕籠に乗って行き、九人の武士に守られ、「下に下に」という先払いのもとに一六日かかって新潟に着いている。人々は外国の女性を一度も見たことがなかったので、彼女は好奇の的となり、「別に物音がしなくても、目をあけると必ず障子（紙戸）が細目にあけられ、上から下まで目が一列に並んでいる」のが見え、非常に苦痛であったという。新潟でのブラウン博士の授業は成功し、生徒たちを惹きつけた。しかし日曜日、自宅で有志に聖書を講義したことが知られ、三年の約束のところを八か月で横浜に帰ることとなる。

ヘボン夫人は文久三（一八六三）年一一月から自宅で英学塾を開き、若い男女を教えていた。ヘボンは、ヘボン式ローマ字や、辞書の編纂、聖書の翻訳などで知られるプロテスタントのアメリカ長老派医療伝道宣教師J・C・ヘボン（James C. Hepburn）博士である。しかし彼女は、長老派のコーンズ夫妻（東京と横浜間の小型蒸気船の爆発事故のために死亡）の遺児を一時預かったため、その塾をキダーに託した。

こうしてキダーは明治三（一八七〇）年九月二一日より、横浜のヘボンの施療所でヘボン夫人が教えていた生徒たちを、午後彼女に代わって教えることになった。明治四年一一月、ヘボンは『和英語林集成』第二版印刷のため上海に行き、夫妻の施療所は留守になった。施療所は居留地三九番地にあり、二階の六畳一間のコック部屋が教室であった。生徒数ははじめ二〜四人から始まり、一か月後には女子三名、男子四名の計七名となり、読み書きの他、聖書を使っての宗教教育を行った。そして明治四年九月の第二週からは、かねて望んでいたとおり女生徒だけの授業を始めていた。これが日本で初めての女子教育である。この頃、賤子も入学したようであった。明治四年一〇月二一日のキダーの手紙に「男子生徒たちに、秋から女生徒だけを教えることになるから、あなた方は誰か他の先生を見つけるように、と予告しておきました。彼らは、最初ひどく失望しましたが、皆他の先生を見つけ、うまくやっています」（榎本義子訳『キダー公式書簡集』：四一）とある。その頃、切支丹禁制の高札はまだ撤去されていなかったから、一般的ではない家庭から生徒たちは集まっていたと思われる。

翌年ヘボン夫妻が帰省し、再び施療所を開くことになった。そこで神奈川県令・大江卓が自分の娘と妻がキダーから教えてもらっていた関係もあって、キダーは野毛山の県官舎の一つを借りることができ、そこを校舎にして女子教育は行われた。ブラウンはキダーのことを次のように語っている。

／生徒からも尊敬され、重んじられていました。ことに少年指導には、稀にみる天分の持ち主です。ミス・キダーは才能に恵まれ、人好きも良く、なかなか手腕もあり、人間を洞察する鋭い力を持っています。／そのキリスト教徒としての人格は立派で、堅実でありましたし、その後今日にいたるまでその人格の向上には著しいものがあります。

（小檜山ルイ『アメリカ婦人宣教師』：一七五）

後のキダーの盛岡伝道での協力者三浦徹牧師（水野藩士の息子。明治学院の前身である東京一致神学校に入学して両国教会の最初の牧師となる。長女の永井次代は、文相永井道雄の母）も次のように伝えている。

> ／夫人が職分に忠実であつたことは時を守るに厳重であつたのでも分ります。伊勢山の学校に教へる頃、居留地の住宅から毫末も時間を違へず通ふので、夫人の通行する道筋の家々では夫人の通るを見れば、「何時何分」であると知つたといひます。／然れば夫人は此の如く本気であり、真面目で有りますから一切の用意が綿密、周到で、遺漏といふものは更に有りません。「取調べておかう」、「照会して見ん」、「探しておかう」等の言を耳にして、後其の結果を問ふに殆んど三十年の今日まで、「遂に忘れて居た」、「まだ探さなかつた」等の言を一回だに聞いたことはないのであります。
>
> （秋山繁雄「ミラー夫妻と三浦徹の盛岡伝道」『続明治人物拾遺物語』：一七六―一七七、三浦徹「故美露夫人」、『福音新報』七九〇号、明治四三年）

キダーは、教育に優れた天分を持つ勤勉なキリスト教徒で、人々の信頼と尊敬を集める人であった。キダーは学校の様子を、明治四年一〇月二一日、本国ミッション本部へ詳しく書き送った。

> 現在私には十二人の女生徒がおり、その中の七人は十四才から十七才で、残りの五人は八才から十才ですが、とても小柄なので、アメリカの五、六才の子供のようにみえます。この少女達は皆利発で、理解が早く、アルファベットの大文字、小文字を覚えるのに、三朝以上かかったものはおらず、一人は第一日目に全部覚えてし

まいました。

私は彼女達にいくつか讃美歌を教え、彼女達は「主われを愛す」〔四六一番〕を見事に歌い、「牧主わが主よ」、「ささやかなる、しずくすら」なども歌えます。まだほんの子供の一番年少の少女は、非常に澄んだ良い声で上手に歌い、他の者達よりもきわだってはっきり聞えます。彼女達の愛らしい小さな声が、こうした尊い讃美歌を非常に見事に歌うのをお聞きになり、彼女達の心が感応する日も間近であると感じられれば、きっとあなたの心も和まれることでしょう。この人々に関して、大きなことが私達に起ころうとしているように思われます。（榎本義子「ミス・キダーの手紙（2）」、『あゆみ』二号：一四―一五）

数人の生徒はキリスト教に強い関心を持ち、キダーの私塾はいつしか「キダーさんの学校」と呼ばれるようになった。キダーは、讃美歌教育に力を入れていった。日本の少女たちは、讃美歌によってそれまでに経験したことのない明るい、魂に響く、情感豊かな世界に触れて心を開いていった。安田寛が指摘するようにそのことによって生徒たちの心をキリスト教に感応させたのであった。キダーは明治六年六月四日に「少女らの讃美歌唱がすっかり軌道にのったようで」と同本部へ報告している。安田によれば作曲家、山田耕作の家庭では、姉たちがミッションスクールに学んでおり、「主われを愛す」など讃美歌が歌われていたという。これが山田耕作の西洋歌曲の原風景になり、「赤とんぼ」「からたちの花」が生まれていった（『唱歌と十字架』：八八―九七参照）。

キリスト教教育が熟し、キダーの生徒の一人、前年から英学を学んでいた奥野昌綱の次女・久子が、翌明治五年秋ごろ、洗礼を受けた。久子はわが国最初の婦人受洗者である（黒田惟信編『奥野昌綱先生略伝並歌集』：一五二）。続いて明治九年に三人の生徒が、明治一一年に九人の生徒が洗礼を受けた（『キダー書簡集』：七六、七八）。

キダーは、来日当時、三五歳になっていた。彼女が婦人宣教師として日本で働くことの中には、自身の結婚はありえないととらえていたと思われる。ところが明治五年六月、彼女より三年ほど後にやってきたアメリカ長老派教会派遣の宣教師、ローゼイ・ミラーと出会い、彼は九歳年下であったが二人は結婚した。結婚式は明治六年七月一〇日、S・R・ブラウンの司式で山手にある友人のコルゲート・ベイカー邸にて行われた。キダーの公信には、「私は私の生徒全員を招待し、ほとんど皆出席しました。私は彼女達にキリスト教の結婚式を是非見せたいと思ったのです。彼女達は非常に喜び、ほぼ全員が私に贈物をしてくれました」（榎本義子「ミス・キダーの手紙（5）」『あゆみ』六号：二三）とある。この結婚により、キダーは、新郎の所属宗派の長老派に移籍せずオランダ改革派のままであり、ミラーが新婦のオランダ改革派に移籍した。キダーの学校がオランダ改革派のものではなくなってしまうのを憂慮してのことであった。夫を妻の教派に移籍させるなどということは、当時、世間の慣例とは違っていてかなり破天荒なことであった。キダーは、ミラーという伴侶を得たことによって彼女の男女平等の理想の結婚を実現し、このことは彼女の生徒たちに大きな影響を及ぼしたことと推察される。

賤子は、前述のように明治五、六年、養家大川家の事情でいったん「キダーさんの学校」を去り、三年近いブランクの後、明治七年一〇歳の時、再び戻った。キダーは賤子が東京にいた間に結婚してミラー夫人になっていた。寄宿生は夏休みまでに一八人、年末には四〇人になり、満員となった。生徒全員五〇人、外国人教師四人、日本人教師七人、ミラー夫人はこの人たちを「わが大家族」と呼んでいた。その学校によって賤子の身は保護されたのである。もう身は安全に守られている、ひっくり返される心配はない、子どもらしく学んで遊ぶことができる……彼女はほっとした。それだけではなく、賤子はその学校に〝家庭〟を見た。前述したが、大川家の養父母との間に家庭のぬくもりはなかった。

夏休みがやってきた。フェリスでは、夏休みは教師はみな避暑に出かけ、生徒はみな帰省し、帰る家を持たない彼女はひとりぼっちになる。がらんとした校舎の中で、自分を誰も待っていてくれない一人っきりの彼女は、〝孤独〟を誰よりも敏感に感じ取っていた。迎え入れてくれる温かい家庭のある友人たちをどれほど羨ましく思ったことだろう。彼女は自身を惨めに感じていた。キダーはそんな賤子の心を思いやり、彼女を夫妻の家に迎え入れ、温かい〝愛〟で包んだのであった。夏休みを賤子はミラー夫妻と共に田舎で過ごし、その後夫妻の家で一緒に暮らしている。キダーには自分の生んだ子どもがいなかったこともあり、彼女は賤子を我が子のように愛情を傾けて接したのであった。冷えきった心の賤子は、そのことの中で〝愛〟の温かさに触れていく。賤子はキダーを母親のように慕い、キダーも賤子を我が子のように思った。賤子の心は時とともに癒やされ、解放されていった。そしてそのことを通して、賤子は夫妻から男女対等の愛し合う結婚の姿をも見せてもらった。それは当時の日本にはほとんどなかったものである。賤子は日本にいながらにして欧米文化圏の人に育てられるという類いまれな体験、まるで欧米の風土に生立(おい)つかのような生(なま)の欧米人の精神、キリスト教精神に触れるという貴重な体験をしたのであった。そのことによって、賤子は「寝言も英語、情のこもる手紙も英語」になっていった。英語に堪能になったばかりではなく、戦争を通して、養女生活を通して、人間の罪を見る中で、人間の罪の贖い主イエス・キリストに出会っていった。閉ざされていた賤子の心は大きく開いていく。このことは当時の日本の他のキリスト者のキリスト教の受容とは大きく異なっていると思われる。キダーにとっても、少女の頃からの憧れであった海外での女子教育伝道を実践できるチャンスであった。賤子とキダーの出会いは、奇跡的であり、運命的であった。

ミラーは午前中四時間、フェリスの学校の仕事を手伝い、キダーを助けた。宣教師たちはすべての教派が一つになるユニオン教会を組織して、毎週日曜日一一時に居留地のゲーテ座で外国人を対象として順番に説教を行った。キダーは敷地の借地権を手に入れ、横浜の有力者も協力し、主にキダーの出身アメリカ・オワスコ教会から改革派伝道本部を通して寄贈された五〇〇〇ドルの建築資金を使って、寄宿舎設備（四〇名収容）のある校舎を建設した。そして明治八年六月一日、ようやく学校は一四名の生徒と共に開校された。来日七年目、女子生徒のみに教えてから約四年目である。賤子は一一歳、以後この学校を彼女の「ホーム」として成長するのである。

この年再婚した賤子の実父の勝次郎に、異母弟の一（はじめ）が生まれている。この頃から彼女は、妹と弟の二人のきょうだいを持ち、同居していなくても一家の長女としての意識も芽生えていったことと思われる。賤子は三年のブランクがあるにもかかわらず、持ち前の能力を発揮して勉学し、読書し、そして何よりも自立していった。キダーはこの頃の賤子について、自分を宣教師として日本に送ったフェリス博士への明治八年一二月二八日の手紙に次のような校務報告をしている。

／非常に目立つビロードの襟をつけているのはカシです。彼女は江戸から来ましたが、上手に英語を話し、お茶についての作文を書きました。私は時折、彼女はキリスト教徒ではないかと思ってしまいます。彼女は聖書の物語の多くを理解します。

（『キダー公式書簡集』：一三七）

この時の彼女の服装に目をとめたい。「非常に目立つビロードの襟をつけている」姿は、かつての外国貿易を生業とする古川甚兵衛たちの経済的に豊かな、華やかだった生活を想像させるものがあり、まだ和服が一般的な服装であった当時、一時的ではあれ少女期に周囲に抜きん出た西欧の感覚のものを身につけていたことを知るのである。その後、キダーと共に暮らしているから、西欧の雰囲気の中にどっぷりつかっていたと想像されるだろうが、賤子の長女の中野清子は「母のおもかげ」に次のように書いている。

洋装熱の熾んな当時に、米国人と七八歳頃から結婚までの二十年近くを一緒に暮した母が、洋服は絶筆「おもひで」にもある通りに日本婦人が着る事は滑稽でもあり恥づかしい事だと考へて居たらしく純和風（丸髷さへ結った事があるよし）で通して居たが、形見の中に母の皮膚の白さを思はせるクリームや青磁色の紋縮緬の一襲ねがあり、自分が考案してコートを作らせて着たといふ話も残つて居て相当に衣裳には凝つて居たらしい。病身の母に代つて私を育てて呉れた乳母のお仕着せは母のお下りが大部分だつたらしいが、一寸した銘仙とか八端とか又は八丈とかいふやうなものの色合、縞柄の好みが斬新でもあり意気でもあり、またしつとりとして渋いものでもある。食物とか嗜好品とかの好みがお酒飲みの様に淡白でしやれて居て江戸趣味に触れて居る様であるのは、母の日本文化への愛情を示すものだとおもふ。

（中野清子「母のおもかげ」、『若松賤子集』：三―四）

賤子は養家から離れてからは、意識的に和服を着用するようになっていた。彼女の「会津人としての片意地」、

「熱心な国粋主義者」、「日本文化への愛情」の故であろう（同：三―四）。

キダーはそれより以前の明治八年二月に、同フェリス博士への手紙に賤子のことを「彼女はしっかりした大変意欲的な少女ですので、優秀な教師になるでしょう」（『キダー公式書簡集』：一一六）と書いている。賤子はキダーから強い信頼を得ていた。


続いて、キダーをして「キリスト教徒ではないか」と思わせる賤子の内面世界について考えてみたい。後の明治一六（一八八三）年四月、大阪で日本在住のプロテスタント宣教師の大集会――いわゆる「大阪大会」が開かれた。「日本における女子教育活動に対する特別な要求についての論文」を用意するように言われたのであった。準備は大仕事であったが、結局は何の役にも立たなかったという。ともあれ、その時キダーは創立時からの教育を総括して「女子教育」と題して「生徒の共感を得、彼女たちの内面生活の奥深くに触れることができる教師が、生徒たちのために最良の仕事ができます」と報告している（小檜山ルイ「大阪大会における Miller 女史の報告」、『あゆみ』二二号：一九）。キダーは賤子の内面に触れ得たのであった。キダーは明治一五年一月一九日、フェリス博士に「彼女は私を自分の母親だと思い、他の誰にも言わないことを私には打ち明けると申しています」（『キダー公式書簡集』：一七八―一七九）と、賤子の手紙を、公表を禁じた上で、彼への自分の手紙と共に同封して送ったりもしている。

キダーが力説したのは、自分はあくまでキリスト教の布教を目的とする宣教師だということであった。人々に自由と平等をもたらしたキリスト教の愛の世界を日本につくるということであった。女子教育活動はそのための手段である。その実践がキダーの教育活動にはっきりと実を結んでいった。

明治五（一八七二）年、日本人最初のプロテスタント教会が組織され、八年、教派を超えての教会の一致を目指す横浜基督公会堂を建て、海岸教会と呼んでいた。明治九年五月二八日、山内季野(すえの)と賤子はこの海岸教会でローゼイ・ミラーより受洗している。キダーのもとに戻って約二年後の賤子一二歳の時であった。
そして明治一〇年、キダーはフェリス・セミナリ報告書に次のように書いている。

／私たちの学校の生徒の三分の二を占める可愛い幼い少女たちが、誰からの助言も受けず自発的に毎日一〇分間の祈禱会を始めました。／真剣かつ素朴に自分たちの罪を告白し、罪に打ち勝つための助力を求め、聖霊の力が自分たちの両親や親類の者たちの上にもあるように願いました。

（『キダー公式書簡集』：一六〇）

そこには生徒たちがキリスト教を、信仰をもって自分たちの中に取り込んでいる様が見て取れる。少女たちのその信仰は、素朴ではあったが、「真剣かつ素朴に自分たちの罪を告白し、罪に打ち勝つための助力を求め」ようとするものであった。否、そこにとどまるのみではなく、さらに「両親や親類の者たちの上にも」聖霊の力が及ぶことを祈ったのである（同：一六〇）。倫理を罪の意識によって内面化し、神との人格的関係を確立しようとするものであった。日本には人格神に対する信仰の伝統がなく、当時の日本の大人たちはキリスト教の信仰の本質を正しくとらえることが難しかったにもかかわらずである。キダーは、先入観のない純粋な少女たちに、正しくキリスト教信仰を伝え得たのであった。

このことを賤子自身の内面から見てみることとする。繰り返すと、賤子は幼児期、戦争という非日常を過ごし、そこに人間の罪を見た。そして引き続き養女であった日常時に大人の子どもに対する罪を見た。他者の罪を見たのであった。しかし今度はキダーの愛を通してキリスト教教育を受けることによって、他でもない自分自身の中にある罪を見た。罪を見たのみではなく、罪の告白をし、聖霊の力に、より頼んだのである。

キダーは信仰をキダー自身の生き方そのものの中で、賤子たち生徒に伝えていたのであった。それは後年の賤子の翻訳作品「淋しき岩の話」に見ることができる。キダーは、この作中の主人公のように、人々への愛に生きた女性であった。キダーは、異国の女性が神に出会い、自由と平等と愛を得て生き生きと生きていくようにと身を捧げた女性であった。賤子は、母を亡くし、父に甘えたいのにそれができず、人間の罪を見る中で、ひたすら耐えて生きていた。その心は全ての事象に冷淡で、人情に疎い固いものとなっていた。そんな彼女をキダーは優しく温かく包み、柔らかく溶かし、生き返らせてくれたのである。

明治一一年、キダーはセミナリ報告書に次のように書いている。

> スエコとカシは熱心で忠実な主の僕です。彼女たちは日曜学校を設立しました。あるいは、平日は日本人が経営し教えている私立学校で日曜学校を教える許可を得た、と申しあげたほうが良いかもしれません。
>
> （『キダー公式書簡集』：一六六―一六七）

賤子が自身の罪を知り、聖霊の力を信仰するキリスト教を自ら進んで他に伝えようとしている姿勢を見出すことができる。スエコとは山内季野のことで（佐波亘『植村正久夫人季野がことども』）、後のキリスト教界で中心となって働く牧師、植村正久（植村はキダーの夫ローゼイ・ミラーに学資を援助されている）の妻となる人である。季野は当時フェリス・セミナリの寄宿生であり、同時に和漢学教師でもあった。書画に卓越し、熱心に和歌山伝道をなした。鵜沼裕子は、明治初期にキリスト教を受容した、主に武士階級出身の青年たちの入信動機について次のように分析している。

失われた主君への献身の道徳に代わるべき新時代の指導原理をキリスト教に求め、キリスト教精神によって日本を教化することこそ自らに課せられた急務であるという指導者意識と使命感とが彼らの多くに共通して見られる入信動機であった。

（鵜沼裕子「日本」、『アジア・キリスト教の歴史』：五八―五九）

鵜沼は彼らが「唯一の創造主宰神」を「君父にたいする敬愛に似た心情をもって拝し、そのことによって神との間に人格的な応答を成立させた」とし、「崇高な道義的理念の根元である父なる神に帰順し、その前に正しく生きることがキリスト者の理想とされた」としている。キダーの生徒たちは、青年期にまで達していない若年の少女たちではあったが、親の世代からそうした意識を多かれ少なかれ引き継いでいたのではないだろうか。後述するが、賤子は天皇びいきの人であった。

キダーはこうして信仰に篤い賤子と季野を含めて、三分の二の生徒に対して「神」を伝えたのであった。当時のアメリカの、男尊女卑の考え方のもと、按手礼を授ける牧師になれず、教育活動をしか選べなかった女性宣教師の状況に屈することなく、教育活動を通してキリスト教の布教を実践したことがわかるのである。牧師になれなくても実質として生徒たちをキリスト教に導いたキダーは、男女平等を実現した人と言えるであろう。この平等の実現からキダーは何ものにも抑圧されない精神の自由を得ることができた。そして賤子はキダーによって、キダーの家庭によって、キリスト教に導かれて神の愛に触れ、男女平等と精神の自由を学んだのであった。賤子はキダーが伝えようとしたキリスト教プロテスタントの世界を未熟ながらもしっかり受け止めようとしたのであった。

この賤子と季野に海岸教会牧師・稲垣信の妹・とよを加えた三人が、ルームメイトであったようである。帰省中に季野が稲垣とよに宛てた手紙は次のようである。

おまへさんと甲子（かし）さんはおもしろいおはなしをしておあそびなさるか、またごべんきやうのときはおそろしいまじめなかほして本をよみなさるか、毎日終朝はペロペロペロと英語をはなしたりよんだり、午後はチンプンカンプン漢語偉登（いと）卓越なる高論を討論なされませう、目にみゆるよかし。

（鈴木美南子「若松賤子の思想とミッション・スクールの教育」、『フェリス女学院大学紀要』第一二号：五）

賤子は英語に堪能のみならず。漢語も得意であったことがわかるのである。とよは信州上田から来た生徒で、賤子の二歳年下であった。

前述の「大阪大会」でキダーは日本の女性の現状から二点の重要なことを述べている。

／無知と迷信と過酷な労働が教えを押しつぶしてしまっています。彼女たちは考えることを期待されたことがありません。実際、考えることなどしないようです。ですから、考える材料を与えるだけではなく、考える習慣を教えなければなりません。

（小檜山ルイ「大阪大会における Miller 女史の報告」、『あゆみ』二二号：一五）

キダーが述べた重要なことの一点は日本の女性が考えることを期待されたことのない現状であり、もう一点は考えることの重要性である。キダーは生徒たちに考える習慣をつけさせようとした。山内季野が指摘する賤子と稲垣とよの卓越なる高論は、キダーの方針どおり考えることの実践であったろう。キダーは聖書の説明をするときには、生徒たちに自由に質問させていたという。自分で考えて書く作文教育には特に重点を置いていたらしい。キダーがさらに重要視していたのは、西欧文化吸収の基礎になる英語教育であった。当時抜群の英語力を持っていたと伝えられる北村透谷は、英語の「簡潔で統一性をもち、音楽的韻律をそなえた詩語、超自然の世界（他界）から人間の内面の機微にまで及ぶその表現可能領域の広さ、言語としての機能の豊かさに感銘」したと伝えられている（色川大吉『北村透谷』：一六）が、キダーは日本語と比較して英語を透谷とほとんど同様にとらえていたのであろう。キダーは生徒たちに、論理的で、超自然の世界、人間の内面の機微まで入れる英語の力を身につけることを通して、日本の女性の置かれている不平等な現実に気づかせ、そのことの中で自由と平等を重んじるキリスト教の世界を伝えようとしたのではないだろうか。キダーはこのことをフェリス・セミナリのカリキュラムにしっかり反映したのであった。そして賤子はこうした教育に実に模範的に熟達していった。キダーによる賤子の評は、後の賤子への追悼文の中で、次のように書かれている。

日本で最高の教育を受けた女性でした。外国で勉強をした女性は何人もいますが、生まれながらの才質と上品さ、教育も教養もある外国人と同等に永く親交を結んだことは、高度の学校における多年の勉学とあいまって、誰にもひけをとらなかったのです。完璧な英語力によって最高の文学を容易に理解し、著作や翻訳に発揮されたような見事な味わいを出すまでになったのです。

（E・S・ブース「巌本嘉志子夫人」、巌本善治編、師岡愛子訳『訳文　巌本嘉志子』：九、ミラー夫人（キダー）の言葉の引用）

こうして賤子はキダーが手塩にかけて育てた、自分の理想を体現してくれるお気に入りの生徒となっていった。明治二二年、フェリス・セミナリ開校十四年祝賀会に、卒業生を代表して賤子は島田かし子の名で英語による祝辞を述べている。“Yesterday and To-morrow”「昨日と明日」と題して次のように語っている。

／過ぎた日々を思い起こすとき、また前におられる生徒さんの中に、私の同級生のお嬢さんの姿を見て、私は年老いてはいませんが、ローエルの「最後の一葉」という悲愴的な詩をまざまざと思い出して、不思議な感に打たれるのです。長い間、この学校は、私の唯一の家庭なのですが、ここで暖かく庇護されて、私は知的にも情の上でも、私のよいと思われるところは全てフェリスのお蔭をこうむっていますので……

（巌本善治編、師岡愛子訳『訳文　巌本嘉志子』：一七九）

ローエル（真実はオリバー・ウェンデル・ホームズ）の「最後の一葉」(1)に描かれているアメリカの独立戦争で戦った軍人の老いの姿と日本の戊辰戦争をくぐり抜け生きてきた賤子自身の悲愴な姿を重ね合わせ、そうした過去を持つ自分を受け入れ、育んでくれたフェリス・セミナリに感謝している。賤子の師キダーは南北戦争にこそ行かなかったが、そうした時代に生きたアメリカ人として、戦争がもたらした傷を間接的にせよ負っていたと思われる。そんなキダーであったが故に、戊辰戦争で傷ついた賤子と接点が合ったのかもしれない。南北戦争も戊辰戦争も国家の統合を目指して戦った内乱である。そしてその内乱は目的は何であれ、人と人とが血を流し合って争う、人間の罪の究極の姿でもあった。賤子もキダーも非日常の世界の人間の罪を凝視する共通の目を持っていた。そこを通してもキダーは賤子に神の愛を伝えたのではなかっただろうか。キダーにとっても賤子にとっても、二人の出会いはかけがえのないものであった。賤子はキダーの思いと自分の思いを重ね合わせ、心を込めて祝辞を述べたのであった。

キダーはこのような幸せを感じる中、朝から晩まで一年中異国の言葉をしゃべり、これを聞く緊張が耐え難くなっていた。それだけではなく彼女は、日本の社会のある状況にストレスを感じはじめていた。キダーは明治九年と一一年、本国への手紙に以下のように書き送っている。

　私を疲弊させているのは肉体労働ではなく八方から押し寄せてくる大きな煩いごとなのです。
／至るところで「苦難の時代」という声が聞かれます。私たちは資金難のために仕事がはかどりません。世界中でこの「苦難の時代」が感じられます。

（『キダー書簡集』：七八）

彼女は耐え難くなり、一〇年ぶりに帰国した。二か年休暇を取ったあと、ヨーロッパを旅行し、インド経由で明治一四年春、日本に戻ってきた。キダーを疲弊させる大きな煩いごととは何であったのか。
明治一〇（一八七七）年、西南戦争が起こっている。二、三百人の旧会津藩士が警視局の兵力補充のための巡査大募集に応じて一三八人（名前が判明の人）が戦死した。キダーを疲弊させる大きな煩いごととは、戦争の傷みへの共感であったと思われる。そしてもう一つは、フェリス時代、キダーを物心両面で支えた大江卓が、この戦争に呼応し、「高知の獄」（「立志社の獄」）で逮捕されていたことである。窮地に置かれた恩ある大江卓をどうすることもできない自身の無力さへの落胆があったのではないだろうか。
大江は自分の妻と娘をフェリスで学ばせ、さらに当時神奈川県令であることから野毛山の県官舎を一時的に学校の教室として提供し、さらに自費でキダーを馬車で送迎している。この大江については次のように書かれている。

この大江が、偶然にも明治一一年から一七年まで同じ土佐人林有造と共に盛岡の獄につながれていた。二人とも将来を嘱望されていた官僚であったが、征韓論が破れていらい野に下り、片岡健吉や後藤象二郎らと共に民権論に傾き、明治一〇年の陰謀事件〔西南戦争〕の片棒をかついだために処刑〔高知の獄〕され、盛岡に移されたのである。その頃の獄は下の橋際にあったことも偶然といえよう。二九年にミロルとキダーが建てたのも下の橋際で、今でも下の橋教会と呼ばれている。／キダーがフェリス女学校の校舎のことで苦境に陥ったとき、手を伸べて助力を惜しまなかった大江は、遂に官途に就くことで出世をすることがなかったが、林のほうは出世三兄弟の一人として栄達の途を直進する。

入獄の縁で、大江は岩手県第五区から初の総選挙に出て四二二票を得て当選する。／後藤象二郎の遊説が功を奏したといわれている。

（太田愛人「キダーと盛岡」、『あゆみ』一四号：一七）


キダーは、板垣だけではなく、世話になった大江を通して日本における自由民権運動を、少なくともその一端を知っていたと思われる。むしろ彼女は大江に引き寄せられるようにフェリス退職後、盛岡を目指したと言えるのかもしれない。それは貧困に苦しむ農民たちのただ中に足を踏み入れていくということでもあっただろう。ということは、キダーの生徒としてキダーとつながりを持つ若松賤子もまた、北国の人々の貧困の実態と、それにからんだ板垣や大江や他の自由民権運動家の動きを、成人するとともに知っていったであろう。賤子は明治の動乱時に北国に追いやられた敗者の娘であった。それ故、それは弱者という共通点も重なって他の誰よりも深く知っていったであろう。「第Ⅲ部　二　明治政府」で後述するが、キダーの夫・ミラーは四年後の明治一八年五月一七日、四国伝道で板垣退助を知るようになる。賤子は自由民権運動の危機的状況とキリスト教との関わりを少なからず知っていたと思われる。

三　自立

（1）母校での活躍

明治一四（一八八一）年、キダーはフェリスを辞め、夫ミラーと共に伝道に専念することになった。キダーを母親のように慕う賤子にとって、衝撃的なことであったと思われる。キダーは学校で共に働く同僚のミス・ウィトベックの嫉妬にあい、彼女との確執に疲れ果て、手塩にかけて育て上げた学校を去ることにしたのであった（榎本義子「ミス・キダーの手紙（9）」、『あゆみ』一〇号：三三―三九参照）。

その後のキダーの活動の一つは、女性と子ども向けの小月刊誌『喜の音（よろこびのおとずれ）』の発行であった。彼女は伝道のための教育活動を全国レベルでなそうとした。明治一五年、『喜の音』をS・B・マクニール（横浜の共立女学校教師で、アメリカ・ブルックリンの外国日曜学校文学補助会の委託を受け、上海の『小孩（こがい）（子ども）月報』に倣ってこの雑誌を創刊）から受け継ぎ、編集を始めた。植村正久、井深梶之助、吉田信好らがマクニールを助けて編集の仕事をしていたが、共に従事していた外国人三人の更迭でキダーが担当することになったのである。編集方針はキダーが決定し、翻訳や執筆の実務は三浦徹が引き受けた。三浦は一二年間、盛岡下ノ橋教会で牧師を務めながら、この雑誌を発行しつづけた。子どもにも容易に読めるようにと主に口語体で書かれていて、日曜学校の教材に使われていた。キリスト教の教えが中心であったが、多くの科学的読み物も掲載した。当時のキリスト教出版物の中で最高の発行部数であったという。前述したように賤子が山内季野と日曜学校を設立したのは『喜の音』創刊と同年の明治一一年である。彼女たちはマクニールのこの月刊誌を教材として活用していたはずである。キダーは東京築地に住まい、『喜の音』とその幼児向け付録の編集をした。集会を一日置きに開き、フェリスの教え子たちとも例会を開いた。

賤子はこの年の夏休みをミラー家で過ごし、キダーから雑誌の編集等々を教わったはずである。子ども読者のために力を注いだキダーたちの熱意は、賤子にしっかり伝わったと思われる。彼女は「ミラー夫人ほど、私の信頼する方はありません」と書き送っていた。キダーのいないフェリス・セミナリは、その教育の内実において彼女の意欲を失わせていた。それは他の生徒も同様であった。賤子は悩み、自分の将来について心を開いてキダーに相談した。寄宿舎生活はもう六年にもなり、同窓生の大方は結婚し、すでに学校にいなかった。キダーのいない学校で、この後充実した日々を送れるとは思えなかった。キダーはあらん限りの力を尽くして賤子を説得し、断固とした口調で「学校に戻るべきです」と言った。賤子は意欲を失ったままほとんど義務感だけでフェリスに戻っていった。

キダーは、『キダー書簡集』によればフェリス退職後の明治一九年ごろ、夫のミラーと共に四国伝道に行っている。[1] 彼女は日本人が特に賛美歌を好むのでその指導をしている。秋山繁雄の「ミラー夫妻と三浦徹の盛岡伝道(1)」(『あゆみ』一四号)には、このミラー自身が、自ら盛岡開拓伝道を計画していたということも明らかにされている。明治二一年の春、宣教活動のほとんど行われていない、なかなか見込みのあると思われた地、盛岡にキダー夫妻は行っている。その地はまさにフェリス・セミナリ創建時代、駆け出しの彼女を支えた大江卓がいた所である。しかし、その盛岡での伝道活動により彼女は過労を重ねていった。

明治一四年一二月、フェリス・セミナリに二代目校長としてオランダ改革派宣教師E・S・ブース（Eugene S. Booth）が就任する。彼は幼時に父親を亡くし、ラトガース大学卒業後、ニューブランズウィック神学校に進んだ。日本の女性の教育の不足を聞き、結婚後、妻と長男と共に三一歳の時、来日した。新校長は、教室を塗り替え、各所を修理し新しく整えた。カリキュラムの改革などいくつか断行し、明文化した学校の規則書をつくっていった。本課を卒業してさらに研究を続けたい者は後課に入り、幾何学、バトラーの「アナロジー」、キリスト教弁証論などを研究することができた。学内に活気が生まれ、賤子はだんだん元気を取り戻していく。今まで生徒たちは何年たっても卒業ということはなく、各自で学力を判断し、退学していった。賤子たちは文部相から官立学校の生徒たちのように、免許状をもらえなかったのである。そして翌一五年六月、フェリスは初めて賤子を一人高等科卒業生として世に送り、賤子に免許状を与えた。賤子一八歳であった。彼女はこの時、自身の世代を代表して、堂々と英語演説をしている。しかしそこに出席してくれる身内は誰ひとりいなかった。ブース校長はじめ諸先生方、来賓は、賤子の学力の高さと信仰の篤さを賞賛した。フルベッキ博士、稲垣信牧師が女子教育の発展について熱く語り、賤子は感動して彼らの言葉をしっかり受け止めようとする。ここまで育てていただいたからには、先生方、皆様に応え、日本の女子教育のために力を尽くしていかねばならない。彼女は未来を切り開いていく責任を深く感じた。

賤子は母校フェリス・セミナリで就職することが決まる。九月の新学期が始まるまでの長い夏休み、ブース校長は、賤子を函館での避暑に誘った。横浜地方はコレラが流行していて、学友が急死しており、彼女の健康を配慮してのことでもあった。賤子はずっと父に会いたいと思っていた。しかし賤子からは父に連絡が取れなかった。北海道に行けばもしかしたら父に会えるかもしれないと思っただろう。函館は父が五稜郭で捕虜になった所でもあり、どんなところか見ておきたい。彼女は貴重な機会だと思い、ブース一家と共に函館に向かった。船に乗って江戸湾を出たその時、ハプニングが起こる。濃霧の中、乗っていた九重丸が岩にぶつかった。船に穴が開き、難破したのである。助けられ、福島県下、磐城の薄磯と呼ばれる村で眠れないまま一夜を明かした。そこは奇しくも賤子の生地会津若松まで一〇〇キロ余りにある。彼女はそこに四日間滞在した。船の座礁と函館は、奇しくも賤子の父の函館五稜郭の戦いの追体験であったと言えるかもしれない。「一（1）幼時の戦争体験」で前述したが、父・勝次郎は、函館への航海中暴風雨に遭い、沖に出るよう榎本武揚に進言したが聞き入れられず、旗艦は座礁したのであった。

この頃、福島県令・三島通庸によって、会津三方道路工事が強行され、自由民権派への弾圧――福島事件が起こっていた。北海道は北海道庁設置前の札幌、函館、根室三県一局時代に入り、世論が激怒した「官有物払い下げ」が行われている真っ最中であった。

そして後にこの自由民権派への弾圧など国家のしめつけが、賤子や後に彼女の夫となる巌本善治たちへその矛先が向けられていくであろうことは、当時の彼女の知る由もなかったことである。

一週間ほど後に函館に着き、賤子はその地のミッションスクールの生徒たちと共に野山の中、素晴らしい時を過ごした。後に「五才の本売」に次のように書いている。

逢ふての親みは、多年の朋友に異ならず、北海の砂に浜梨子をちぎり、手を提へて五稜郭に古戦場を探ねた

一と昔しを、宛がらきのふの如くに物語り升た。（「五才の本売」『女学雑誌』三四五号：一七）

北海道で知り合った友人が、亡くなった「無二の朋友」と非常によく似ており、この友人と五稜郭を訪れたことが書かれている。教職につくという新しい出発にあたって、教職を、かつて父が戦ったこの場所で、父の歴史の重荷を引き継ぐ中から始めようと、固く決意したことと思われる。

賤子は卒業後七年間、学校から要請を受け、自身も志望し、母校の和文教師を務めた。当時フェリスで教鞭をとっていたのは有名な宣教師と植村正久、中島俊子ら著名人が多かった。優秀な人材の中で、賤子は日本文芸の他に和文章英文訳解、家事経済、健全学、生理学も担当するようになり、重んぜられていく。賤子はブースの依頼で、婦人伝道協会に学校の概況を送った。その中で、「フェリス女学校が日本人の力によるところも大きかったこと、それが日本人のための日本人の学校であること」を強調している。（鈴木美南子「若松賤子の思想とミッションスクールの教育」、『フェリス女学院大学紀要』第一二号：八）ブースはキリスト教精神に立った、指導力ある女性を育てることに重点を置き、文芸の活動に力を入れていった。彼は自ら「エロキューション」という演説や朗読を指導する科目を受け持っている。彼は「いつなん時、国家の為、立って弁論せねばならぬ場合が来るかもしれぬ、あなた方はその時、勇敢に堂々と話さねばならぬ」と諭したという（同「E・S・ブースのキリスト教女子教育理念」、『フェリス女学院大学紀要』第一〇号：三四）。この当時、自由民権運動が日とともに激化しており、各地で演説会がさかんに開かれ、フェリスでも発表力を重要視した教育が進められ、生徒の主体性を育てようとしていた。このことは賤子の心を強く動かし、さらに彼女を意欲的にさせたのであった。自由民権運動の封建制からの解放、人権意識の目覚めは、賤子の生きる課題と一致した。

ブースが新たに生み出した校風の中、自分の立つ足場がはっきりして落ち着き、自信を得、この頃から賤子はさらに目覚ましい活躍をするようになる。まず『論語』からとった「常に学ぶ」を意味する「時習会」と名づけた文学会を起こした。月一回開催して外より客を招き、文章朗読、英詩読誦、演説、音楽発表、会話等を行っている。次のような趣意書を出し、月に一冊ずつの雑誌編集を企画した。

我々は此文運昌盛なる世に生れ此教育を受くこれ古人の受ざる所の幸福なり然れバ亦古人に超へたる責とも有するものなり宜しく互に奨励勉学して天恩に報ひざるべからず

（「時習会の趣意」、『女学雑誌』一三号：三一、「寄書」欄）

恵まれた環境にある者は負うべき義務があるという意識で、文芸という形式を使って目的を遂行しようとしたのである。彼女は数々の寄稿を開始した。後に巌本は塩田良平との対談で「私がやつてゐる『女学雑誌』が、女の位置の向上といふ事を目標にしてゐたのに感激し、女の為に有難いことだといふので先方［賤子］から私の処へ訪ねてきました」（巌本善治「撫象座談」『明日香』第一巻八号：一五）と述懐している。フェリス・セミナリでキダーから受けた作文教育が効を奏したのであった。生徒の林貞子は次のように書いている。

文学会は可なり盛で御座いまして、毎水曜日に開かれ、校内皆代る代る何かせねばなりませんでした。其(その)ため英文でも邦文でも能く作り、暗誦は一々新らしきものをなし、随分一生懸命練習致しましたので、其(それ)をさがして教へて下さる先生方の方でも、随分御骨が折れた事と思ひます。

（林貞子「追憶記」、山本秀煌編『フェリス和英女学校六十年史』：九二―九三）

賤子は女子教育と文芸の二大テーマを得たのであった。彼女は明治一六年、英語演習会を開き、『リア王』を公開した。来賓の中に、神奈川県県会議員で自由民権家の島田三郎がいて、賤子のことを「才常人に超(こゆ)る」と驚嘆した。

フェリス・セミナリは新築開校後八年がたった一六年秋、増改築工事が完成して寄宿舎は九〇人を収容することができ、倍以上の規模になった。ブース着任以来、それまで宣教師が主導であった学校運営は、日本人に任せていく方針に切り換えられていった。ブースは賤子の学校に対する熱意と献身の深さについて、学校の方針さえ彼女のパーソナリティから影響を受けたと言っている（鈴木美南子「若松賤子の思想とミッションスクールの教育」、『フェリス女学院大学紀要』第一二号：一二四）。宣教師に受身的に指導されてきた人々は、非常に驚き躊躇(ちゅうちょ)したというが、その責任を果敢に担っていったのが二〇歳そこその賤子であった。明治一七年四月、落成式が開かれた。二五〇通の招待状が発送され、フルベッキ博士、井深梶之助、山本英煌ら来賓の祝辞、演説があり、ピアノ演奏や合唱が披露された。賤子は当日、挨拶に立ち、「女子教育と女の社会的地位の向上」について在留外国人、日本人有力者、父兄、生徒など並みいる人々の前で、次のように英語演説した。

日本も、文明の外形は既に模倣ずみです。しかしその真髄、若しくは文明の精神は、とり入れもせず、見習ってもいません。／将来、妻になり母になることは、日本の若い文明が与え得る最上の教育を、受ける資格がないという事でしょうか。彼女達が司る家庭は、社会を再生し、極悪非道な因習を取り除くのに、役立たないでしょうか。／女は余りにも長い間、不当な扱いを受け権利を否定されてきました。尊敬すべき立派な伴侶として男と並び立つ真の地位を、奪われてきたのではないでしょうか。

（同：二二—二三参照）

女の権利の主張を説く演説こそは、賤子がキダーから教えられたものであった。賤子と同郷の井深梶之助も出席し、祝辞を贈っている。音楽が披露され、新しい食堂でパーティーが開かれた。この頃、一人の卒業生・星野あいが『小伝』に当時を回想している。

わたしが四、五歳のころの「ことと思いますが、／姉幸子が／ブース夫妻と長男、フランク・ブースをお連れして帰って来たことがありました。そのとき若松賤子さんもご一緒でした。……戸鹿野(とがの)の本家にお迎えしたのですが、横浜からえらい方がおみえになるというので、一家は興奮に包まれました。幼かったわたしは庭で線香花火などして遊び、若松賤子さんはわたしの頭を撫でて下さったものでした。

（星野達夫「熊二と善治と星野光多・嘗見」、巌本記念会『明治女学校の百年』：一二三）

賤子はキダーのみからだけでなくブース夫妻からも特別の愛情を受けていたことがわかるのである。この少女・あいは、フェリス・セミナリ明治三七年卒の、星野光多の末の妹であり、後年、津田塾大学学長となった人である。星野光多は、生糸商を父に持ち、宣教師ジェームス・バラのもと、英語と聖書を学び、横浜海岸教会でバラより受洗した。木村熊二がアメリカから帰国後、星野は熊二に会い、熊二のあとを受けて下谷教会の牧師となる。星野は教勢を高め、明治二四年春、フェリス・セミナリ教頭となり、八年余り勤めた。教育勅語が発布された後、明治政府はキリスト教系の学校の学校経営に日本人の参画を要求したのである。そしてその後、光多はキリスト教界の重鎮の一人となる。光多は妹・こうもフェリスに入学させた。こうは長谷川みねと仲良くなり、海岸教会に通い、一七年にみねと共に稲垣信牧師より洗礼を受ける。この星野こう、長谷川みねの二人は二三年卒業後、共に母校フェリスの教師となった。そしてその時、同じ教師仲間に若松賤子がいたのである。明治二二年、賤子と巌本善治は結婚したが、その二年後の二四年、光多は長谷川みねと結婚する。島崎藤村の『桜の実の熟する時』[2]（四五八—四六三頁）は、明治二三年明治学院で行われた第二回ＹＭＣＡ夏季学校の情景を描いているが、その前年の同志社での第一回夏季学校では光多が、第三回箱根芦ノ湖畔での夏季学校では、巌本が講師であった。なお木村熊二は小諸義塾を閉塾後、明治四〇年、英語・漢文・聖書等の教員として一年だけフェリス・セミナリで教えている。

（２）筆名「若松賤子」

旧会津藩士の職業の選択と住居移転の自由は、明治六年八月になってようやく認められた。しかし、彼らの窮迫状況にもかかわらず、そのための資金については何の援助もなされなかった。会津藩は没収され、藩士の家屋敷は藩主から与えられた官舎のようになっており、かつての自分たちの住居を自由に処分することすらできなかった。父・勝次郎は、現存する実弟・義助の戸籍には二男と記されていること、勝次郎という名に「次」がつけられていること、養子に出ていること、喜平という諱があるので長男がいたらしいこと等々から二男と推定される。『古川佐寿馬遺稿集』によれば、養家の松川家は義助に譲渡された。実家の古川家は一六〇円で松川家を買い取って会津若松に定住し、松川家は上京したのである。売渡の名義人は、賤子の妹みや（宮子）とされた。

賤子は卒業して三年後の明治一八年七月、二一歳の時、当時の養家であった大川家の戸籍から実家の戸籍に戻り、本名の甲子を嘉志子（志を嘉する）と改めた。嘉之子（之を嘉する）とも記した。新しい出発をしようとしたと思われる。養父・甚兵衛は亡くなっており、大川家との縁はとっくに切れていた。北海道の札幌県後志国高島郡色内町八番地（現・小樽市内）から東京府麻布区麻布霞町八番地（現・港区西麻布一丁目）に転入した勝次郎が、すぐさま娘を養家から取り戻す法的手続きをとったのである。賤子も妹・宮子も諜報役時代の仮の姓である島田を名乗った。宮子が上京した時、賤子は喜んで飛んで行った。賤子の長男・荘民は「夜中に麻布の実家へ帰えり、妹宮子を給費生として入学させることに決めた」と、その時の賤子のことを伝えている（「若松賤子のことなど」『詩界』五六：一六）。島田宮子は明治二七年フェリス・セミナリ本科卒業と記されているので、予科三年、または普通科二年に、本科四年として、入学したのは明治二〇年か二一年のことであろうか。宮子は戦争の真っただ中の異常な出産のせいか、耳がやや不自由であった。いくらか偏屈な印象があったといわれるが、顔だちの美しい人であったという。ようやく勝次郎、義母・希、賤子、宮子、義弟・一の五人が揃って顔を合わせたのであった。

折しもこの頃、巌本善治がフェリス・セミナリに参観に来ていた。彼は『女学雑誌』の主催者である。この雑誌は女子教育も文芸も含め、あらゆる問題を扱う総合雑誌であり、賤子の心を強くとらえていたのであった。その上、彼はオランダ改革派という彼女と同じ教派であった。まもなく巌本の妹・井上香芽子がフェリス・セミナリに入学してくる。巌本は『基督教新聞』も出版しており、賤子は彼の翻訳を手伝った。賤子は巌本に『時習会』誌を寄贈し、巌本はその趣意書を『女学雑誌』に掲載し、さらに彼は賤子に同雑誌への寄稿を促した。

賤子は明治一九年五月、初めて『女学雑誌』に投稿する。小品和文・鎌倉紀行「旧き都のつと」である。同僚と一緒に鎌倉時代の古跡を訪ねた時の歌であった。「いぶせき月日をここに重ねたまへる御ありさま」を見て、次のように歌った。

此（この）みよにゆかり少きそれならでカルバリ山（やま）をいかにみるらめ

（『女学雑誌』二三号：一九一）

護良（もりなが）親王が鎌倉幕府倒幕に失敗し、幽閉された窟（あなぐら）は暗く苔むしていた。護良親王の落魄（らくはく）と戦火の父・勝次郎、母、会津若松の人々の敗北が重なる。そして戦火をくぐり抜け、逃げ惑った幼い自分の姿が重なる。銃火の音、人々の悲鳴、阿鼻叫喚の死の恐怖の中を母と抱き合ったあの思いは決して消えることがない。戦いの後、凍てつく寒さがやってきた。食べ物がなく震えながら生きていた。観念ではない。肉体の痛みを伴うかと思われるほどの記憶であった。日々を経てわかってきたことは、自分たちが敗者だということである。人々は哀れみの目で自分たちを見た。嘲（あざけ）りの目もあった。蔑（さげす）みの目もあった。戦乱時の恐怖が忘れられないのとともに、そうした見下げられた目からの屈辱感は幼いながらも彼女は覚えている。こみ上げる思いが彼女の心を堰を切ったようにほとばしり出たのであった。その激情が受難のイエス・キリストへの思いと重ねられていった。人々の罪のため、十字架に釘づけられて血を流し、痛みに耐えていたイエス！　そのイエスを誰一人、弟子の誰一人も助けようとはしてくれなかった。イエスは凍りつくような孤独の中で、「エリ、エリ、レマサバクタニ、わが神、わが神、なぜ私をお見捨てになったのですか」と神を仰ぎ、叫ばれた。賤子の思いは、護良親王へ、そしてさらにイエス・キリストへと重ねられていった。賤子は決意した。キリストにならって生きていこう。紀行文は「みやびなけれどこころばえのうれしさに家づとにして帰りぬ」と結んだ。「カルバリ山で人々から蔑まれ、唾をはきかけられても、人の罪によって十字架に架けられ、それでも人々への愛に生きたキリストに倣って生きていこう」と歌った。この時彼女は初めて「若松賤」の筆名を使った。自分の生き方を「賤」に込めた。女子教育と文芸を二大支柱として『女学雑誌』へ寄稿し、書くことによって世の中に出ていこう。賤子は固く決意し、顔を上げ、さらに前に向かって進んでいった。

賤子が日本の武士の娘として生まれ、アメリカ女性宣教師キダーによって育てられ、特異の歳月を経てキリスト教を受容した過程は、前述したとおりであるが、キダーがキリスト教の中でもピューリタン[3]の影響を強く受けていたことは、その受容を容易にしたとも考えられる。たとえ幼児期としても、士族の日本の娘として自己を律する儒教的な倫理感で厳格に父母や祖母らに育てられた賤子の感性は、キダーの謹厳で潔癖なピューリタンのそれに通じるものがあったと思われる。日本の会津武士と欧米のキリスト教世界という二つの文化圏から一つの接点「賤」を見出したとも言えるであろう。敗北者会津と、人間の罪を背負って十字架にかけられたイエスの接点「賤」である。彼女は、それを自分の筆名「若松賤」として選び取ることによって、自己の拠って立つ基盤、生きる原点を明らかにした。そして神の賤しいしもべであるというへり下った気持ちを込めて一個の人間として立つことを決意した。

前述の長女・中野清子は「母のおもかげ」には次のように書いている。

雅名が示す様に若松といふのは母の荷ふ生れた土地会津藩への執着であり、賤子といふ名は恐らくは神婢といふ様な敬虔な感情がこめられて居るのではなからうか。かういふ事が示す様に母の性格には会津人としての片意地な反面があつた様に感ぜられる。宗教学校出身でありながら熱心な国粋主義者であつた。

（中野清子「母のおもかげ」、『若松賤子集』：三〇）

「土地会津藩への執着」、「会津人としての片意地な反面」、「神婢といふ様な敬虔な感情」とは何であろう。会津には武士を統括した「家訓」があった。

一、うそをいうてはなりませぬ。
一、弱い者をいじめてはなりませぬ。
一、卑怯な振舞いをしてはなりませぬ。
一、ならぬことはならぬものです。

この家訓は会津の人々の魂となり、武士のみならず、女、子どもにも行き渡っていたという。前述したが、賤子は一〇歳ごろ、父・勝次郎から「思無邪」の短刀を手渡され、「武士の娘が苦しいなどと言ってはならぬ、ならぬことはならぬのだ」と言って聞かされた。家訓の真実、正義に価値を置く精神のあり方、弱者へのいたわりは、幕末に会津が受難の道をたどらざるを得ない軌跡をつくる動機でもあり、それはまたキリスト教の義と愛の精神に通じるものである。「第Ⅲ部　三　会津のキリスト者」で後述するが、会津は他と違って熱心なキリシタンの人々の地であった。会津の武士を統括した「家訓」は、厳しい現実にあっても脈々と受け継がれてきたキリシタンの精神と融合しやすかったのかもしれない。それが明治の時代になっても絶えることなく受け継がれていった理由の一つであったのだろう。賤子は敗北者会津の娘としての暗い幼少時代をこの会津の「家訓」に支えられ、長じてキリストと出会ったのであった。

　賤子はこの後、人生における転換点を迎えることとなる。明治一九（一八八六）年一二月六日、広汎な婦人組織「東京婦人矯風会」が発会し、彼女はその会員となる。矯風会はキリスト者・矢嶋楫子（かじこ）が中心となって創設したもので、女性解放運動の先駆けであった。賤子がキダーから教わった男女平等の理念を行動で表すものであった。賤子は七月一七日、万国婦人禁酒会書記のレビット婦人の女学演説会で通訳をする予定であった。しかし体調不良のため急遽（きゅうきょ）辞退することとなる。積極的に社会参加しようとしていた矢先であり、無念だったことだろう。そして一二月、結核の第一回喀血（かっけつ）があった。微熱が取れず、疲れやすくなった。賤子は宣教師格の待遇を受けており、高給をもらっていた。そんな身を女生徒たちの中に置くのはいけないと辞職を申し出た。しかしブース校長に心得違いだと戒められ、二〇年の暮から二一年にかけての冬、熱海で静養し、春には職場復帰している。

半年後の明治二一（一八八八）年九月、父・松川勝次郎が亡くなった。五三歳（三九歳とも四〇歳とも、また四五歳ともいわれる）であった。彼は政府に仕えるようすすめられたが東京に蟄居し、商売を始めたがうまくいかず、酒に悶々の日々を送っていた。彼の心を癒やすものは子どもたちの成長だけであり、孫の顔を見たいと言っていた。彼は賤子の巌本善治との婚約を喜び、不遇のうちに逝去した。会津の武士の酷薄な歴史の影を父は背負い続け、賤子はそれを痛恨の思いで受け止めていた。

賤子二四歳、宮子二〇歳、義弟・一は一三歳、義母の希は気丈な人だったらしいが、一家の経済は賤子が支えた。父と義母との間には、一の後、女の子も生まれたが夭折した。一は、賤子の長男・荘民によれば、次のような人であった。

> 身長が五尺七寸以上はあり、武芸の嗜もあった。画家になろうと志したが眼を疾み、駿河台の眼科医院に通って手術を受けたが、遂に半ば失明して了った。志願を更え、十六歳頃から山勢師に就き琴、三味線を学び、玄人間に東京一の評があった。古武士の風格ある天才的な人で、嘉志子自慢の義弟であった。
>
> （巌本荘民「若松賤子のことなど」、『詩界』五六号：一六）

一は黒田清輝に師事して油絵を習っていた。その後、山田流の名取りになり、一和の名で、明治女学校、実践女学校等で教えた。三四、五歳で早逝したらしい。

（3）若松賤子の教育と文芸活動

賤子は社会意識の遅れた日本人を対象として書く場合とは異なり、英文で書くときは、その見解を論理的に明晰に堂々と述べることができた。"The Condition of Woman in Japan"（「日本における女性の地位」）は、賤子がアメリカのバッサル（バッサー）女子大学[4]から世界の女子景況調査を依頼され、日本の女子教育の現状および女子の自立の手段について書いた論文[5]である。これははじめ賤子と同郷の会津出身、大山伯爵夫人・捨松（すてまつ）に委託があった。捨松は岩倉使節団に同行し、バッサル女子大学の留学生になり、同校を卒業している。「折悪しく不快」の捨松の代わりに報告書をまとめることになったギルパトリック夫人（同校卒業生）は資料を集めようと女学雑誌社に連絡を取ってきた。巌本善治はギルパトリック夫人に賤子を紹介、推薦し、賤子がペンを執ったのである。賤子は明治一七年のフェリス寄宿舎落成式での「女子教育と女の社会的地位の向上」という演説を具体的に一歩掘り下げ、進めたものを書き上げた。バッサル女子大学はアメリカでも有数の優秀な大学である。これがアメリカの諸新聞で評判となり、明治二〇（一八八七）年一一月『J.E.』に、明治二一年二月二五日『女学雑誌』第九八号に六頁の英文が掲載された。その論文を見てみることとする。

「女子教育の現状」と「女性の自立の方法」の二つの問題について、短い報告書を書くように依頼されて、入手できる最良の情報源と私自身の観察を事実の拠り所とし、書いたのが次の報告書である。

私が入手できている最新の統計の数字は八四年のものであり、以後の数字はまだ公表されていない。

1　教育

日本の人々は昔から、男子の高等教育には実利があると、速やかにその重要性を認めて、努力の許す限り、その機会を息子たちには与えている。ここ数年、娘たちにも、公立小学校で受けられるよりもっと高い教育の機会を与えることが、利点になると考えられてきた。だが、「何がこのような変化をもたらしたのか」という疑問が生じてくる。総じて言えば、西洋文化の知識が国民の考え方を刺激し、女子教育に関して強い影響を及ぼすような種々の変化をもたらしたのである。

まず上級階級間のソサイアティー（社交会）の設立があげられる。古い慣習からの離脱である。外の世界から隔絶していることや、家庭という限られた範囲以外のことには概して無知なために無関心であることは、もはや女性の美徳とは見なされない。公に、妻は夫と同格であると認められ、娯楽と慈善事業の協会や団体を自立的に組織しだした。事実、因襲的な習慣は今までのところ忘れられて、紳士淑女は鹿鳴館に会している。鹿鳴館とは首都にあるクラブで、社交の集まり、バザーなどの為に維持されている。とりわけ踊りは奇妙なことに、ワルツが人気を博している。古い日本の社会の厳しい封建性と容赦ない制約を背景として、ますます目立ってきた上流社会の社会的刷新は、広く人々に影響を必ず及ぼすのである。一人一人の教養と素養に準じて、社会において活躍の場が与えられるようになり、親は娘のために、高等教育を求めることになった。

第二には、最近になって日本の新聞が「婦人問題」について目覚めたことが考えられる。他にも理由はあるが、厳しい報道の規制により、ここ四年間、公共の場での政治的な討議はかつてないほど少なくなった。それで、政治の話題よりも他のこと、社会的、教育的、道徳的、宗教的な問題に注意が向けられるようになった。「婦人問題」は最近の流行となり、女子教育や女子の能力、男性との比較、特に女性の隷属と女性解放のための法的手段について、次から次へと論文が書かれた。三週間に一回発行の雑誌が、女子の発展のためにと謳って、一八八四（明治一七）年七月に創刊された。三年間のうちに同じ性質の雑誌が他に七種出版された。進歩的な考えを持つ男性の著名人がこれらの雑誌に寄稿し、他にも小冊子や書物を出版して、婦人問題などを見事に論じた。このことは、一般の人々に問題の急を告げる重要で強力な要因となった。すなわち、社会改良を目指す女子教育の問題についてである。

第三に、前記の二点の底流となっていることは、近代外交政策の利点としての女性のためのという大義の提唱である。内地雑居を日本国内に許すことが深刻に考えられ、間もなく実現されるであろう。日本が立憲君主政体の威信をもって、ヨーロッパ諸国と対等な地位を得るのと同時に起こるであろう。この内地雑居は、男性に対する女性の屈辱的立場に表現されているように、現在の低い文化の程度からみると、日本の野蛮な裸の姿を見せつけるために、西欧の人々を招くようなものである。特に女性の地位の低いことは、文明の基準が家庭や社会における女性の地位によると考えるキリスト教国を批判していることになる。従って、このことが、先見の明ある賢明な男たちの幾人かが女性のために差別のない教化を推進してきた根拠となったのである。そして、幾人かはキリスト教文化が社会を文明化させ、西洋のうらやむべき社会状況と横並びにさせる究極的な媒介となるに違いないという信念を述べている。

女子教育の復興は、このように上流社会に始まり、知識階級の人々によって提唱されているが、その影響はまだ、下流階級の人々には浸透していない。従って、小学校における女子の就学は一八八四（明治一七）年の一〇一万三八五一人より増加していない。学校は六歳の時に始まり、その時、子どもたちは公立学校に入学し、一般的な分野を教えられる。大部分は一三歳で学校を卒業し、家庭にあって結婚準備の為の家事を習うのである。さもなければ貧しい家庭においては、女中や年季奉公に出される。高等小学校まで進むもののうち、ほんの少数が一五歳か一六歳で、東京府立や各県立の師範学校や女学校に進学するのである。その他は外国人とか日本人の経営による私立女学校に入学する。女子は大学への入学を許可されていないが、ただ、つい最近になって大学の専門科目を学ぶことが許されたところである。現在二人の女子学生がいて、一人は薬学を、もう一人は植物学を勉強している。また、物理学、政治経済学、数学の学部への入学を準備している者も少数いる。政府は、この許容が実行されたその時、しばらくの間は、女子に大学教育を正規に受けさせることはないであろうと公示した。

帝国すべての地区で女学校がおおむね増加し、東京では、一八八四（明治一七）年までには八、九校だったのが今は三〇校以上になっている。これらすべての学校の生徒数は多く、五〇名から二五〇名といったところである。英語は多かれ少なかれ、ほとんどこれらすべての学校で教えられ、熱心に生徒たちは学んでいる。各学校の程度は、アメリカの公立学校に相当するものである。

日本の教育の方法には大きな障害があり、ただそれは、実際に関わっているものたちだけが十分それを理解しているのだが、それはつまり、単調な漢字の勉強法であって、生徒は考えの伝達手段としてある一定のレベルを修得しなければならない。教育システムを革命的に変えるものとして期待されているローマ字会は、とても効果的とも思われるが、今の生徒たちや次の世代に実際に使用されるとも思われない。もっと便利な漢字の教授法が、遅かれ早かれ開発されるかもしれないが、現在の方法が使われているうちは教育の進歩を妨げ続けていくであろう。

帝国のさまざまな地区に早くから設立されたミッション・スクールは女子教育に多大な影響力を持ち、その成果は、一八七七（明治一〇）年には注目され、立派な業績として政府の教育白書に述べられている。

東京に二〇〇名の生徒を擁する実技の学校があり、次の項目でさらに詳しく述べることにする。

女性たちは集まり、自分たち自身の向上と相互の助け合いのために協会・団体を設立しだした。東京に、会員が二〇〇〇名もある読書会があり、文学会、談話会など各地に出来て、日本女性の自立を助けることになった。

2　自立の方法

日本の女性は法的に財産権がなく、手回り品の他には何も所有するものはない。結婚のときの嫁入支度に持参金がつくわけでもなく、あるとすれば上層階級の場合に限っていた。結婚するのが当然従うべき運命であり、婚家先の家が唯一の安住の地であると思いこまされているのである。今まで女性が自立的な生計を得ようと努めなかったのも、驚くに当たらないことである。確かにかなり多くの女性が、茶道、花道、歌舞音曲等の習い事を教えて自立している。またわずかの収入しか得られないが、産婆や針仕事、掃除や髪結いなどといった、もっと単調で下に見られている仕事もある。女性にとっての最良の職業でさえ、尊敬に値するものではないと考えられていて、必要のため致し方なくこのような職業についている。

新しい時代となって、このような状況が変革されることは当然である。女性の権利は踏みつけられ、道徳と宗教の拘束力と、二五世紀にもわたる社会の慣習によって抑えつけられてきたのであるが、物質的にも、また知的にも道徳的にも優れていれば、よい報いがあることがわかってきた。

最近になって女性に開かれた数多くの職業の中で、教師がその数においても、品位のある職業として群を抜いている。学問が最近になって復興してきたこの国では、教師は非常に尊敬される。家庭教師がお針子と一般的に同等に扱われる外国よりも、日本では、かなり教師という職業は評価されているのである。一八八四（明治一七）年の統計によれば、男子の教師が九万七九三一名のところ、女子の教師の数は五〇一一名で、他の職業を志す女性が減少していることを考慮すれば、かなりの率を示している。

確かな筋によれば、文部大臣は、有資格の女子の教師を日本国中の小学校に配置したいと望んでいる。また大臣は、教職にふさわしい必要数の女子の教師が訓練されれば、文部省の仕事の半分は、なし終えたと同じであるとも述べたそうである。教育の復興により教師がますます必要となり、特に英語の教師が求められている。語学教育には昔から良いとされているミッション・スクールの卒業生には、特に要望があって、東京の一流校に職を得ている。もちろん、女性教師の数は一八八四年以来、著しく増加している。しかし、生涯の仕事として教師になる人の数はほんの少しにすぎない。

現在、ただ一人の免許を持つ女性の医師がいて、婦人科の専門医で、良い評判を得ている。数か月のうちには、二、三名が免許を取得することになっている。東京と横浜には産科を教える学校があり、多くの女性がこの職業につこうとしている。

二年前に、文部省の音楽取調所から三名の女性が第一期生として卒業し、以来、さらに何人かが卒業しており、彼らすべてがピアノ、ヴァイオリン、邦楽器の教師として雇われている。

女性は日本画や洋画に関心を向けている。水彩画で有名になった女性も少数いる。磁器や絹布に絵付けをして生計を立てる女性もかなりいると言われる。

東京ではレース工場が数年前に設立され、生来の手先の器用さがこの種の仕事に向いて、多くの若い女性に雇用を与えた。

東京にある産業学校のことはもうすでに言及している。そこで教える教科は洋裁とか洋風の手仕事、すなわち毛糸編み、線描きや色付け、といったことや磁器の絵付け古来の手芸がある。洋裁を習う者が他よりも多く、これは上流階級の婦人方が洋服を着用するようになったからである。他方、日本髪を結うのに必要な髪結いは、大勢の女性が上も下も、洋風の髪型の束髪をとり入れたために、客が少なくなってきている。また、洋裁、和裁、洋風和風の手芸、刺繡等を教える私塾もある。

東京と横浜の近郊では、ハンカチの縁とりに身を屈めて仕事をしている女性の姿が作業小屋に見られる。外国からの需要が多いので忙しく仕事をしている。大蔵省の印刷局は若い女性も年配の女性にも仕事を提供し、年季の入った人はかなりの給料を得ている。

文学の方面ではまだ女性がペンをもって自立するほどにはなっていない。女性は法的に編集の職につけないので、新聞に寄稿するのも滅多に試みられていない。

女性が執筆し翻訳し編集した本が、一八七八（明治一一）年以来、三五冊、手許のリストに挙げられている。小冊子の形式をとったものは少なく、といって文学的価値のあるよい作品でも、日本文学の代表作と考えられる中世の女流作家の作品にまだ比較する段階には達していない。しかし女性の知性から生まれた初めての成果には、日本における文学の新時代を示すような題材が広範囲にわたっている。女性の権利についての二つの論文、面白いことにその一つは、女性が男子と同等の権利を持つ案に反対する論である。歌集が二冊。文学作品の種々。手紙の書き方についての二冊。西洋の伝記や物語の翻訳。英会話読本。裁縫の要項と蚕の飼い方。小説が二冊。ビーチャーの家政学の翻訳（未完）。自然哲学の初級読本とあと数冊。

日本の発展しつづける文明の姿を見て、その西洋的な様相には驚くばかりである。西側の社会制度は、私たちに熱狂的に敬服され、なんとか採用しようとするものだが、それは長年の経験から自然に生まれたものであろう。またあるものは、改革の苦しみを経て得られたものであろう。このような好結果をもたらす決定的な媒体、真実には、まだ日本が学ばねばならない多くのことがある。我が愛する国がすぐにこの事実を認識して受け入れ、キリスト教文化が、社会の枠組みに以下の者の祈りを通して浸透しますように、

横浜　フェリス女学校

島田　かし子

一八八七年（明治二〇）十一月

（巌本善治編、師岡愛子訳『訳文　巌本嘉志子』：一五三—一六五参照）

当時これほどの情報を手に入れるのはなかなか難しかったと推定されるが、賤子はなかなか視野が広く、分析がしっかりしていて問題点が押さえられている。論理の進め方も当時の日本人と比較して卓越している。キダーの教育によって、論理的な構造を持つ英語による自己形成がなされたことも功を奏したのであろう。「四（1）巌本善治との結婚」で後述するが、巌本善治が翻訳したケレー著『女の未来』とその原作を参考にしたのかもしれない。バッサル女子大学へ、ニューヨーク女子大学卒のエリザベス・ロスト嬢から「大満足した」との礼状が届いたことが『女学雑誌』（二〇三号「新報欄」）に掲載された。バッサル女子大学は、南北戦争以後の中流女性の教育機会獲得の野心から設立された学校であり、その後政治的発言力を強め、婦人参政権運動にも関わっていった。

明治時代当初の日本の教育状況を見てみよう。関わった人々のほとんどが洋学者であり、四民平等の思想が打ち出されており、教育においての男女同権の道理が取り上げられていた。しかしそれはわずか六年ばかり続いただけであった。明治一〇年、西南戦争のため財政が緊縮し、女子教育に対する不満、否定も起こり、「家」の中で家事を巧みにこなし、外に目を向けない家庭婦人が理想とされていった。明治一二年には別学に戻され、一五年に女子の学校は女学校を「高等」として、高等女学校が上限と位置づけられた。

こうした状況であったが、諸々の雑誌、集会、学校が出来ている。後述するが、明治一七年『女学新誌』、一八年七月『女学雑誌』、続いて一八年九月、明治女学校が設立された。そして明治一九年「東京婦人矯風会」が結成され、同年、「女子職業学校」（現・共立女子大）が設立された。この「女子職業学校」は、前年、文部省が女子師範を廃止して男子師範に合併させる指示が出された時、それに反対した女子師範の教員による女性の自立のための職業教育なのであった。生活改良として「婦人束髪会」がつくられ、重くて堅苦しく不衛生な日本髪から日本女性を解放するという画期的な出来事が起こった。そして荻野吟子を皮切りに、吉岡弥生（明治三三年、東京女医学校を設立）など次々と女医が生まれる。産婦人科の女医の誕生は女性にとって悲願達成であった。

言論界でも異変が起こっていた。福沢諭吉によって明治一八年「日本婦人論」、翌一九年に「男女交際論」が発表され、田口卯吉「日本の意匠及び情交」、広津柳浪「女子参政蜃中浪」などが出された。明治二〇年「以良都女（いらつめ）」、『日本之女学』、『貴女（きじょ）之友』など女性雑誌の発行も続く。女子の職業についても明治二八年民友社から『婦人と職業』が出版され、二九年には『報知新聞』に「女子と職業」が連載された。

賤子のバッサル女子大学への報告書が書かれた明治二〇年前後は、ざっと見ても女性を解放しようという気運が高まった特筆すべき画期的な時点であった。賤子の報告書は、真に時宜を得ていたのである。

賤子が論文「日本における女性の地位」を発表してから一年後の明治二一年一一月、彼女は前述した文学会「時習会」の三周年記念会で次のように論じている。

> 気高い女性の手にあって、ペンは何と強力な武器となることでしょう！　そして社会を高尚にし、純化させる影響力を何と強力に与えることができるでしょう。
>
> （柴田亜由美「巌本嘉志子による英文の訳出」（一）、『あゆみ』三六号：一〇）

奴隷制廃止の機運を起こした作品『アンクル・トム』の作者ストウ夫人[6]などを例にあげ、英語で熱く語っている。『アンクル・トム』によって、非人間的な人身売買から家庭環境の論理へと結びつき、体制の変革を目指して婦人参政権運動を含む女性解放運動が起こっていった。アメリカの女子大学との関わりを通してアメリカ社会に触れた賤子は、一段とその内的世界を広げ、社会における文芸の革命的な働きを意識するようになっていた。そして、「特に教育を受けた女性はその特権を一身の益としないで、公益に参与し、社会、特に知的分野に働きかける責任がある／文学活動、知的労働こそ、そのための有力な手段であり、聖なる務め」（鈴木美南子「若松賤子の思想とミッション・スクールの教育」、『フェリス女学院大学紀要』第一二号：一六―一七）であると後輩を啓蒙している。

賤子は社会を変える、知的分野で働く女性の専門家の養成を志向していた。賤子は、家庭に閉じこもらずペンを武器に働こう、隷属の一生を送らず自立して社会の向上に役立とう、「時習会」はその日のためにある（「時習会の趣意」、『女学雑誌』一三三号：三二）と、文学会、その他公開の場で繰り返し訴えた。

賤子はフェリスで、海外のものからだけではなく、日本の古典からも引用し、生徒たちを指導して創作劇を披露した。巌本善治はそれを参観して喝采を送り、その感想を『女学雑誌』に次のように書いている。

趣向は紫式部、巴御前、小野のお通、及び楠正行の母、不思議にも月世界に落合ひて下天（げてん）の開化を評する処（ところ）にして、甚はだ面白かりき。（巌本善治「日本の淑女を西洋人に知らせたし」、『女学雑誌』一三五号：一三、明治二一年一一月）

巴御前を演じた平野浜子は、指導する賤子を次のように伝えている。

人の心を読みとる力があり、／たちどころにその長所を引出し、その向上に助けの手を喜んでさし出すのでした。／ひとたび信じこむと、何物もその信頼を動かせなかったし、またその打ちこみ方は変らなかったのです。高潔な目的に全霊を捧げるような情熱を抱いておられました。理想の高みへと進む努力をしながら、友人も同じように努力するよう励まして下さったのです。

（E・S・ブース「巌本嘉志子夫人」、巌本善治編、師岡愛子訳『訳文　巌本嘉志子』：一五）

得意の語学力を生かして文学会を指導し、シェイクスピア劇の朗読――特に『リア王』の暗誦、通訳によって人々を驚嘆させた。そのことが明治二〇年四月三〇日の『女学雑誌』第六二号の「新報」欄（三九頁）に「島田かし坂寄やす星野こう三嬢のシェイクスピア作レア王第一クの掛合あり当夜第一の出来として内外の来客ともに感歎し（かんたん）たり」と掲載されている。このような教育活動を通しても、賤子はブース校長はじめ教員、生徒からの信頼と敬愛を一身に集めていった。そんな賤子に対して友人は「一番印象に残ることは、自己に厳しく他には限りなく寛容であった」と評している。また賤子は生徒たちに対し、日曜日の夜など就寝するまで物語を語って聞かせ、一緒に歌を歌うという情愛深い教師でもあった。戊辰戦争の細かな記憶は年齢とともに薄れていき、母と抱き合った感触が懐かしく残っているというが、賤子のわずかばかりの母との触れ合いのかけがえなさも、そうした行為を促したと言えるであろう。キダーとの出会いも彼女をそのようにさせたのだろう。人間と人間との間で、教師と生徒との間で、本当に大切なものは何なのかということを彼女は身をもって表していた。

半年後の明治二二（一八八九）年六月、それはフェリス・セミナリ増改築工事から六年たっているが、賤子二五歳の時、新校舎が完成し、その献堂式ならびに、開校一四年祝賀会で、中島俊子、松田直子と共に教員代表として述べている。"Yesterday and To-morrow"（「昨日と明日」）と題して祝辞と所感を述べた。来客は三〇〇名であった。「婦人の自立と発展が、本質的にはキリスト教による救いによって真に人格として立たせられることでなければならない」と述べた。聖書が教育の基礎であること、自治の生活の大切さ、そしてフェリスで受けたピューリタンの純潔な教育の薫陶が力強く演説された。幼い時に過酷な戦争体験を持ち、フェリス・セミナリで神の教えに出会い、高い思想、見識を身につけた彼女は黙ってはいられなかった。賤子は次のように力強く聴衆に語りかけた。

フェリス女学校の未来の発展は、もっぱら、誰の肩にかかっているのでしょうか？　それは私たちのアメリカの友人の肩にかかっているのでしょうか？　いいえ、断じてそうではありません。／彼らは舞台から姿を消して、私たち日本人に席を譲ろうとしています。私たち日本人が、私たちの役割を演じなければならないのです。／私たちの最愛の母校と諸先生方のお働きを通して、私たちの天の父が、私たちに与えて下さったご恩寵（おんちょう）に対して、何を報いたらいいのでしょうか。

（『フェリス女学院100年史』：六九—七〇参照）

賤子の科学的で卓越した論理性、そして自治、ピューリタン思想の高さもさることながら、若い女性が一人堂々と並みいる人々の前で講壇に立ち、自分の考えを力強く語るということは、いまだかつてあまり見ることのできない光景であった。宣教師から与えられたピューリタンの教育を通しての「神の愛」を伝えようとした。そのことの感謝の思いが彼女をして従来の殻を破らせたのである。ここで学んだことは男や女の差別がない。それをしっかりと伝えていこう。高橋政俊は次のように述べている。

賤子の文学観乃至その思想はかなり複雑だったように思われる。彼女の思想はキリスト教精神にその基礎を置き、さらにそれを一歩越えたところにあったと思われる。彼女が遺言に残した言葉の一節に「私の生涯は神の恵みを最後まで心にとどめたというよりほかに語る何ものもない」とあるが、彼女の生涯の運命を決定付けたものは社会の動きである。

（「『小公子』の評価――『賤子』の理想と文章表現を中心に」『日本文学研究』第九号：六九）

賤子は教師になってさらに英米文学に親しみ、詩や小説を読破していった。中村忠行は賤子の読書の特徴を以下のように述べている。

彼女の興味の中心が、十九世紀後半の英米文学、別してヴィクトリア朝期の通俗文学――上品で、道徳的で、権威と正統宗教に対する無条件的信奉が見られる堅実な文学――にあつたこと、Dickens, Miss Mulock, E. P. Roe, Alcott, Mrs. Stowe の様な少年文学の筆をも執つた作家の顔が、少なからず見えること、又 Lytton, Scott, Hugo などを除くと、当代の日本文壇では、限られた一部の人々にしか知られてゐない作家が、いちはやく読まれてゐること、しかも、その範囲は、真面目なキリスト教徒の読物を思はせる程度のものに、限られてゐること

（中村忠行「若松賤子と英米文学」、『近代文芸の研究』：九四）

賤子は限定された「真面目なキリスト教徒の読物を思はせる程度のもの」を読んでおり、キダー等々アメリカ婦人宣教師の影響がいかに強かったかがわかるのである。アメリカ宣教師たちが、『喜の音』以外に、以前から本国より積極的に取り寄せ、賤子ら日本の子どもたちにすすめていたのが、一九世紀を代表する児童文学雑誌『セント・ニコラス』や『ユース・コンパニオン』（富田博之『日本のキリスト教児童文学』）であった。両誌はともに、一八六〇年以降、日曜学校系の雑誌が持っていた独特の「説教くささ」から抜け出し、子どもたちが楽しみながら読める作品を掲載しようとしていた。家庭物がほとんどであったようだが、その底にはキリスト教プロテスタントの思想が流れていた。どの作品にも〝母親の子どもに対する愛情〟〝母親の愛情を受けて純粋な心を育てた子どもたちの姿〟が描かれていた。子どもたちに読書の習慣をつけさせるとともに、母性に基づくものを通してのキリスト教教育を理想としていた。後に賤子が『女学雑誌』上で、読書に良いと推薦した多くの作家たちは、この両誌の主要メンバーであった。

西欧では一七世紀ごろまで、子どもは大人とほとんど区別されることはなかった。しかしルソーは、子どもを大人とは違う存在として認識し、子どもの自然なふるまいを大切にし、宗教的誇張（原罪思想の誇張）が子どもに過酷な抑圧を与えがちだった状況から子どもを救い出した。『ユース・コンパニオン』等に流れる教育観は、このルソーの子ども観に影響を受けていたものであり、聖書の「幸福なるかな、心の清き者、その人は神を見ん」（「マタイによる福音書」五章八節）とか、「もし汝ら翻へりて幼児の如くならずば、天国に入るを得じ」（「ルカによる福音書」一八章一七節）などの教えと考え合わせると、子どもに内在する素直さ、清さをそのまま伸ばしてあげるのが親として人間としての務めであるという考え方である。また、それは、イギリスのロマン主義詩人ワーズワースの「子どもはおとなの父である」と謳ったことにも相通じるであろう。子どもの清さを子どもから引き出し育てるのが大人の責任であると同時に、まさにその行為の中でパラドックスが生じ、その子どもからその清さを与えられ、学ばさせられ、神に近づくのが大人だという。ちなみにこれら両誌の編集長は、作家としても活躍しており、特に後者『ユース・コンパニオン』の編集長サラ・ジョセファ・ヘイル（小檜山ルイ『アメリカ婦人宣教師』：五一）は、当時アメリカで最も人気の高かった女性雑誌の編集長をも務めていた。さらに興味深いのは、このサラ・ヘイルが、アメリカの海外伝道局の中でも有力なフィラデルフィアの婦人一致海外伝道局の引率者であったということである（同：六八、七〇）。一九世紀アメリカにおいて、女子教育、児童文学雑誌、女性雑誌、婦人伝道局、婦人宣教師の働きは、相互に深いつながりを持った大きな運動の中にあった。若松賤子は、遠く離れた異国日本ではあったが、まさにこの運動のただ中に置かれ、育まれた人であったと言えよう。

若松賤子と関わりの深い人としてはまず何といってもキダーをあげることができるであろう。そしてブースである。しかしその後に出会った人々の影響も大きい。「木村鐙子（とうこ）とその親族」、「明治女学校の教師たち」をあげることができる。前者は賤子が生きる指針とした敬愛する人々とその親族であり、後者は彼女が身を置いた場で接触した人々である。両者を見ることによって、彼らの賤子に与えた、間接的ではあるが重要な影響を見ることができるであろう。「七　若松賤子に影響を与えた人々」で後述する。

四「花嫁のベール」

（1）巌本善治との結婚

若松賤子が木村鐙子に強く惹かれ、明治女学校に注目し、そこで発行される『女学雑誌』に関心を寄せていた時、賤子自身の中で一つの出来事が起こっていた。明治一九（一八八六）年、キダーの強いすすめがあって、賤子は、信州上田の武家に生まれ、漢学を学んだ後アメリカ留学に派遣された中尉・世良田亮（たすく）と婚約した。世良田の妹・春はフェリス・セミナリに在学し、助教員を兼ねていた。欧米社会を実地に見聞し、在留のアメリカ人の間でも好評の世良田と、素晴らしい英文学暗誦で満場に感銘を与え、才媛の誉れ高い賤子とのこの婚約は、好一対に見えていた。しかし、一年後に解消される。賤子が小説に出てくるような愛情を感じることができなかったというのが、その理由であったらしい（巌本荘民「若松賤子のことなど」、『詩界』五六号：一七―一八）。交際を重ねても、感じるのは「感謝」の思いであって、「愛」は湧いてこなかった。しかし、そのような理由が理由にならない時代であった。家を度外視した結婚は滅多になく、人々からこの婚約解消はわがままで、玉の輿（こし）を拒絶するものとされたのである。戊辰戦争で敗れ、仮借なく追い詰められた会津の娘が、追い詰めた勝者の側の、それも厭わしい、人を殺す仕事の軍人の妻としてどうして家庭を慎ましく守ることができようか！　賤子は後にその時の腹立たしい気持ちをぶつけ、この時のことを題材として「すみれ」という作品を明治二二年一〇月、一一月、『女学雑誌』一八三号、一八四号、一八六号、一八七号に書いている。

> 紳士はますます厳粛になり、どふもわかりません……が、何故お否みなさるかと強て詰問する権は僕にありません、／しかし愍じひに米国で珍敷ほど全美したChristian homeに、久敷すまつて其恵をうけ升てから、帰朝して殆ど三年を経にも係はらず、ホームに関しての不満はますますひどく感ずるです、さて其不満を根だやし、僕を励して一身上事業上に於ての根拠と、聊か識認する主義を維持させ、最も愉快に（言葉に力瘤を入れ）此世の戦場に勝利を博させ得る者はあなたの外なしと確信するです、そこであなたが手もなく僕の請求を否まれるのを実に残念に存ずるです。／やや暫くありて、青み切たる顔を、ゆるやかに紳士にむけ、婦人、あなたはわたくしをお信じ下さるからには、箇様に冷淡ら敷決断に止まつて、一時あなたのご親切を損ふのも、心の誠実からだと申丈は、過まつて下さりますな、
>
> （「すみれ」『女学雑誌』一八三号：二〇—二一）

一年前に田辺花圃の『藪の鶯』が出版され、女学生や青年の会話を口語で表したが、鹿鳴館時代の風俗を描写した雅俗折衷だった。賤子のこの「すみれ」は地の文は文語体、会話は口語体であり、言文一致の模索が見られるのである。

賤子が縁談を断って二年たっての小説からの引用である。この縁談を断れば、二度とチャンスはないかもしれない。この結婚に乗り気の、母親代わりのキダーはがっかりするだろう。こうした状況の内外での賤子に対する批判

に対して、彼女は明治二三年一月一一日、「玉の輿」と題して次の短文を載せ、自分の気持ちを発表している。

氏なくして玉の輿に乗ると云ふほど、女につらい諺はありません、人は之を栄華のやうに誇りましやうが、私しには心を割く剣の如くに感ぜられます、

（「玉の輿」『女学雑誌』一九五号：一六）

ちなみにもう一つの事実がある。津田梅子を世話したランメン夫人は、この世良田を津田梅子の結婚相手にふさわしいと考え、縁談をすすめかけたことがあったという。

賤子は、長い間、結婚し、孕み、出産し、育児をしてきた無数の女性たちの営みを、ただ「自然」なこととして疑い一つ持たずにやってきた従来の大方の女性たちのあり方を、疑ったのである。自分を気に入ってくれる男性にもらわれ、黙ってついていけば、女性としての生活は保証されているはずである。しかし、彼女は自己の内面を問題にした。明治一六年のフェリス増改築工事の落成記念式で、賤子は「将来妻になり、母になることは、日本の若い文明が与え得る最上の教育を、受ける資格がないという事でしょうか？　彼女たちが司る家庭は、社会を再生し、極悪非道な因習を取り除くのに、役立たないでしょうか」「女は余りにも長い間、不当な扱いを受け権利を否定されてきました。尊敬すべき立派な伴侶として男と並び立つ真の地位を奪われてきたのではないでしょうか？」と英語演説をしている。男性の従属物となることを拒否し、一個の人間として自立して生きようと決意するとき、二人の間に「愛」があるかどうかが重要な問題となったのである。後日譚になるが、賤子死去後、世良田亮は、彼女の命日ごとに染井の墓前に花を供えたという。そして彼は彼女に後れること四年で逝去した。植村正久は世良田の葬

儀の時、次のような弔辞を読んだ。

> 帝国の公民、大元帥陛下の将官として斯の如く重んぜらるる所以のものは、蓋し其の宗教上の信念と素養とに基く所少からざるべし。／故少将の信仰は／決して感情的なものにあらず。痛切深沈なる思想に伴はれ、内地の風、外国の浪に揉まれ、鍛錬を経て鉄の堅固なるが如しと評すべし。
>
> （「武人たる神学者」、斎藤勇編『植村正久文集』：八八、八九）

海軍少将世良田亮は、日本基督教会伝道局長、東京青年会会長を務め、「武人たる神学者」と敬われた。世良田亮との婚約を破棄した賤子は、三年たっての明治二二年七月一八日、賤子より一歳年上の巌本善治と結婚する。巌本は但馬出石藩の、賤子は会津藩の武家の出である。その上、フェリス・セミナリの教師として勤め、ブース校長はじめ教員からの信頼と、生徒からの敬愛を一身に集め、若松賤子という筆名を持って立とうとする賤子と、『女学雑誌』の編集長で明治女学校の実質上の校長でもあり、多くの人々を魅了する巌本とは、労する仕事が相似ていた。

当時巌本は『女学雑誌』を自身の女性論、女子教育論を披露する場とし、「明治女学校」をその理論の実践の場としていた。巌本は、明治二一年五月発行の『女学雑誌』第一一一号の「女学の解」と題する社説において、「女学」とは「凡そ女性に関係する凡百の道理を研窮する所の学問なり」と定義し、『女学雑誌』は「理想佳人の燈台」となることを任とすると述べた。「理想佳人」とは、彼に言わせれば「欧風の女権と吾国従来の女徳とを合わせ」た女性、すなわち、封建制度のイデオロギーを支えてきた儒教の美徳と、キリスト教プロテスタンティズムの愛の精神とを併せ持った女性である。前述の木村鐙子、青柳はるよのように「キリスト教の真髄を、日本の伝統的婦道である犠牲献身という愛におく」女性である。新しい女性として立ち、男女が平等に生き生きと生きることのできる国をつくろうとする賤子は、このように国の改革の焦点を女性に移し、女性の可能性を求めて「女学」を打ち立てた巌本は、自分のパートナーとして、最適の人だと思った。

巌本は賤子と相似た生い立ちであった。巌本は次のように語っている。

> 彼れ漂泊者は元来人中（ひとなか）に流浪し只（た）だ厄介義務の思ひを以て養はれたるもの也故に其（その）三食の中（うち）に針あり甘言（やわらかきことば）の間（あい）だ尚ほ刃あるの恐なきあたはず即ち狐の如く疑ひ犬の如く蹐（せぐ）くまり戦々（びくびく）兢々（きょうきょう）として躡（ぬき）あしす其様躰の甚（はな）はだ大人風（おとなぶり）て其の処作に磊落（さっぱり）の象（さま）なく情は硬くして且つ土の如く冷やかに脳は凝結（かたまり）する所あつて且つ箱の如く四角ならんこと真に免るべからざるの決果（できばえ）なりとす、
> （巌本善治「日本の家族」、『女学雑誌』九六号：二三）

巌本の明治女学校時代での教え子、相馬黒光は巌本の実妹かめ（香芽子、物理学者木村駿吉の妻。駿吉の父は幕末三舟の一人芥舟、木村摂津守喜毅。軍艦奉行として勝海舟と同時に第一回遣米使、新見豊前守に随って渡米した）から告げられた次のことを『滴水録』の中に記している。

兄〔善治〕は幼くて母を失い、貧乏士族の家に養子にやられ、両親の愛情を知らずに成長した、義姉（若松賤子女史）もやはり幼少の頃父母に別れ、アメリカ人の塾に入り、フェリス女学校で成長した、それで義姉はよくも揃ってひとりぼっちが寄ったものだと述懐していた。

（相馬黒光『滴水録』：三一三）

このように二人は、幼くして母を失い、温かい肉親の愛情に飢えた子ども時代を過ごしていた。賤子も巌本も貧しい敗者の士族の子であり、行きどころのない者を引き取ってもらったような状況の中で生きていた。他人の思いやりのない家の中で、他人の顔色を見ながら、自分の気持ちを押し殺して耐えて生きてきた。二人は冷えた心を温め合い、お互いを思いやることができたのではないだろうか。それだけではない。二人はキリストに出会うことによって惨めな自分を支えていた。二人の愛はおのずと生まれるべくして生まれたものであった。

二人の風貌を見てみよう。賤子については、彼女の恩師Ｅ・Ｓ・ブースによって次のように記されている。

ほっそりとしていて背筋をのばし、並より高い背丈。きゃしゃな両肩が大きな頭をささえ、丸みのある額は秀でて利発な顔立。やさしいが見開いて生き生きした目からは、稀な才能を宿す魂が見澄ましているようである。神経質でありながら自制心が強く、動作のはしばしにまで落着いた威厳があった。理解力が早く、喜怒哀楽がはっきりしているが、このような性格にしばしば見られる不快な生意気さはなかった。

（Ｅ・Ｓ・ブース「巌本嘉志子夫人」、巌本善治編、師岡愛子訳『訳文　巌本嘉志子』：九）

才色兼備の佳人の賤子に対して、巌本は以下のように書かれている。

私の印象に基いて申しますと、先生は丈高く、血色美しく、うるほいのある大きな鮮かな眼が、何かを深く凝視するような光りを帯びて、いつも静かに瞬かれていました。その見事な鬚髯、やや厚く色あざやかな唇、およそ男性的なあらゆる美を備えた姿を壇上に運んで、教えを聴く者の眼に、その強い眼を絶えず与えながら語り出される時、その声がまた実に沈痛なひびきを帯びていました。

（相馬黒光『默移』：五九）

二人とも共通して背が高く、まなざしがしっかりしていて、魅力的であった。

巌本は晩年、「私が個人的に嘉志子に知り合ったのは、基督教新聞を浮田和民君と一緒にやっているうち、嘉志子も翻訳の手伝ひなどするやうになったからで」と述べているので、そこから推察して明治一八年ごろかと思われる。「基督教新聞」は明治二〇（一八八七）年一一月に「小児之話」欄が開設されており、巌本の児童文学に対する関心の高さがうかがわれる。巌本が、フェリス・セミナリの試験委員も兼ねていた明治二〇年は、彼は満二四歳、賤子は二三歳であった。巌本は、当時、「月の屋［舎］しのぶ」という筆名で「薔薇の香」（『女学雑誌』、明治二〇年七～一一月）という作品を発表している。

／何分私も夫婦の間柄の事や家族の事などは八釜しく演舌致した者で世間では之でも女権論者と云ふものの中に算へて呉ますさうですからドウカ此等の人に対して恥かしからぬ妻を持たいと存じ切めて口に議論しました丈の事を実行することが出来る程の相手が欲しいと存じまするは真に高慢かは知りませんが常に決心いたし

て居りまする

（巌本善治「薔薇の香」第二回　家族の愛、『女学雑誌』六七号：一三九）

作品の中の主人公の、社会における持論は作者巌本と同じである。巌本は、主人公青山哲に結婚問題に悩む自身を重ねさせ、自分は気鬱家なので、相手は明るい快活な女性がいいと言わしめている。巌本に、賤子は強く惹かれていった。世良田亮の求婚を断った賤子は、世良田が受けた求愛の苦痛を今度は自分が味わわねばならなかった。ところが巌本の「哲女の巻」（翌二一年八～一二月）では事態は大きく変わる。巌本と思われる主人公は、悩む気鬱家の青年ではなく、賤子と思しき女性に積極的に愛を語るのである。明治二一年五月、巌本は賤子に対しての相聞の詩句「佳人の嘆」を発表した。それは次のようである。

妾は嘗て愛を知らざりき。只だ郎の為に愛を教へられぬ、妾は愛の苦るしきを知らざりき、只だ郎を愛するによりて之を知りぬ、

（巌本善治「佳人の嘆」、『女学雑誌』一一一号：一一、叢話欄）

巌本は後に塩田良平と次のように対談している。

今では「愛」とか「神」とかいふ言葉の用法に少しも疑念を持たれないでせうが、この当時「愛」などといふ語彙には少しも精神的な意味は含まれず、極く低級な感覚的な意味とだけしか解されませんでしたし、神といふ言葉も、大変多元的な低い意味の内容しか持つてゐませんでしたので、私共が此言葉を使ひました時は大

いに笑はれたものです。けれども決して之に屈せず、此等の語彙に高い正しい観念を含ませることに努力したのであります。

（巌本善治「撫象座談」、『明日香』第一巻第八号：一二）

巌本は旧来の本能的・愛欲的イメージを脱し、それまで日本になかった「愛」や「神」という精神的に高い新しい形而上的な概念を日本に初めて定着させようとしたのであった。賤子はそれに対して、六月九日、英語に訳した詩 "The Complaint"（訴え）で唱和し、対をなす。

私は恋をした？
誰が、神秘な苦痛と愛を私に教えたのか、
彼以外にはあり得ない！

（「女学雑誌」一一三号：一八）

賤子の熱情が巌本の心を打ち、巌本はハッとした。同じく次のように語っている。

私がやつている「女学雑誌」が、女の位置の向上といふ事を目標にしてゐたのに感激し、女の為に有難いことだといふので先方から私の処へ訪ねて来ました。つねづね嘉志子は、好きだと思へば必らず向うがそれを感ずる、といふ信念を持つてゐたやうで、「女学雑誌」を読んで感心して、さういふ感情を以て私に対したので、私もそれから交際いたす様になりました。

それまで私といふものは、大変厭世的で、自殺する方が自然ではないかと考へたりするほど懐疑的で、止むなく麻布の十番から銀座の鶴仙に至るまで、寄席行脚をして気分を紛らはしたものであります。／しかし、こんな気分は、基督教に入つてから一転いたしまして、それからは働くといふことが人生の真実だといふ風に考へる様になりました。嘉志子と婚約したのはこの時でありました。

（巌本善治「撫象座談」、『明日香』第一巻第八号：一五、一六）

二人はこうして婚約し、翌明治二二年に結婚する。お互い、巌本の先行き不安定な経済状態と賤子の結核発病を承知の上でであった。ミラー夫妻が身をもって示した男女対等の愛ある結婚の理想像を見ていた賤子は、巌本との結婚は、自分にとって納得のいくものととらえられたのであった。

結婚式は明治二二年七月一八日、横浜海岸教会で行われた。空は晴れわたっていて、気温は約三〇度にまで上がった。賤子は誰にも頼らず、白の和装に白いベールの花嫁衣裳など、結婚費用の一切を自分の給料で準備したという。巌本は羽織袴であった。ミス・モルトンがウエディング・マーチを奏で、ブースの司式のもと、仲人はなく、三年前に受洗していた自由民権運動家（一四年、自由党副総裁）の中島信行とフェリス・セミナリの学監をしていた中島俊子夫妻が立ち会った。後述するが、この二人は当時非常に有名であった。明治二〇年暮、全野党の反政府大同団結運動の高まりに対して突如発せられた保安条例で、五七〇名の壮士や民権家が追放されており、俊子も夫の中島信行と共に東京を追放され、横浜に移っており、フェリスの漢文教師になっていた。俊子は賤子より一歳年長で、賤子と同じく健康に恵まれなかった。結核にかかり、打ちのめされていた賤子は、彼女にどんなに励まされたことであったろう。中島信行はフェリスが寄宿学校を建てた頃（明治八年）の神奈川県知事であり、フェリスの支援者であった。幕末の動乱時は会津若松城包囲の総指揮者の土佐藩士である。彼は会津の家老西郷頼母（たのも）邸で、壮烈な一家自刃の中、一六歳の頼母の長女細布子（たい）が死にきれず「敵か味方か」と聞くのに対して味方と答えてその差し出す懐剣で彼女を介錯（かいしゃく）した。彼はそのことが忘れられず、後に涙ながらに語ったという。細布子は一三歳の妹の「手をとりてともに行（いか）なばまよはじよ」に「いざたどらまし死出の山みち」とつけて辞世の歌を残した。彼女たちの母・千重の辞世は、戊辰戦争に殉死した二三三名の女性の「なよたけの碑」に刻まれている。

なよ竹の風にまかする身ながらもたわまぬ節はありとこそきけ

信行は賤子が同じ会津の娘である故、彼女に細布子を重ね見たかもしれない。賤子はこの中島夫妻と親しかった。結婚式にはその他に、賤子の妹・島田宮子、義母・松川希（えい）と義弟・一（はじめ）、巌本の養父・巌本範治（琴城）、兄・井上藤太郎、妹・井上香芽子など親族、木村熊二、田口卯吉、基督者で高知県選出代議士、自由党の植木枝盛、フェリスの友人先輩等が列席した。入籍日は一〇月二一日で、賤子がフェリスを退職した日である。この日は、賤子が始めた文学会、時習会の「時習会記念日」でもあった。彼女のフェリスでの文芸活動への思い入れの深さが伝わってくる。一方、巌本はこの年の七月一六日、明治女学校の第一回卒業生として本科一人、漢学科六人を出している。家族同然のブース校長、同僚、生徒たちとの別れはどんなに寂しかったことであろう。

結婚後、賤子は新郎の巖本に英詩 “The Bridal Veil”（「花嫁のベール」）を贈った。『女学雑誌』第一七二号（明治二二年七月二七日）一五頁に掲載されている。ここにあげるのは野辺地清江が乗杉タツに依頼して和訳されたものである。[1]乗杉タツの父は明治女学校、『女学雑誌』で大きな働きをした青柳有美である。

この詩は賤子自身の内面世界を代弁してくれるものであった。巖本でさえ「訳しがたきに艱やむ」と言った詩は次のようである。

花嫁のベール

一

われら結婚せりとひとは云う、また君はわれを得たりと思う、
然らば、この白きベールをとりて　とくとわれを見給え、
見給え、きみを悩ます問題を、また君を欺かす事柄を
見給え、きみを怪しむ疑い心を、またきみを信ずる信頼を
見給う如く、われはただ　ありふれし土、ありふれし露なるのみ、
われをしようび［薔薇］に造型せんとて、疲れて悔い給うなよ
ああ、このうすものを　くまなくうちふるいて
われとそいとぐべきや　見給え
わが心をとくと見給え、その輝き［罪］の最も悪しきところを見給え

昨日君が得られしものは、今日はきみのものならず
過去はわれのものならず、われは誇り高くして、借りたる物を身につけず
君は新たに高くなり給いてよ、若しわれ　明日きみを愛さんがためには

二

われらは結婚せり、おお　願わくは　われらの愛の冷めぬことを
われにたためる翼あり、ベールの下にかくされて、
光のごとくさとくして、きみにひろげる力あり
その飛ぶ時は速くして、君は追い行くことを得ず
またいかに捕えんとしても、しばらんとしても
影の如く、夢の如く、きみの手より抜け出づる力をわれは待つ

三

いなとよ、われを酷と云い給うな、われを取るを恐れ給うな
生ある限り　われはきみのものなり、きみの思うがままの者とならん
結婚のしるしとして、覆いとしてわが白きベールをまとわん
きみはわが主、愛しき人なることをあかしせんがため、

そは消え去りし平和を覆うもの、また筆舌に表せぬ恵みのしるしなり

（乗杉タツ訳、磯崎嘉治編『巖本』創刊第五〇号別冊№1：一〇）

師岡愛子は、この詩はアメリカの同時代の女性詩人、アリス・ケアリー（Alice Cary）の作品であることを明らかにし、この詩を「非常に現代的な愛の姿である」としている（師岡愛子「若松賤子と英詩」、巖本記念会編『若松賤子　不滅の生涯』：五七―五八）。明治一五（一八八二）年に出版された詩集“The Poetical Works of Alice and Phoebe Cary”の中の、「愛を歌う詩」の項目に入っている。アリスは四歳年下の妹フィービーと共に、一八五〇年にシンシナティの田舎から出てきて、詩人、小説家、女権拡張の運動家、熱心な奴隷制廃止論者として活躍した。姉妹の住むニューヨーク二〇番街の文壇サロンでは一八五六年から一八七〇年まで一五年間、毎日曜日に文壇サロンが開かれたという。アリスは婦人社交クラブの初代会長であり、女性の崇高さを歌い、子ども、自然をこよなく愛し、その人柄はその詩とともに多くの人々に敬愛された。彼女もその母親と同じように結核にかかり、長く病んで亡くなっている。姉妹の詩は賤子愛読のものであったのだろう。宗教詩人とも言えるような彼女たちの真摯な生き方、同じ結核を病んでいるという弱さへの共感は、賤子の心を大きくとらえていたと思われる。

また、野辺地清江はこの詩を『巖本』五〇号に自立の精神を表す詩として取り上げている。白い薄いベールを通して見える花嫁の繊細な心が歌われている。ただ残念なことに、『女学雑誌』に数箇所の誤植と六行の脱落があった。第一連一七行目の「その罪の最も悪しきところを見給え」の「罪」が「輝」と誤って印刷されている。また、斎藤恵子は「若松賤子と英詩『花嫁のベール』」（共立女子大学文学芸術研究所編『共同研究　日本の近代化と女性』）で、『女学雑

誌』に掲載されたものはこのうち第三連が削除されたものであることを明らかにしている。
薔薇はヴィーナス崇拝の象徴であった。賤子は「私は薔薇ではない」、「私は男にとって都合の良い理想の鋳型にはまらない」と言いきっている。結婚という枠にしばられず、ベールを隔てての自己主張を堂々と歌い上げている。当時の男尊女卑という古い体制の桎梏（しっこく）から抜け出し、自由になる力を自分は持っていると言い放つ心意気に目を見はる思いがする。しかし最後には、「私の愛を誓いましょう。平和、恵みの印として」と結んでおり、自分は瞬時に変化する恐れがあるのだが、永遠の愛を誓うことを相手に伝えている。
賤子は前述のようにキダーから教わって、少女の頃から『聖書』を読んでいた。『聖書』には男と女の関係についてどう書かれていたのだろう。イエスが生きた時代のユダヤ教の社会は女性蔑視がはなはだしかった。例えば新約聖書の「マタイによる福音書」一五章三八節の「……食べた人は、女と子供を別にして、男が四千人であった」等の表現にあるように、女性は子どもと同じく人の数に入っていなかった。女性も子どもも家畜と同様、男性の所有物であった。この男と女をイエスは所有の関係から対等の関係に置き直す。「マルコによる福音書」一〇章一一―一二節には次のように記されている。

イエスは言われた。「妻を離縁して他の女を妻にする者は、妻に対して姦通の罪を犯すことになる。夫を離縁して他の男を夫にする者も、姦通の罪を犯すことになる。」

イエスはあくまで男と女は対等だと言っている。賤子は聖書を読む中で、イエスの教えを受け止め、男と女の対等の関係をしっかり把握していた。彼女はキダーからそうした内容を持つ『聖書』を、聞いて教わるだけではなく、キダー夫妻のキリスト者としての生き様からも学んでいた。

師のキダー夫妻は前述のように、世間の慣例を大幅に破っていた。賤子は彼らの差別を超えた愛の姿を見ていたのである。『聖書』の真理は、キダー夫妻同様、賤子の中にもしっかり生きていた。

「花嫁のベール」の詩には男尊女卑の桎梏からの自由にとどまらないものもある。明治の動乱の敗者としての深い傷の中から立ち上がって、勝敗を超えた、生き生きとした豊かな恵みの世界を得た者の自由もある。「きみの手より抜け出ずる力」とは、まさに賤子が苦難の中から信仰をつかみ取ったことを証するものであろう。

水谷昭夫は、この詩を彼女のキリスト教徒としての信仰告白だとしている（「解説」、水谷昭夫『着物のなる木』）。また、鈴木健一（元女子聖学院教頭、聖学院小学校校長、聖学院みどり幼稚園園長）は、ここにマルティン・ルターが著した『キリスト者の自由』と同じ信仰の世界を見ている。

第一連の最後は次のように結んでいる。

　　君は新たに高くなり給いてよ、若しわれ　明日きみを愛さんがためには

夫に明日への向上がなければ自分の愛を受けることができないと断言し、挑戦する。総じてこの詩には人間を絶対化せず、神への信仰を土台とした、向上心旺盛な賤子のあくなき理想の追求がある。最後の第三連には以下の表現がある。

生ある限り　われはきみのものなり、きみの思うがままの者とならん

あなたから自由に羽ばたくと自己主張するが、永遠の愛を望んでいるという。こういう自分ではあるが、自分との結婚を恐れないでほしい、生ある限り私はあなたのものである、という。女性として自立し、誰にも束縛されないでおこうとすることと、他者を愛し義務を伴って生活を共にしようとすることとの両立の困難を乗り越えようとする姿勢を見ることができよう。

賤子が巌本と結婚して間もないころ、巌本家を訪ねた星野天知は、賤子から「巌本を買被ってはいけません。後悔をしてゐる私の実験があります」と言われ、「初対面の訪問者に愕くべき非常識な忠告だと思いましたが、後になって、さすが純真な天籟であったと、改めて女史に頭がさがりました。巌本と手を携えて、明治女学校の経営をやるべき人間と思えばこそ初対面にもかかわらず、こんな思いきった忠告をしたものでしょうね。女史は生涯夫君の品性を崩さぬよう引締めていたが／若松賤子という人は、才たけて、みめ美しく、心は清らかで、まったくこの世の人とは思われぬくらいでした」（臼井吉見『安曇野』第二部：三九七）と記している。賤子は巌本のかたわらにあって、常に真実の自己に目をむけることを、巌本に促しつづけたと思われる。そしてそのことが彼の「品性を崩さぬように引き締め」る手綱ともなっていたのであろう。それは巌本が世の人々から真実以上に偶像視されやすかったということであろうか。賤子は巌本と夫婦になって日常生活を共にすることにより、いち早く誰よりも巌本の弱点を見

抜いていたと思われる。

その他のエピソードとしては次のようなことが伝えられている（尾崎るみ『若松賤子』：一六三―一六四参照）。明治二三年九月に巌本のすすめで女学雑誌社で働いた川合山月の伝えるエピソードである。彼は「嘉志子夫人は人に接しては親切、穏やかでしかも謙遜という感じを与えた人」（川合道雄「若松賤子と山月子」『川合山月と明治の文学者達』：一九）と述べ、女中にも慕われていたという。ある時、彼が来客の多いのを見かねて、先生の靴を隠し、留守だと言えばいいと提案したら、賤子に「そんな嘘を言うことは嫌いです！」と言下に断られたという。またある時、横井時雄という人物について話していた時、賤子は「大変気高いところのある人です」と言ってから、おもむろに「――エジプトのピラミッドのように」と付け足した。ユーモアともとらえられるが、辛辣な一言であったりする。川合自身も、あなたはコモンセンスがないと言われ、「たいていの人は、東京に出て来て二年目位にはすつかり東京風に染まつてくるものです。――ところがあなたは／三年になりますけれど、もといらしつた時とおんなじです」とはっきり言われている（同：一二一―一二三）。一方で非常に無邪気な一面もあったらしい。『女学雑誌』の愛読者、渡辺むら子を巌本が「天真そのものの娘」だとしきりに褒めると、賤子は急に真顔になって「父さん、私は、私は？」と聞き、「あなたは別ですよ」と言われ、安心したという（同：一二一）。

賤子はフェリスを辞職する。女学校で教職を続ける選択は、結核を患う身ではもう無理であると判断したのであった。その後、『女学雑誌』に数々の作品を執筆、掲載していった。「内助の功」を発揮できるということでもあった。それだけではなく、巌本を夫に選ぶことによって、より一層社会の実相に触れ得る機会を持った。さらに当時としては稀少な書く場を与えられ、書くことによって自己表現をし、男性と対等に、内面世界を持った一人の人間として自立し、生きていこうとした。巌本と結婚することによって、自立の実践を目指す具体的な場を確保したのである。

結婚して二日後、男性に対しての面白い作品がある。「若殿原」である。短いので全文を引用すると次のようである。

> 若殿原は何の為めに発生し玉ひつる。妾等は決して慕ひ参らせぬを弱気たる猫撫声、チヨロけたる下れる眉毛、臆病なる腰弱は意気地、而して時に大家に真似ての製造議論は、妾等決して聞たくも見たくもなし、若し妾等の愛を得ん為とならば寧ろ断念して勉強なされ、迚も望みの適ふことなけん、郎等請ふ目を挙げて吾日本国を御覧あれよ、民力は衰ろへ、国力は弱はり、文学は腐れ、道徳は動ごき、四民は落天の下に踊るにあらずや、男子にして之に慷慨せざる男子は妾等が友にあらず、空しき名を慕ひ、天造の顔立を愛するは一種の女のみ妾等が仲間にはあらず、諸君寧ろ勉強なさるべし、勉強なさるべし。
>
> （「若殿原」『女学雑誌』一七一号：一四）

賤子は自信を得た。外国から評価され、国際性を身につけた彼女は、日本が弱小であることを認識していた。男性と対等に、否、男性以上に、この弱った日本国を誰にも頼らず大いに勉強して立て直そうではないかと、はっぱをかける賤子の鼻息の粗さが伝わってくる。彼女の周辺には他人の論説を借りて滔々と論ずる、中身のない、勉強しない愚かな男たちが数多くいたのであろう。これに対する反論が「賤の女君に申上げます」である。それは次のようである。

我々の本心は相応の実業を勉めて其余暇に博く和漢洋の書籍を渉猟致し、有益なる新聞雑誌を五六種購読致し、賤の女君の如き淑女と生涯を共にしたいのですが、不幸にして左様旨く行きませんから、今日の如き浅墓な事を致して居るのです決して之を我々の真面目と思つて下さるな。

（「賤の女君に申上げます」『女学雑誌』一七三号：一五）

雑録欄の記事は多く巌本によって書かれているので、尾崎るみは「若殿原」とその反論は巌本と賤子のやりとりであったのではないかという推定をしている（『若松賤子――黎明期を駆け抜けた女性』：一六二）。新婚夫婦の幸福感が伝わってくるものであった。二か月半ほどしての同じ頃、似たような創作がある。同年発表の「野菊」である。

優勝劣敗といへばあなた天地間の事物に冷たい道理をつけて見たんですけれど此はなは私には世の中の弱いものをかてに腹をこやす憎むべきtyrantや従順な妻子をくるしめて豪然とかまへてゐる卑劣な男子を思ひ出させますはマアよく考てごらんなさいよ此大花の様な人間の為に圧れておびやかされて此しなびたつぼみのやうに天性の自由ものびず一生の幸福をむざむざと失しなつてしまふものが幾らございませう、そこで私どもは博い愛の行なわれる様に、そういふ家ぞく内の圧制家を根だやしする様によほど覚悟しないじやなりませんネ私はこの花はこふしてしまいたい（はなを手ばやにむしる）。

（「野菊」『女学雑誌』一八二号：一五、明治二二年一〇月）

この「腹をこやす憎むべきtyrantや従順な妻子をくるしめて豪然とかまへてゐる卑劣な男子」を「手ばやにむしる」という言葉に、賤子の「家ぞく内の圧制家」を根絶やしにしたい、当時の日本の男尊女卑の実態への厳しい批判を見ることができる。

結婚して一年半たった明治二三年一月上旬、『イナック・アーデン物語』（『女学雑誌』一九五〜二〇二号）の訳出をしている。それまでの作品「世渡りの歌」「まどふ心の歌」「優しき姫の物語」はすべて文語体による詩であった。『イナック・アーデン物語』において初めて、賤子は英詩を言文一致体の散文に翻訳するという試みを行った。一人の女性をめぐって、恋する二人の若者の愛と運命が描かれている。主人公イナックの、人間の弱さ愚かさを抱え、死を間近にしたどうにもできない状況の中で、神に祈る姿は圧巻である。賤子はこの作品に未来を予測できない自分のこれからの人生を、自分の神に祈る姿と重ねていたのではないだろうか。実際は、賤子は四回目の妊娠中に亡くなった。奇しくも、物語中の三番目の死んだ子と天国で会うというイナックと、天国でお腹の中の子どもに会うであろう賤子の姿とが重なる。彼女の翻訳生活の中でいち早く取り上げられたこの作品は、その後の彼女を暗示していたとも思われる。

根底において自分の命がどうなるかわからない状況の中で、新婚生活が始まった。二年後の明治二五年八月一三日、「雛嫁」を翻訳発表した。ディケンズの長編「コパフィールド」（David Copperfield）の第四四章だけを訳したのであった。賤子の次女・民子の長女・進藤嘉子は「中野訳ではベビー奥さん、市川訳では子供奥さん、その他赤ちゃん女房などに比べ、賤子のは何と雅な命名――賤子のドラに対する共感（何者にも変えられないドラの自己主張）と女性ならではのドラへのいとしさが『雛嫁』を誕生させたのだろう」（進藤嘉子「序文」、巌本記念会編『若松賤子　不滅の生涯』第二巻：四五）と述べている。この作品の新婚夫婦の会話が次のように書かれている。


あなたネ、あたし頼むことがあるの、あたしが好きな名を呼んで頂戴な。

それは、なんだへ？

雛嫁ツていの。

ナアニネ、馬鹿らしい、あたしをドラ子ツて言わないで、雛嫁なんて呼んで頂戴といふのではないの。ただ、さういふ心持で居て頂戴といふの。あたしに腹がたつことがあつたら、（アア、あれは雛嫁だから、仕方がない〔〕と、心に思つて頂戴。／あたしだつて、かうなり度（たい）と思ふこともあるけれど、迚（とて）もなれ升（ます）まいから、

（『国民之友』一六三号附録：二四―二五）

夫はドラに当たり前の家事労働を期待するのは無理だと判断し、「そは望みて得られぬ冥加（みょうが）の絶頂」と諦める。そして「我等が家の乱雑にして秩序なきこと、依然として元の如くなれど、余は漸（よう）やく是（これ）に慣れたり」と事態との妥協をしている（同：二七）。賤子は第四四章だけを訳したが、この作品の筋書きは、ドラはその後、「私という者は、人の妻には適さなかったように、私も、思い始めましたわ」と心の葛藤を重ね、それは彼女の身体を疲弊させ、親友アグネスに後を頼んで亡くなってしまう。賤子は作中のドラを自分と重ね見て共感し、自分のことを「当たり前の家事労働」ができず、家は乱雑にして秩序ないと判断したのであった。しかし、賤子は実際にはディケンズ六巻

を読了し、この『雛嫁』を翻訳して寄稿し、かたや『女学雑誌』に「評論」を書く。病身にむち打っての仕事ぶりである。世の習わしではなく、自分の内なる声に正直だったと言えるであろう。しかし彼女は作品中のドラのように、『雛嫁』寄稿後わずか三年で亡くなっている。彼女は新しい結婚生活の中で、病身であっても、ともかく執筆する「仕事」と「家庭」の両方をこなし、頑張ろうとしていた。

賤子は明治二三年九月二七日、長女・清子を出産した。そして子育てが始まった。八か月たっての六月二日、さっそく「幼児家庭教育の原理」を書く。米国幼稚園専門家リン夫人の著述を翻訳し、自分の考えを次のように述べている。

> 子供が自然に正当なること、善良なることを愛して、我から柔順に服従す可き者に従ふ様工夫を凝らすには中々忍耐も覚悟も知識も入用で、撲なり、こずくなりの無理なる方法をとつて腕力沙汰の服従をさせる方はどれほど容易かわかりませんが、其方法の難い方が終局へ行つては非常に得策なることは経験ある人のよく知る処です。
>
> （「幼児家庭教育の原理」『女学雑誌』三八二号：一二）

子どもの良い部分を子どもが好んで伸ばすよう育てることの大切さを述べている。大人は子どもに対して強圧的であってはいけないときっぱり述べている。賤子自身の体験からくるはっきりした否定がそこにある。「幼児教育を任せられたる己が職分の貴く重きことを充分悟り、其成功と失敗は己が賢愚の評定所なることを思ひ升たらば」と書き、なかなか手厳しい。長年、心に深くよどんでたまっていた思いを一気に吐き出したのではないだろうか。

理想的な子育てをしようと精一杯頑張っている。明治二七年三月三一日では次のように書いている。

ほだしなく責（せめ）任なき自由なる身の逍遥（しょうよう）、父の保護母の慈愛必ず愉快には相違あるまじさりとて一個の主婦となりてホームの楽園を管轄修理し、妻たり母たるのいとも品位高き義務を遂げ行くこと愉快も亦（また）一段の進歩を加へたるものに候（そうら）はん。

（「主婦となりし女学生の述懐」（其二）『女学雑誌』三七六号：一二）

主婦となってホームを築き、妻、母たらんとすることはいかに喜びであるかと述べ、幸せいっぱいである。当時、女性たちは家に隷属しており、「未婚のうちが花」という常識があった。しかし、賤子はそれに反発して既婚後を家に隷属するのではなく、ホームをつくる重要な、働きがいのある素晴らしい建設期執務期として讃えたのである。そしてそれだけではない。彼女は今までホームを持っていなかった。ホームをつくることの嬉しさは誰にも負けなかったであろう。家を、人間を豊かに育て養う重要な場だととらえた。彼女は第一子長女・清子を身ごもった時の嬉しさを次のように書いている。夫・巌本の姪（長兄の娘）で、跡見女子高校講師の井上幸子（ゆきこ）の記述である。

嘉志子叔母も、其（その）当時の日本娘のようでなく、てきぱきとした男性的であったように申していました。よく母が申しておった話に、西洋人に育てられたお嘉志さんも、初めて人の母となる準備には、自分自身で産着を縫ったり、おしめを縫ったりしていらっしゃったが、日本の針はおつかいになれぬので、ミシンのようでした。ある時、井上宅にお出でになった時、風呂敷の耳を母が縫っておりました。今でこそ風呂敷は、すぐ使用出来るようになっておりますが、昔はメリンスの友禅などの裁切(たちき)ってある品を求めて、うつくしく耳を絹糸で縫います。女らしい家庭の所持品の一つでございました。それをごらんになって私にも縫わして頂戴とおっしゃったので、切地をさしあげ、縫い方をお稽古なさったそうですが、昔の鯨尺で一尺程ぬい進まれたとき、本を読むよりむづかしいが涙がこぼれるほどうれしい。とおっしゃった。と一つ話になっておりました。

（井上幸子「きかされたままを」、巌本記念会編『若松賤子　不滅の生涯』：九一―九二）

子どもを宿し、初めて産着やおしめを縫う賤子の期待やひたむきさがあふれている姪の記述である。

『小公子』連載開始の二か月ほど前、「しづ」の名で「慈善家ホイトニー氏一家を訪ふ」という文章（『女学雑誌』二一六号、雑録欄）が掲載された。当時の米国公使館の通訳官、赤坂病院院長のウイリアム・ホイットニー博士の活動を報告したものである。「ホイトニー一家の善き心掛けは皆な此(こ)の賢母の教育に原(もと)ひすることを知りたるがゆへ也」とホイトニー一家の母のことを感極まって書いている。初産を前にして「母」になろうとしていた賤子の、「母」のありようは、一大関心事であった。理想の母親像を模索する彼女にとって、ホイトニー一家の母は、モデルの一人になったのではないだろうか。明治二六年、二七年には年子が生まれ、手のかかりすぎる二人の乳幼児の世話をしながら執筆している。予想を超えて大変であった。「主婦の精神過労」と題して次のように書いている。

精神過労が原因です、お眠りの出来ないのも。／あなたは、暫(しば)らく人手に小児衆(こどもしゅ)をお頼みなさるか、さもなくば、今通(いまの)りモウ一年かそこらも、続いてお出(いで)になつた上句(あげく)自滅を招いて、誰か他の女に子供を委ねて、帰らぬ旅にお出なさるか、二ツに一ツです。一ツ篤とお考へを願度ものですナ。つまり緩慢な自殺ですから。／清く、高く、沈着な母となつてとは、始終理想して居る処でしたが、近ごろは、うるさく立寄る子供を撲のめし度なることが有升た。夫人はこれが万一、狂気の始まりではないかと危み升たが、医者は精神過労と診断いたし升た。

（「主婦の精神過労」『女学雑誌』三五五号：一五―一六、明治二六年一〇月一四日）

賤子は精神過労で眠れず、気が狂いそうであった。誰かに子どもを預けないと死んでしまうと医者に言われる。想像を絶するすさまじさである。結婚生活は、病弱の中での重ねての出産、子育てであり、そんな中での執筆活動であった。そしてそれだけではなく後述のように孤児の世話があった。さらにもっと大変だったのは、キリスト者には厳しい社会情勢との闘いがあった。

（２）「日本人の家庭」論

若松賤子の日本における女性の地位についての見解は、前述の彼女のバッサル女子大学への論文「日本における女性の地位」でとらえてきたとおりである。そして賤子は理論だけではなく実際の結婚生活を体験した。

明治二五（一八九二）年、北村透谷は「厭世詩家と女性」を『女学雑誌』三〇三号・三〇五号に発表した。透谷の斬新な恋愛論である。彼はこの作品によって、文学者としての地位を確立した。透谷は「男女相愛して後始めて社界の眞相を知る、／独り棲む中は社界の一分子なる要素全く成立せず、双個相合して始めて社界の一分子となり、社界に対する己れをば明らかに見る事を得るなり」（三〇三号：八）と書く。賤子も結婚において男も女も社会に対して一つの構成単位、分子になるととらえている。しかし、二人には違いがある。後述するが、透谷は自身の恋愛と日本社会の崩壊を予見し、縊死するが、賤子は夫に対する認識の相違の発見と、実体験からくる反戦の思いのある中で、そこまで徹底した論の展開はない。

賤子は結婚することにより、日本女性の結婚生活における深刻な状態を改めて目の当たりにしたのであった。賤子の「日本の家〔日本人の家庭〕」を見てみよう。

> 英語の「ホーム」という言葉は、母性を神聖化する全てのことや、母に関連するさまざまなことを連想させます。夫と妻――夫婦は理想の家庭の基礎を築き、其の家風を作り出し、家運を方向づけます。男と女が祭壇に進み出て、牧師が二人を夫婦であると宣言するや、世間は二人を社会の構成単位の一つとみなすのです。夫婦はどんなに若くても、家族の一員でありながら、曽孫に目がない八十歳の老夫婦と同様に社会的に独立し、権利を有する者として認められます。
>
> 日本の若夫婦はそうはいきません。二人が一つの姓のもとに結ばれると、／夫婦は先祖代々の家名と家の格式を保持すべき共同責任者となり、二人だけの利益は二の次となります。
>
> 夫婦のあり方について西洋式の考え方を徹底的に教えこまれた若い女性が、日本の青年と結婚したと仮定してみましょう。／その女性は自分が夫を助ける妻というより、嫁として家の付属物であることに気づくでしょう。云いかえれば、夫と結婚したことは、その家族とも結婚したことになるのです。おそらく同居する舅姑は、

その女性を「うちの嫁」と言って友人に紹介するでしょう。つまり嫁はある意味で、家の共有物なのです。従って、若い妻が夫の機嫌を損ねたのではなく、由緒のある家柄や重要なしきたりにふさわしくないとして離縁されることが時々あります。／何年たっても跡継ぎに恵まれない場合、家系を絶やさないために、嫁は離婚するかまたは夫の妾を承認しなければなりません。子宝に恵まれない女性の中には、そのことで気落ちしないようにと、夫のために夫の愛人を自ら選ぶ者さえいるのです。なんというひどいこと！

（巌本善治編、師岡愛子訳「日本の家と家庭の躾」、『訳文　巌本嘉志子』：五五―五六、『J.E.』Vol.III-No.1、一八九五年一〇月）

賤子は日本の家族のような、血縁で結ばれる伝統的な社会関係の実態を把握してその状態を否定し、女性の人格を尊ぶ倫理的な社会関係を打ち立てなければと思ったのであった。

しかしながら彼女は、明治二五年以降の反動的な国粋主義台頭の時期には、キリスト教の革新性を重要視していたものの、伝統的「孝」の倫理を見直そうとしている。封建的イデオロギーの貝原益軒の伝統的家族制度の擁護論を評価しようとしている。「家庭の躾〔訓育〕」において以下のように述べている。

／貝原益軒が書いた、若い女性のための一般的な道徳法典〔『和俗童子訓』〕には、家に対して生涯を捧げると誓った若い嫁が、家長である舅姑に仕える心得を強調して書かれています。／日本の古い家族制度が今までに、そして今もなおもたらしている害悪を悲しく思います。／しかし、この家族制度はこの上ない勤勉さと思慮深さ、そして自己犠牲を生み出す最も成功した訓練の制度だと感ぜずにはいられません。怠惰で気まぐれ、おまけに身勝手な女性は別として、品格ある献身的なタイプの妻や母親が、今日に至るまで家代々の宝として日本の古風な家庭に受け継がれてきたのは、実にこの制度のお陰だといえます。

（同：五七―五九、『J.E.』Vol.III–No.1）

賤子は、伝統的な日本女性の持つ自己犠牲的要素の意味を見直そうとしたのであった。ミッションスクールの卒業生の予想外のありよう、すなわち「日々の生活実践での宗教的ありよう」の自堕落さに疑問を持たざるを得なかった故であろうか。家族制度の「個の従属」を否定するが、その中で鍛え上げられた精神の強靭さを評価したのであった。彼女はこの観点から明治女学校設立者「木村鐙子夫人の生涯」をはじめ多くの同性の伝記を書いていった。女性が堅実に生きることの重要性を痛感する中で、賤子は明治二七年六月三〇日、次のように書いている。

中以上の婦人たりとも、職業を習ひて万一独立することあらん時の必要に対し、準備すると云ことに何か不都合有之候はんか?もと産業を受け継ぐと定まり居りてさへ、男子は尚ほ此目的をもつて、教育致され候様なるに、婦人に至りては、あてになる様な、ならぬ様な婚姻といふ一事を頼ませらるる耳にて、万一の用意とては与へられず、依ていとも哀れなる境遇に陥り候こと屡々有之候。／併し婚姻には、頼む可き庇蔭の必しも伴ふと申すものならず。死といふ魔物あり、破産といふ不慮も有之候て、斯の如き場合には、婦人がかせぎ人と変じ申すべし、子供を持てる人ならば、困苦は一層深きことに候はん。斯の如き時に、独立す可き術絶へ、あはれ冷やかなる世の慈善にすがり候ほど、心細き場合は有之間敷候。／熟練といふこと、今の世の中には、中々の価値を有し候。ナマナカのものにては、間に合ひ不申何の技にまれ、熟練はいたし候はば、成功独立は知らぬ中に伴ひ来り申候、昔しの人が（ウェブスタァ）申され候通り、職業は如何ほど多くこれに従事する人ありとも、上の方にはいつもアキ有之ものゆへ、さまで高尚ならざることにてもよければ、但だ一事に抜ずるが肝要に御座候。候補者は何れの道にも多し、辛抱せではかなわぬことと存候。総じて需要を正鵠にとりて、熟練を加ふれば充分に候。／されど令嬢が其上にこれこそと安心して、万一の時の立身事業とし玉ふ可き程のものを仕込み玉ふ親切は鬼に金棒与ふる訳にて、慈悲深き親御の第一の義務は其時始めて果し玉ひしことと申し上ぐ可く候

（「婦人の生存競争」『女学雑誌』三八六号：一七―一八）

日本において女性が男性と異なり結婚だけを頼りにして生きさせられることの不平等、経済的不安定さを述べ、熟練者となること、立身事業を仕込まれることの重要性を述べている。自身の生い立ちから、他者に頼れない、独立独歩の賤子ならではの考え方がそこにあるのではないだろうか。

賤子は観念の中でのみ生きていたのではなかった。ミッションスクールの卒業生の自堕落さを指摘する一方、優れた人物を紹介する。また文章だけではなく、実際的なさまざまな運動にも積極的に加わり、実践している。明治二三（一八九〇）年、富山など各地に凶作と不況による米騒動が起こると、「れぷた二つ」で「自分の身代で寄付の出来る丈はすっかり納め」ることの大切さを書いて、不断の倹約と義捐を訴え、貧しい人へのほどこしを訴えた。設立当初の明治一九年から「東京婦人矯風会」(2)の会員になっている。前述のように巌本も同様、特別会員となって

いた。「婦人白標倶楽部[3]」に加わり、矯風会の主眼であった禁酒に限らず、「国家の風俗を害し、悪弊を伝播するおそれのあるもの」すべてを阻止しようとした。公娼こそ諸悪の根源であるととらえ、廃娼運動力を入れ、女子の職業教育と授産事業を企て、条約改正問題についてはイギリス女王に書面を送っている。来日した世界婦人矯風会特派員のマッケルマン女子を矯風会書記の小島キヨと共に横浜に出迎え、本郷などでの同女史の演説時、通訳を務めた。賤子は病弱であるにもかかわらず、執筆以外にも婦人問題などさまざまな問題に精力的に取り組んで対処しようとした。

五　「大日本帝国憲法」と「天賦人権論」の対立

（1）賤子と巌本の文化的ナショナリズム

明治二一（一八八八）年になって、日本は資本主義の進展による高い小作料と低い労働賃金の上に軍備拡張が進められ、国民の生活は困窮し、農村は疲弊していった。巌本は明治二一年一一月二四日、「将来の日本人民（1）」という論文を書いている。

日本国の現況は実に亡国の徴（ちょう）に充満する也。／府外一里の地に到れば餓（うえ）に泣くものあり、各地方の僻村（へきそん）の民貧苦の状心（むね）を刺すなり、而（しか）して都城尤（もっと）も責任多きの輩（ともが）らは、皆紫きを着細き布を着（つけ）て日に日に奢（おご）り楽しむなり。
（『女学雑誌』一三七号：二）

そんな中、明治二二（一八八九）年二月一一日、大日本帝国憲法が発布された。明治天皇は憲法発布の式典を挙行した。賤子も巌本も洗礼を受けてキリスト者になっていたが、二人とも皇室・天皇への崇敬の念はとても強く持っていた。全国で屋台や山車が出され、東京市内は、奉祝門、イルミネーション、行列が続き、正装の官立女学校の生徒や洋装の高等師範学校生徒が並び、学校では祝賀会が開かれた。明治女学校でも祝会が持たれたことが二月一六日『女学雑誌』第一四九号に書かれている。植村季野（正久夫人）の司会、島田まさ子（三郎夫人）の聖書朗読で会は始まった。そして女学生たちは、校長・巌本善治作の「憲法発布を祝したる歌」を合唱した。

王兵御旗をあげ、海陸軍百一砲。三千余万歓呼して。祝へ日本人。／王室のいしづえ。国の憲法。けふ置れたり、いざ。祝へ日本人。皇統は連綿千万年。聖寿は万々歳。限りなき幸ぞ。祝へ日本人。／君は徳を垂れ。民は慕ふ。とつくににほこり。祝へ日本人。／ひがしに出たる。日のひかりは。みはたをかざせり。祝へ日本人。／朝日はのぼりて。御旗たかし。万こくはほめうたう。祝へ日本人

植村正久は「女子が公事に関係する第一着手」と題して講演をし、国会議員選挙に向け、父兄の選挙に役立つよう女子も候補者の言うことに関心を持とうと、熱く語りかけた。日本中がお祭り騒ぎであった。改進党系の『朝野

新聞』は称賛した。憲法発布直後、陸羯南（中田実）の新聞は社説「日本の立憲政体」で、次のように論じている。

日本の皇室は建国以来日本臣民の奉戴せる皇室なれば、日本臣民たるものは万世不易に之を奉戴するの懿徳を守らざるべからず。／日本の政府は万世一系の天皇の勅命を奉じ、万世自由の人民の委信を受けて存立すべきものなれば、民望を利用して皇権を蔑如すべからざると同時に、皇威を擅仮して民権を軽侵すべからず。此等は皆な日本の国民精神より自然に出づべき政義にして、帝国憲法の本文如何に拘はらず朝野共に確遵すべきの大綱なり。（『日本』明治二二年二月二八日付、『陸羯南全集』第一巻：二〇）

神話的な建国観に立った「皇室・臣民・政府」と「万世自由の人民」「民権」との融合を示している。巌本や陸羯南ら知識人の「自由政体」の理念が、いかに天皇制の枠内に閉じ込められていたかを示していると言えよう。だがこのあり様を滑稽きわまりないと苦々しく思った人もいた。植木は『土陽新聞』で消極的批判文を書いたが、かつての闘魂はなく、中江兆民は「通読一遍唯だ苦笑」しただけであったという。幸徳秋水は、「吾人賜与せらるるの憲法果して如何の物乎、玉耶将た瓦耶、未だ其実を見るに及ばずして、先づ其名に酔ふ、我国民の愚にして狂なる、何ぞ如此くなるやと」（幸徳秋水「兆民先生」『兆民先生・兆民先生行状記』：一七―一八）と冷やかに見ている。色川はこのことについて「陸羯南らのたてまえと中江兆民の本音（憲法をうけとり「通読一遍唯だ苦笑する」のみであった）との大きな落差に驚かざるをえない」と言ったという。国民は発布当日の午後、初めて憲法の内容を知ったのだった。皇室典範は官報にもなかった。そのさなか、森有礼文相の遭難が知らされた。しかし祝いは続き、東京市内の各教会の連合祝賀会はお祭り騒ぎであった。

巌本には帝国憲法の発布は国民に自治・自立・平等・自由を教え、育て、日本に立憲君主制を誕生させるという期待があった。『帝国憲法』の二八条「日本臣民ハ安寧秩序ヲ妨ケス及ヒ臣民タルノ義務ニ背カサル限ニ於テ信教ノ自由ヲ有ス」を津田仙が読み上げると、感極まって泣く者もあったという。信徒は喜んだが、本文より長い条件文がつき、解釈が多様で、不気味であった。しかしそのことを指摘する者は誰もいなかった。キリスト教界はほとんどこの憲法を歓迎したのである。だが、『帝国憲法』の基本原理を保持するためには、「すべて人間は生まれながらに自由かつ平等で、幸福を追求する権利を持つという天賦人権論」は成り立たない。身分制的倫理の確立とキリスト教の人間観は両立し得なかった。帝国憲法は必然的に絶対主義的反動へと向かわざるを得なかった。

巌本は士族出身である。彼は近代文学者・塩田良平との対談「撫象座談」の中で、次のように語っている。

> 明治女学校は貧乏学校でしたものですから、経営は容易ではございませんでした。私は基督教信者ではありましたが、外国風の教会が嫌ひで、家内（故巌本嘉志子）が、あなたは宣教師などからは迚も認められないといつてゐた程でした。実際当時日本は劣等視されて、いい宣教師は寧ろ支那に布教に行くといふ程でした。他の宗教学校は皆資金を是等外人の伝道費から仰いでゐたのですから経営は楽でしたが、明治女学校はあくまで外国の寄附は仰がぬ、その代り、所謂教会や宣教師の制肘をも受けないで日本基督教主義でやつて行かうと致しましたから、困難も多かつたわけです。その代り、一度などは岡山の孤児院から、三日間断食して溜めた金を寄附してくれた事がありました位、此事業を理解してくれる人々も出きて参りました。

（巌本善治「撫象座談」、『明日香』第一巻八号：一〇―一一）

彼には強い自国への自負心があった。信仰、生活様式、嗜好においてキリスト教宣教師に同化させようとする策には反発があった。欧米列強と向き合う時、自らの「文化」への自負と自国の発展を望む愛国心が湧き上がり、「日本基督教主義」の探求へと向かっていった。このことは彼の天皇尊重に密接に関わっていると思われる。事実彼の『女学雑誌』は、その創刊号を見ても、天皇、皇室を尊重する記事からまず始まっている。そしてそれがどの号も続き、皇室の記載量は圧倒的に多い（「社説　愛国之情」、『女学雑誌』一七八：一、「社説　皇后陛下万歳　陰陽男女の妙理を講ず」、『女学雑誌』二二五：一、等々）のである。疑うことのない天皇びいきであった。これを「文化的ナショナリズム」と名づけると、この「文化的ナショナリズム」は、巌本と同じく士属の娘である妻の賤子も同様であった。賤子について、長女・清子は「母のおもかげ」に次のように書いている。

母の性格には会津人としての片意地な半面があつた様に感ぜられる。宗教学校出身でありながら熱心な国粋主義者であつた。／是（これ）らの日本人らしい話の中で取り落したくない事は　皇室に対し奉る根強い崇敬心で、これは多分どんな境遇によつても滅する事の出来ない武士の娘としての血脈の現れではなかろうか。

（中野清子「母のおもかげ」、『若松賤子集』：三、四）

外国人宣教師に育てられ、日本語が未熟であるにもかかわらず、賤子は長女・清子の言を借りれば、「日本文化への愛情を示」し、「皇室に対し奉る根強い崇敬心」を持っていた。賤子は「私どもの敬愛する皇后陛下」と題して次のように書いている。

天皇陛下への熱烈な歓迎を東京で目にしたある著名な外国人が「世界中で日本の天皇ほど国民から尊敬され愛されている君主が、ほかにいるだろうか！」と、驚嘆の声をあげていました。確かに、わが国民の愛国心と忠誠心は日本の国力の源泉であります。
（巌本善治『訳文　巌本嘉志子』：三五、『J.E.』Vol.II-No.6）

こうした考えの中には、夫・巌本の影響が少なくないだろう。しかしながら彼女の中に、彼に負けないくらいの強い愛国心、日本文化への愛情と誇り、欧米に対しての独立心があった。巌本が賤子の死後に出した"In Memory of Mrs. Kashi Iwamoto"などの文章にそれはある。それらは賤子が英文雑誌『J.E.』に書いたものである。長い歴史を持つ日本と、そこから生まれた日本文化、祖先たちの知恵とつくられた社会組織などへの限りない信頼と尊敬を言い表している。日本文芸の西鶴の作品や加賀千代の俳句等を英訳紹介し、推古天皇、前述の熱心な仏教婦人たちなど日本史上の賢婦人の業績を語り、日本の生活習慣、子どもの遊びの中の大切な意味を語ったりしている。彼女は、キリスト教が持つ「命の力」は、日本の精神、文化を豊かに育て、伸ばす力を持ち、それらを踏みにじり、破壊するものではないと確信していた。彼女はキリスト教を欧米文化とは必ずしもとらえず、日本の文化道徳に真の命と力を与え、日本人としての誇りを充分実現していくことのできる真理であると考えていた。キリスト教を世界宗教ととらえ、日本における土着化を志していたと言えるであろう。賤子は、キダーやブースたちが、「移植」

の側の目線ではなく、「受容」する側の立場に立って彼女たちを教育したが故に、キリスト教は豊かな生命力と創造性、普遍性を持っているととらえることができたのであろう。一例をあげると、賤子たち生徒は、宣教師たちによって、前述のようにできるだけ日本の生活様式を尊重されていたことがあげられる。こうした「日本基督教主義」とも呼べるとらえ方を基として、賤子は「皇室に対する崇敬心」を抱き、ナショナリスト的発言をするのである。後述するが、彼女は明治二七年一〇月、『J.E.』（Vol.II-No.1）に「キリストのための大日本」と題して、万世一系の天皇のもと、四六〇〇万人の国民が一つとなる国家体制を、誇らしげに語っている。この日本の国家にキリスト教の教えと愛をもって仕えようとしたのであった。

一般には民権派の人々も、ジャーナリストも、またそれを支持していた人々も、この二〇年代前半の段階においては、まだ、明治天皇を頭に戴く明治政府への期待を捨てていなかった。「議会開設」によって、これまでの藩閥専制は改められ、より民主的な「立憲君主制」という文明の段階へ転移するであろうという漠然とした期待を持っていた。徳富蘇峰らの『国民之友』が、明治二二年までに数万の読者を獲得するという成功を収めることのできた一因は、こうした楽天的な期待の風潮があったからであろう。

巌本はまもなくこの憲法が彼の期待を裏切り、天皇の大権範囲は大きく、議会の権限ないし人権規定は弱いことを知っていった。この思い違いに気づく中で、彼は「皇室典範」第一章第一条に対して疑義を持ち、古来からの「女系の登践」の禁止に疑問を表し、この禁止によって、巌本の「女学思想」が、社会で育ち、展開できなくなるのではないかとの恐れを抱いた。彼は女性たちに家庭の外にも目を向けさせ、国家の暴挙を批判・阻止する「運動」の起こることを願うようになっていた。

女子教育の擁護者であった文部大臣・森有礼が暗殺され、欧化主義批判、女子教育批判が起こっていくようになる。文部省直轄の唯一の官立女学校であった東京高等女学校の教頭・能勢栄を中心に明治二二年四月に創刊された『国乃もとゐ』の第三号（明治二二年六月）の記事がきっかけである。「教育ある女子にして安全な夫婦併立の生活を遂げんとするには如何なる男子に嫁すべきか」という問いかけに、能勢が中等教育を受けた女子には「政治家、農工業家、医師、軍人、新聞記者」は結婚相手として適当でないと答えた。するとジャーナリズムから激しい攻撃を受けたのである。東京高等女学校バッシングである。『読売新聞』には「女学校の悪評」として「近頃女生徒の評判甚だ宜しからず……下宿屋で夫婦気取、女ハ学校へ通学し男ハ留守して赤んぼの守をするという類も少なからずといふ雑報も見えし」という記事が載った。さらに数日して「今日の如き純然たる西洋風の教養をこれに与へて其頭（その）を軽からしめず先ず修身を基本とし国粋と外粋とを適当に折衷したる教育法を定むべしといふに外ならざるなり」という記事が載った。こうした東京高等女学校をめぐっての記事は、他に『東京日日新聞』や『朝夜新聞』にもあり、大きな問題に発展していった。六月一九日付で能勢は非職となり、翌明治二五年三月、東京高等女学校は女子師範学校に合併され、『国乃もとゐ』は廃刊となった。明治二三年五月一七日、賤子は「高等女学校教師プリンス嬢」に次のように書いている。

> 元と変り師範校の附属となりしことゆへ、今后（こんご）女生の独立心を養成するには不利少なかるまじ、如何にも残り惜しき改革なりきとて歎ぜらる、
>
> （「高等女学校教師プリンス嬢」『女学雑誌』二一三号：一〇）

女子教育に力を入れていた賤子にとって、東京高等女学校が女子師範学校に合併されるというこうした状況は、いかにも残念なことであったと思われる。

明治二三年一〇月三〇日、天皇は「教育勅語」を下し、依って立つべき倫理の基準を教えた。そうした中で、内村鑑三の「不敬事件」が起こった。内村は明治二四年一月、教育勅語に署名された明治天皇の親筆に最敬礼を怠ったとの理由で国賊・不敬漢だと非難され排斥されて、嘱託教員として勤務していた第一高等中学校を追われた。巌本の妹、香芽子の夫・木村駿吉など二人のクリスチャンの教員は、その日わざと休んだという。東京帝国大学教授・井上哲次郎などは、キリスト教の信仰は教育勅語と国体に合わないと攻撃した。一方、巌本は、「第一高等中学校校長は明治天皇が発布した『教育勅語』に『礼拝』することを求めるより、そこに盛られた『趣旨』を徹底して実践することを望む方が重要である」（葛井義憲『巌本善治』：七三）と言った。キリスト教は「国家的精神」の確立を阻むものであるという世評がつくられていく中で、巌本はキリスト教こそが近代文明国家を建設する上で必要不可欠なものであり、また、「旧来の陋習を破り、天地の公道に基づくべし［五箇条の御誓文］」と唱え、文明開化を求める明治天皇の考えに沿うものであると論駁した。彼は利他心・犠牲献身を説くキリスト教は決して人々を無責任、放縦にするのではなく、博愛、家庭・社会・国家の平安を目指す国民をつくると訴えた。この巌本の論は内村と同じである。片野真佐子はこの内村の不敬事件について次のように論じている。

勅語の意義を、儀礼の対象でなく、実行の問題と受けとめる内村には、勅語をもって国家への服従の踏絵とした権力の構造は見えていない。政治の倫理への介入を問題とすべき時に、勅語の深意を理解し実行するのがキリスト者であるとし、勅語に内容的価値を認めてしまうのは、キリスト者としての存立基盤をみずから放擲するに等しい。

（片野真佐子『孤憤のひと柏木義円』：八六）

それに対して植村は「宗教的礼拝を為すべしと云はば是れ人の良心を束縛し、奉教の自由を奪はんとするもの」として、政治的君主としての天皇には服従するが、宗教的権威としてはこれを認めないとする明快な二元論の立場を明治二四年二月二一日『女学雑誌』第二五三号「敢て世の識者に告白す」（二三頁）に表明した。そして『福音週報』第五〇号に社説「不敬罪と基督教」を掲載し、同年二月二〇日発禁処分を受け、『福音新報』を創刊して抗議の意志を示した。主として日本基督教会の動向を掲載し、朝鮮人の民族心を称賛したのである。さらに『郵便報知新聞』には、同年三月一一日、巌本らと連名で「重ねて告白す」を投稿した。ただ「勅語が内容的に一般道徳の域を出ないから、その普及に協力する」というところには、妥協めいたものが感じられる。鵜沼裕子は講演「植村正久と『内村鑑三不敬事件』」（富士見町教会、二〇一六年二月二三日）において、「植村は『皇上』の神格化への危惧が乏しく、文明進歩の方向とキリスト教の救済的な『神の国』到来の方向とがストレートに一致するという植村固有のオプティミスティックな世界観があった」と述べている。この内村、植村、巌本の言説に対して柏木義円は次のように言う。

「今や思想の自由を防ぐるものは忠孝の名なり、人の理性を屈抑するものは忠孝の名なり、敬虔の念の発達を阻害するものは忠孝の名なり、偽善者の自らを飾るの器具は忠孝の名なり。此の奇々怪々なる現象は専ら教育社会に在るに非ずや。敢て勅語を以て君父［天皇］の上に最上者［神］を置くを排するの具と為すは何等の諂諛ぞ」（「勅語と基督教」）（片野真佐子『孤憤のひと柏木義円』：八八）

すなわち柏木は勅語を金科玉条として権力に頼る側の問題を突いている。柏木は、立憲制を褒めたたえて世に示した天皇制国家が、個人の私的生活や内面的領域に入り込んで国民を統合していく構造の核心に迫ったのである。内村鑑三の「不敬事件」から一年後の二五年一月、熊本英学校の奥村禎次郎校長が勅諭違反としてまたもや攻撃された。『女学雑誌』は反論するが、熊本英学校内の意見が分かれて抵抗しきれず、奥村は解雇されてしまった。熊本では、その半年後「若し耶蘇教を信ずるものあらば猶予なく処分すべし」と訓示した。植村正久や本田庸一ら八名は公開質問状を新聞各社に送り、事件を広く世に知らせた。一高を追われた内村鑑三は、その心境を二六年二月に『基督信徒の慰』に出版し、巖本はその数節を『女学雑誌』上に紹介する。同様の事態は天皇の「御真影」についても起こった。四月、井上哲次郎は、『教育と宗教の衝突』をまとめて出版し、キリスト教を反国体的であると一層排斥した。内村は井上への公開状を明治二六年三月一五日『教育時論』第二八五号に発表し、巖本は『評論』で井上説に反駁した。

巖本と賤子は結婚し、子どもたちが生まれて新しい家庭を持った。親子の情愛に乏しかった孤独な二人は、我が子を与えられ、家族の出来たことをどんなに喜び、感謝したことだろう。彼らは、この世に生を享けた子どもたちは、すべて「天与の可能性」を与えられた者たちであり、その子どもたちを豊かに育てる義務が大人一人ひとりにあると考えた。そこから親のいない孤児たちの成長が、彼らにとって大きな関心事、憂慮となっていった。石井十次の岡山孤児院の様子を描いた「岡山孤児院を訪ふの記」が『女学雑誌』第二三四号に掲載される。

そうした時、明治二四（一八九一）年一〇月二八日、濃尾（岐阜県）に大地震が起こった。巌本の孤児への関心は濃尾地震以降、一層強くなっていく。マグニチュード八・〇の日本史上最大の地震で、死者七〇〇〇人以上の被害者を出した。巌本は明治女学校の枠を超えて「窮乏する社会の救援」に乗り出そうとしていった。『女学雑誌』第二九一号に「濃尾の大怪事」を書いている。彼は「震地伝道隊」を組織して現地に送った。女の子は風俗業者に人身売買される危険があった。巌本は、大須賀（石井）亮一の動静に関心を払い、彼がつくった東京・王子の郊外にあった孤女学院に目を向けた。大須賀は、明治二四年一二月三〇日、近代日本における最初の女性医師・荻野吟子、志方之善（ゆきよし）夫妻の自宅を「孤女学院」の仮校舎とした（渡辺純一『花埋（うず）み』）。吟子はこの時、明治女学校で「生理・衛生」を教え、校医をも兼ねており、志方は烈風の震災地を訪ね、乳飲み子を入れて一五名を仮校舎へ伴った。ジフテリアやチフス患者が出た時には、明治女学校の卒業生や在校生らが孤女学院の働きを助けた。賤子は明治二七年六月『J.E.』Vol.I-No.5に王子孤女学院のことを書いている。賤子は訪問記を書くだけではなく義捐（ぎえん）を呼びかけ、基金一三〇〇ドル募集のバザー開催を知らせた。島崎藤村も患者を見舞って慰めたという。

巌本は孤児等々の弱者を『女学雑誌』の記事を通して世の人々に知らせて啓発し、できうる範囲で支えていこうとした。続いて中国の抑圧・干渉のもとにある隣国朝鮮の「解放・独立」に関わっていく。朝鮮の「独立」を大義とする日清戦争が彼をとらえた。「朝鮮での近代教育の普及、朝鮮国の『文明化』と独立」に真剣に携わろうと願うようになった。

日本のキリスト教会の韓国への関心は早くからあった。前述の片野は、最初に日本基督教会（旧一致教会）が中心となって、日本の大陸進出を積極的にすすめようという考えがあり、その五年後に伝道局を設立している。

前述の「撫象座談」の中で、巌本は塩田良平に「実は二十七年に朝鮮に日本語を教へる学校をつくり二年間私が行くつもりでありました処、その時嘉志子も私の留守中仙台へ行つて英語を教へる決心を致しました。明治女学校の教壇にすらたたなかつた嘉志子が遠い東北に行て留守中子供を引受る為め旅立たうとしたのですから、今思ふと気の毒なことでありました。しかし、幸にして私は朝鮮には代理をやつて済せたので、行かないですみました」（『明日香』第一巻第八号：一八—一九）と言っている。この頃『女学雑誌』はあまり振るわず、明治女学校も経営難で、巌本家の家計はかなり苦しかった。賤子は巌本の留守中、子どもの養育と生活費を得るために、仙台の東北学院で働こうとしており、巌本は朝鮮で日本語を教えようとしていた。長女・清子の「母のおもかげ」の「母ほどにも父を神聖視し崇拝し、宛ら殉教者の様に奉仕した人は少ないであらう。父に対する信頼は絶対であり、結婚生活は霊と理想との信条の上に樹てられて居た」（一〇頁）という言葉に、賤子は夫・巌本から強い影響を受けていたことを知るのである。巌本は朝鮮の教育に大きな関心を寄せるようになっていき、賤子もそれに協力しようとしていた。

巌本は明治二七年一〇月六日、「雑誌月刊に改むるの辞」（『女学雑誌』四〇〇号社説）で、日清戦争をもって「日本人が海外伝道に着手す可き聖機の到来」とし、全面協力の態度を示していった。この年は『女学雑誌』発行が月一回に変わった時である。こうして巌本たちの「海外伝道・教育活動」の具体化、すなわち朝鮮をはじめとして、東アジアの教育に助力しようとする「大日本海外教育会」が押川方義、本多庸一、松村介石、原田助と共に設立された。

巌本は会計に就任している。国内でのキリスト教逼迫の打開策を、海外伝道に求めたと言うことができるだろう。海外といっても、まず朝鮮の教育を行い、後に中国に及ぼすことを目的とした。そのためには日清戦争もやむを得ないという見解であり、国策との連結をはっきりと意識している。大日本海外教育会の「賛成員及会員」はキリスト教内外から広く集い、キリスト教界をリードする者たち、政治家、役人、研究者たちが名を連ねている。押川方義もその一人で、そうしたいきさつから賤子と『ザ・ジャパン・エヴァンジェリスト（J.E.：日本伝道新報）』とのつながりが生まれたのだった。

明治二七年二月『福音新報』四〇号で植村正久は「海外教育会」という論説を掲載し、キリスト教に基づく教育をもって朝鮮の独立・発展に寄与することには反対しないが、「大日本海外教育会」がこの活動を大きく展開するために「基督教外の人士」と連携し合うことには賛同しかねると述べている。この活動が将来キリスト教から離脱してゆく恐れがあることを危惧していたのであった。

しかし明治二九年二月に明治女学校が類焼し、最愛の伴侶賤子が死去した。もはや朝鮮伝道どころではなくなり、代理が派遣されて巌本は明治女学校再建に取り組まざるを得なかった。巌本の海外伝道論は、力には力をとらえた徳富蘇峰とは違って暴力を否定していた。しかし結果的には、巌本の大日本海外教育会は、祖国日本の天皇制国家を絶対化して愛国に足をすくわれ、日本の帝国主義的侵略に加担するものになっていった。アジア被圧迫民族としての連帯意識を放棄し、脱亜による富国強兵の道を選択して、膨張主義・侵略主義で朝鮮・中国に臨むことになってしまった。愛国的ノ基督教〟師巌本は、朝鮮伝道・教育活動が実際は日本と同じ神の被造物として尊重すべき朝鮮国の独立・発展を損なわせ、「朝鮮の文化」を踏みにじっていくものであることを充分に自覚できなかった。

日本はその後太平洋戦争へと突入していき、朝鮮、中国、東南アジアに対して赦されざる罪を犯し、日本国民に対しても多大な犠牲を強いていった。

武田清子は『土着と背教——伝統的エトスとプロテスタント』の中で、日本におけるキリスト教の受容を五つの型に概括している。①埋没型（妥協の埋没）、②孤立型（非妥協の孤立）、③対決型、④接木型あるいは土着型（対決を底にひそめつつ融合的に定着）、⑤背教型（キリスト教を捨て、あるいは、教会に背き、いわゆる背教者となること、あるいは、そのことによって逆説的にキリスト教の生命の定着を求める）である（五頁）。その類型化によると、巌本善治は①埋没型（妥協の埋没）になるであろうか。武田清子は次のように述べている。

／四面楚歌の状況にあっての誘惑は、キリスト教が世間から非難されるような非国家主義的な宗教ではなく、忠孝倫理とも矛盾するものではなく、日本の国体に適合するものであることを積極的に弁証しようとする傾向が出て来ることである。
／本多庸一らのように、／朝鮮人に日本国民としての意識を育てることを目的にして朝鮮総督府の機密費の援助を受けて朝鮮伝道にあたる（組合教会）などの行動によって、日本国家への忠誠を示すことに努めた人々もあった。こうした立場は、明治大正を経て、昭和の軍国主義的超国家主義の天皇崇拝へのおとなしい順応や、いわゆる「日本的キリスト教」にいたるまでつづく一つの流れである。

（武田清子『土着と背教』：七）

欧米の近代思想の根底にあったキリスト教精神の日本における受容は、こうした時代の大きな流れの中で、変転していく。多くの信徒が教会から離脱し、女子教育の様相は一変していった。数多い婦人雑誌は次第に姿を消し、洋装束髪が廃され、日本髪に薄化粧という姿に逆戻りしていく。明治女学校は衰退の一途をたどり、明治二五年、巌本は彼の女子教育の総括ともいうべき論説「我党之女子教育」を頂点として変貌していった。二四年の「宗教と教育の衝突」問題等々が起こった時の論陣を張って当局者を訪ね、理由をただしていた巌本の意志的な姿は影を潜めるようになる。

そんな中、反国体的であるとするキリスト教への迫害が日増しに強まって生徒は減少し、明治女学校の経営は追い詰められ、厳しくなっていった。巌本は東奔西走した。彼は意を決して明治二五年三月二四日、中国、四国、九州など西日本に出かける。『女学雑誌』の読者の実態を調べ、同士を組織するためである。帰ってきた巌本に、明治女学校教員生徒、女学雑誌社社員、孤女学院の大須賀亮一等々一〇〇人余りが、隅田川で慰労会を開いた。

賤子は、徒労と戦いながら疲労困憊していく巌本の様子を、明治二五年六月、次のように書いている。

> 自分を庇ふとすれば、気分が勝ぬとも神経がいら立つとも言葉を繕ふが、明様に艶気のない処をいつてみれば、矢張りすねて居るといふ外はない、原因はといへば、文学で世を渡る人で、さなくとも脳髄の分担する処が比較的に過ぎると云ふ処へ神経の構造が人並勝れて過敏と来居る、それに近ごろは殆んど力に余る仕事を引受けて居ながら昼の中は面接の外に来る客と応待する、／疲れ果てて、床に着くはいつも十二時過、場合によれば、二時にも三時にもなることがある、
>
> （「人さまざま（一）主人の不機嫌」『女学雑誌』三二一号：一一）

どうにもならない状況の中で、巌本の疲れ果てた神経は、全てを不機嫌にさせ、妻や子どもにまで八つ当たりしてしまう。そんな中、賤子は養母・大川とりの消息を聞いた。とりは明治一八年に賤子が離籍したあと、山城屋時代の旧知、青木家に身を寄せていたが、病を得て困っているという。賤子は何とかしなければならないと思い、いくらかを工面して送金した。相馬黒光はその時のことを次のように書いている。

しかしはなしの結果、巌本家から贈られたのが僅か七円であつたといふことで、青木氏は後に家運挽回し、ゆたかにくらすやうになつての話に、「あればかしのものを何故もらつたか」と苦笑し、今更返すわけにも行かないのを残念がつたといふことです。

（相馬黒光「若松賤子女史のこと」『明治初期の三女性』：二四九―二五〇）

黒光は、その七円が「どんなに心苦しい出費であったか」と思いやっている。

巌本は、日本基督教大会の決議によって二五年暮から正月にかけて約一か月、高知伝道に行く。帰京後の巌本を再びねぎらうために、関係者はまた明治女学校に集った。しかし、今度は巌本の長期出張時の編集を引き受けていた川合山月が、二六年二月から押川方義の東北学院に移ることとなり、その送別会も兼ねていた。山月は廃娼運動が縁で巌本と知り合い、明治二三年九月女学雑誌社に入り、二四、五年には病気のため休職中の清水豊子に代わって編集の責任を担っていた。女学雑誌社は山月に五円の月給しか出せなかったという。内村鑑三の一高勤務時の月給が六五円である。外国の宣教師に頼らなかった明治女学校の経営は、最盛期でも実に厳しかった。それがさらに苦しくなっていく。

賤子は明治一九年、二二歳ごろの結核発病から六年が経過していたが、その間、全体的に見て病状は決して良くはなかった。前述したが、明治二三年九月長女・清子、翌年一二月長男・荘治（後に荘民）の年子の出産と育児があった。その間、明治二四年の濃尾大地震の折に自宅に引き取った孤児の世話があった。明治二五年秋、賤子はかかりつけ医の高田耕安医学博士に転地療養をすすめられ、子どもたちと共に北豊島郡王子村十条（現・北区王子本町）に転居した。王子村は次のような所だと賤子は書いている。

ここは王子の片辺り字上の原と申処にて東に望む豊島川は白鷺とも見ふる真帆片帆を浮かべ遥か西の空には日本第一の名山の厳粛にも華麗なる姿を写し出し候、夕ぐれ縁先へ佇み、赤羽道を隔てて緑野一面の景色を眺め候へばここかしこと斑なる木立に巣籠る農家の陰へ今沈まん斗りの落陽が花やかに染なしたる紅の空、其まま一幅のパノラマと見惚るる計に候。

（「田舎だより」『評論』一号、明治二六年四月：三〇）

東京府五大公園に指定された桜の名所、飛鳥山に近い。高田医師は貧民を治療する「救療会」の委員長になっている。巌本はその人となりを社説で次のように述べている。

君は、実に明治年間の医道の士なり。余は、其至誠、其熱心、其抱負の遠大にして高潔なるに服すること一日ならず。余は、人としての君に歎服すること非常なり。君は言に吶、行に敏なり。吾等が知れる、貧しき人病めるとき、其枕頭に君を見ざることなし。

（巌本善治「救療会」、『女学雑誌』三四六号：五、明治二六年六月）

高田医師は巌本と賤子が結婚する時、肺結核は子孫のためにいけないと反対したが、最後まで賤子を看護り、二人は絶大な信頼を寄せていた。その後病状はやや良くなったが、東京麴町に戻るのはまだ無理だった。巌本もまた、王子村で週の半分を過ごした。土曜日午後から水曜日午後まで下六番町の明治女学校内で暮らし、水曜日夜から土曜日午前まで王子で過ごすという生活をしている。矢嶋楫子も賤子に矯風会の事業改革などの意見を聞きに、王子村を訪ねている。こうした状況の中のこの転地先で、「セイラ・クルーの話」、「いわひ歌」の長編二つを含む翻訳、翻案と、自作の小品「林のぬし」「黄金機会」「鼻で鱒を釣った話」「犬つくをどり」等々を一つひとつ書き続けた。

そんな中、キリスト教への迫害はさらに続いた。二六年夏、それは女子教育への国家統制の一環「高等女学校規定」が出される二年前のことであったが、第一回女子夏期学校が開かれた。女学雑誌社に仮事務所が置かれ、京浜のキリスト教女学校が協力してフェリス・セミナリのヴァン・スコイック・ホールにおいて、フェリス・セミナリ、明治女学校、東洋英和女学校など一三校と無所属の全二四七人が集まった。翌二七年は日清戦争が始まっており、矯風会の矢嶋楫子、賤子などが中心となって第二回女子夏期学校を開いた。この夏、賤子は箱根の芦ノ湖畔に静養している。しかし秋、賤子は疲れ果て王子村の家で病床についたままになってしまった。その頃の状態については、「主婦の精神過労」を取り上げ前述したが、医者からは、眠れないのは「精神過労が原因」で、このままでは「緩慢な自殺」だと言われている。しかし彼女はさらに四度目の妊娠をした。医者は母体の安全のために中絶をすすめたが、賤子は拒否した。彼女は「生まれてくる子は、ナポレオンかもしれず、ミルトンかも知れないのに」と言う。彼女にとって子どもは、「ホームのエンジェル」「神聖なるミッションをになうもの」であった。それを絶つことは許されない。その時彼女は、「わたしの生命はお産まで」と、迫りくる死を十分意識し、覚悟したのであった。夫・巌本の憂慮はいかばかりであったろう。それでも賤子は執筆を続け、その身心は限界に来ていた。明治二七年二月の随筆「病める母と二才の小悴（こせがれ）」には次のように書いている。

> ／太郎は夕ぐれ遊戯（あそび）に倦（う）んで寝気を訴ふる時、母の添寝（そえね）して、ねんねこ謡ふ時、夜中（やちゅう）物をびえして、眼を覚（さま）したる時、いつも乳房（ちぶさ）を握つて、始めて安堵の嘆息（たんそく）を漏らし升（ます）。／母は思はずポロリと一滴（しずく）落し升。さうして、「此（この）いぢらしさ、自由になるならば、いつまでも此児（このこ）を満足させ度（たい）」と、母心に普通の未練を浮べ升。太郎は此時抱〆（だきしめ）られ、其頭（そのかしら）は上に、母は此児の永遠の幸福を繰り返して祈願（いのり）し、多病なる我身を忘れて、太郎に伴ふたる遥かの行末を思計り升。
>
> （「病める母と二才の小悴」『女学雑誌』三六五号：七）

愛する幼子を残して死ぬかもしれぬ我身故、万感の思いであったことと思われる。

一年間、王子に拠点を置いた女学雑誌社は明治二七年一〇月、元の麴町区下六番町六番地に戻り、巌本は週刊発行の『女学雑誌』を月刊に改め、大日本海外教育会の仕事に力をそそぐために雑誌を大幅に縮小していった。彼はなかなかきっぱりと思い切れない中を断行したのである。『国民新聞』は「今日まで我国女学のため殆んど十年の苦節をなめ尽したる女学雑誌、今や故ありて週刊を改め月刊となすと社告あり、此事業のため惜しみて余りある事なるかな」と書いた。『評論』も事実上の廃刊であった。しかし、巌本のそうした構想は思い通りにならなかった。会員は集まらず、運動は進まなかった。

賤子はそんな厳本を支えなければと、自身を海外布教へと駆り立てていく。賤子は海外教育会の趣旨を『J.E.』に英訳し、婦人の参加を求めた。嫌な戦争を義戦とするジレンマ、苦しい内的戦いが彼女を苦しめ、責めさいなんだ。心身が衰弱した。とうとう、賤子の明治二八年四月の子ども欄、六月の婦人欄は津田梅子が書いた。「時々強い憂愁の念に襲われ、善治と義兄妹の約をした松田喜美子の手を握り、泣かして頂戴と言って涙をはらはらと落した事があった」と、長男の荘民は伝えている（「若松賤子のことなど」、『詩界』五六号：一七）。厳本は賤子のこの精神状態に気づくことがあっても、朝鮮布教で頭がいっぱいで心の余裕がなく、私生活は賤子に任せきりであった。彼は彼女の強い精神力を信じきっていた。

北村透谷が逝き、島崎藤村、川合山月も去り、矯風会の佐々城豊寿、荻野吟子も北海道に行ってしまった。賤子は今まで必死に走り続けてきたことを思い起こし、気がついてみるとわかり合える大切な人々はもう傍らにいない。彼女は寂寥（せきりょう）の中に佇（たたず）んでいた。心が落ち込み、死にたいとまで思うようになり、ひどい不眠症にかかっていく。

キリスト教への迫害が激しさを増す中、賤子は以上のような厳本に対して、どのようであったのだろうか。日清休戦条約が結ばれると、賤子は戦争の終結を喜び、戦場での勇敢な働きよりも日常生活での勇気こそ大切だと『J.E.』に書いている。賤子は日清戦争を「文明の義戦」ととらえようとしていた。しかしながら戦争を全て受け入れることはできない。賤子は明治二七年一〇月、「キリストのための大日本」の中で次のように書いている。

> キリスト教が国と国民を聖なるものとしなければ、わが国の統一性ということも、たいして重要ではなくなる

のです。なぜなら、国民すべてが誤りと罪におち入り、戦争も、国をあげての他の運動と同じように、失敗に終るでしょう。大日本は、すべてキリストの為でなければ、偉大にはなり得ないのです。

（巌本善治編、師岡愛子訳『訳文　巌本嘉志子』：一四九、『J.E.』Vol.II-No.1）

賤子は幼少時の戊辰戦争での生々しい戦争体験によって、人間の何たるかをその目で見ていた。幼さ故にほとんどを忘れていても、母の精神が、おこりの様に急に震えだし、しがみつく賤子の手の中で破壊されていく恐ろしさは生々しく覚えている。同じく『J.E.』に「出征する二人の伍長」を次のように書いている。

／愛する人が戦場で残虐行為にさらされることを思うと、自分で戦いに出るのと同様に苦しいことです。多くの家族が、戻ることのない愛する人々の死を、すでに悲しんでいます。戦争ほど悲惨で残酷なものがあるでしょうか。

（同：九四、『J.E.』Vol.II-No.2）

人間は罪深く、戦争も国家的運動もキリスト教の神なしには残酷、悲惨で空しいものになってしまうと身心深くに刻み込まれている。この時賤子は、社説などで盛んに戦意の高揚を訴えはじめていた夫の巌本とは、戦争に対してその見解を異にしていたのであった。前述の賤子が巌本に贈った英詩「花嫁のベール」の第二連「きみの手より抜け出ずる力をわれは持つ」は、このことにおいても該当するであろう。賤子は夫の巌本に対して、大きな信頼を持ってはいたが、異なる独自の見解を持つ一個の独立した人間であり、決して夫の従属物ではなかった。

賤子も巌本も誰にも負けないくらいの強い愛国心があった。キリスト教思想が国体に反しないことを何とか理解してもらわねばならない。それを証しなければと二人は必死でペンをとり、説かねばならなかった。賤子は『J.E.』に「キリストのための大日本」、前述の「私どもの敬愛する皇后さま」、等々を書いて、国体を誇示し、皇后個人への熱い親愛の情を証明してみせた。この頃の賤子の心の動きを鈴木美南子は次のように述べている。

／決して盲目的な協力ではなくキリスト者としての批判面も残しながら、日本人のとるべき態度を協力的な筆致で書いているのである。／日本は地理的には中国と比べものにならない程小さいが、万世一系の皇統の下に団結しているところにその真の強さがあるといわしめている。／しかし二七年一二月婦人欄の論説になると、少し論調がかわり、この戦争は正義の戦いであるといい、日本が善戦を続ける中で犠牲となってゆく多数の人々のことを思い、それらの死に宗教的意味を与えることにキリスト者の任務を見出している。／一たん始まってしまった戦争に対しては、日本国民として何らかの正当化の根拠を見出し協力せざるをえなかったのである。そこに存在するかし子の思想的矛盾が実はアジアのリーダーとしての日本という誤ったナショナリズムに基づいていた／日本はアジアにおいて最初に西欧文明に開かれ、これをアジア化しえた国として、朝鮮、中国、台湾等のアジア諸国にこれを教え、欧米人に代わって導く責任がある、キリスト教伝道も又然りだという。

（鈴木美南子「若松賤子の思想とミッションスクールの教育」、『フェリス女学院大学紀要』第一二号：三五—三八）

片野真佐子が『孤憤のひと柏木義円』で述べた柏木の「敢て勅語を以て君父［天皇］の上に最上者［神］を置くを

排するの具と為すは何等の諂諛ぞ」という鋭い指摘には、巌本も賤子も気づいていなかった。ＧＯＤを排して、天皇を、唯一絶対の神として帝国主義的侵略に加担していく恐ろしさに気づいていなかった。賤子はキリスト者としての戦争に対しての批判面を持ちながらも、「アジアのリーダーとしての日本」という誤ったナショナリズムに押し流されていき、自身の思想的矛盾に気づいていなかった。後述（「第Ⅲ部　一　明治政府」）するが、武田清子はこのことについて『天皇観の相剋』の中で次のように論述している。少し長いが重要なので引用することとする。

／一般民衆むけには天皇は絶対的・超越的存在であり、その「恩旨」によって憲法をも国民に与えて下さる尊いお方であるとの解釈がなされ、知識階層や政治家に対しては、憲法によって制限される天皇観が示され、憲法論に通じた民権論者をも抱きこむことを得させる秘密がここにあった。そして、カリスマ的存在としての明治天皇をかざすことによって、伊藤は、こうした相矛盾する二つの要素、相異なる性質の二頭立ての馬車を巧みに御すことのできる有能な御者（charioteer）とも見ることができるであろう。／［和辻哲郎は、］日本のピープルは言語や歴史や風習やその他一切の文化活動において一つの文化共同体を形成して来た。このような文化共同体としての国民あるいは民衆の統一、それを天皇が象徴するのである。日本の歴史を貫ぬいて存する尊皇の伝統は、このような統一の自覚にほかならない。（「国体変更論について佐々木博士の教えを乞う」『和辻哲郎全集』第十四巻、岩波書店）／一九四五年の降伏時にあって、アジア的な一つの伝統主義的社会としての日本を変革し、民主化しようとする意図をもって進められた連合国の占領政策、とくに、連合諸国における天皇観の相違と相剋が要因となって展開したところの、日本民主化の方法における「天皇制廃止」か、「天皇制保持」か、あるいは、「天皇制改造」かという高度の政策的配慮と相剋を伴う問題と、それに対する日本人の反応とが展開させたものは、まさに一大ドラマであった。（武田清子「序説」『天皇観の相剋』：七―一〇、傍点は原著による）

武田の取り上げる、E・H・ノーマンらの「日本人の将来――カナダ人の見解」には、次のようにある。

／「リベラル」とか「穏健」とか「反動的」とかいわれてきた何世代かにわたる日本の政治家や官僚たちの手に握られてきた天皇制は、ナチズム同様の悪性の人種差別主義や、非科学的な種族的排他主義や、非人間的・反社会的狂信主義によって養われてきたがゆえに、日本人であれ、外国人であれ、人間の生命に対する侮辱的態度等を日本人に叩きこむための選ばれた道具となってきたのである。この制度は、過去五十年間、日本の政治を導いてきた人々の手にある魔術的魅力として、最も人間的で知的な日本人の頭を幻惑させ、まどわし、ついに退廃させてきた力である。（同：九七）

武田は、天皇制が本来的に持っていた矛盾を指摘し、権力者側の天皇制の狡猾な利用（人間の生命に対する侮辱的態度を日本人に叩きこませる）をあばいている。

さて賤子であるが、彼女は巌本とは愛国心、皇室への敬愛では一致している部分はあっても、彼女の厭戦の思いはぬぐい難かった。巌本は国権意識を増大させていき、夫との齟齬（そご）は日ごとに増していく。賤子は自身の原点を見つめた。女性の解放が大事である。助け手のいない朝鮮、ひいてはアジアの女性たちを教育して、彼女たちに人権を与えねばならない。キリスト教伝道によって人間を〝罪〟から解放していかねばならない。それこそがキダーから与えられたものではなかったか。それが自分の役割ではなかったか。与えられたものをお返ししなければならない。彼女は自身にそう言い聞かせたことと思われる。さし迫ったことの対処に心を奪われていたのである。前述の武田清子の論のキリスト教の受容の類型としては、賤子は、儒教、武士道（会津の家訓）の完成としてのキリスト教の受容という④接木型あるいは土着型（対決を底にひそめつつ融合的に定着）であったのが、当時の社会状勢と夫の影響により、④から④を含んでの①の埋没型（妥協の埋没）へ、しかし死を迎える最後には、①から④に戻ったのではないだろうか。当時のキリスト教への風当たりは厳しかった。賤子が死去して後はっきりするのだが、キリスト教が知識層に広がりはじめたのは明治三四年ごろからであった。日本のキリスト教プロテスタントにとっての暗い谷間の一〇年間であった。

明治二八（一八九五）年一月二九日、文部省令で「高等女学校規定」が出て、高等女学校が初めて中学校と並ぶ中等教育として認められるようになった。しかし、良妻賢母育成の女子教育論を背景に、女子は実用的な教科「裁縫科」が加えられて正式な学科目となり、その教育内容は中学校とは大きく異なるものとなった。この規定は教育勅語に則って男女性別分離の教育を目指しており、その上、「本令ニ依ラサル学校ハ高等女学校ト称スルコトヲ得ス」と定めていて、学科内容まで国家統制を受ける国家主義教育を企図していた。これを拒否して、独自の教育を守るために高女規定を受けなかった学校は、苦難の道を歩まざるを得なかった（小柴昌子『高等女学校史序説』：六一―六四参照）。女学生無用論[1]が新聞などに書き立てられ、女学生の中学生比ははなはだ落ち込んでしまった。そして女性を「家」に縛りつける家父長的民法[2]が施行されていった。明治二三年に公立私立合わせて三一校の女学校が二七年には一四校に、フェリスは生徒一二〇人ほどが二九年に三八人に、明治女学校も三〇〇人ほどが二八年には一〇〇人になっていった。明治二三年から翌年にかけて、明治女学校は学科の新設が相次いだ。普通科、専修科、高等科、自由科、速記科、師範科、職業科、主計科、武道科などが加えられ、明治二五年には「尋常小学相当」の教育課程を施す幼年科まで設立されている。生徒の減少を食い止めるため、あらゆる手が打たれたのであった。一方、ミッションスクールも、生徒は、勅語に礼拝しない、靖国神社や伊勢神宮に参拝しないとして非国民のレッテルを貼られていき、生徒数は激減していった。特にミッションスクールの男子校は、中学校令準拠の尋常中学徴兵免除の特典がなかった。そして官尊民卑の風潮の中で上級学校進学資格もなく、出世への早道ではなかったので厳しかった。財政的基礎の弱い学校、すなわち熊本英学校、新潟の北越学館、仙台の東華学校などは、閉校のやむなきに至った。欧化時代に最も華やかであった金森通倫（みちとも）、海老名弾正、横井時雄ら組合教会は最も教勢が振るわなかった[3]。同志社では、新島襄の跡を継いだ小崎弘道が、当時台頭してきた「新神学」の唱導者として学内を取りまとめ、アメリカン・ボードから独立し、経営難を予測して、尋常中学校を設置した。聖書の使用と宗教的儀式が中止され、倫理と称する教育勅語の授業になってしまい、学校と生徒の信頼関係は損なわれてしまった。

小崎弘道の「新神学」とは、同時期にドイツから入ってきた聖書の高等批評をベースにした新神学――「チュービンゲン学派」を代表する「普及福音教会」の神学のことである。この神学は聖書を神の啓示としての権威と認めず、人間の宗教記録と見なし、キリスト教の聖書・教義・制度を科学的・歴史的に自由に研究し、日本基督組合教会の指導者や、当時キリスト教を信仰より教義としてとらえる傾向のあった知識階級に歓迎され、大きな影響を与えた。[4] しかしこれに対して正統的な基督教各派は力を合わせることができず、教会活動の停滞、教会間の対立を招いていていた。明治二六年では信徒は約三万七〇〇〇人にとどまり、教会から遠ざかっていく者も少なからずいた。山路愛山は、「新神学」の台頭から生じた教会の反応・苦悩を次のように書いている。

其教会に属するものの多くが外国宣教師と事を共にしたがる為めに神学問題に対する態度の甚だ公明を欠きたること是なり。／彼等の多数は外国伝道会社の補助に依りて其伝道事業を支へたり。而して外国伝道会社の多数は依然として所謂正統教理を固執するものなり。是に於てか基督教会の伝道者は新神学の起ると共に気毒なる位置に陥れり。彼等にして若し自由に其所信を吐露せんには彼等は直ちに其事業の財源を絶たれざるを得ず。

（山路愛山『基督教評論・日本人民史』：九六）

この山路の冷静な判断は、当時のみならず、その後の巌本への評価、ひいては明治女学校への評価に大きく関わってくるものと思われる。それは後述の宣教師との関わりからくる明治女学校の創立者・木村熊二の評価においても同様である。新神学が台頭してきた時、巌本や木村熊二を他のキリスト教信徒は充分に支えることができなかったのであった。元東京大学総長・矢内原忠雄は次のように述べている。

西洋諸国が文芸復興と宗教革命とを経由し、数世紀の長きに亙つて養つて来た民主主義精神を、明治維新による開国以来八十年間に、日本が十分体得しなかつたことには無理のない点もある。それは学ぶに「時」を要する歴史的経験の成果だからである。それにしても、明治維新以来日本の政府と国民とが基督教を学ぶについて示した頑固と不熱心とは、見のがさるべきでない。

（「近代日本における宗教と民主主義」『矢内原忠雄全集』第一八巻：三七〇）

倫理を罪の意識によってさらに内面化し、神との人格的関係を確立するということは、ドイツやイギリスにおいても数世紀を要したのであった。

この頃の日本の思想状況を色川大吉は、『北村透谷』の中で、次のように述べている。かなり大略的であるが、色川のいう「自由民権運動」は、巖本たちの「キリスト教」を含むものとしてとらえることとする。

両者〔明治政府と自由民権運動家〕ともに「近代国民国家」（世界史的な広義の概念としての）形成をめざしたといっても、明治政府の国民国家の性格は、法制上、天皇主権下の「臣民国家」であり、議会制を許容してはいたが、限りなく絶対主義に近いものであった。それだけに国民議会を主軸とした「近代国民国家」を要求していた民権運動いらいの批判勢力とは対立せざるをえなかったといえる。

そうはいえ、この時代の思想界を支配体制と反体制の対立と単純に二分することはできない。この時期は過渡期にふさわしく、各派が入りまじって流動しており、互いに働きかけあっていた「星雲情況」であった。それゆえに、いわゆる政府陣営と反政府陣営の接触は、幾何学の線ではなく、境域の重なりあった面であり、それもかなり幅のある波打ってやまない帯のような情況であった。加えて、当時の反政府派のほとんどが、明治維新を単なる改革とは見ておらず、封建制からの決定的な変革、革命であったと受けとめていた以上、その直系政府としての現政権をもまったく反動勢力とは認められなかったのである。

明治十年代の自由民権運動（とくに豪農民権）の反政府＝在野精神は、二十年代の平民主義、国粋主義のこの言論活動にみちびかれて、内から、なしくずしに、天皇制国家主義にと転入していった。そして独特な日本型の「近代国民国家」を形成させたその歴史的な成功の最初の契機が、日清戦争による「官民和合・挙国一致」であり、三国干渉による「臥薪嘗胆」ではなかったか。／自由党の板垣総理が伊藤博文の政府に入閣したのは象徴的な出来事である。この時点になると、少数の個人ないしグループをのぞいては、「近代国民国家」という錦の旗を独占した天皇制国家への根本的な批判は叛逆視され、表面から姿を消していった。

（色川大吉『北村透谷』：一五六―一五七、一六六）

色川は、明治二〇年代の思想状況は、対外的危機を訴え、愛国心を利用し、天皇制が、強力な批判者であった自由民権運動の継承勢力を分断し、欽定憲法と教育勅語の枠内に「体制内改良派」として統合していく過程であったと言うのである。鋭い分析だと言わざるを得ないであろう。

国家統制が強まり、キリスト教界の支えも充分得られない中、巌本はどのようなキリスト教理解をする精神構造で社会と関わり生きたのだろうか。前述の片野真佐子の「天皇制国家形成下のキリスト者の一断面」により概観してみたい。巌本はまずキリスト教は、神の前での平等を説く普遍宗教であると把握している。身分制打破、経済的不平等の是正、男尊女卑の風習改善などを主張している。しかし、いかなる高尚な目的への志向も衣食住の日常的な生活条件の充足を前提としてのみ可能だとし、論議を実際的物質的救済に集中させている。次に彼は、農民や女性啓蒙活動に力を与える「生きたる宗旨」としてのキリスト教理解をしている。高邁(こうまい)な理論を口にしながら、遊蕩(ゆうとう)に耽(ふけ)り、家庭を顧みないで東奔西走する壮士型の人間の理論と実際との乖離を巌本は最も嫌った。キリスト教が、実生活の中で活きる道徳としての側面をしっかり持っているとして、極めて実践的な宗教であることを示した。そして最後は、キリスト教が、神の前での人間の連帯を実現させ、人間関係を円滑にするとの理解である。しかしそこには厳しい原罪意識はない。片野は、巌本のキリスト教理解を次のようにまとめている。

／生活の現実を等閑視したまま立憲政体樹立に奔走する民権論者の政権偏重を戒めるとともに、中央集権的国家体制の確立を最優先する政府を批判し、日常生活そのものを称揚することによって明治前期を支配した政治主義に反省を促したのである。／女性の問題を論ずることによって絶えず衣食住等の微細な生活上の諸側面を掘り起こし、そこからさらに人間、社会、政治の問題へと言及していった。

（片野真佐子「天皇制国家形成下のキリスト者の一断面」、『日本史研究』二三〇号：一）

続いて片野は、さらにその巌本の政治主義を排して実際的物質的精神を唱える内面を分析し、「巌本における人間は飽くまで性の相違に象徴される質的差異をもつ人間、自然を背負った人間であった」とする。

／自然は神が人間のために創造したにすぎない飽くまで人間の下位に立つものとしてある。／巌本における神は／自然との相関において人間社会の「調和」を促進する役割を演ずる神であり、／神が万物を調和させているると主張した。／本来、ヤハウェは自然界に調和をもたらすどころか暴風雨の神ではなかったか。／何の罪もないヨブに何ら合理的な理由なく苦難を課した神は絶えて存在せず、「苦痛を苅除するの助け」を与える愛と赦しの神のみが、あらゆる人間の苦悩にたいし常に暖かい救いの手をさしのべる神のみが存在する。／人間の苦悩は現世的幸福への階梯として合理化され、個人的な努力や日常道徳の範囲内で解決しうるものとなってしまう。

（同：一一三―一一四）

このように巌本のキリスト教信仰は「道徳に転化する」と鋭く指摘する。片野はさらに本来のキリスト教と比較して考察し、その差異を明確にする。

／巌本は、日常生活への挺身によって自らの内なる神と自然に近づくと信じ、既存の秩序に埋没していく人間とはなり得ても、「それぞれ固有な神に向かって世界を超越する生存」を営む人間とはなり得ない。K・レーヴィットによれば、「キリストは世界を世界から解き放」ち、キリスト教は「世界からの自由」を可能ならしめて近代人を形成した。だが、まさにこれとは対照的に、巌本における神は世界＝自然へと人間を束縛する。巌本のキリスト教は、かれが現実との関わりに目を奪われるあまり実践的功利的表面的に受容され、新たなる価値意識の形成へと発展することなく、かえって、既存の秩序たる自然を規範とした「自然の関係」に生きる人間、換言すれば、近代的個人の発条たるべき作為性を欠落した人間という前近代的な人間像を展開せしめてしまったのである。（同：一四―一五）

続いてこの片野の指摘と共に葛井（ふじい）義憲の論を見てみよう。葛井は巌本の「犠牲献身　二」（『女学雑誌』一七〇号、明治二二年）を取り上げ、次のように述べている。

> パウロは、「我はわが中、すなはち我が肉のうちに善の宿らぬを知る、善を欲すること我にあれど、之を行ふ事なければなり、わが欲する所の善は之をなさず、返つて欲せぬ所の悪は之をなすなり」と、人間にひそむ罪の執拗さ・不敵さを痛みをもって語っている。しかし、巌本の「犠牲献身」の中には、パウロほどの凄まじい原罪意識は存在しない。これはキリストを「贖罪神（しょくざいしん）」と崇めるより、「理想・賛美の存在」として仰ぎ見ることを勧める。それとともに、一人ひとりの人間も「理想・賛美の存在」であるキリストへ少しでも近づきえる存在へと変えられるのだとの「確信」をもたらす。／彼には、人間の心の底にある「無形霊清の良心」、神と結びつき、神の意思を聞くこの「良心」への信従があった。（葛井義憲『巌本善治』：六九―七〇）

葛井の述べる巌本の原罪意識の欠如は前述の片野のとらえ方と一致するであろう。

こうした精神構造の巌本は、「国事及び政事」（『女学雑誌』第三三九号甲の巻、明治二六年二月）の「経済は単に富を造るの道にあらず、亦た人を造るの道なり、故に、殖産、興業、勤勉、倹節等もろもろの経済上の徳は、大抵、伝道及教育上の諸徳と相ひ連接す」（三頁）という論説に結びつく。彼は「殖産興業」を諸徳ととらえ、「人造り」「善き心づくり」を行う上での良き機会だと見なす。経済は「富を造る道」ではなく、「人を造るの道」であり、道徳的、教育的意義を持つものだと言う。しかしこの時期、日本資本主義の発展、経済力の拡大に邁進する明治政府のもとでは、この巌本の経済に対する認識では、〝愛〟の活動はまっとうには果たされなかった。

（2）北村透谷の文芸と内村鑑三戦争論批判

巌本とは文芸における考え方を異にした当時の『文学界』の客員、北村透谷について述べてみよう。そのことによって巌本、賤子との文芸観の相違と『女学雑誌』の内実が見えてくると思われる。

北村透谷は早稲田の英文科に入り、当時の世界文学の一流作品を翻訳によってではなく、直接読むことができる実力を身につけていた。島崎藤村は『春』においてこの透谷をモデルとした登場人物・青木の惨憺たる実生活を冷静に描いている。透谷は一時期、五日市町の民権グループと交流を持ったが挫折し、多摩自由民権運動の中心人物・石坂昌孝と出会い、その娘・美那に恋をして、明治二六年受洗、結婚した。同年、明治女学校の教壇に立つ。フレンド派による日本平和会の機関紙『平和』の編集長を務めた。前述したが、巌本は、明治二一年一一月二四日『女学雑誌』第一三七号の「将来の日本人民（一）」で国民の貧苦を取り上げていた。その後、巌本は明治二三年三、月、『女学雑誌』第二〇三号にその自分の思いを受け継ぐ透谷の「時勢に感あり」を掲載している。

君知らずや人は魚の如し、暗らきに棲み暗らきに迷ふて寒むく食少なく世を送る者なり。／天果して我が民を左くるか天果して吾が民を咀ふか、紛々擾々たる社界の現象を一括し来り詳かに是を観察すれば熱涙の期せずして吾が蒼頰を掩ふ者あり、

（『女学雑誌』二〇三号：七、『北村透谷・山路愛山集』：五九—六〇）

この頃の日本は、軍備拡張によって国民の生活はどん底に陥っていた。透谷は欧米の言語の論理性、表現領域の豊かさに驚き、日本の言語の現状に絶望的な気持ちを抱き、悪戦苦闘の試みを重ねていた。人間、下層社会の運命をこのような痛みを込めて描写しうる独創的なこの「文体」は、後に中野重治が激賞して有名になった。透谷の自由民権運動の挫折(5)から生まれた文体であった。臼井吉見『安曇野』には、作中の木下尚江をして、透谷について次のように語らせている。

／こういう文章をこれまで読んだことがなかった。それは、言ってみれば、魂のうめきであった。熱のこもった、調子の高いものなのに、闇の中からの訴えといった感じがあった。なかばは読者にむかい、なかばは自分にむかって語りかけているようでもあった。われとわが声に耳を傾けるというふうなところがあった。不安と確信のいりまじった独特の格調が魅力だった。／民友社ふうの考え——万事目に見え、実利を生ずる事業を基準とする考えかたにばかりなじんで、人間性の根本、人間の心の中に深く根ざすはずの生命の樹についての関心を失いつつあったとき、その虚をついて、きびしい警告をつきつけてくれたのは、これらの論であった。

（臼井吉見『安曇野』第一部：二〇二―二〇三、二一七―二一八）

透谷が当時の文学界に大きな衝撃を与え、文学者としての地位を確立したのは「厭世詩家と女性」によってである。この作品は、明治二五年二月、『女学雑誌』に発表され、島崎藤村、相馬黒光、木下尚江ら若い人々に強烈な影響を与えた。当時、恋愛を軽視していた日本の知識人に対し、常識を破った驚くべき宣言であった。「恋愛は思想を高潔ならしめる嬭母（じぼ）」である、すべての芸術創造の源泉であると言い放つ。恋愛の人生における精神性を言語化することのできた人は、透谷が初めてである。しかし透谷はその先までも見据えようとし、この恋愛の崩壊を予告し、ペシミスティックなものであることを書いた。

透谷は、人間を常識を超えて深くとらえようとし、文学の自律性を主張する。色川はそのことについて「近代の殺人はあるたしかな原因が、誤謬があるからおかすのではない。人間の内深くにかくされてあるものを、突き動かす何ものかが―運命が、不可聞の魔語が、境遇があるから起るのである」（色川大吉『北村透谷』：二六二）と書いている。しかし彼は暮の頃から「脳病」を病んで一切ペンをとれなくなり、明治二七年五月一六日、縊死（いし）した。満二五歳と四か月であった。臼井吉見は『安曇野』において、木下尚江をして透谷のことを次のように語らせている。

　教育勅語に敬礼しなかったというので教職を追われた内村が、追うのに加勢したばかりか、いよいよ攻撃を加えてきた井上哲次郎や高山樗牛（ちょぎゅう）と区別のつかない戦争論を唱えるのが、尚江には納得できなかった。どう考えても奇怪であった。透谷のいう精神の自由をもたない国が、野蛮をこらす文明の名において、戦争のゆるされる道理はない。

（臼井吉見『安曇野』第一部：二六一）

明治二七（一八九四）年八月一日、ついに日清戦争が勃発し、ジャーナリズムも戦争支持一色になった。フレンド派も非戦論をめぐって分裂する。透谷の平和の叫びはかき消され、『文学界』の理想は反時代的な孤立に陥っていった。

（3）『女学雑誌』『文学界』の変遷とその時代

ここでこの時代の移行と密接な関わりを持つ『女学雑誌』の変遷を見てみよう。明治二五年からの数年間、女学雑誌社は最も華やかとなり、『女学雑誌』の表紙は、主婦向けの赤、青年向けの白の二種類に分けられ、毎週交互に発行されることになり、『女学生』を別に刊行した。『女学雑誌』が、急進的な青年男女と保守的な主婦層という相容れない読者層を持っていたからである。翌二六年、白表紙はさらに『評論』と改題し、『女学雑誌』は本来の「女学」の線の一本立てに戻って、隔週刊となった。文芸欄は、婦女子対象の家庭的な読み物になってしまい、外国作家の作品紹介は、大方が児童向きの賤子のものばかりになってしまった。

星野天知は明治二四年四月、巌本に誘われ、熱中していた武芸と漢学を明治女学校で教え、そこでの優秀な生徒・松井まんと結婚した。『女学雑誌』の姉妹誌『女学生』（明治二三年創刊）の主筆となり、この『女学生』が優秀な人材を得て出来たのが『文学界』であった。『文学界』は二六年一月に独立し、『評論』は巌本と植村正久の論説、時評を載せ、北村透谷の文学評論担当から分離して、四月八日第一号を出した。星野天知を中心に、純文芸を目指した『文学界』は、北村透谷、島崎藤村、平田禿木（日本橋教会。キーツ、ロセッティ、サッカレー、ハーディ、エマソン、ディケンズ、ラムなどを翻訳）、戸川秋骨、馬場孤蝶（自由党の論客・馬場辰猪の弟）、上田敏、戸川残花、三宅花圃、樋口一葉、柳田国男その他を同人、客員として、二六年一月女学雑誌社から創刊された。彼らは一葉をして『文学界』に明治二六年から二八年までの間、「雪の日」「琴の音」「花つごもり」「暗夜」「おおつごもり」「たけくらべ」と次々書かせ、晩年の一葉サロンをつくった。『文学界』は一五〇〇部、増刷一〇〇〇部というかなりの数字であった。一葉や名家の令嬢たちが通っていた中島歌子の歌塾「萩の舎」で同門の三宅花圃（田辺龍子）は、『文学界』には一葉を推挙しただけで、『女学雑誌』の方に執筆している。『評論』は、明治二七年一〇月第二九号で終わって、『女学雑誌』に合併し、週刊であった『女学雑誌』は月刊に改まる。巌本は海外伝道のはじめとして朝鮮伝道に邁進するつもりで身辺整理をしたのであった。『女学雑誌』の広告によれば、『文学界』の創刊号には、巌本も賤子も執筆する予定であった。それが果たされなかったのは、彼女の健康上の理由があったからだろう。しかしそればかりではなかった。巌本は「文章道」を寄稿し、「文章は道を載するの業なり」と道徳の規範を強調した。それが反発を招き、『文学界』は『女学雑誌』から離れて独立した。巌本はその後『文学界』に二度と書くことはなかった。賤子も「閨秀小説家答」と題して小説の矯風上、教育上の感化力を次のように述べている。

／凡そ婦人たるものに教育、矯風の事業の責任ありとせば、一般小説文学の嗜好に投じて正義、高潔などの世

> に勝利を得る補助を為すことは、婦人等の多少為し得る処と確信して居り升、それ故聊か教育の事に志ある自身も多少己の学び得たる処と悟り得たる処を理想的に小説に編んで妹とも見る若手の女子たちに幾分の利益を与へ、社会の空気の掃除に聊かの手伝が出来れば何よりの幸福と考へて居り升た、／小説も矢張り矯風上、教育上に同様の関係を有つて居つて、間接には学校や論説や説教などのとどかぬ処に其感化力が預つて力が有ると思ひ升。そうして二ツとも其需要のある間は、其物自身に価直のあるないに係わらず、是に応じながらなる丈これを利用して、社会の進歩を補助せねばなりません、
>
> （「閨秀小説家答」『女学雑誌』二〇七号：一四）

同じく『女学雑誌』第三七六号にも、「主婦となりし女学生の述懐」（其二）と題して「此辺教科書外の教育に至つて有力、有効の機械と存候は、稗史［民間の歴史書］、小説に有之候」（三七六号：四）と同様のことを述べている。

賤子の文芸観は、キリスト教的儒教的倫理観に根ざしているということが言えるだろう。それは会津の武士の娘として信義に重きを置いた「家訓」をたたき込まれて儒教倫理の中に幼少期を過ごしたということ、そしてもう一つ、キダー等アメリカの宣教師、それも厳格な教育をもってするピューリタンに育てられたということ、こうした特異な成育過程からきているものと思われる。賤子が影響を受けた文芸作品は、当時の女性宣教師が敬愛した一九世紀後半の英米文芸、ヴィクトリア朝期の文芸で、それは上品で、道徳的で、権威と正統宗教に対する無条件信奉が見られるものであった。明治の動乱を通しての世の変わりよう、価値観の違いを見た賤子には、誰よりも「正義」、「高潔」、真実なるもの、永遠なるものへの強い希求があったのではないだろうか。

文芸の自律性を説く純文芸志向の同人たちの文芸観と賤子・巌本夫婦の文芸観は相容れなかった。透谷も藤村も

巌本夫妻の明治女学校の教師であり、藤村が指摘するように明治女学校には「雑駁な学問の空気」があった。倫理的な要素のある文芸と自律性を説く文芸とが混在する余地があった。賤子たちの文芸観における倫理的要素を否定できないであろう。しかし、そのように賤子の作品が教化的だとされるが故に文芸的価値が低いととらえるのは早計ではないだろうか。後述（「第Ⅱ部　二　長編の翻訳、創作」）するが、読む者をして喜び楽しませ、時には笑いの世界へ、時には人々を至純な愛の世界へ、時には愉快なファンタジーの世界へと引き入れる。彼女の作品は芸術性高く、深く感動させるものであった。賤子はゆるぐことなく『女学雑誌』に居続けた。それに対して透谷や藤村は、過去の権威にとらわれず、あくまで純粋に文芸の真髄を探求して、そこから出ていった。そして新たに生み出されたロマン的青年の若さと情熱が、読者の心に響いていった。黒光は『黙移』に次のように書いている。

／『文学界』は一同人雑誌に過ぎず、ようやく二十歳そこそこの青年の仕事で／児戯にも等しかったかもしれません。けれどそれだけに当代の感情の一番鮮らしい芽生でした。新日本の青年の自我覚醒にともなう苦悶と幽愁と、そうしてその間に高く高く掲げられる理想と、美にあこがれる心と、その対象をダンテに求め、ゲーテに寄せ、海の外の芸術に深く心を入れると共に／私共はそれ等の人々の魂のこもった文章を読み／それが徳川末期の戯作的な文学によって悲観的な色を帯びさせられていた女性の思い、それをその生ぶのままに呼び起され、人生の光輝を鮮やかに思い知らされるのでありました。『文学界』を見る時女性はその最も正しき位置に直ることが出来ました。／ともあれ大いなる理想をもって女性を正しく見てくれるところ、それを私は『文学界』に発見し、明治女学校に見たのであります。

（相馬黒光『黙移』：四八―四九）

女性を「最も正しい位置に直ることが出来」たと思わせた『文学界』を生み出させたのは、『女学雑誌』であった。『女学雑誌』は内田不知庵（魯庵）、山田美妙、石橋忍月など評論家・作家、北村透谷、島崎藤村、星野天知、平田禿木など浪漫詩人、文学者たちを育て、彼らの論壇・文壇への登竜門の働きをしている。そして彼らの中から明治女学校の教師となる者が少なからずいたのであった。

『女学雑誌』は、主として女性中心の啓蒙雑誌であった。巌本の妻・若松賤子の『小公子』など優れた作品を生み出したが、それ以外に、当時の才媛をも輩出させた。中島俊子（中島湘煙）、清水豊子（清水紫琴）、大塚楠緒子、三宅花圃ら女流作家たちは、みな明治女学校で教鞭をとっており、『女学雑誌』に執筆していた。清水豊子は自由民権派の代言人（弁護士）との結婚に破れ、自由民権運動指導者・大井憲太郎の子を産み、その子を兄に託して上京した。そして女学雑誌社に入社して評論、『こわれ指輪』などの小説、ルポルタージュに健筆をふるう。彼女は後に東京帝大総長となる古在由直と結婚し、子育てを終えてからフェリスに名誉教授として迎えられた。この豊子が当時、明治女学校で作文指導をしていたのだが、相馬黒光は『黙移』に、彼女のことを「紫琴女史の美しさと、そのお化粧上手に驚異の眼を瞠《みは》ったものであります」（六七頁）と書いている。三宅花圃は跡見花蹊《かけい》の跡見女学校に学び、桜井女学校、明治女学校、森有礼の理想によって設立された一ツ橋の東京高等女学校（現・お茶の水女子大学）専修科に入学、卒業した。明治女学校で書道を教え、後に師の中島歌子の後任として日本女子大学の和歌教授となった。また大塚楠緒子は、東京女子師範附属女学校（現・お茶の水女子大学付属中学校・高等学校）を卒業後、佐々木信綱のもとで和歌を学び、英語を明治女学校で学んだ。夫の海外留学中、お抱え車で聴講に現れたという。

日露戦争に出征した夫の無事を祈る長詩「お百度詣」（明治三八年）の作者で、『朝日新聞』に連載小説を発表するほか、ゴーリキー、メーテルリンクなどの翻訳や、絵画、ピアノなど多才であった。楠緒子の死後、その夫・大塚保治（やすじ）（美学者）を通じて交流のあった夏目漱石は、「あるほどの菊投げ入れよ棺の中」という句を詠んだ。漱石が失意のうちに熊本五高に赴任したのはこの人のせいだという説がある。黒光は同じく『黙移』に彼女のことを「智的に洗練された麗人でありました」（二〇〇頁）と評している。

『文学界』創刊と同じ頃、明治女学校では第六回卒業生の中の一〇人が、卒業間近の時、ストライキを企てた。主謀者とされる鈴木げんは、「巌本先生が債鬼に責められてをられるのを見るに忍びず、いわば君側（くんそく）の奸（かん）をのぞかれるよう訴へた」と述べている（青山なを『明治女学校の研究』：五八二）。星野天知が「君側の奸」（君主の側近の悪い家臣）と受けとられていたようである。星野は巌本より一歳年長であり、教務主任格として明治女学校と女学雑誌社の経営上の相談にあずかっていて巌本と密接な関係にあった。ストライキでは他にも学科の新設変更や男子教員の校内寄宿があげられていた。彼女たちは七月、無事に卒業し、巌本は空席であった校長に就任した。星野天知は、明治女学校の経営の協力者であったが、『文学界』のリーダーとなって、翌二七年三月、明治女学校を退職する。星野はクリスチャンであったが、禅の修養を始めていた。

この時期の『女学雑誌』は、戦意高揚を訴える中、「小説」欄や「児籃」欄がなくなって、文芸色が急激に薄れていき、月一回きりの発行となった。賤子は活躍の場を失っていった。しかしそうした状況は、彼女に新たな活躍の場を与えることとなる。英文雑誌『J.E.』と『少年世界』の「少女」欄への執筆である。賤子の児童文学者としての活躍が評価されたのが大きな理由だったと思われる。両者への寄稿は、彼女に新しい分野を拓いていった。巌本の「大日本海外伝道会」設立前の四月、『女学雑誌』に『J.E.』婦人欄新設の予告が出る。婦人欄は六月から、子ども欄は一二月から新設され、賤子はその大部分の編集、記事を任されるようになる。日本の歴史、文芸、習俗、国民性を英語で伝える紹介者となった。井原西鶴の短篇（『J.E.』Vol.I-No.5、明治二七年六月）、俳句、報告文「王子孤女学院訪問記」（『J.E.』Vol.I-No.6、明治二七年八月）、また日本の古い家族制度の中での女性たちの強い精神力がテーマのもの等々が書かれた。女性たちの歴史、民衆の歴史、有名、無名の女性たちを毎号取り上げ紹介したのであった。病状悪化の中、闘いながら書いていった。そして四人目の子どもを身ごもる。彼女は母体の危険を承知の上で、子どもを生む決意をする。その頃に書いたのが「着物の生る木」であった。

賤子の『女学雑誌』掲載は、明治二七年八月二五日の「勇士最後の手紙」（『女学雑誌』三九四号）が最後になった。だが、この作品の後半は賤子の病のため後輩が書くこととなった。

「大日本帝国憲法」「教育勅語」によって国体擁護をなした明治政府であったが、その後、第一次大戦後の世界的経済不況に見舞われた。五・一五事件、二・二六事件によって有力な政治家が暗殺され、政治はファッショ化され、大東亜共栄圏を目ざしていく。そして満州事変、日華事変を経て、太平洋戦争へと突入していくことになった。

六　若松賤子の死

賤子は、涼しくなって静養していた王子での生活を切り上げ、明治女学校の構内の校長舎に戻った。相馬黒光は

『明治初期の三女性』に、次のように記している。

私が内部的にむらがる苦痛を押しきつてフェリス女学校から明治女学校に転校し、長年憧憬した下六番町の寄宿舎に起臥するやうになつた時分、女史にお目にかかつてお話するといふことも、たしかに一つのひそかな期待であつたのですが、女史は病軽からず、しかも保養には全く不適当な校舎の北裏の日当りのわるい平屋に臥てをられて、時々廊下に憔悴した姿が見えるばかり、私ははつと胸躍らせて、二階から失礼だと思ひながらも見下ろすのでしたが、病みやつれながらも、その広い智識的な額をおほふた髪のおのづからなるうねりまでが今でも忘れられない位高踏的な感じで、不用意な余所ながらの印象にも、充分のインスピレーションがありました。

そんな風で病気引籠りが女史の平常でしたから、交友の範囲も極めてせまく、訪問する人もなかつたやうです。けれども女史は常住筆をおかず、仙台東北学院のホーイ氏が編輯してゐた英文雑誌『ジャパン・エバンゼリスト』に毎号英文を寄せ、或は博文館の少年雑誌に童話を訳して載せるなど、相当量の仕事がつづけられてをりました。

（相馬黒光「若松賤子女史のこと」『明治初期の三女性』：二五二）

黒光があこがれて入った明治女学校の、会いたかった賤子の姿が生々しく書かれている。「保養には全く不適当な校舎の北裏の日当りのわるい平屋に臥てをられ」る賤子の自身を抑えたありよう、それでも仕事を続ける執念を黒光は胸内深く納めたのであった。この賤子の姿は、あの明治女学校の死にかかった生徒を看病しつづける木村鐙子の姿と重なるものがあるのではないだろうか。夫や我が子、女性たちに少しでも役に立つことができたらとの思いである。賤子は自分の死後も生きるであろう残された人々への愛のために最後の力をふりしぼっていた。かくして、巌本と結婚して教壇を去ってから、「書く」ことによって生きようとした賤子は、日本語と英語による長短一〇〇編余の作品を残した。

賤子は自身の母親としての役目を妹の宮子に引き渡すことを考える。長女・清子が「母のおもかげ」に次のように書き残している。

桜井むら子様（母の愛する若い友人）に宛てた書簡（死の前年の冬）には、母は来るべき死をよく知つて居て、其人（そのひと）にとつても最後となるであらうお正月の訪問を待焦れて居る文言が連らねてあるけれども、何といふ静寂な言ひ廻しかと思ふ。あの諦めの心持がもう其頃からずつと持ち続けられて居たことが私を限りなく淋しくさせる。

（中野清子「母のおもかげ」、『若松賤子集』：八）

こうした死の覚悟の中で、長男、長女を矢嶋楫子が校長の女子学院の幼稚園に通わせた。子どもたちは二人ともすっかり慣れて、みんなから可愛がられている。盛岡伝道から帰ってきたミラー夫人とも楽しいひとときを過ごしている。

ああ、この世との別れが迫っている。不安が広がる。すべての人への愛が込み上げてくる。賤子の別離の悲しみは抑えようもなかった。

賤子は教え子、ちえのことを明治二六年八月五日『女学雑誌』第三五〇号「新聞の新聞」に、続いて再び明治二八年一二月『J.E.』Vol.III–No.2 “Some Girls that I Know” に書いている。風疹が引き金で一二歳で世を去った少女である。賤子は彼女の「率直に艶けなく、／決して雷同することなく、独り立ち、独り歩んで、確かと覚悟するところある」風采と言行を書き留めた。山口玲子は「ちえの風采は賤子にそっくりであり、ちえは賤子だったとも言える。とすれば、これは賤子のひそかな自己肯定であり、人間を信じる賤子の、人間讃歌であったと言えよう。間もなく逝こうとして、我が子、人の子、生きとし生ける者へ送る賤子からの祝福であり、願いであり、遺言だった」（山口玲子『とくと我を見たまえ』：二二六）と述べている。

秋が深まると、咳と息切れがひどくなり、呼吸困難になることがあった。明治二八年の一二月末、賤子はさらにインフルエンザにかかった。体調はなかなか戻らず、再びの転宅をすすめられた。新年（二九年）になって、賤子は『J.E.』二月号に掲載する九つの記事を選んだ。伝記「矢島夫人の生涯」がその一つである。自身も共鳴して参加していた矯風会の会頭、矢嶋楫子の半生記を書こうとした。風邪がやや良くなって、下旬には雪の降る日であるにもかかわらず外出している。この時賤子に会った人が、次のような投稿をしている。

> 曇天に加ふるに夕暮のかなしさ、室内薄暗くして判然せざりき。余は言葉の間に熟々女史を見るに、尠なからざる真黒き髪は左程乱れて見えず。眼は少し窪みたる様に思はるれど、眼鏡に遮られて明かならず。頬は全く落ちて骨高く顕はれ、面色の限りなく白く見ゆるは、数年病床に苦むが故ならむ。其熟練なるコンバーセーションの声は小く力無くして、中途に暫し止りて呼吸を休むる屢々なりき。軈て一人の女は洋燈を持来りて、

余が横に椅りて右臂つきたる机上の、我手先に置きぬ。此時女史は此方を瞻めしが、身を少し前に撓め、右手を伸ばして、燈火を明くなしぬ。嗚呼其手の指の如何に細くして白く、血色なかりしは、余が思はず涙に呉れむとしたるにて知らむ。

余は女史の名を知る久しと雖、女史に遇ひたるは此偶然の一時のみ。

（一新生『国民新聞』明治二九年二月二〇日、『女学雑誌』四一九号：四〇、明治二九年二月二五日）

初雪の夕暮れ、西洋の婦人宅に賤子が来ていた、という。「涙に呉れ」るほど病み衰えた賤子の姿がとらえられている。ミラー夫人宅であったろうか、いつの時点かわからないが長男・荘民が「私は母に叱られた事を嬉しく覚えている。神系質だった為フランネルの下着が皮膚に当るのを厭い、たくし上げ、母に其様にするならもう遊びに来ては不可ないとミラー夫人が言われた」と書いている（「若松賤子のことなど」、『詩界』五六号：二〇）。

賤子と巌本たちは、思いがけなくも明治二九年二月五日火災に遭う。午前二時半ごろ、明治女学校内のパン屋からの出火であった。長屋の二階が教員宿舎で、一階をパン屋に貸していた。学生の寄宿舎は、校舎を挟んであり、火元とは反対側にあった。校長室の隣棟に住んでいた桜井鷗村は次のように書いている。

二月四日の夕には、二、三人、賤子君と坐を囲んで談笑を楽しみしに、其夜さり闌にしては火近隣より出でて、あはれ君が良君の経営苦心になれる、明治女学校は、君が住宅をなせし別舎はもとよりの事、其校舎、余す処僅にして、悉く焦土に化しぬ。良君此厄難に臨んでや、多年病痾に呻吟せし君をも顧みず、警を聞く、忽ち馳せて、火を救ひ、書生を保護せんとして、其一家はやうやく身を以て遁れたるのみ。
（桜井鷗村「若松賤子君を懐ふ」、『太陽』第二巻第六号：二二三）

鷗村は女学雑誌社の編集と明治女学校の教師をしていた。学生たち約三〇人は、舎監の気骨ある呉くみ、彼女は有名な統計学者呉文聡博士の姉で、若い頃江戸城大奥に仕えた武士道的な女性の嗜みを寄宿生たちに望んでいた人だが、この呉くみの「草履をはいて出なさい」という叫び声の中を巌本に誘導され、四谷坂町の巌本の妹・香芽子の婚家木村駿吉の家へ全員無事に避難した。日頃からの避難訓練が功を奏し、落着いて行動したという。火元に近い巌本家は火の回りが早かった。鷗村は、賤子が「家人」に助けられながら辛うじて歩いて避難しているのを見て、自分の肩に寄りかかるように再三すすめたが、聞き入れられず、後に「彼時おのれ肩に倚ることをなして、共に倒るることあらば如何、君もまた病弱の人なるに」と言われたと述懐している（同：二二三）。鷗村と賤子は同病相哀れむ仲であった。賤子は、石川角次郎（元明治女学校英語英文学教授、聖学院神学校中学校校長）宅に避難した。賤子の長女・清子は「母のおもかげ」に「早や私はお迎へにいらして下さつた布川靜淵先生のお背中に、弟はたしか青柳有美先生におぶさり、宙をとぶ様にして焼け出された直後から立退き場所として御提供下さつた石川角次郎様のお宅（下六番町）へと急いだ」（七頁）と追憶している。

近くに住んでいた三宅花圃が「若松の雪折」に、記している。

火あり、近きに火あり、といふ声の、夢のやうにきこゆるに、その故ともなく目さむれば、あなや、こはいかにせん、などさけぶ下婢の声に耳ちかく、まこと、いかなることにて、といそぎ衣ぬぎかへて立出れば、せまき中庭より見ゆる、あなたの空一面に、あかくこがれて、もえのぼる焰炎々と天をこがし、この世はここに尽きて、あまたの星の降るかとばかり、火の粉はここもとに落来る心地す、

幾百千の竹わるごとき響ものすごう聞えて、穴の中につぶやくやうの人声しげし、／あたりの家の雨戸くりあくる音、かけ出るあし音、門の戸のきしめくなど、ややきこえわたる、と見る間に、ともし火ふり照して、かけくる人、かけ行人立ちこみて、女のさけぶ、子供のなく、たたみ背負ふ、包みもつ、わが家の前は蟻のはひわたるすきもなくなりぬ。（三宅花圃「若松の雪折」、『太陽』第二巻六号：二三五）

明治女学校は、表門、貸長屋の半分、講堂、寄宿舎、食堂、教員宿舎、西洋女教師の宿舎の島田館、女学雑誌社、校長舎が全焼した。巌本と教員たちは焼け跡にとどまって後片付けに追われた。

賤子は当初気丈に頑張っていた。鷗村は、賤子は、見舞いに来た多くの知人一人ひとりに対応したり、焼けた「家財道具」の手配を考えたりして、疲れた様子を見せなかったという。彼が七日の夕方見舞うと、「こたびはまことの病ひになりしやうなり」と答えた。彼は「此時はまだ君が身に万一の事あらんなどとは夢にだに思ひよらざりし」と記している（鷗村「若松賤子君を懐ふ」、『太陽』第二巻六号：二二四）。しかし、年末から風邪をひいていたこともあってか、七日の夜から翌日の朝にかけて吐血し、容態が急変した。八日に往診した高田医師に「心臓麻痺」の兆しがあってあと二、三日の命だと診断された。知らせを聞いて、疲れきって燃え残った校内での一部で寝込んでいた巌本はかけつけ、「医師も驚くばかりの厚き看護」を尽くしたという。子どもたちは遠ざけられた。湯谷磋一郎は記

している。

夫れ室家団欒、夫妻偕居は、人生の喜楽にして、万人の望む所なり。然るに夫人は、怨まず、怨言かず、自ら己れを励し、良君をして、内顧の憂あらしめずして、よくこれに堪へしは実に堅忍の至れるものにあらずや。／況んや火災後、良君は校事に鞅掌して家に帰らず、距離わづかに一丁の所にありながら、二日目はじめて相対語せりといふが如き、其の一斑を知るべし。其のすでに病床にありて呻吟せる場合に至れるも、敢て口自ら之を迎へんとするの風なく、令妹枕頭に侍して、其の情に堪へず、密かに之を氏に告げしめたる位なりき。故に氏が其の病床に侍せしは、実に最終僅々たる日数のみにすぎざりき。

（湯谷磋一郎「巌本嘉志子葬儀のとき」『福音新報』第三四号、『女学雑誌』四一九号：三七―三八、明治二九年二月二五日）

桜井鷗村は前述の「若松賤子君を懐ふ」に、次のように書いている。

九日の朝皆目覚むるや今年七ツなる長女の幼児の、「かあちゃんはもう天国にいつたのねえ」と何気なくいひ放ちし言葉をきく予等が酷さ。臨終の賤子君もし、之を聞くことありけんには、如何ばかり酷かることなりけん。されど其酷さに、君なほ此世に思ひ留まるべきことなりけんには、まこと聞かせまほしきことなりと今も思ふなり。

（桜井鷗村「若松賤子君を懐ふ」、『太陽』第二巻第六号：二二四）

清子は後に「心臓麻痺による母の臨終が近いとのお医者さまの御注意で、父がそれとなく幼い私共三人に逢ってはどうかと尋ねたのに対して、唯"いいえ"とのみで涙を隠して居た」と聞かされる。「ホームの客人」と呼んだ遺児三人を妹・宮子に託し、「宮さんが羨ましい」と言ったという。感染を恐れ、病室には一切子どもたちを寄せつけなかったらしい。賤子の枕元にいたのは高田医師と巌本と宮子の三人だけであった。賤子は宮子と二人になった時、「私が死ぬのを悲しんでいらっしゃるお父様を見るのがつらい」と言った。

『福音新報』は次のように記している。

死する前日遺言して曰く、何の伝記もなし、惟終りまで基督の恵みを知り居りし婦人とのみ記されよと。其の宗教上の有様また知るべきなり。／基督教徒女流文学のために之を惜まざるを得んや。

（『福音新報』第二三二号「社説」、『女学雑誌』四一九号：三六、明治二九年二月二五日）

一〇日の朝、やや持ち直し、意識もしっかりして「お墓には、賤子、とだけ、彫って下さい。親しい方にだけお知らせして、葬式は公にせず、伝記なども、書いてはいや。人に話すようなことは何もありません」と言った。

巌本は彼女のことを「終生の妻である」と言い、賤子は最後に「ありがとう」と言った。そして目をつむって五分後に息を引き取った。明治二九年二月一〇日月曜日午後一時半逝去、満三二歳の誕生日まであとわずかだった。

湯谷は、続いて最後の様子を次のように書いている。

> 其の終りに臨み、病苦に耐へざるにもかかはらず、精神はいよいよ平和にして、最後の五分前までも、語気明白、よく人事を通じたり。良君試みに其信仰を確めしに、然りと答へられき。而して其の後は唯だ黙然として語なく、眠るが如くなりしといふ。余が偶々訪せしは、実に此の瞬間なりき。余は宛かも理石の彫像の如き、其の顔に平和の気靄然として棚引けるを見て、確かに其の確信の鞏固なりしを悟り、心ひそかに先づ之れを天に謝せりき。
>
> （湯谷磋一郎「巌本嘉志子葬儀のとき」、同：三八）

七年足らずの結婚生活であった。

二月一二日、巌本は棺にとりすがって「わしはついに妻を幸福にしてやれなかった」と言って号泣した。午前八時、葬儀は遺言に則り、聖学院神学校と聖学院中学校校長・石川角次郎邸で石川の司会、湯谷磋一郎の説教で、賤子の異母弟・一、巌本の妹・香芽子の電信学者の夫・木村駿吉、巌本の長兄・井上藤太郎など近親者のみで執り行われた。底冷えのする曇り日であった。葬儀の様子を後に長男・荘民は次のように回想している。

> 遺体を収めた柩の傍に進んだが、四角に切った窓から見た母の顔は大理石の様で、鼻高く麗わしく、生前殊に好んだ水仙の花に埋れていた。
>
> 八時出棺であったが当日は寒さが強く、或は小雪が降ったかも知れない。染井に着いた馬車から墓地迄嘉志

子の友人達が正装のまま泥濘（ぬかるみ）の中を柩を舁（かつ）いたことを覚えている。

（巌本荘民「若松賤子のことなど」、『詩界』五六号：一九）

『女学雑誌』第四一九号に収録の新聞記事等によれば、埋葬の折、人夫の手を借りるに忍びずと石川角次郎、青柳有美、川井運吉など同志の友人たちが彼女の柩をかついだそうである。墓地に着くと、明治女学校の生徒たちが讃美歌「去りにし人を偲ぶれば」を歌い、湯谷の司会、鷗村の詩編第九〇朗読、青柳有美の祈禱、フェリス・セミナリ校長・ブースの祝禱があった。生徒の合唱する葬送曲の中を、柩は賤子の著書遺稿、葬儀当日の新聞等々を収めた「一個の壺」と共に土に埋められた。東京巣鴨の染井の墓地には、ただ「賤子」の二字が刻まれた。生徒たちは、これでこの学校も二本の柱の一本を失ったと思ったという。

『毎日新聞』の記事（「若松賤子女史追悼会」、『女学雑誌』四二〇号：四一—四二）によれば、三月二一日、賤子の追悼会が矢嶋楫子、津田梅子、三宅花圃、明治女学校を卒業してその後教師として母校に尽くした五島千代槌（ちよつち）子の四女史が発起して、神田美土代町の東京青年会館大講堂で開かれた。期日に先立ち広く新聞に公告し、案内状を出した。寒さ厳しく淡雪のちらつく悪天候のため、参加者は思ったほどではなかったが、二〇〇人の人々が集まった。三宅雪嶺の揮（き）まさに係る賤子の肖像、遺稿を備え、開会となった。女子学院生徒の奏楽、発起人総代司会者矢嶋楫子の挨拶祈禱があって、ガルスト夫人（単税運動者ガルストの妻）が独唱した。そして横浜フェリス・セミナリの教頭・星野光多は若松賤子、巌本善治と交際した往時を回顧する追悼演説をした。ガルストに続いて秋田基督教会に来たミス・ハリソンは英語で女史のキリスト教徒婦人としての生前の美徳を讃えた。

森田思軒（新聞記者・翻訳家・漢文学者）は「小公子の翻訳者若松賤子君」と題したスピーチ（『女学雑誌』四二二号：二一―二三）で翻訳の至難なることを述べ、賤子の『小公子』訳を激賞し、文学界にとって大に惜しむべきことと、悼んだ。翻訳するには、「原作者と一心同体」になる必要があると述べ、若松賤子の『小公子』を見ると、「実に原作者の精神が其(そ)の儘(まま)に活きて現はれて居る」と述べている。『小公子』には「実に敬服した」、『小公子』の文章は「少しも態(わざ)とらしい処が無い尤も自然を極めて居る。／一種の文体の稍(や)や完全に近い処(ところ)に迄(ま)で発達した者だ」と言って、次のような最大級の賛辞をした。

以上申しました所を引くるめて言ひますと、小公子と云ふ一書は、維新以来出来て居る沢山の翻訳の中で他に多く比類を見ざる、第一等の善良な翻訳であると云ふことなのです。即ち私は否や我邦(わがくに)の文学世界は実に斯(こ)の好翻訳手を喪ふたことを、返すがえすも悲み惜むものであります。（同：二三）

寄せられた詩歌文章には、樋口一葉、三輪田真佐子、湯浅節子、金子雄太郎、加藤とし子、古市しづ子、雑賀あさ子、村松鍬三、田龍章堂、家永えい子、船越つや子、木村芥舟、岡野知十があった。「とはばやと思ひしことは空しくて今日のなげきに逢はんとやみし」と樋口一葉は哀悼した。宇山香陽の弔詩、島田三郎、田口卯吉の弔文があった。島田三郎は「人を死後まで奨励し、隠然其人(そのひと)教育の志を助けたること真に感ずべきなり。余は巌本君が家庭に此(この)真友と好助教とを失へるを悲み、又夫人の感化勢力其(その)形骸と共に消滅せざるを感嘆す」と長い弔文をささげた。そして三宅花圃、戸川残花、湯谷紫苑(しおん)（磋一郎）の三氏による詩歌にメロディーをつけた新作「若松賤子哀悼歌」を明治女学校生徒が合唱した。「歌声の一音一曲腸(はらわた)を断つて袖を霑(しめ)せるもの多し」と記している。星野光多の祝禱をもって閉会したのは四時中ごろであった。

『女学雑誌』はとびとびの刊行となっていたが、明治三四年三月二五日の第五一四号に、それは賤子死去後、約五年がたっているが、彼女の詩が突然一篇ポツンと掲載された。それは次の詩である。

木かげの虫の音

ききなれし　草の庵に　音たえて
ただ虫のねの　いとあはれ
萩のをとすか　露しげき　涙の水に声ぬるる
ほそきしづけき　しらべをば
妻の手なれし琴の音と
きかんとすれば　影もなし
三日月のとがまの光　きらめけば
わが村雲をたちねかし
森の木梢(こずえ)にふく風の　わが胸のうち払えかし

糸よりほそき　虫の音も
志ばしつづけてなきねかし
いざいざ　われももろともに
人知らぬまに　なかんとぞ思ふ

（『女学雑誌』五一四号：二九、筆者により改行を変更）

「細い静かな琴の音のような虫の音が実に哀れに聞こえてきて、聞こうとすれば姿が見えない。萩が落としたのか、露でぐっしょり濡れている。私もそのように流れる涙で濡れている。さあ虫よ続けてないておくれ。私の胸のうちにひとかたまりの雲のような不安や恐れがたちこめている。森の木梢にふく風よ、ひと思いに払っておくれ」愛する夫や子どもたちを残して逝ってしまわねばならないつらさ。まだまだやりたい仕事がいっぱいあるのにできない無念。死を前にした賤子の抑えようのない諸々の気持ち。あふれる涙、泣いても泣いても止めようもない涙。彼女のどうしようもない痛絶な悲しみが伝わってくる詩である。

水谷昭夫は『着物のなる木』の巻末に次のように書いている。

賤子は、まさしくここで、父母が名付けてくれた甲子（かし）の名の如く、わが国女性史上、元（はじめ）の初（はじめ）め、女性のなやみをなやんでいたのです。それは一言でいえば「愛」ですが、このとき賤子にとって「愛」とは、世の女性たちのように「愛される」ものであるにとどまらず、一そう強く「愛する」魂のたかぶりであったようです。／幼くして、会津若松の凄惨な市街戦にまきこまれ、殺りくの巷を見た一人の少女は、生涯その修羅とのたたかいをやめませんでした。彼女のうたう世界、描く世界は、今日の眼から見るといかにも朴訥単調で、ときには性急な説教調が見られます。しかしそれはむしろ軽佻浮薄な私たちの時代の方に責任があるのではないかと思います。なにはともあれ、若松賤子の世界の核心は、かかる人間修羅の中からたちあらわれた、危機の覚悟とでもいうべきものだと言えます。／しかし賤子が示した「危機の文芸」は、殺りくと飢餓の巷を、母子いだきあって生きのびた、あのすさまじい恐怖と、その恐怖の中でふと見出した人間的なあたたかみそのものです。／子供たちは両親の背中を見て育つといわれています。／たしかな人生の経験を得た一人の人間、子供たちはそのまわりをとりかこみ、腕にふれ、声を聞こうとします。そのような子供たちへの深い愛にささえられて、人は朴訥素直に語ればいいはずなのです。／若松賤子の作品の中心は、やはり語るものの魂の光芒そのものにあります。児童文芸が、いわゆる文芸一般にくらべて一そうきびしいのはこのためです。語られたものがたりを通じて、苦難に耐えた一つの魂の光芒が、それをうけ入れたものの魂をやさしくつつんでくれます。その意味で、すぐれた児童文芸は高貴な抒情詩に似ているのですが、それは決して、甘美な外見でないということを、この賤子のきずいた世界はうったえているはずです。

　その若松賤子は、明治二十九年二月十日、自らの十字架を背負い、この地上の苦難に充ちた旅を終えて天に召されました。三十一歳でした。／その賤しき子「賤子」の意味は、いろいろに理解されますが、大切なのはやはり、キリスト教徒として、神の前に賤しき子という、確実かつ不抜の信仰であったように思います。

（水谷昭夫『着物のなる木』：一七五―一七八）

若松賤子が死去してから三か月足らずの間に『英文遺稿集』が刊行されている。フェリス・セミナリのブース校長が『J.E.』Vol.III-No.4（一八九六年四月）に寄稿した追悼文、賤子が同誌に執筆の一八本の記事、バッサル女子大学からの依頼での論文“The Condition of Women in Japan”、キダー宛てと思われる英文レター、明治二二年のフェリス・セミナリの記念式典でのスピーチ“Yesterday and To-morrow”がその内容である。一九日付けの『毎日新聞』の記事（『女学雑誌』四一九号：四一）には、「今や同人相計りて遺墨断篇のここかしこに散するものを蒐集し、一巻となし一には記念追弔の意を表し、一にはその筆の香を絶ざらしめむとすといふ。喜ぶべきの挙なるかな」とある。編集発行者は巌本善治となっているが、火災後の混乱と賤子の死の衝撃で、短期間のうちになされたとは考えられない。キダーあるいはブース校長が企画者であり、編纂者だったのではないかとされている。「坪内逍遥氏等の発起を以て之に対する文界諸大家の批評を乞ひ女史追悼の文をも合せて出版するの運びをなしをらるる」とある。『J.E.』雑誌婦人欄は、賤子生前の知己外国人の追悼文を集め、同雑誌のこの欄を愛読した外国人も賤子追悼の意を表した。

賤子が死の直前まで添削していた『小公子』後編の原稿は、残念ながら火災で焼失してしまった。しかし、『小公子』は一周忌を期して明治三〇年一月二六日に博文館から刊行された。桜井鷗村が、明治二四年に出版された前編と、『女学雑誌』に掲載された後編を合わせて編纂したものである。

賤子の七回忌（明治三六年）に遺稿集『忘れかたみ』が出された。編纂者は桜井彦一郎（鷗村の本名）である。発売元は博文館と、鷗村自身が少年向け翻訳冒険物語を出版した東京堂である。故中島俊子（湘煙）の「追悼詩画」、三宅花圃、戸川残花、木村熊二、島崎藤村、湯谷磋一郎の序文、鷗村の緒言、巌本善治の謝辞であった。題字は三宅花圃によるものであり、水仙の花を配した楕円枠に収められた賤子の肖像画、黄、緑等々インクの色を変えた序文、謝辞があって、心のこもった造本である。鷗村のかなり以前からの企画であり、若松賤子という稀有な女性作家の仕事を後世に残したいという彼の並々ならぬ熱意が伝わってくるものである。「忘れ形見」、「雛嫁」、「せーら、くるー物語」（原題は「セイラ、クルーの話」）、「我宿の花」（原題は「吾やどの花」）、「波のまに〳〵」（原題は「波のまにまに」）、「いなッく、あーでん物語」（原題は「イナツク、アーデン物語」）、「入学前」（原題は「大学に入らんとして伯父を訪ふ」）、「ひろひ児」、「林のぬし」、「鼻で鱒（ます）」（原題は「鼻で鱒を釣った話」）、「邪推」（原題は「邪推深き後家」）、「栄公の誕生日」、「淋しき岩」（原題は「淋しき岩の話」）、「病める母と二才の小悴（こ）」（原題は「病母と子悴（こせがれ）」）、「砂糖の隠所」（原題は「砂糖のかくしどこ」）、「着物のなる木」（原題は「着物の生る木」）、「けんつく踊」（原題は「犬つくをどり」）、「黄金機会」、「ろーれんす」（原題は「ローレンス」）、「女房演説」、「お向ふの離れ」、「おもひで」（絶筆）の二二作品が入っている。鷗村はタイトルを変更しただけではなく、博文館版『小公子』の時のように本文にも手を入れている。再掲を許可した各主宰者に鷗村は緒言で感謝の意を表し、実に親身である。扉ページ裏には、「若松賤子女史の遺児清子荘治民子の為（ため）亡母の遺篇を輯（あつ）めて爰（ここ）に此（こ）の『忘れかたみ』を献呈す　桜井鷗村」という献辞がある。賤子逝去の折、鷗村は子どもたちの世話をしており、彼の子どもたちへの思い入れの深さが伝わってくるものである。それに対して、巌本は「亡かし子が文集、桜井君の御厚意にて、世に出つることとなれり、桜井君はかし子が生前同じ病の故にて、取わけ親しく願ひ居りしに、君は病に癒え、彼は逝けり。彼逝きて後、かく迄に久しく交誼を賜はること、死者の栄なり」と巻末で感謝の言葉を述べている（『忘れかたみ』：（1）〔六〇九〕）。

明治女学校新校舎が巣鴨に再建され、その中に賤子の記念室が建築された。

巌本は賤子の残した三人の遺児を、実務家で会津気質（かたぎ）の彼女の妹・宮子に世話させて、学校構内のほかに一戸を構えさせていた。彼女については、賤子の次女の長女・進藤嘉子（よしこ）が次のように書いている。

> フェリスの出身の島田の叔母さんは色白で知的で、私たちに、英語はもとより代数・幾何も「私にやらせて」という子供好きなきさくな「おばさん」大きな風呂敷包みからいつも珍しいマーグリット手作りのクッキーやドレッシングの大びん、ビタミン剤が飛び出した。私の合格祝には長兄に託して大好きなケーキを届け、学徒出陣には涙するおばさんであった。
> （進藤嘉子「序文」、巌本記念会編『若松賤子　不滅の生涯』第二巻：四六）

長男・巌本荘民は父について次のように記述している。

> 善治は常に多忙な生活をした人で、其為（その）に嘉志子の希望する様に一緒に家庭生活を楽しむ事の出来なかったのが気の毒であったと善治の述懐するのを聞たことがある。又嘉志子の仕度いと云（い）っていたのは家中揃って海岸へ行き、毎朝一同で深呼吸をすることだったそうで、善治は妻の死後その希望を叶える為、毎夏欠かさず家族を海岸に送った。
> （「若松賤子のことなど」、『詩界』五六号：一八）

巌本は公表するつもりのない賤子の追憶を日誌に書いたが、大戦の東京空襲により焼けてしまった。明治四一年、彼は一三周忌に、一八歳、一七歳、一四歳になった三人の子どもたちの写真に、清子の描いた賤子像をはめ込み、「子供等が斯く成人いたし候ことは、故人の為に御喜び下さる事と信じ差上候、微衷御察被下度候」と書いたのを添え、生前の知己に知らせた。賤子の父・勝次郎の実弟・古川義助にも送った。

その後、長女・清子は立教女学校卒業後、実践専門学校（現・実践女子大学）で学び、コロンビア大学に留学した。法学者の中野登美雄（後の早稲田大学総長）と現地で結婚し、帰国後は実践専門学校の英語教師を勤めながら四人の子どもを育てた。長男・荘民は早稲田大学卒業後、ハーバード大学、同大学院に留学し、マーグリート・マグルーダ（Marguerite Magruder）と結婚した。マーグリートはジョンズ・ホプキンズ大学大学院修了後、ハーバード大学などでフランス語を教えた。帰国後、荘民は立教大学やアメリカ大使館などに勤務した。マーグリートは東京女子大学などの英文学講師、東京成徳短期大学教授を務めた。彼らの一人娘・巌本真理は有名なバイオリニストとなった。師は幕臣出身の幸田露伴につながる、日本のバイオリニストの草分け・安藤こうである。次女・民子は実践女学校卒業後、英文学者の松浦嘉一と結婚し、四人の子どもを育てた。民子の次男・高嶺は立教大学勤務後、フェリス・セミナリでイギリス史を教え、立教大学の名誉教授となった。民子の次女・進藤嘉子はチェコ・スロバキアの絵本『ほたるっこ』（ヤン・カラフィアート作、ヴェラ・ツイブルコヴァ絵、ドン・ボスコ社、一九九六年）を翻訳している。その娘の松本友理子はちひろ美術館・東京副館長を務めている。

賤子に強い影響力を持ち、その生涯を決定づけたキダーは、明治三三年ごろ、東京で乳癌の手術を受けている。

キダー、三浦徹の二人で発行してきた『喜の音』・『小き音』は、明治一五年当時、二七三〇部であったのが、その頃では二誌合わせて月刊一万四八〇〇部にまで達していたという。驚くべき数字である。キダーを支えてきた三浦徹は、妻の病気療養のため盛岡を去るが、それまでは三浦ひとりの手に託されていたと思われる。明治三五年四月、キダーとミラーは東京に戻った。ミラーは明治学院の経営に従事したが、キダーは病気療養の日々であった。明治四三年六月二五日、キダーは七六年の生涯を閉じる。初めて日本に来てから四〇年以上の歳月が流れていた。キダーは、すでに故人となっていた若松賤子が眠る、巣鴨の染井墓地に埋葬された。その後、キダーの墓は、フェリス女学院の近くにある横浜外人墓地に移された。

七　若松賤子に影響を与えた人々

(1)　木村鐙子

明治一九（一八八六）年、『女学雑誌』に明治女学校の取締りであった木村熊二夫人・鐙子の追悼文が出た。九月から一〇月まで三四号、三五号、三七号に連載の巌本善治による「木村とう子の伝」である。巌本はそこに鐙子に対する敬愛の念を語り、明治女学校を継ぐ動機と決意の表示をする。賤子はこの巌本の「木村とう子の伝」を読んだ。青山なをの検証[1]によると、実は鐙子の夫・木村熊二が原著者であったらしい。しかし、賤子はこれが巌本によるものと思っていた。

賤子は、巌本の『女学雑誌』三四号（其一）、三五号（其二）の「木村とう子の伝」に深い感銘を受け、巌本の三七号（其三）と同時発表になったが、"IN MEMORIAM"を投稿する。見出しに「木村とう子を弔ふ英詩　横浜若松しづ」とある。「若松しづ」の名で書かれた文章としては二番目の古いものである。賤子はキダーに育てられ、心の高まりを英語で表す方が自然であった。イギリスの詩人テニスンの親友の死の追悼詩（同題、一八五〇年。文学史上最長、最大の規模）を模したものである。テニスンほどではないが、賤子の詩は一五連（四行連）、総詩行六〇行にもわたっている（一三八―一三九頁）。第一連プロローグ「これよりひととき、唐突に逝ってしまったあなたを偲びたい」から始まり、第一五連エピローグ「私が人生の終焉を迎えた時、あなたの御元に迎えてほしい」で結んでいる。旧約聖書創世記よりの引用があり、絶望、願望、悲哀、希望などが歌われている。柴田亜由美は、日本人が書いたとは思えないほどの流麗な英文であると感嘆している（「木村鐙子小伝（上）」、柴田亜由美「巌本嘉志子による英文の訳出（四）」、『あゆみ』三九号：一七）。賤子は鐙子と直接面識がなかった。にもかかわらず、強い思慕の情が伝わってくるものになっている。賤子が積極的に学校に「時習会」を起こし、生徒たちに活躍する場を持たせようとしている矢先のことであった。賤子は鐙子の宗教観、世界観に深い共感を覚えた。賤子の苦しみと鐙子の苦しみが重なり、賤子の喜びと鐙子の喜びが重なった。二人は同じ改革派教会の一員であり、二人とも動乱での敗北者、佐幕派の士族であった。そして家族が離れ離れになっていて、長い間、家長の帰りを待っていたことも同じであった。

鐙子は彼女の弟・田口卯吉の経済学者、歴史社会学者としての働きを、そして彼女の夫・熊二の士族としての気概と儒教に裏打ちされたキリスト者としての働きを身近にいて知っていた。鐙子は彼らを手伝う中で彼らの地道な優れた働きを通しての、キリスト者としての、当時では得難い社会的、経済的、歴史的視点を身につけていったと思われる。

賤子の鐙子に対する敬愛の思いは強く、約一〇年後の明治二八（一八九五）年二月、四月の『J.E.』（Vol.II-No.3・4）にも、「ある小伝――木村鐙子夫人の一生」を書いている。柴田亜由美は「かし子版のほうが善治版よりも、なぜか鐙子に対する共感を強力に感じさせる」（同：一七）と指摘している。そしてそれと同時に柴田は再翻訳を試みた。柴田はそれを外国人向けダイジェスト版と位置づけ、賤子の文体と比較した。「かし子の英語力の高さ、あるいは翻訳の巧みさ、というだけでは何かが足りない、対象や登場人物を、原文よりもはるかに多くの共感とともに描き出す、その文体の力には、何度も舌を巻くと同時に、筆者自身との力量の差を痛切に思い知らされたのであった」と述べている（同：一七）。

鐙子はどういう女性であったのだろう。まず彼女の人となりをとらえてみたい。そしてさらに、後に牧師、明治女学校校長となる夫の木村熊二、当時経済界の第一人者といわれていた弟の田口卯吉の生き様を見る中で（田口親『田口卯吉』参照）、二人の鐙子への影響をも見てみたい。この時代においてユニークと思われる鐙子の働きをクローズアップし、そのことが賤子にどう影響したのかを把握したい。

鐙子は、「昌平黌（しょうへいこう）」で教えていた幕末の代表的儒者・佐藤一斎の曾孫にあたり、経済学者・田口卯吉の姉にあたる。嘉永六（一八五三）年、黒船来航時、ペリーは米国大統領の書簡を持参してきた。この時、異国書解用掛を徳川幕府から命ぜられた六人の中に、佐藤一斎がいた。一斎は、鐙子の母・町子の父方の祖父である。翌安政元年、再度ペリーが来た時、一斎の娘・縝（しん）子の夫である儒者河田迪斎（てきさい）が、学頭・林復斎を助けて条約の漢文和訳をした。

迪斎の子、河田貫堂は、開港延期のことについて欧州に遣わされたが、談判不成功の故に、正使・池田筑後守長発などと同じく解職され、閉居謹慎の身となっている。そうした日本が存亡危機にある時、幕府の第一線で働く儒者の家系で育った鐙子は、「あぶみ」を意味する「鐙」と名づけられた。「困難にうちかつことのできる、自制心のある人になるようにと、彼女は弓矢と馬術を教えられ」（「木村鐙子小伝（上）」、『あゆみ』三九号：二二）、さらに四書五経を学び、才たけた女性になった。慶応二（一八六六）年一二月、鐙子一八歳の時、大叔母・縝子の夫・河田迪斎の門弟・木村熊二に嫁した。熊二は佐幕派の家臣で、幕末の動乱を体験し、結婚後アメリカに留学して牧師となった人である。彼は代々藩儒の桜井家に生まれたが、実父を幼い時に亡くし、叔父に引き取られて寂しい境遇であった。養父・木村琶山は昌平黌の都講を務めており、熊二は当代儒学の最高学府、環境で成人した。京都・大阪で勝海舟のもと、徒目付として討幕派浪士の動静を探る情報活動をし、その後彰義隊に加わった。官軍への恭順を拒み、徳川の勢力を挽回しようと試みたが破れ、官軍から探索されて逃亡する。その間、留守を預かる鐙子の生き様は、賤子による「木村鐙子小伝」によると次のようにすさまじい。

木村夫人は生計を立てるすべもなく、助けてくれる人もなく、たったひとりで、貧しい家の戸口にたたずんで中をうかがうおおかみと戦わねばなりませんでした。日中はお母様と縫い物の内職をし、夜には道端で物を売るという生活が続きました。無理がたたって、一度など、赤ん坊を背負ったまま、気を失って道ばたに倒れているところを、村人に発見されたことさえあったほどです。このころから彼女は肝臓を患うようになりました。（「木村鐙子小伝（上）」、『あゆみ』三九号：二三）

夫・熊二はつかの間の鐙子との新婚生活の後、明治三（一八七〇）年、渡米した。勝海舟に依頼して推薦してもらい、アメリカに赴任する森有礼一行に留学生として加わった。熊二は渡米決行の事情を次のように語っている。海舟から「君は妻もあり子もあり跡方の始末をどうするのだ」と再度念を押された時、熊二は次のように答えた。

先生私の妻は留守中万事を引受けると申しました吾々の如き失敗の身世（しんせい）は奈落の底まで失敗せねば起きあがる事は出来ないと申して居ました。

（「勝海舟と其門下」（下）、「報知漫筆」『報知新聞』一九〇七年二月一三日）

熊二によって伝えられた鐙子のこの言葉は、海舟を深く感動させたという。以来、海舟は鐙子をはじめ留守家族をずっと心にかけ、支えたのであった。その後の鐙子の苦労は筆舌に尽くし難いものであった。儒教教学が、鐙子という女性を通して、逆境にあっても動じない勇気を育て、自己に厳しく責任感の強い理性的、意志的精神を鍛え抜く聡明な婦人を築き上げていた。夫との長い別居生活からくる不安と焦燥の中を耐え得させたのは、類まれな良き弟の田口卯吉がいたからでもあっただろう。母や大叔母の忍耐強い寡婦の生活を、手本として見ていたからでもあっただろう。

鐙子は祖母、母、幼い幼児を抱え、米、茶、綿、麦などをつくり、鶏、蚕を飼い、機織りで近隣の旧幕臣の人々をリードしながら生計を立てるようになる。そして静岡にいても、当時の女性の先端である開拓使の女子留学生のこと、開拓使女学校、東京女学校のことを知っていた。さらに熊二との手紙のやりとりで、アメリカの女性の教育状況をもつかんでいた。鐙子は日本の女性の地位がアメリカの女性に比していかに低いかを把握し、アメリカの婦人の力量や教養の高さについて啓蒙されていた。夫不在の欠乏と孤独とが、鐙子をして独立精神の堅固な人間をつくっていった。

　鐙子は弟・卯吉からも大きな影響を受けていた。卯吉は、熊二の友人で沼津兵学校で英語二等教授の乙骨太郎乙(おつこつたろうおつ)から英語を学び、かなり高い水準の英語力を得ている。そして卯吉は井上馨と渋沢栄一が実権を握る大蔵省翻訳局に入り、渋沢のすすめによって『東京経済雑誌』を出し、当時の日本に大きな役割を果たすようになっていた。雑誌社の会計事務は当初、姉の鐙子が担当した。鐙子はその他、卯吉の『日本開化小史』のために、本や小説を読んで題材を選び出し、絵を書き、新聞記者にもなっている。

　明治一〇（一八七七）年、洋行帰りの元老院権大書記官沼間守一(ぬまもりかず)らが、都市民権派の嚶鳴(おうめい)社[2]を結成し、卯吉もその発起人になった。嚶鳴社はいち早く憲法草案を出している。明治一四年政変後、卯吉は『東京経済雑誌』七七号で、北海道開拓使の事業は、経済的に見て不合理であると批判した。卯吉は政府内で、経済の第一人者と目されていく[3]。しかしその一方で、民権派につながる人物として警戒されてもいた。

　卯吉は『群書類従』の活字印刷本の刊行を開始し、また、『国史大系』の編纂を始めた。『続国史大系』の第九巻以降は「徳川実紀」であった。旧主・徳川慶喜の公爵授与の祝賀会で、卯吉は次のように述べている。

／慶喜が恭順の姿勢を貫いたことは維新の大功労であったばかりでなく、その後の明治国家の建設的事業に功績を残した人物に旧幕臣の子弟が多いのも、慶喜の恭順のために多くの子弟の人命を損なうことなく、静岡藩

としてその教育に意を向けることができたからである（田口親『田口卯吉』：二二六―二二七）

卯吉は動乱期の敗北者である旧幕臣が、勝敗を超えて日本の国家建設のために尽力したのだという自負を、自身の生涯を含めて述べている、しっかりとした矜持の持ち主であった。卯吉は社会の根底を動かす経済に焦点をあて、壮大な歴史的視点で当時の日本をとらえようとした。聡明な鐙子は、スケールの大きいこの卯吉の社会経済的、歴史的視点を彼の仕事を手伝う中で持つようになっていったと思われる。卯吉の住まいに同居して、明治一三年ごろには、自由民権運動盛んな空気の中を、書生や食客といった人々を抱えた大家族の中心となって、家事を取り仕切り大奮闘するようになる。それだけではなく、若くして死去した卯吉の妻・千代が遺した乳児の育児や、祖母・可都の看護の働きは、多忙を極めた中でなされていった。賤子による「木村鐙子小伝」によれば、彼女は怠けないで、「貧しい人々、苦しんでいる人々に必要とされれば、必ず助けの手を差し伸べ」ており、「援助を求めて彼女を訪れた人が、手ぶらで返されるようなことは決してなかった」（「木村鐙子小伝（下）」、『あゆみ』四〇号：一二五）のである。しかし、苦労がたたったのか、肝臓の肥大という病苦がさらに鐙子を苛むようになっていく。

夫・熊二は鐙子と結婚して一八年後に、宣教師の資格を得てようやく帰朝した。鐙子は夫の立身出世の望みを断たれて深く失望する。熊二は、友人宅の訪問、買物、散歩、墓詣に鐙子を同伴した。当時の日本の社会ではあまり見られない光景であった。外出の折には、当時では珍しい洋傘を妻のために買ってきたり、外出着を整えるようにと金を渡したりする温かい気遣いをした。このことは鐙子を驚かせ、彼女はどんなに嬉しかったことであろう。熊二はアメリカで、知識階級の家庭と親しく交わった。その婦人たちの実情と比較して、日本女性があまりにも無学のままに置かれ虐げられている状況を目の当たりにし、心を傷めていた。彼は、妻・鐙子、恩師の妻・縝子(しん)や鐙子の母・まちなど優れた日本女性に出会い、彼女らのために、ひいては広く日本の女性全体のために女学校をつくりたいと強く願うようになっていた。

鐙子はそうした熊二によってキリスト教に目を開かされ、新しい価値観に導かれて古いありようから脱け出し、主体的に生きようとしていく。そうして明治一五年一二月三一日、鐙子は下谷教会でフルベッキから洗礼を受けた。下谷教会には植村正久がおり、幸田露伴の父・成延(しげのぶ)がいた。彼女は喜びがあふれ、社会人として目覚ましい活動を始めるようになる。熊二筆の「木村鐙子の伝」によると、熊二は帰朝後、次のように書いている。

> 深く其(そ)の必要を感し居りし際なりけれは悦(よろこ)んで熊二氏の説に遵(したが)ひ遂に他の同感者と相計りて明治女学校を設立し［鐙子は］自ら其(その)幹事となりて校中の庶務を処弁し寄宿舎に泊して生徒と眠食を共にし其幹理に労せり
>
> （青山なを『明治女学校の研究』附録二：八〇二・上段）

鐙子は、まず熊二が牧する下谷教会に婦人会をつくった。巌本筆の「木村とう子の伝」には、鐙子が婦人会で「毎月一二(まいげついちに)度づつより合ひて状袋あみものなどを製し之を売り払ひたる金(きん)を慈善の用に寄附しまた毎日曜日にはそれぞれの人を聘(へい)して女子(にょし)の心得となるべき事柄の講話(はなし)をきかせ玉へり此(こ)れよりして府下の教会にも所々に婦人会を起すものありたり」（巌本善治「木村とう子の伝」（其二）、『女学雑誌』三五号：九二―九三）と記されている。いずれの会も発足のはじめに鐙子が関わっている。また、鐙子は下谷教会の婦人会に日曜学校を開く。そこで子どもたちにイエス・キリストの愛について熱心に話し、教えた。そこを母体として明治女学校が創立された。明治女学校の創立は、アメリカの人たちが築き上げた文化的伝統が、日本の木村熊二の心を動かし、熊二を通して日本人の間に浸透していった軌跡なのであった。鐙子はただならぬ決意で、明治女学校の仕事に打ち込んでいった。熊二は鐙子を彼女の思うがままに任せた。彼は決して自分を押しつけなかった。彼は男女対等に相手の人格を敬う、真の自由人であった。鐙子は水を得た魚のようであった。彼女の明治女学校でのありようは、『J.E.』での賤子の英文「木村鐙子小伝（下）」によれば次のようである。

／彼女は事務を管理し、先生方を勇気づけ、生徒たちを助け、この事業に全精力を傾けました。そのうち、必要なときには学校に泊まり込み、土曜と日曜しか家に帰らないこともありました。／あるとき、二人の女性教員が相次いで腸チフスに倒れ、病院にかつぎ込まれました。腸チフスは伝染病ですので、医者は二人の病室に人の立ち入りを許しませんでした。しかし、その程度で怖気づいて逃げる木村夫人ではありません。彼女は、二人を看病すること、そして必要なら二人とともに死ぬことは、自分の望みでありつとめである、ときっぱりと言い、自ら二人を世話し、昼も夜も看病しました。時には自分の体温で二人を温めるため、一緒の床に入ることさえありました。こうしたことを彼女は、自分がくたくたに疲れ切るまで続けたのでした。生徒にも先生にも、こうして深い愛情で接したため、私たちが彼女を慕い、彼女が学校に来ない日には、その気配をあたりに感じるほどだったのも、不思議ではないでしょう。

（「木村鐙子小伝（下）」、柴田亜由美「巌本嘉志子による英文の訳出」（五）、『あゆみ』四〇号：二七—二八）

鐙子はその他に明治女学校に事務所を設置していた『女学雑誌』にも寄稿し、献身的に働いた。「婦人束髪会」の幹事となり、「婦人矯風会」の設立にも加わっている。「万国婦人禁酒会」の支会を積極的に組織し、書記レビット夫人を迎えての講演会にも出席している。どれもこれも長期間、夫のいない生活の中で蓄積されたエネルギーがほとばしり出たのである。

熊二はアメリカの大学式にセミナー形式をとって青年たちを指導し、夜は討論会が持たれた。そしてその塾生[4]の中から巌本善治ら五、六人が下谷教会で熊二から洗礼を受けた。熊二の生活は次第に教育から伝道へと傾いていく。熊二は植村正久によって設立された下谷教会の牧師となり、キリスト教界の中心人物たちの集会に参加し、伝道の計画、聖書翻訳の立案、青年会に関わっていく[5]。日本のキリスト教界が一致して邁進（まいしん）しようとしていた熱気の中、熊二の教育事業、伝道はなされていったが、彼のこの精力的な働きは妻・鐙子の並々ならぬ協力のたまものであった。熊二は晩年、若き日の亡き妻の支えを追憶し、深く感謝している。彼女の手厚い世話を受けた塾生たちが、終生その愛を忘れることができなかったという。

熊二は武士的人間であり、キリスト教精神とアメリカ物質文化とを厳しく区別していた。後に熊二から洗礼を受けた島崎藤村など明治二〇年代の文学者、知識人の受洗者と比べて大きな違いがある。藤村らの西欧キリスト教の異国情調的浪漫的気分は、熊二や内村にはない。熊二の武士的教養、武士的訓練は、儒教に裏打ちされた徹底的精神主義、理想主義であって、指導者階層としての忠誠心は責任、克己、自制、無私、公平、慈悲にと鍛えられていた。聖書を尊び、幼子のごとき信仰に価値を置き、純粋真摯、素朴質実に、「罪の恩赦と救済」とを信じた内村鑑三や新渡戸稲造らと同じであった。厳格な教会主義者からは、非正統派であり、異端的であると思われた。彼はこの信仰を鐙子に伝えた。内村鑑三は、木村熊二の葬儀で、世に出て活動していたならば、文部大臣、大学総長ともなる人であったと弔辞を述べて、参会者を感動させたという。他に明治女学校の寄付者として、勝海舟、大隈重信の名がある。熊二と昌平黌の同窓生であった陸奥宗光（版籍奉還、廃藩置県、徴兵令、地租改正に影響を与え、領事裁判権の撤廃に成功した）は、明治女学校に三〇〇円の寄付をした。こうした陸奥宗光のような人たちが子女の教育を託そうとして、熊二の人物と事業に期待を寄せていたのである。青山は、明治女学校に刮目していた彼らのことを次のように述べている。

> 右の人々が、明治女学校の同情者として強力に後援する縁故は、熊二の前半生にさかのぼることが多いのである。明治女学校を創立するにあたつて、特に力をいれた田口卯吉や島田三郎が、木村に深いつながりがあることは、いまさらいふまでもないであろう。／この人々には一脈の共通点がある。彼等は、旧幕臣、民権論者、キリスト教的人道主義者たちである。世界情勢の判断に自信をもち、国内の動向に批判をもつ知識人達であつて、明治前期の思潮に特異の系譜を形成する人達である。彼等に縁のふかい木村熊二の存在は、明治女学校が明治前半の自由主義、理想主義の在野的なものの血脈をひいてゐることを知らせるのである。
>
> （青山なを『明治女学校の研究』：一六二）

そうした熊二は帰国して一年もたたない頃から、宣教師である外国人が、日本を理解することができないばかりか、理解しようともしないことに対して憤りはじめていた。スクールハウスに関わる問題のために奔走している。熊二は他者に対して非難めいたことを言わない人であったのに、残された大量の日記の中の一六年三月七日に「ミロロ〔ミロル〕氏ノ因循ニハ実ニ困却ス　井深ト会晤　始テ管仲ノ器ノ小ナルヲ熟知ス」（同：三七六）と名指しで明記し、非難している。アメリカのオランダ改革派教団からの月給があったことは確実であるが、その詳細は不明である。熊二は、外国ミッションに頼らず国内で女性の自立を目指すキリスト教女子教育をなそうとした。しかし外国宣教師団は、明治女学校の教育事業は今さら始める必要はなく、他のミッションスクールで充分満たされていると判断した。挫折した熊二は、鐙子と巌本を前面に立てて明治女学校を創立する。それ故、経営困難は、当初からの宿命であった。明治三九（一九〇六）、四〇年ごろ、『報知新聞』紙上に連載した人物評伝「報知漫筆」には、日本の女子教育者としての宣教師への失望を再確認している。熊二はミッションスクール教育に育てられた生徒に絶望的違和感を持ちはじめ、日本人自身の外国文化の取り入れ方にも浅薄さを感じはじめていた。息子・祐吉の教育も思うようにいかなくなり、キリスト教界中の異端者であるかのように身を避けていく。高塚暁は熊二について次のように述べている。

〔熊二は〕「日本人の気風とは如何なる物かといふに恥を重んじ、義に死す忠勇任侠、物に対しては敏捷事に当っては果敢というのであります」〔と述べており、キリスト教信仰を得ても〕一貫した徳川家への忠誠と薩長への反逆、そしてそれを支える儒教と武士道精神が一つの哲学となって脈打っている。／木村の性格には若干高踏的な面と諦観的な面とがしばしば交錯する。

（高塚暁「木村熊二信州入の一面について」、巌本記念会『明治女学校の百年　記念資料』：一六）

熊二との生活の中で、鐙子は人間の弱さ、愚かさをしたたか知らされ、どうすることもできない無力さに打ちのめされ、その強い心は打ち砕かれていった。そして彼女は宗教の世界で深まっていく。キリストの愛によって雄々しい性格は和らげられ、困窮と試練に満ちた人生を堪え忍ぶだけでなく、喜び楽しむこともできるようになった。夫の気分がすぐれないときには詩をつくって聞かせたり、琴をつまびいたりして、気持ちを引き立てようとした。鐙子の健康状態は、熊二の帰朝後も良くはならなかった。明治一七年、数え年三七歳の時、熊二のすすめで保養のため箱根温泉に行き、小冊子『かこちくさ』に歌を残している。

無理がたたったのか、明治一九年八月一七日、明治女学校創立の翌年、あっけなく鐙子自身がコレラにかかり死去した。彼女は言語に絶する臨終の苦痛を耐え抜き、検した警官をして「病勢未だ劇からさるに精神錯乱せざる者殆ど寡し、木村氏の婦人の如きは寡て見ざる所なり」と感嘆措かなかったという。熊二との家庭生活は辛うじて七年間であった。単行本になった賤子による『木村鐙子小伝』に卯吉の友人・島田三郎が「田口君常に言ふ予の成立は姉の助による者多しと此言真に然り今や田口君世に名ありて家道も亦興れり而して鐙君は逝きぬ、悲ひ哉」と序文を寄せた（『女学雑誌』七五号：九六）。卯吉の痛切な心情が伝わってくる。

その後熊二は日本のＹＭＣＡ草創期の再建に乗り出し、頌栄女学校の二代目校長となった。再婚するが、二階から転落してモルヒネ常用患者となった息子・祐吉の借財からドン底の生活に陥り、信州入り（高塚暁「木村熊二信州入の一面について」、『明治女学校の百年』：一四）を決意する。

賤子は、木村鐙子の思想をその生涯からも考察している。明治の動乱の中を人と人との情愛を大切に守り抜き、理想に向かって生き抜いた鐙子の強靭な精神を養ったものは何か。それは青山なをが指摘する「日本人の歌ごころ」であったかもしれない。青山はそれを「閉ざされた激情を、歌の形にまとめる作業の行程が、激情を清め、ふかめ、やがてやはらげ、花やがせた」（青山なを『明治女学校の研究』：三八八）と言う。もう一つは儒教である。そしてさらなる一つは最後に彼女が出会ったキリスト教である。

賤子は、鐙子をもっと深くとらえようとしたのか、仏教、儒教、キリスト教を取り上げて三者を対比し、鐙子に影響を与えた思想について論及している。「ある小伝――木村鐙子夫人の一生」を書いた二か月後の明治二八年四月の『J.E.』（Vol.II-No.4）に載せた「比較宗教の研究小論」である。次のように仏教、儒教、キリスト教をその一致点である「利己心を捨てること」にまず焦点をあて論じている。

比較宗教の研究はまじめな真理探究者にとっては興味深く、また有益であります。これらの諸宗教の間には、根本的な相違点が発見できますが、表面上の見かけの一致の要素は、はっと驚かされるようでもあります。仏教、儒教、そしてキリスト教を学ぶものは、利己心を捨てることが、これらのいくつかの道徳の力の土台をなし、また、その運用がそれぞれ、各々の体系の大きな上部構造を生み出す下支えの原則であり、動機であります。

まず仏教について、以下のように書く。

仏教で利己を捨てるとは、因果応報の教理から発します。輪廻によって苦しんで自己を仕上げていく功績と罪過との法則であります。それは、動物の有機体の生命の循環による死後の再生によってなされるといいます。それは、種々の生存状態において、無慈悲、貪欲、虚偽、色欲、銘酊および他の悪徳から、自己を分離させようとする個人の意志決定によってなされます。悪徳を促進する者には地獄が用意され、愛、慈悲、真実などの徳を追及するものには、天国が準備されるといいます。その多様な存在全体は、ひとつの長い魂の浄化であり、その目的は、自我を押し砕くことであります。仏陀は、無私無欲な、自己犠牲の慈悲によって、彼自身を特色づけました。彼によれば、自我を除くことが、聖なる人生の第一条件であります。欲望（食欲・性欲）をもたない人、自己に死んだ人のみが本当に生きるのである。このような完全な自己放棄は、感覚の世界は一時的であり、非現実的であるという確信から生じるのであります。彼によれば、宇宙の生命は無限であり、永久的であり、絶対的でありました。これに対して、個人的生命は狭く、はかなく有限なものでしかないのでした。こういうわけで、仏教は絶対的に利己を捨てることを命じます。すべての個人的生命は、全く価値のないものだからです。こういうわけで、仏教徒の利己を捨てるとは、本質的に消極的、否定的な性格であることがわかります。

儒教について、次のように述べる。

儒教の表面上の利己心の放棄は、家族と国家との用心深い考察から源を発しています。それは、地位と身分の低い者から高いものへの目上の人への献身的恭順を説くにすぎないのです。それは上位者が己の意志、快楽、慰めのために、下位者のすべての個人的な権利の絶対的放棄を要求します。すなわち、妻は夫に対して、子どもは親に対して、年下の者は年長者に対して、臣民は君主に対して服従しなければならないのです。それでも儒教の利己心の放棄の方が、仏教の利己心の放棄よりはまだ賞賛されるべきでしょう。それは、儒教が利己を捨てることをそれ自身のために、少なくとも、世俗の一時的な範囲に限り、要求するからです。しかし儒教は超自然的な理想をもたないということにおいて失望させます。そのために事実、その利己放棄から熱情は奪われます。その社会制度から生き生きしたものを、その信奉者からいかなる進歩をも、そして、その保守主義からいかなる改良をも奪い去る。それは、この現世にせよ、来世にせよ、希望のない体系です。それはもっとも高貴な人間の特性を発達させるのには効果のないものであります。

そして最後にキリスト教について書く。

キリスト教の非利己性は、上述した仏教の無欲や儒教の没我とは全く異なった源泉から生じるのであります。完全な、非利己的な神との霊的な交流の後の熱望がキリスト教徒を非利己的な性格にし、それは、改心による新生を通してのみ個人の人格的な特質になります。「なんびとも新しく生まれ変わらなければ神の国を見ることはできない」。これは純粋に恩寵によるものであって、神の力によってもたらされます。キリスト教の非利己性は、生命の充満であり、豊かさであります。そしてこの故にこそキリスト教の活動は積極的であり、進歩的であり、また、世界的であります。キリスト教においては、仏教や儒教の外見的な非利己性と対比して、真実の非利己性がみられるのです。キリストの生命において例証されたように、神は、彼の全創造物の福利のために、彼ご自身を絶対的に与えるので、人は義であり真実であり完全である彼との交際によって、彼と同じ非利己的性質をあらわす力を与えられます。キリスト教においては、仏教や儒教の見かけの非利己性と対比して、真実の非利己性がみられるのです。人間生活とその人格的な特質に与えたキリスト教の影響は、これを見ることはけっして困難ではありません。

（以上、私訳。「比較宗教学の短い考察」、柴田亜由美「巌本嘉志子による英文の訳出」（六）、『あゆみ』四一号：九―一一に訳出あり）

賤子は仏教、儒教、キリスト教を比較し、その共通点を見た上でさらに考察を進め、鐙子のことを次のように論じている。

／彼女はそれまでの苦難に満ちた人生を、強い性格と、勤勉さ、忍耐力によって乗り越えてきましたが、ここへきてキリストの愛と真心が加わったことで、困窮と試練に満ちた人生を堪え忍ぶだけでなく、喜び楽しむこともできるようになりました。（「木村鐙子小伝（下）」、柴田亜由美「巌本嘉志子による英文の訳出」（五）、『あゆみ』四〇号：二七）

このように賤子は鐙子が受け入れたキリスト教に高い評価を与えている。賤子も鐙子もキリスト教信仰は、伝統的な儒教的道徳論を乗り越えた高い人生の理想を追求するものであるととらえた（鈴木美南子「若松賤子の思想とミッションスクールの教育」、『フェリス女学院大学紀要』第一二号：三二一―三三二）。しかし賤子は、その人格における儒教からの優れた影響を認めている。そして同じ士族の娘として鐙子との共感があったのである。鐙子は、内的世界を前述の夫・熊二によって儒教からキリスト教へと変革していった。賤子の場合も、キダーに出会うまでの幼児期は士族の娘であったが、少女期はキダーに育てられ、圧倒的にキリスト教の影響を受けていった。しかし、すべての宗教を否定したのではなく、「神道の内容は貧しいが、仏教は優れた東洋の宗教であると考えていた」（同：三四）のである。しかし、鐙子も賤子も封建的、伝統的倫理を否定、克服し、一人ひとりがかけがえのない人格として尊重され、社会を支える倫理は、まさにキリスト教プロテスタントであると考えたのであった。賤子はそれも「西欧化された教育や西欧化されたキリスト教でなく、独立的な日本の教育、日本のキリスト教でなければならない」（同：三四）と考えていた。

　しかし、賤子が最初に書いた「木村とう子を弔う英詩」の明治一九年と英語版の小伝を書いた明治二七年とでは、日本の女子教育への評価は大きく変わっていた。大日本帝国憲法が発布され、日清戦争が起こって国粋的になっていき、ミッションスクールへの風当たりは再び強くなっていた。「女子教育は女子に学問や新思想を吹きこむことで妻となり母となるために必要なつとめをはたさなくなった」という批判が強まっていた。賤子はそうした批判を間違いとは言えなかった。近代的な寄宿学校、すなわちミッションスクールで学んでも、表面的に受容した者は駄目である。そうした彼女らはだらしがなく、すさんでいる。そんな者より、儒教や仏教等旧時代の教育を実質的に身につけた勤勉な者の方が、優れていると述べている。「比較宗教の研究小論」で、仏教徒として「大隈重信の母」を、儒者として「横井つせ」を例にあげ、思想や業績ではなく日々の生活実践での宗教的ありように高い評価を与えている。前述した「会津城籠城」に賤子は書いている。

　彼女たち〔大隈重信の母や横井つせ〕が古い時代に受けた訓練／彼女たちの献身的な性質は、多く旧時代の教育によってはぐくまれたものです。／旧式の教育は不十分とはいえ、まったく家庭教育を受けられなかったり、近代的な寄宿学校で、だらしがない、すさんだ少女時代をおくるよりは良いからです。

（「会津城籠城」前文、『あゆみ』三八号：三八）

　賤子は横井小楠（しょうなん）とその長男・横井時雄に関心を持った。そして小楠の妻の横井つせ夫人に気づき、彼女を欧米世界に広く紹介した。賤子は巌本善治と結婚することによって、後述のようにキリスト教自由民権論者・中島信行と女権論者・俊子夫妻との交際が始まり、そのことからも横井小楠一家のことをより深く知ったのであった。つせ夫人の長男・横井時雄は、熊本バンドの出身であるが、本郷教会、今治教会の創始者であり、新島襄の後、同志社第三代社長（総長）にも就任している。しかし賤子逝去後、横井時雄は自由主義神学思想に傾倒していった。そして官界、実業界、政界に転じ、衆議院議員となる。こうした自由主義神学思想から各界に転じる軌跡は時雄だけに限ってはいなかった。

（2）フェリス・セミナリと明治女学校の教育

若松賤子は母校フェリス・セミナリに「時習会」という文学会を起こし、月一回、外部から客を招いた。その出席者の一人に巌本善治がいた。賤子も巌本も、巌本の主催する『女学雑誌』に、明治女学校の実質上の校長といわれている木村鐙子をどんなに敬愛しているかを書いた。明治女学校とはどのような学校であったのだろうか。賤子が学んだフェリス・セミナリと対比してみると、わかりやすい。

フェリス・セミナリと明治女学校の大きな共通点は、①両校とも真摯なキリスト教プロテスタントを土台にした学校であった。②優秀な教師を迎え、女性の自立を促す男女差別のない教育内容であった。③漢文、日本文芸にも力を入れた高度な教育内容であった。④非常時（キリスト教学校への弾圧）は両者は協力しあった。⑤時間とともに聖書の内実とは異なる杓子定規な校風になっていた。⑥広い社会的視野を養っていない。

相違点は、①フェリス・セミナリはアメリカの教会から豊かな資金援助のもと、安定した経済状態にあり、貧しい生徒は援助を受けることができた。②女性宣教師によって教育がなされ、最終目的はキリスト教の伝道であった。③体罰などで体にたたき込み、規律正しい生活をさせた。④校舎の外観は西洋式、内部は日本式の完全設備であった。

①明治女学校は明治の動乱の中での敗者の側、すなわち旧幕臣がつくった学校で、嚶鳴社の社員の援助のもとに出発した。②教会の婦人会、日曜学校から生まれた。③教師たちは、薄給の中、『女学雑誌』を発刊してそこに書き続け、それと連動して情熱的に教育を行った。そして当時の社会情勢に敏感で、生徒たちに一夫一婦制を標榜す

る矯風会の活動や孤児の救済、田中正造の鉱毒事件等、社会の問題に関心を持たせようとした。④教育精神は犠牲献身、寄宿制、和漢洋、神儒仏融合の中道教育であった。⑤中村正直の同人社女学校を精神において引き継いだ。⑥プロテスタント理想主義、ナショナリズムとの交錯であった。⑦新進気鋭の文学者の教師と『女学雑誌』への寄稿を連動させた。

もう少し詳しく見てみると、まずフェリス・セミナリであるが、同校は、オランダ改革派伝道局のジョン・M・フェリス（John M. Ferris）の名をとってフェリス・セミナリ（国内向け印刷物には「フェリス英和女学校」、教育勅語発布後は「フェリス和英女学校」、太平洋戦争時は「横浜山手女学校」、昭和二五年に現在の「フェリス女学院」に名称変更）と名づけられた。講堂、食堂全て洋風で、水はオランダ風の風車によって深井戸からタンクに吸い上げられ、栓をねじれば湯が出た。スチームが通り、本式のストーブが燃え、完全な設備の、洋風の華麗な校舎であり、風車の学校、赤学校として知られていた。そこでの生活は、外観は西洋式であったが、内部は一切日本式で、畳を敷き、和食、和服で、髪を結っていた。五時起床の規律正しい生活を送り、生徒たちがアメリカ化するのを注意深く避け、それぞれの家庭で戸惑わず生活できるよう配慮されていた。授業は、男女差別のないアメリカの学校の教育内容に準じており、[6]その上、和漢学の優れた教師を入れ、[7]漢文、日本文学にも力を入れ、非常に高度な充実した内容になっていた。賤子の後にも和漢学教員を次々と作り出す内容を持っていたという。日本の中で欧米と日本の両方の文化圏に通じる女性を育てようとしていたことがわかる。明治一五、六年ごろ、漢学、国学、仏典に通じ、英語、フランス語、ドイツ語、ラテン語、ギリシャ語を学び、ブラウン、ヘボンの日本語聖書翻訳に協力した高橋五郎という教師がいた。彼は、明治二五（一八九二）年の井上哲次郎との「教育と宗教の衝突」事件では、キリスト教側論陣の急先鋒であった。生徒たちは彼から少なからず影響を受けたことであろう。生徒のしつけはピューリタンの体罰法で、なかなか厳しかった。「虚言を吐いた者は石鹸で舌を洗はれる」、「塩で御飯を食べさせられる」、「学科を怠ける者はダンスキャップを冠らされて教場に起たせられる」「盗をした者は全校生徒の前で校長に鞭ち打たれる」といった風であったという。明治一五年に在籍した者のうち、四分の一は外国の資金で学んでおり、六分の一弱の生徒は一部外国から援助を受け、生徒たちの中で優秀な者は助手として下級生に教え、報酬を与えられていた。経済的に厳しい者がフェリスで学び続けることができるよう配慮されていたのである。賤子はそのような恩恵を受けた一人であった。

このように明治時代、私立の女子のための学校が、フェリス・セミナリをはじめとしてアメリカ宣教師たちによっていくつかつくられた。ミッションスクールと呼ばれるものである。彼らは男尊女卑のあまりにも閉ざされた日本の女子を解放せんと、そしてそのことを通してキリスト教を伝えようとしたのであった。

それ以外に私立の日本人による女学校もつくられた。その嚆矢が明治女学校である。明治女学校の始まりを、前述の青山なをの『明治女学校の研究』を参考にして見ていきたい。木村鐙子は、夫・熊二が牧師となった下谷教会に婦人会をつくり、日曜学校を開き、子どもたちに教えた。それを母体として明治一八年九月、明治女学校がつくられる。当時の状況を詳しく見てみると、明治一八（一八八五）年春、本郷区西片町に田口卯吉の書斎がある西洋館が建ち、その新築祝いの席で、本格的な女学校設立の打ち合わせが行われた。東髪の奨励、女子教育、衛生運動がその趣旨であった。九月、木村熊二、田口卯吉、島田三郎、巌本善治を発起人とし、九段坂下牛ヶ淵の旧旗本本屋敷（麴町区飯田町一丁目七番地）を借りて明治女学校は設立された。敷地三八五坪二合、建物五一坪五合というささやかな学校であった。当時、小学校以前の女学校は東京でも数校しかなかった。キリスト教を基盤にした日本人による理想主義、人道主義の学校というユニークな明治女学校に、入学希望者は殺到し、翌一九年夏、九段坂下の統計学校跡を借り受けて一層場所を広げた。ところがその数日前の八月一八日、鐙子がコレラで亡くなった。二〇年八月には、九段坂上（麴町区飯田町三丁目三二番地　現・千代田区富士見一丁目）に広壮な洋館の校舎を建てて移り、寄宿生八〇名を二階に住まわせたが、不運なことにそこも三年足らずで地主、三井の都合で手放した。ここは後に暁星学園の校地となっている。続いて学校は明治二三年夏、三井の地所、当時の地名でいえば麴町区六番町六番地（現・千代田区六番町）に移転した。星野天知は次のように記している。

／財政の転換策を案じた巌本君は、三井銀行との交渉で地所を借り、嶋田三郎君の旧宅に増築して、急遽下六番町へ移転する事になつた。

表門は黒塗りの旧屋敷門、其左右から側面へと廻らした門長屋、馬車廻し附き洋風の旧玄関を其儘に、二階は増築の教室、後庭にある洋風三階の嶋田館に列んだ寄宿舎と食堂、素より見栄えのない学校だが、移転と同時に、新入生は早や氾濫して仕舞つた。

（星野天知『黙歩七十年』：一八三）

島田三郎は田口卯吉の親友であり、毎日新聞社の記者から明治二三年、帝国議会開設時、衆議院議員になっていた。校舎はバラック建の粗末なものであった。これが明治女学校の全盛期で、明治一九年四五名、明治二〇年八〇名、明治二一年一四一名、明治二二年二二四名であったのが、明治二三年三〇〇名位も生徒がいた。相馬黒光が入学した時は全盛期が過ぎて一〇〇名位になっていた。麴町区は戦後神田区と合併して千代田区になるが、千代田城の内堀と外堀に囲まれたドーナツ状の地域である。つまり麴町は侍の居住地であった。今は九段南一丁目四～五で、ここが跡地である。一帯は江戸時代の最上級武士である松平、成瀬、堀田など大名までが住んでいた界隈であり、明治になってからは華族、顕官の居住地となった。しかしこの学校は毎日新聞社社長・島田三郎の旧宅に少し手を加えたものでしかなく、巌本いわく「茅屋破壁」であった。黒板は一つきり、藤村の月給は一〇円、小学校教師の初任給と変わらなかった。

創立に関する資料には、教員名は、木村熊二、津田梅子、人見ぎん（稲垣信の妹、下谷教会会員、横浜共立女学校の出身で宮城女学校の創立にあずかる）、富井於菟（あるいは「おと」。人見ぎんがチフスにかかったのを看病するうち感染して、開校した年の冬に二〇歳で亡くなっている）、植村季野（下谷教会最初の牧師・植村正久の妻、前述のフェリス・セミナリでの賤子の友人）、島田まさ子（島田三郎の妻）、木村とうとある。明治一八年九月二八日の富井於菟の兄・富井定助宛ての手紙の中の於菟の言葉によれば、明治女学校は「何レモ歴々ノ学者」からなり（青山なを『明治女学校の研究』：二〇九、二一〇）、木村夫妻を中心とした同志のあつまりで、真摯なキリスト教信仰を支柱とした信頼と、友愛とに結ばれた、親密な団体が母体であるということになる。その明治女学校の発起人には植村正久、田口卯吉、島田三郎、望月二郎も加わり、嚶鳴社の社員の援助のもとにあった。その後、小此木忠七郎、福迫亀太郎、青柳有美もまた設立者となった。熊二の「木村文書」の中に記されている嚶鳴社社員の動向について、青山は次のように書いている。

／「賛成員出金請覚」といふ紙片がある。木村鐙の筆跡で人名が並記され、一円、一円五十銭といふ金円が記されてゐるのが多い。／みれば殆んど嚶鳴社員で、自づから田口卯吉の身辺を思はせるのであるが、／嶋田三郎……、乗竹孝太郎……、持月次郎……、渋沢栄一……とある。／以上の人達が明治女学校のために以上の出金をしたことだけはたしかである。やはり、彼等に女子教育に対する同情と同感の心があり、その源泉が、自由、人権、友愛につながる自由民権運動に、動き、ゆれ、わきあがる心情に通じ、明治の初心を感じるのである。

（青山なを『明治女学校の研究』：二二八）

彼らには、自由、人権、友愛の希求のもと、女子教育への熱情が湧き上がっていたのであった。市原正恵は「明治女学校と静岡」と題して次のように書いている。

明治一八年の木村夫妻による明治女学校の発起、それは静岡という土地が、旧幕府の持っていたすぐれた文化遺産を継承し、暫時にせよ、人材をプールして、新時代に引き渡す役割をはたした一証左だと思う。明治女学校が、その五年前廃校となった中村正直の同人社女学校を精神においてひきついでいたこと。また、のちの巌本善治と勝海舟の関係まで含めてもいいであろう。静岡に移住した旧幕臣らの鬱屈と苦闘、そこに胚胎したものの開花を、明治女学校に見るのである。

（市原正恵「明治女学校と静岡」、巌本記念会『明治女学校の百年』：一一一―一一二）

戊辰戦争に敗れたやり場のない思いの旧幕臣らが、キリスト教徒になって優れた文化の遺産を新時代に引き渡そうとしたことの結実が明治女学校だというのである。前述のように鐙子は明治女学校取締としてその運営に情熱を注いでいた。彼女は男性の陰で忍従している同性の女性たちをキリスト教信仰と教育によって解放しようと、献身的に働いた。鐙子のその真摯な姿に巌本は深い感動を覚えていく。そして鐙子亡き後、巌本は彼女の思いを成就しようと、その女子教育の仕事を引き継ぐ決意をしたのであった。こうして出来た明治女学校は具体的にはどのような教育をなしたのであろうか、その足跡をたどってみたい。

明治女学校はいわゆる高等女学校ではない。その全盛時代は今日の専門学校に値すると思われる。普通科は高等女学校程度以上で、高等科はいわば女子大学の変形であった。女子師範や公立高等女学校を卒業した後に入学した者も少なくなかった。レベルはとても高かった。野上弥生子(やえこ)など通学生は多少いたが、大半は寄宿制で、各地から集まっていた。教員はすべて専任であり、学校のそばに家庭を持っていた。生徒監は呉秀三博士の令嬢・くみ子刀自(とじ)、会計は長期間、東大前理学部長・五嶋博士夫人の千代槌子(つちこ)であった。皆、家族のようで、学生の個性は尊重され、同校の教師・布川静淵の言葉によれば、「恰(あたか)も旧幕時代の家塾風と新学校制とが巧みに融和された趣き」であったという。親戚以上の友誼を重ねていたという。当時女子に高等教育を受けさせるのは極小数で、好学心に強い人々であり、経済的に豊かで、いわば選ばれた人々であった。対応する教師たちも特筆に値する。布川は「黎明期の女子教育を語る」で次のように語っている。

> 当時の教育に従へる同僚は、何(いず)れも生涯を之(これ)に捧ぐるものと心得、極めて僅少の外は他に転任するものなく、

学園内にて生を終るものと信じてゐた。教員の月給は多くて十五円、平均十円内外、家賃一ヶ月四円を出せば三室位あり、家族四人位の生活を支へたものだ。予も最高十五円を受けた時代もあるが、同僚結婚の為め五円を新家庭に寄附することとなり長い間十円を給せられ、後ち更に五円に減じたるが、雑誌編輯を以て生活を支へ聊か他に心を転ずることはなかつた。斯くて十有五年の星霜を過したが此教育に一身を捧げた当時ほど快心の事は曽てない、此学園生活を経験したことは生涯の幸福とする所である。

（布川静淵「黎明期の女子教育を語る」、巌本記念会編『若松賤子　不滅の生涯』第二巻：一二八―一二九）

教師たちは薄給であったが、この女子教育に情熱を注いだ時は、他にはない最高の幸福を味わった。その後創立された女子大学を思わせる、当時最先端をきったレベルのテキストが使われ、親密な師弟関係の中で教育がなされたが、その教育精神の真髄は何であっただろうか。それは犠牲献身とも言えるものであった。明治女学校二六年卒業の久保（青柳）はるよの生き様にそれを見ることができる。彼女は、無月謝の寺子屋を開いていた篤志家の庄屋の娘であった。巌本の仲人で、アメリカ宣教師ガルストの弟子、青柳有美（猛）と結婚している。学校の教師、生徒、その父兄との間には親密な信頼関係があった。相馬黒光（良）はこのはるよから明治女学校の話を聞き、フェリスから明治女学校に転校してきたのであった。はるよの長男で京都大学教授の青柳安誠医学博士は「母のこと」に次のように書いている。

母が亡くなった時、父の書いた追悼の辞によりますと、それは余りにも薄給でありましたために［当時明治女学校教員〕／祖父との間のことがいろいろ書いてあり『その前後の頃には自分が余りに理想に走り実社会を顧ざるを憤り口を極めて自分を攻撃罵倒して余す処の無かったほどの苛酷さであり』／私の脳裡にはっきりした母の姿として刻まれているのはこの時の姿なのです。母は実によく働きました。いわゆる嫁としての生活でしたきびしい祖父のもとで、まだ水道もない田舎の町ですから、飲料水を初めその日に使う水は、遠くの井戸から水桶を肩にして汲んで来なければなりませんので、毎日朝早く起きて天秤棒で水をせっせと運んでいる労働姿が私の母への想いにまつわる姿です。小学校に入ってからは、夜はランプの下で私の学習をみてくれました。／ほんとうに母というものが並々ならぬ気持で終始しておったことが自然にわかってきて、棒縞木綿の筒袖のこの労働姿が、実に尊くおもえるようになりました。

（青柳安誠「母のこと」、『ＰＥＴＩＴ忘れえぬ人々』：八九―九〇）

青山は、「青柳はるよを支へぬいた力は、明治女学校で学んだキリスト教ではなかったであらうか。／この線をたどってゆくと、木村鐙にさかのぼるであらう。婦人観、女子教育観について、最も進歩的、開明的とされた明治女学校は、伝統的婦道である犠牲献身の道を、新しい人間、自覚した婦人に、その理想として、実践せしめたのである」（『明治女学校の研究』：五二四）と書いている。当時最も開明的な明治女学校は、その出発においてキリスト教を土台に犠牲献身を掲げる学び舎であった。若松賤子が敬愛した木村鐙子の精神を、青柳はるよは受け継いでいたのであった。

巌本は鐙子の急死の前まで、最年少で名を連ねる明治女学校の発起人の一人にすぎなかった。しかし、鐙子の生き様に深く感銘を受け、その思いを成就しようと、彼女亡き後の女子教育事業を引き継ぐ決意をする。熊二の設立趣意を含んだ、和漢洋・神儒仏融合の中道教育を『吾党の女子教育』(7)に打ち出し、教頭に就任する。そしてその後、明治二六年一一月に熊二に代わって明治女学校校長となった。

巖本は明治学院を卒業して間もない島崎藤村、北村透谷、戸川秋骨、戸川安宅(やすいえ)（残花）、桜井鷗村など新進気鋭の文学者を次々と教師に招き、同時に彼らに『女学雑誌』への寄稿を促した。そして明治女学校と『女学雑誌』を車の両輪のように動かしていった。さまざまな思想が混沌としていたこの時代、若い青年男女は、『女学雑誌』のみずみずしさ、新しい可能性に惹きつけられていった。島崎藤村は、小説『桜の実の熟する時』に、明治女学校と『女学雑誌』について次のように書いている。

彼［主人公・岸本］は吉本さんの雑誌［巖本の『女学雑誌』］を通して、略(ほぼ)あの学校［明治女学校］を自分の胸に浮べることが出来るやうに思つた。雑誌の中に出て来ることも、いろいろだ。一方にプロテスタントの精神の鼓吹(こすい)があり、一方に暗い中世紀の武士道というやうなものの紹介がある。一方に矯風と慈善の事業が説きすゝめられ、孤児と白痴の教育や救済が叫ばれて居るかと思へば、一方にはまた眼前の事象に相関しないやうな高踏的な文字が並べられて居る。丁度あの雑誌の中に現はれて居たものは、そのまま学校の方にも宛嵌(あては)めて見ることが出来た。斯(こ)うした意気込の強い、雑駁な学問の空気の中が、捨吉［作者・島崎藤村自身］の胸に浮んで来る麹町の学校だつた。すべてが試みだ。そして、それがまた当時に於ける最も進んだ女の学問する場所の一つであつた。およそ女性の改善と発達とに益があると思はれるやうなことなら、仮令(たとえ)いかなる時代といかなる国との産物とを問はず、それを実際の教育に試みようとして居ることが想像せられた。

（島崎藤村『桜の実の熟する時』：五四九—五五〇）

藤村は巌本の働きを「中心に流れているのは、プロテスタントの理想主義と、これに矛盾するナショナリズムとの交錯、そこから生まれた女性解放思想」と、鋭く本質を突き、とらえている。『女学雑誌』の評判は良く、五か月後の第一〇号で発行部数は二五〇〇部に達している。

巌本の『女学雑誌』は、徳富蘇峰の『国民之友』と肩を並べて、多くの青年男女をリードする時代の指導勢力になっていった。明治一八（一八八五）年から約二〇年間、五二六号にわたる発行である。『女学雑誌』は、二葉亭四迷の『浮雲』に注目した石橋忍月の評論『浮雲の褒貶』を掲載し、誰も取り上げなかった北村透谷の『楚囚之詩』を好評した。無名の青年であった文芸批評家内田不知庵（魯庵）、島崎藤村など新人を発掘して世に出した。それだけではなく児童文学の重要性に着目して、そのための場をつくった。『女学雑誌』から文学的出発をした島崎藤村は、『女学雑誌』と『国民之友』を「相対した一つの大きな勢力であった」と言い、『国民之友』に所属しながら『女学雑誌』にも多くを寄稿した山路愛山は、両紙を「恐るべき反動の颪」と闘った「正道」の二誌、と呼んだ。巌本の『女学雑誌』は無名の発見育成をし、蘇峰の『国民之友』は有名を網羅した。山路愛山は『基督教評論・日本人民史』に「吾人は固より蘇峰氏の才を敬し、巌本氏の怜悧なる人なるを認む。されど／二君が当時の日本人に寵愛せられ、恰も文壇の双璧として尊敬せられし重もなる理由は、二君の才能よりも二君が最も善く時代の要求に応じたるが為めなりと云ふは冷静に当時の思想界を観察するもののしか認めざる能はざる所なり。／耶蘇教が好意を以て世間より眺められつつありしことを証すべき一材料たることを断言せんと欲するものなり」（八二―八三頁）と述べている。

日本資本主義が政府の強い支援で発展し、キリスト教が広く受け入れられた鹿鳴館時代の明治一九（一八八六）年二月六日、日本において最初の広汎な婦人組織「東京婦人矯風会」が発会した。設立当初から巌本はこれに関わり、「特別会員」となっている。明治二三（一八九〇）年になると日本経済の矛盾が明らかになり、松方デフレの浸透による農村不況と民権運動に対する弾圧強化が深刻化していった。儒教を再興しようとする政府や保守勢力、進化論・不可知論からの攻撃が起こり、闘っていたキリスト教界は、井上馨外務卿による欧化政策にともない都市部知識人層を中心として信徒が増えていく。そんな中、佐々城豊寿は『東京婦人矯風雑誌』を創刊して巌本が編集人となり、豊寿が実務を担当した。豊寿は『女学雑誌』にも度々寄稿している。矯風会と豊寿を中心につくられた婦人白標倶楽部は廃娼（はいしょう）演説会を各地で主催した。明治二三年五月、全国廃娼同盟が結成される。飯田町の明治女学校に代表者が集まり、巌本善治、飯野吉三郎、徳富猪一郎（蘇峰）、津田仙、植村正久、黒岩周六（涙香）、小島官吾、三宅雄二（雪嶺）、島田三郎、森林太郎（鷗外）など一五名の委員を選挙し、会則を定めた。同盟の事務を女学雑誌社で引き受けた。巌本は各府県に出張して精力的に遊説して回り、『女学雑誌』は全国各地の動向をつぶさに報道した。

明治二三年七月、初めての総選挙が行われ、一一月に国会が開かれた。自由党が第一党となり、反政府勢力が圧勝する。直後に女子の政治活動をほぼ全面的に禁止する「集会及政社法」が公布され、矯風会がこの法律に反対して建白書を当局に出した。続いて衆議員の女子傍聴禁止規則案が発表されると、矯風会は自由党、改進党の民党に働きかけ、撤回させた。巌本は一連の出来事に対して、『女学雑誌』に社説を掲げ抗議した。関西で女権論者として知られていた清水豊子は、二三年春から女学雑誌社に記者として加わっており、初めての常勤女性記者になった。「泣いて愛する姉妹に告ぐ」などを同誌に書き、同性の奮起を促した。なお彼女は明治女学校の作文教師も兼ね、秋には『女学雑誌』の主筆、編集責任者になっている。豊子は翌二四年、『女学雑誌』元旦号に、小説「こわれ指輪」を発表した。破婚の記念に指輪を壊し、妻の隷属生活から決別して自立する女の話である。三従の教えで縛る男尊女卑の女の現実を否定したのであった。「金の指輪はよけれども、こわれ指環は欲しくない」と流行語になった。清水豊子は、後の古在紫琴である。巌本、賤子のキリスト教倫理観からの人間平等と、清水豊子の自由民権運動からの女権思想とが相補って、『女学雑誌』の女権拡張論が深まっていった。同じこの時、女学雑誌社は、中島俊子（評論）、若松賤子（文芸）、田辺花圃（かほ）（文芸）、荻野吟子（医学）、吉田伸子（理学）、安藤たね（講話速記）、小島清子（家政学）の七人を同社の女性記者としている。巌本は、廃娼は身を落とした娼妓（しょうぎ）だけの問題ではなく、売春行為が公に認められる限り全女性の人権侵害だと説き、人権問題として取り組んだのであった。彼は廃娼を明治女学校の学生に講義し、『女学雑誌』上で訴え続けた。明治女学校への入学希望者が増えていった。

巌本は他にも優秀な教師を明治女学校に招いている。まず石川角次郎である。角次郎は甥・石川清の『伯父石川角次郎』(8)によると、栃木県足利市の生まれで、東京私立共立学校に入学し、高木信吉牧師の影響で、キリスト者になった。東京帝国大学予備門に入学するが、大学総長加藤弘之の基督教反対論にあい、加籐に打ち勝つために基督教の奥義を究めんと、アメリカに渡る。W・K・アズビルから浸礼を受け、正式にディサイプルス派(9)に属することになった。アメリカでの五年間の留学後、東京専門学校（早稲田大学の前身）、明治女学校等々で英語学、英文学を教え、「日本の英語学、英文法の関係では、第一級の学者である」と評された。坪内逍遥は大正末期からシェイクスピアの全集を翻訳するが、その時、角次郎のもとに質問に来たという。授業はギリシャ語、ラテン語にまでさかのぼった語源研究、明解でわかりやすい文法の授業など、生徒には新鮮な興味深いものであった。英語を教えながらキリスト教伝道に励んだ。角次郎が最も長く熱心に教えたのは明治女学校であった。角次郎の評判は高まり、学習院教授となる。皇族や華族の子弟のみを教える階級意識の強い学習院の弊害を取り除くため呼ばれたという。

ディサイプルス派宣教師Ｈ・Ｈ・ガイ博士が明治二六（一八九三）年に来日し、角次郎と宮崎八百吉を教授とする本郷基督教会を仮校舎とする神学校を開いている。その様子は、「宮崎氏は湖処子と号し、／『帰省』を発表するにおよび、一時に文名を馳せた。／その田園趣味は島崎藤村や国木田独歩などにも影響を与えた」（秋山操編著『滝野川教会七五年史』：三）のであった。次いで、ガイ博士は東京市外滝野川村に校舎を建て、授業、礼拝等々が行われた。その滝野川教会近くに明治二六年一〇月に松本美似教会で受洗した木下尚江が住まいした。長女の純枝は女子聖学院、弟の正造は聖学院中学校で学んでいる。「正造」という名は「田中正造」からとられ、正造は滝野川教会で大木英夫から洗礼を受け、キリスト者となる。正造は相馬愛蔵、黒光夫妻がつくった新宿中村屋の副社長となっている。（大木英夫「鮮烈なる共和主義者　木下尚江」、『本のひろば』四一六号：四）

その後、角次郎はガイ博士に強くすすめられ、日本人牧師を養成する聖学院神学校と、キリスト教教育の聖学院中学校の校長になった。そして聖学院神学校、後にバーサ・クローソンによって設立され移転した女子聖学院神学校で兼任の授業をした。その卒業生は、小田信人、塩谷嘉綱等々であり、彼らはディサイプルス教会の牧師、伝道師として活躍するようになる。神学校はその後、政府の指示で合同して青山学院に移り、今は中学校高等学校となり残っている。前述したが、若松賤子が火事によって明治女学校を焼け出され、身を寄せたのはこの石川角次郎宅であった。

角次郎は明治三〇（一八九七）年から三一年ごろ、明治女学校を卒業して母校の教師をしていた冨田八重と結婚している。同僚であった島崎藤村は、二人の結婚祝いに新体詩を贈った。また明治二九年、角次郎は、明治女学校卒の小平小雪と川井運吉との結婚を世話している。小雪はユニークな女性であった。小雪はまず札幌スミス学院（現・北星学園）に入る。スミス学院在学中にサラ・クララ・スミス宣教師に導かれ、札幌独立キリスト教会で大島正健牧師から受洗した。そして彼女は宮城女学校（仙台神学校を母体とし、数千ドルをかけて合衆国改革派教会が建設費を負担）に移った。明治二四（一八九一）年、小雪は学校側のアメリカ人女性校長E・R・プールボーの欧化教育に反発し、斉藤冬子と改革を求めてのストライキ（小雪は相馬黒光の先輩にあたり、黒光を巻き込んで退学する）を起こす。その後、東北学院校長・押川方義の尽力を得て、翌二五年に明治女学校に移った。しかしその後中退して、石川角次郎から宣教師ガイ博士夫妻を紹介され、夫妻のヘルパーとなっている。夫妻が小石川水道橋（現・文京区）に開設していた貧民学校の助手として家捜しの段階から手伝い、子どもたちに読み書きを教えていたという。『女学雑誌』第四二四号（明治二九年七月）に「貧民学校女教師の述懐」を寄稿している。植村正久の一番町教会（現・富士見町教会）の礼拝にも祈禱会にも熱心に出席した。

巌本は明治女学校に川井運吉、青柳有美を教師に招いている。彼らは二人とも石川角次郎と同じディサイプルス派であった。来日した同派のガルスト宣教師と深い関係にある。ガルストとはどういう宣教師であったのだろうか。

ガルストは、リンカーンの遺志を受け継いだグラント大統領から将校として任官を受けた人である。アメリカの古い厳しい最高の軍学校であるウエスト・ポイント陸軍士官学校で学んでいる。そこは軍事訓練だけでなく、当時の最高レベルの物理学・科学・天文学・地質学・数学を教えていた。かつての熊本洋学校の教師L・L・ジェーンズも、同じウエスト・ポイント陸軍士官学校の卒業生であった。ジェーンズから遅れること約二〇年である。妻のローラ・デラニー・ガルスト（Laura Delany Garst）による伝記『チャールズ・E・ガルスト』によれば、ガルストは、ディサイプルス派に属し、ジョージ・スミスと共に明治一六（一八八三）年一〇月一八日、他の宣教師たちの行きたがらない、東北の秋田にやってきた。そこは鉄道もなく、不衛生、高湿の劣悪な環境で、道徳心低く偏見に満ち、過去のキリスト教徒に対する迫害が恐怖と共に伝えられていた[10]。スミスの病弱な妻ジョセフィンは、着任後一年もたたずして次女を出産し、あっけなく他界している。ガルストたちは、貧困の中で重い水腫症のまま放置されている女性に湯あみをさせたり、栄養不良の小児のため、餌にするクローバーを本国から取り寄せ、乳牛を飼ったりして、当地の人々のため、献身的に奉仕した。ガルスト夫人は、女性の人権が尊重されない日本の家庭の実態に非常に驚き、女性の人格を大切にするキリスト教の福音を何とか早く伝えなければと思った。貧困について、ローラは伝記にガルストの論について次のように書いている。

彼［ガルスト］は「人間が人間に加える残忍」こそ「無数の民衆」の悲しみの種であると感じた。／ガルストは、心からもがき苦しんで、「物質的なものをひどく欠いている人々に向って命のパンと命の水を説けようか」と繰り返し叫んだ。

（L・D・ガルスト『チャールズ・E・ガルスト』：二三〇）

ガルストのキリスト者としての隣人愛と「義」を求めざるを得ない心が、救貧の一策としての単税論へと引き寄せられていった。彼は「土地其他の天然物を、個人に私有せしめ、其壟断に一任するが如き経済学あらば、そは撞着矛盾、支離滅裂の経済学と云はざるべからず／地上不義多しと雖も、未だ曾て、土地私有制度の如き、大なる不義、大なる罪悪を見ざるなり」と述べ、天然物は神の賜であり、万人の共有物たるべき土地より生ずる地代もまた個人の収入たるべきものではないとする。「／借地料を、国家社会の公収入たらしめば、土地の使用を一個人に許容して、しかも尚、土地社会共有の実に敵う」と考えた（『単税経済学』：二二五—二二九）。彼はその後帰米してヘンリー・ジョージの単税論[11]を研究し、再来日して伝道とともに単税運動に熱心に取り組み、単税太郎と自称するようになっていった。

ガルストは明治二七（一八九四）年三月一五日、木村鐙子の弟・田口卯吉の主宰する経済学協会の例会に出席し、単税論の概要について演説を行っている。ＹＭＣＡの軍人部、商業学校、禁酒団体、その他さまざまなクラブからガルストへ講演の要請があった。彼は市民的権利として、土地使用、投票、週休制の諸権利を主張している。その交友関係は他の宣教師と比べかなり広く、伊藤博文はガルストのことを「西洋は未だかつてチャールズ・E・ガルストに勝る贈物を送ったことはない」と称賛したという。ガルストは他の宣教師とは違った方法で、日本の支配階級に影響を与えることができた。国会開設運動にも取り組み、自由党員との関係も深く、労働組合運動の頼もしい協力者であった。大木英夫は次のように述べている。

しかし、明治末期に彼の理想は達成されなかった。日本は、富国強兵の道をまっしぐら進んだ。不思議にもガルストの理想は、敗戦後もうひとりのウエストポインター、ジェネラル・マッカーサーの農地改革によって達成された。マッカーサーがウエストポイントに入ったのはガルストの死んだ年であった。マッカーサーは日本に大きな変化をもたらした。新しい憲法が制定された。日本の国家目標は「富国強兵」から「富国平和」「富国福祉」へと変わった。

（大木英夫「自由とは未来への選択」、『キリスト教と諸学』二〇巻：一一）

宣教師としてのガルストの単税運動に対して、彼を派遣したミッションはあまり好感を持たなかったという。ガルストが秋田に来た時の最初の門下生、川井運吉は、ガルストの葬儀で祈禱をしている。それは次のようである。

人或は先生の政治経済のことに嘴せる（くちばし）を譏り（そし）、宣教師たるの真義に反くとなす。されど思ふ。伝道師たり宣教師たるもの、よろしく是等（これら）を論議すべしと。教育文学のことは之を口にすべく、政治経済は之を談る（かた）べからずというの理、豈に天下に是れあらんや。

（川井運吉「我がガルスト先生」、『聖書の道』第八号：六）

ガルスト逝去後一周忌にローラは『単税経済学』を活版印刷して出版した。そこには田口卯吉が序を書いている。ガルストがつくった「秋田基督教会」は現在地（秋田市高陽青柳町一三番三一号）に移転して、「秋田高陽教会」と名称が変わっている（日本基督教団秋田高陽教会『秋田高陽教会百年史』）。木村熊二—木村鐙子—田口卯吉—巌本善治—石川角次郎—ガルスト夫妻—川井運吉—青柳有美と、一連のつながりが見えてくる。

この秋田基督教会に、ガルストと共に来日した故スミス夫人が要請した二人の若い婦人宣教師がやって来た。そのうちの一人が、ミス・ハリソン（ハノーバー大学最初の婦人卒業者であり、最初の独身婦人宣教師）である。彼女のバイブルクラスに川井運吉[12]、青柳有美が学んだ。この二人が明治女学校に教師として招かれたのである。

川井運吉は、明治二〇（一八八七）年一〇月一〇日洗礼を受け、自費で渡米後、按手礼を受けている。彼は秋田の士族の次男であったが、刑務所の教誨師・ハリソン宣教師との関係で、刑務所内で生まれた金子ハツを入籍するため分家独立の手続きをとり、養父となった。このことは、直木賞作家・渡辺喜恵子『タンタラスの虹』（新潮社、一九七五年）にも書かれており、『秋田の赤い靴』のモデルとして知られている。後に川井は角次郎の志を継ごうとしたのか、角次郎の出身地足利で英語学校と教会を開設した。明治三一（一八九八）年第九回下野基督教信徒親睦会が、足利基督教会牧師・川井運吉の司会で開かれ、東京から小崎弘道、海老名弾正、巌本善治、片山潜、青柳有美、高木信吉、福田錠二、ガイ、ガルスト夫人ら信徒一二〇余名が参加している（秋山操『基督教会（デサイプルス）史』参照）。なお川井は明治三四年二月荻原守衛（碌山）（日本近代彫刻の父）に洗礼を施し、同年三月荻原渡米の際、同行した。後に荻原を後援したのは同郷の相馬愛蔵と夫人・黒光である。こうして明治女学校と関わりの深い女子聖学院に、川井運吉と小雪の娘・川井順、その孫・石川治子が学んでいる。同じく黒光も、前述のように川井夫人・小雪と宮城女学校時代からの親友であり、そんな関係から自分の娘（後のボース俊）を女子聖学院で学ばせている[13]。

青柳有美は、前述のように久保はるよの夫となった人だが、川井と同じく明治二〇年にガルストより洗礼を受けている。女性論、恋愛論で広く知られた異色の文士で、純朴な人柄と清新な感受性で明治女学校生徒の人気の的になっていた。この青柳について、こんなエピソードがある。その青柳が女性についての辛辣（しんらつ）な批評「鬼面百相」を『女学雑誌』に連載していた。それに対抗して、明治女学校を去り、相馬愛蔵と結婚していた相馬良（黒光）は、かつての恩師に疎遠を詫び、男性を評した短文のいくつかを抗議を込めて送った。するとそれを巌本が取り上げ、『女学雑誌』に掲載し、その上そこに良の本名を書かず、黒光女史という異様な署名まで書き込まれていたのであった。(14)

川井運吉と青柳有美はガルストの極貧の農民や労働者への救いの業を見ており、ガルストの「単税論」から大きく影響を受けていた。彼らは明治女学校で巌本善治、若松賤子と家族同様の交わりを重ねている。賤子は戊辰戦争での敗者会津の娘であり、父をはじめ同族の人々は極貧の中にあった。明治女学校の経営は厳しく、いつも火の車であった。賤子はガルストの言う「無数の民衆」の貧困の実態とその根拠、解決策に深い関心を寄せていたのではないだろうか。賤子の葬儀には、ガルストも、ガルスト夫人も出席している。二人は、人々の貧しさの実態に触れ、日本女性の置かれている隷属的な状況に痛みを持ち、そこからの解放を求めていたキリスト者、賤子に対して熱い同情と関心を寄せていたのではないだろうか。ガルスト夫人は賤子の追悼会の席で、哀悼の意を込めて独唱している。ガルスト夫妻と賤子の間には並々ならぬものがあったと言えよう。前述の一連のつながりからも、キリスト教ディサイプルス派のガルスト夫妻、石川角次郎、青柳有美、川井運吉の五人と賤子夫妻との交わりには、なまなかではない深いものがあったと思われる。

次にその教師陣を青山なをの視点から見てみよう。そこに教員の一人富井於菟（とら）のことが取り上げられている。於菟の活動を見ると、明治女学校の内実がよみがえってくる。於菟は、福田（影山）英子の『妾の半生涯』（一九〇四年）に出てくる人物である。岸田俊子を尊敬して勉学に励み、福田英子と共に自由民権、男女同権の思想を持つようになった。そして大阪事件に連なる実際運動に入り込み、結局違約の許しを求めている。

中島信行夫人・岸田俊子（湘煙）は、神童天才と呼ばれ、漢詩、文章に抜きん出ており、わずか一七歳で宮中に召され、一九歳までの三年間、皇后に漢籍を進講したという。宮中辞退後は明治一五（一八八二）年四月一日、日本立憲政党の客員として演説し、全国を巡って演壇に雄弁を振るった。それだけではなく翌年一〇月一二日、「箱入娘」の演説中、警察に拘引され、監獄に送られた。諸新聞に大々的に取り上げられ、話題の人であった。

岸田俊子を尊敬する於菟は明治女学校の最初の教員の一人であった。於菟の一族は、幕末から明治にかけて藩の財政を支え、藩政に深く結びついていた豪商豪農（醤油屋）の階層であり、播州龍野で強い力を持っていた。儒学の教養深く、自由民権運動が盛り上がってきた時の初期の実力者であった。於菟の兄・富井定助（仙治）と、明治女学校の初期校長木村熊二との関係は緊密（熊二の日記）であり、青山によれば「明治女学校の構造の内部に、富井於菟［の一族］に代表される物心両面の活力がある」という（青山なを『明治女学校の研究』：二二九）。明治女学校の生徒には、各地の有力な農家や商家、旧名主階級等、地方の名望家の娘が混じっていた。青山は、植村正久が講演のメモに於菟を「政治に於ける婦人」と書いていることを指摘し、於菟の行動について「啓蒙思想をへて自由民権思想から政治的実際運動に入り、さらにキリスト教的内面的精神的の方向に志向するのは、明治前半の人士の、精神的転進のあととして珍らしいことではない。明治精神の一つの軌道であった」（同：二一三―二一四）と書いている。

また青山は、当時の生徒たちの気風、意気込みも書いている（六〇六―六〇七頁参照）。賤子と巌本の結婚式は、明治二二年七月一八日であった。この結婚式にキリスト者で高知県選出代議士、自由民権運動家の植木枝盛が出席している（「植木枝盛日記二」『植木枝盛集』第八巻：八四）。賤子たちの結婚式には、この植木だけではなく自由民権運動家で自由党の副総理・中島信行と俊子夫妻も立ち会っている。このように賤子は自由民権運動の熱気の中にいたのであった。その結婚式の二日前の一六日午後から記念すべき明治女学校の第一回卒業式があげられた。植木枝盛年譜（家永三郎『植木枝盛研究』：七六一—七六二）により、その前後の植木の行動を見てみる。植木は去る二月一八日には憲法発布の恩赦によって出獄した福田英子の訪問を受けている。五月二三日には東京婦人矯風会のために一夫一婦論の演説をし、翌二四日、明治女学校に立ち寄っている。そのあたりのことを植木は日記に「午后飯田町三丁目明治女学校に赴く、同女学生の文学会に臨席す。植村季野、安藤たね、太田たけ、神中繰子、松井まん［星野天知夫人］、佐藤すけ［島崎藤村の恋人］、安藤つま、今村ふみ、永島なか、井上なほ、高原うめ、千住千代、太田きん、久野しげ等各女史の演舌読文等をきく」（『植木枝盛集』第八巻：八〇）と記している。自由民権論客中の第一人者のようにいわれる植木枝盛の参加する文学会に、予科一、二年の最下級の生徒が最上級生に混じって出ていた。明治女学校の雰囲気が伝わってくる。同月三一日、植木は湯浅初子（廃娼運動の先導者湯浅次郎の妻で、徳富蘇峰の姉）に、矯風会が議会に請願する一夫一婦建白書の草稿を渡すとある。佐々城豊寿（相馬黒光の伯母）が出版を引き受けた植木枝盛著『東洋之婦女』が九月二八日に出版され、同日記の一二月九日には、植木は、廃娼演説の壇上に立っている。

植木の臨席した文学会の出席者の中に、太田姉妹の名前がある。姉のきんは第一回卒業生の一人であった。きんは憲法発布の祝会でも、卒業式でも他の生徒に混じって「演説」している。明治二三年一二月一四日、妹のたけの日記が残っている。

四時半夕食しその後先生より此の日下されし松村介石氏の筆になれるアブラハム・リンコルンの伝を読み大いに奮発するところあり三度程神に祈りて感謝をしたり

（青山なを『明治女学校の研究』：六一六）

たけは、「神の道に適った国家」を提唱して自由と平等を謳ったアメリカ大統領リンカーンを知り、感動しているのである。

植木の死は意外に早く、明治二五年一月一日に発病し、二三日に死去した。享年三六歳である。『女学雑誌』第三〇二号は、彼の肖像を入れ、「植木枝盛君を弔す」の一文を載せ、その中に彼の論文を併記した（四頁）。『女学雑誌』掲載は次の三編である。

公売淫廃止に付き高知県発議（九七号附録）
民法上及び其他に於る夫婦の権利（一七一号）
一夫一婦の建白に付いて弁ずる所あり（一七七号）

明治女学校と植木とは、深いところでつながるものがあったこと、植木をとりまく明治女学校の生徒たちが、少なからず彼に影響を与えられていたことを知ることができる。明治二二年ごろから彼が逝去した二五年ごろに向かって、明治女学校の生徒たちの意気は、自由民権論の思想に触れながら、抑えることのできない勢いで、盛り上がっていた。そうした空気が伝わってくる。卒業生、羽仁もと子はその頃の様子を次のように語っている。

明治女学校の人たちはまた、日曜には、その頃の一番町教会に行った。植村正久先生の教会で、今の富士見町教会［ＪＲ飯田橋駅前角］の前身である。私も皆と同じやうに、植村先生の説教には、本当に引きつけられて聴いてゐたけれど、あまり分つてはゐなかつたやうに今になつて思はれる。

（「明治女学校と一番町教会」、佐波亘編『植村正久とその時代』第三巻：九八―九九、羽仁もと子『半生を語る』羽仁もと子著作集第一四巻：五八）

続いて明治二二年九月一四日、若松賤子（巌本嘉志子）が一番町教会でオルガンを演奏していることが記録されている（太田たけ子の日記より、『植村正久とその時代』第三巻：一〇〇）。井深梶之助が説教をし、第一回の衆議院議長に当選した中島信行俊子夫妻、嶋田三郎、島崎藤村、國木田獨歩、内田魯庵等々が出席している。しかし、明治女学校の最高潮は同時に退潮の始まりであった。

明治女学校が麹町の下六番町に移転したのは明治二三年の夏であった。二五年秋には島崎藤村が、二六年一月には北村透谷が、明治女学校の教師になっている。同生徒・片山鑑（てる）は言う。

教育が非常に勃興する時でございましたね。森文部大臣があゝいふ誤解からあんな御災難にお遭ひになりますまでは非常な勢ひで女子教育が進みましてございます。／まるで日本の社会が俄（にわか）に変つて参りまして、昔の女ぢやゐられなくなりました。

森さんがなくなられるまでは、女学生は勉強に専念して、白粉などはつけなかつたのでございましたが、森さんがなくなられて、女子教育の進歩が挫折してからといふものは、みんな急に白粉をつけておめかしをするようになりました。

森文部大臣が遭難される〔国粋主義者に刺される〕までは女子教育は燃えるやうな勢ひでございまして、その遭難からひどい挫折をいたしました。（青山なを『明治女学校の研究』：五七五—五七六）

青山は「社会全体がはげしく燃焼した明治初年の国民的衝撃の事実と意味を、明確に把握しなければならない」とし、「明治女学校に貫かれた一筋の教育精神は、流行を追はない、『ありふれた学校でない』こと、つまり日本の婦人界の指導精神を模索し探求しようとする精神、指導の責任を荷(にな)はうとする精神の一貫で、高等科教育の志向とつながるものである。／この精神は、明治女学校誕生の時代精神に根ざしてゐる。森有礼が望見し、育成しようとした女子教育思想にかかはつてゐる。彼が東京高等女学校再建に注いだ志は挫折したが、明治女学校が、それを継続維持したといふのは、この意味である」（同：五七六、五七七）と論じている。青山は「とにかく、明治十五年の附属高等女学校の創設、それに代る明治十九年の高等女学校の出現は、復古的保守派と、開進的進歩派の、女子教育主義の相剋であることは明らかである。明治二十二年森文相斃(たお)れ、明治二十三年女子高等師範学校創立し、東京高等女学校を廃してその附属校としたこと、附属校に示された性格をみれば、いよいよ両派の争ひのすさまじさを思はせられる」（同：五四六）と洞察している。それは「五（1）賤子と巌本の文化的ナショナリズム」で慨嘆した賤子の「高等女学校プリンス嬢」での指摘と同じである。

前述の植木枝盛の文学会に参加していた太田たけの「神の道に適った国家」を目指したリンカーンを知っての感動や、この頃の明治女学校の生徒たちの燃えるような勉学への盛り上がりと、彼女たちの急激な挫折とは、無念の死を遂げた森有礼のなそうとした教育と無関係ではない。森有礼の女子高等教育への志向は、第Ⅲ部で後述するが、元田永孚（もとだながざね）らの教育勅語によって打ち止められたのであった。以上、概略、明治女学校とその支援者、教師、生徒たちを見てきたが、この人たちの言動が若松賤子に与えた影響は多大なものであったと思われる。彼女の代表的翻訳作品『小公子』等は、明治女学校のこうした人々のまさしく活力の中から生まれ出たと言っても過言ではないと思われる。

明治女学校は、その後変質していった。明治女学校卒業生の相馬黒光『黙移　相馬黒光自伝』を通して見てみよう。黒光の祖父は、幕府旗本の有能な人であったが、戊申戦争で敗れ、家は貧困を極め、家族の不幸も続いていった。成績抜群の黒光は、押川方義（日本で最初のプロテスタント教会日本基督教会、横浜海岸教会を組織した）の日曜学校に熱心に通った。そこで戊辰戦争敗北で辛酸をなめた島貫兵太夫に可愛がられ、洗礼を受ける。島貫の強いすすめで仙台唯一のミッションスクール宮城女学校に入った。布川静淵は「『明治初期の三女性』を読みて」（巌本記念会編『若松賤子　不滅の生涯』：一四二）に、黒光のことを「二十三年帝国議会開設の際、基督者たる中島信行氏が最初の衆議院議長に当選せりとて、同学の一友と連名にて祝辞を贈り、更にプラトニック・ラブを主義として主唱したる底の潔癖性あり、新しき女性であると共に修養に念ずる性格の一端を窺（うかが）はしめる」と書き、彼女の「新しき女性」であることを指摘している。押川、島貫に「実際に役立つ英語を学ぶのがいい。うら若い娘に一個の人格を認める明治女学校はいい学校にちがいないが、あなたはあまりに才気煥発でかえって危ない」とフェリス・セミナリに行くことをすすめられた。しかし入学すると、大広間ではピアノが鳴り、女学生はそれぞれ個性的、貴族的、清楚高尚であったが、学資の足しに仲間の寄宿生の縫物をさせてもらっていた貧しい黒光には違和感があった。文学練習会なるものがあったが、月二回の会は、暗唱した文章をただ朗読するといった程度で黒光にはとても満足できるものではなく、次第に聖書の内実とは異なる杓子定規な校風に反発を覚えるようになっていった。若松賤子在学の頃とは様子が変わっていたのであろう。黒光の母や兄は血のにじむような思いで生きていた。特に姉は矯風会会頭の矢嶋楫(かじ)子の子息との婚約解消によって心を病んでいた。単なる教養より実践的行動を、平穏な信仰より恵まれない人々の中に入っていく社会的視野をと、黒光は強く求めていた。そんな中、『文学界』が発刊された。編集人の星野天知は、宗教や婦人の啓蒙や社会の改良に触れておらず、純粋の文学雑誌だと黒光は思った。

ある時、男女合わせて四人の一泊旅行が発覚し、黒光ひとりが校長に呼ばれて英語で強く叱責された。そしてフェリスの卒業生で黒光の母方の伯母にあたる艶（豊寿）に会うことも禁じられてしまう。艶は中村正直の塾に入り、「婦人の美徳は男子に従うことではない。婦人が男子と同等の教養を身につけてこそ人類は進歩する」と説き、日本初の官立女学校、東京女学校の教壇に立つ。彼女は西南役に参加したこともあった妻ある軍医・伊藤本支と恋に落ち、四児の母となる。二〇歳の時受洗し、三三歳で矯風会の書記に就任している。前述のように『東京婦人矯風雑誌』を創刊して巌本が編集人となり、艶が実務を担当した。さらに「婦人言論の自由」を訳刊し、植木枝盛の『東洋の婦女』の出版をも引き受けた。廃娼を説き、東京婦人矯風会の名付親となったが、禁酒に固執しつづける矢嶋楫子との間に確執が生まれていた。

信仰がゆらぎ、悶々としていた時、黒光は宮城女学校を追い出されて明治女学校に入った小平小雪（黒光も同調して宮城女学校を辞めた）に会った。彼女によって星野天知の文学書を読む機会を与えられ、次第に宗教に対する懐疑的悩みが文芸によって慰められるようになっていった。黒光はついに転学を決意した。樋口一様の短篇『雪の日』の文章は簡潔で洗練されており、黒光はそらんじるまでに繰り返し読んだ。文芸に進むほかに道はない、文章を書いて世に出たい、それにはこれしかないと彼女は考えた。

明治女学校に移ると、巌本の「教育学」と銘打つ講義は、新時代の教育家フレーベルとペスタロッチの思想を中心に、革新の哲学者ハーバート・スペンサーのことばも交えながら展開され、魅力あふれるものであった。無味乾燥になりがちな「講話」も巌本にかかると女義太夫や咄家の名も出て熱を帯びた。生徒たちは目を輝かせ、この学校に学ぶことの幸福にひたった。

黒光が入学する五年前の明治二三年の春、巌本は生徒に「明治女学校の生徒に告ぐ、目下の女子教育法」と題して次のような演説をしている。

／徒らに苦労し枝を矯め幹を曲げ朝夕コセコセとして手を入れ、只だ己が好のやうに為らねば成らぬやうに世話を焼く時は、いぢけ乍ら小森としたる盆栽の如きものは出来ることなれども、亭々鬱々たる大樹巨木には為るまじきものぞ。左れば教育をば英語にもエヂウケーションと申して、引出す、開発する、などの意味を示すことなり。

（巌本善治「社説」、『女学雑誌』二〇七号：一、明治二三年四月五日）

この時巖本は、女子の教育とは女子の天性を伸ばすこと、女子の教育は結婚のための準備でなく、それぞれが社会で力を発揮できるようにするためである。したがってあらゆる科目を設けると言った。これまで日本の女子教育は外国人宣教師に頼ってきたが、教育は伝道とは違うからこの学校はどの宗教にも属さない、英文学は立派な文芸だが国文学に力を入れると言った。フェリスでは何か疑問を抱いてもそれを聞けば「精霊をけがすものだ」と抑えつけられた。黒光の視野は広がり、心は自由にはばたき、学べる喜びでいっぱいになった。

巖本は明治女学校に、島崎藤村、北村透谷、桜井鷗村、星野天知、山田美妙、時には与謝野晶子、津田梅子ら優秀な人材を教師として迎え、外国から何ら財政的援助を受けない日本人のみのキリスト教主義に立った自由な教育を行っていった。在来の女学校に一線を画しており、武道や日本文芸など日本の伝統的なものを重視して、当時の心ある人々に期待され、大いに人気を博していった。

しかし黒光は入学してすぐにこの学校の男と女のことを聞いた。話の一つは、その前年に妻子を残して自ら命を絶った北村透谷と、宮城女学校の尊敬する先輩・斎藤冬子（小平小雪と共に黒光をも巻き込み、ストライキを主導して宮城女学校を退学させられていた）にまつわるものであった。透谷と冬を交えての授業風景は次のようであった。

……透谷が語る、お冬さんが鋭い質問を浴びせる。透谷は「あなたのような人は博言博士になります」といいながら近づき、いつのまにか二人は机をはさんでむかいあっていた。激しい一問一答、透谷が鼻水をすすり始めるとお冬さんは懐中から紙をさしだす、透谷はそれで拭きながらなおも話しつづける、教室中が固唾をのむ。
あれ以上の授業は考えられない……。
（宇佐美承『新宿中村屋　相馬黒光』：七六）

透谷が逝ったのは前年の五月のことであった。黒光は帰省中に病床の〝お冬さん〟を見舞ったが、あえてその透谷の死を伝えなかった。そして〝お冬さん〟は翌月、師からもらった手紙を胸に抱きながら逝った。このことを語る明治女学校の生徒の話はしみじみとして悲しかった。また、次の出来事も書いている。

ミッションスクールの明治学院を卒業した藤村は、明治二四年秋から『女学雑誌』の翻訳の仕事を与えられ、翌年の秋、教壇に立ち、英語と英文学をこの学校で教えはじめた。しかし許婚のあるお輔さん（佐藤輔子）を愛して苦しみ、在職四か月でいったん辞職した。関西へ漂泊の旅に出て、黒光が編入学した年の春に復職した。だがまもなく輔子は学校を去り、故郷の許婚と結婚し、しかも突然悪阻で死んでしまう。

黒光が入学した頃は、そうした出来事の後で、教師は無気力であった。島崎藤村の講義については「残念ながらその講義はちっとも面白くありませんでした」（相馬黒光『黙移』：七二）と辛辣で、彼への期待は裏切られたようである。北村透谷と斎藤冬子のこと、島崎藤村と佐藤輔子のことなどを同情に満ちて書いている。

明治女学校に創立から関わってきていた一番町教会の植村正久は、文学界系統を苦々しく感じていて、「明治女学校の文学熱にかぶれてはいけないよ」（同：一一一）と小平小雪に注意していた。そんなことも黒光の耳には入っていた。しかし黒光は、植村に反感を起こさせるほどそれは新しい時代をリードする精神なのだと考えた。このように明治女学校では、木村鐙子のキリスト教信仰を根底において犠牲献身を説く理想も、ガルストの弟子たちの青柳有美や川井運吉、そして植木枝盛、森有礼らを通して、自由民権論や単税運動、リンカーンの思想に触れながら、自由、平等、愛で盛り上がっていた情熱も、文学熱に変質していったのである。

（3）巌本善治とその女性観

賤子の選んだ巌本善治とはどういう人物か見てみよう。巌本は、文久三（一八六三）年、但馬出石藩（現・兵庫県）の微禄武家の大家族、井上藤兵衛と律の二男として生まれた。井上家は出石藩主、仙台家に仕える「学儒の道で認められた家柄」で、六代目藤兵衛長俊の次男・謙蔵静軒は、優れた藩校弘道館の教授を務め、私塾を開いていた。六歳の時に、母方の伯父・巌本範治（詩人琴城）のもとへ養子に行く。その後、巌本の父親は再婚したらしい。後に巌本に深く関わる木村熊二とは血のつながりのない「またいとこ」にあたる。熊二の養父・木村琶山と巌本の養父・巌本範治とは母親同士が姉妹であり、いとこの関係にあたる。巌本は多くの文章を書きながら、自分についてはあまり語っていない。しかし野辺地清江は次の文章を引用し、彼の深い傷痕を指摘している。

彼れ漂泊者は元来人中に流浪し只だ厄介義務の思ひを以て養はれたるもの也故に其三食の中に針あり甘言の間だ尚ほ刃あるの恐なきあたはず即ち狐の如く疑ひ犬の如く蹐くまり戦々兢々として蹈あし其様躰の甚はだ大人風て其の処作に磊落の象なく情は硬くして且つ土の如く冷やかに脳は凝結する所あつて且つ箱の如く四角ならんこと真に免るべからざるの決果なりとす、

（巌本善治「日本の家族」、『女学雑誌』九六号：三、野辺地清江『女性解放思想の源流』：一七一）

孤独でむしろ恨みにも近い悲しみを抱え込んでいるのである。野辺地は書いている。

巌本は本来、感情の人であり、多情多恨の人であった。心の赴くままに生きたならば、どうなっていくかわからない自分の性格の烈しさがおそろしく、われとわが心に手綱をつけて、固くとじこめた。こうした処生の知恵とも言うべきものを身につけ、自分の性格を強く抑えかくして生きる生き方を少年善治に教えたのは、これまた養家における体験であった。

（同：一七三―一七四）

巌本は、五歳の時に維新を迎えた。福沢諭吉の実学思想と分限論にも影響を受けていたが、当時、慶應義塾、攻玉社とともに三大義塾と称された中村正直（敬宇）の同人社[15]で学ぶ。正直は幕府から選ばれて西洋思想を探求するため渡欧し、『西国立志篇』『自由の理』を刊行し、福沢諭吉と肩を並べてはなばなしい活動を始める。「天の所生としての人は女性も男性と凡て同等で、愛敬すべき同胞である」という理想が込められたこの私塾で、巌本は英語、漢籍、数学などを約四年間学んだ。彼は続いて津田仙の学農社に入る。津田仙は、福沢諭吉、尺振八と共に幕府の外国奉行の通訳としてアメリカへ渡った。アメリカの学理的な農業に感銘を受け、『農業三事』を出版する。さらに学農社農学校を開いて、同校機関紙の『農業雑誌』を発行し、厳しい貧困下の自小作農の救済問題に取り組んだ。なお、津田仙は娘の梅子を岩倉使節団の女子留学生としてアメリカに行かせた。梅子は、留学生中最年少であったが、後に津田塾大学の創設者となっている。

学農社で巌本は、政治に高い意識を持っていた近藤賢三に出会った。彼を尊敬して、兄に対するような情を寄せて共に仕事をしている。近藤と「農暇叢談」の欄を受け持つようになり、関心が広がって、民族、民話、伝説なども扱うようになっていった。巌本は初期の時期、子どもを読者とした雑誌の編集に携わり、新たに『小学雑誌』が修正社から発刊され、続いて『女学新誌』が創刊された。巌本の初めての署名記事は、明治一七年六月六日発行の「練達ノ説」（『女学新誌』第九一号「学庭叢談」欄）である。『女学新誌』創刊号は「烈女竹子の伝」として会津藩士の娘・中野竹子の戊辰戦争での勇ましい戦いぶりが挿絵も入って掲載された。『女学新誌』の内容は、新旧混淆（こんこう）であるが、「優和温雅貞烈の良風」を失わない女性が彼らの理想であった。二人はそれによって明治一八年七月、『女学雑誌』を創刊する。近藤はキリスト者でなかったので、『女学新誌』にも創刊当初の『女学雑誌』にも、キリスト教関連の記事はほとんどなかった。尾崎るみは、杉本邦子の『明治の文芸雑誌――その軌跡を辿る』（明治書院、一九九九年）に触れ、近藤、巌本の二人による『文学叢誌』を取り上げている（尾崎るみ『若松賤子――黎明期を駆け抜けた女性』：一一九）。その創刊号に巌本の「ウイリアム、シセクスピアの伝」、「小説　人肉質入裁判」としてシェイクスピアの「ベニスの商人」が掲載されている。これによると巌本はかなりの語学力を身につけていたことがわかる。しかし思いがけなくも近藤が急死する。急遽（きゅうきょ）、巌本は署名編集人となった。主宰者の巌本が大半の記事を書くようになる。

巌本は欧米の影響を受け、母親の教育の役割を重要視して明治二一年二月四日『女学雑誌』第九六号に、「教育する母」のための「子供のはなし」欄を開設した。巌本は、子どもは良い「お話し」を聞かせれば良い子どもに育つから、母親はそのような「お話し」をたくさん知っているべきであるとした。その目的に適う書物がないことを

「女学上の一大欠点」ととらえ、刊行に踏み切ったと述べている。明治女学校の英語テキストに使った『ナショナル・リーダー』から適切なものを選び、自ら翻訳している。子どもを純粋無垢な存在と見る児童観であった。巌本は後に、「私の外国文学に関する知識なども かなり嘉志子から得る所が多かったのです」と語っているので、『セント・ニコラス』やミス・オルコットなどのアメリカの児童文学についての情報を賤子は巌本に伝えたかと思われる。巌本は読者に語りかけるところは言文一致体で、物語のところは文語体を用い、忠孝の出来事ではなく、西欧の美談のような「感情を清く高からしむる」教訓性の高いものを選んでいる。「子供のはなし」欄は一一一号から「小供」欄となり、一六〇号からはさらに「児籃」欄へと呼び方が変わった。両誌とも子ども、女性に対しての一般的啓蒙を企図していた。尾崎は「子供のはなし」欄、「小供」欄に無署名で掲載された作品は、「巌本善治が自ら書き綴ったものだと考えられる」としており（同：一三九）、「善治は〈子どものため〉に教訓性を盛り込むことを意識したあまりに、原典が持っていたはずのユーモアを切り捨ててしまったといえる」（同：一五〇）と述べている。巌本の関心は、物語を通しての教育の方にあり、物語の質を高める方にはなかったのであろう。

中村正直も津田仙も外国人宣教師によって受洗しており、巌本はその影響を受けていた。そして巌本は、同郷でまたいとこの牧師木村熊二とその妻・鐙子に出会い、熊二から下谷教会で洗礼を受ける。それは自由民権運動が激化し、分裂の兆しを見せはじめようとしていた明治一六（一八八三）年のことであり、日本のキリスト教界が熱に浮かされたような信仰復興運動（リバイバル）の時である。巌本はキリスト教を信ずるようになってからそれまでとは異なって明るくなり、多方面への関心を持ち、積極的になっていった。彼は中村正直や津田仙ら師の影響を受けて、国の改革を弱者に焦点をあてて考えるようになり、まず小作人に、そしてそれが児童、後進女性に移っていき、『女学雑誌』発行に至っては、はっきり女性層に定まっていた。彼は「国内婦人の地位如何を見れば以て其国文明の高下をさとるべし」と説き、一国における女性の地位はその国の文化発展度を象徴すると確信するようになっていた。キリスト教精神と女子教育の必要性を早くも一〇代後半の青年期に身につけていたのである。

さて巌本は女性を具体的にどうとらえていたのであろうか。彼と賤子の夫婦関係の内実は、それによって明確となる。儒教は男女に「上下の序」をつけて女性は男性より劣等な存在だとし、女性にのみ三従の道を強いて七去（父母に不従順、子のないこと、多言、窃盗、淫乱、嫉妬、悪疾、これらは妻を離縁しうる事由）を課す。そして女性（嫁）は、男性、婚家の重圧のもとで、「一家中の下婢」（『女学雑誌』第一四七号）として扱われるにすぎなくなる。儒教とは「本来的」に「封建時代に適するの女性」をつくる（『女学雑誌』第一四九号）役割を果たす「宗教」でしかない。巌本は儒教をこのようにとらえ、男性の女性支配や親の子支配のごときタテ関係の家族関係への侵入を排除し、儒教主義からの完全脱却を論じた。そして森有礼の「妻妾論」以来指摘されてきた結婚の強制、妻妾同居、妻に対する夫の横暴等々、前近代的な婚姻慣習、安易な離婚の横行、大家族同居下での嫁姑の確執が論難された。巌本は欧米市民社会の契約結婚制度を紹介し、一夫一婦制を唱えたのである。この「男尊女卑」の改良は、男性側の意識変革と品行方正によって初めて達成でき、女性の覚醒によって改められていくとの認識を持っていた。巌本は、明治二〇年二月七日、ジェンダー論の先駆けとも言える単行本『女の未来』を輿論社から刊行した。アメリカ人ケレー（Francis King Carey）の論文を翻訳したものである。巌本はこれを同年二月一九日、『女学雑誌』第五二号で取り上げている。ケレーは、ノルマン征服後の封建制度によって「婦女の地位突然低落したり」と主張し、「夫婦は一体同肉」とする見解が法律において「夫婦を一身」とし、ひいては「男子を以て此の一身」と見なしたために、既婚女性の権利がことごとく失われ、女性の進歩を妨げる結果となったと述べている。

巌本の女性観と、福沢諭吉、中村正直、さらに田口卯吉、植木枝盛、内村鑑三のそれとをさらに一歩深めて比較し見てみよう。福沢は「婦女論」「家庭論」の論説を書き、「女権拡張」を力説しており、一〇回にわたって「品行論」を『時事新報』社説に書いていた。明治社会が「貧人は貧なるがために妻を養ふを得ず、富人は虚飾の慾に忙はしくして婚するの暇を得ず」から「無数の独身者」の出現を招いたことを述べ、「この開明のために世に独身者の数を増し、其始末は誠に当惑の次弟にして、唯一線の血路は窮策にも醜策にも、娼妓に依頼して社会の安寧を保つの外あるべかざるなり。仮に今、人間世界に娼妓を全廃して痕跡をもなきに至らしめん歟、その影響は実に恐るべきものならん」と論じる（『品行論』：三四、三六―三七、句読点を追加）。「婦女改良」論者福沢の社会の安寧とは「良家の子女」の身を守り、彼らの平和を守ることを目的としていて限界があり、「濁れる世」にある「娼妓」の痛苦に全く関心を寄せないものであった。この同じ時期、巌本は明治一八年一一月、『女学雑誌』第九号に「我等の姉妹は娼妓なり」という衝撃的なタイトルの一文を掲げた。母の愛に恵まれず「母なるもの」を求める巌本は、「母なるもの」が傷つき、痛む状況を放置しつづけることができなかったのであろう。

次に師の中村正直（敬宇）の女性観を見てみよう。彼は明治二〇年一〇月、『女学雑誌』第八二号に自身の母のことを「三十年の前に我れ童子の時吾が母を失なうと雖も常に吾が記憶の中に生存し年歳を歴れども常に跟隨「聴従」して我を離るる事なし」（二六頁）と述べている。子どもの頃に死別した母の愛への感謝が彼の「女子教育」へと向かわせたという。しかし巌本は違う。彼は前述のように「養子」となったことによって、「厳格窮屈」で、「包容力」の少ない人間になってしまったと自身を分析していた。そして愛に飢え、満たされなかったが故に実父母、特に母への慕情は終生消えることがなかったという。巌本はこうした自己の体験より、人間は自らを受け容れ、慰めいたわり、育ててくれる存在がいかに重要であるかを思い知らされていた。

葛井義憲は『巌本善治』において、巌本はこの包容力・慰撫（温乎、仁愛、献身、愛育、犠牲）を「女性性」を表すものとしてとらえ、この女性観が彼が男女同権論を拒絶しつづけた理由であるという。巌本は自身の生育過程から、「女性性」の基盤となる「懐胎分娩の一事」にこだわったのだという。葛井は「彼［巌本］は、女性が人間として自己の能力を自由に発揮・拡張させるより、男性に相対する女性としての位相の中で、女性『本来』の能力を研磨・発揮させる方が有意義であると考えた」という。「しかし、これは無辺に発達・成長しうる人間を男女の『性差』という枠に閉じ込めることだけを目的とする想念でしかないのだとの批判を否定することはできない」と指摘する（四〇―四一頁）。

さらに前述した明治女学校取締・木村鐙子の実弟・田口卯吉の女性観を見てみよう。田口はこの「性差」という言葉を指摘し、巌本の問題点を「婦人に関する新語」の中で以下のように述べている。

> 「婦女改良」を志す男子でも払拭しえない限界、つまり、社会的に優位の立場にある男性の傲慢さによって生じるものだ。その欠陥の説明を「婦人改良」「婦人奨励」の言葉を用いて行おうとした。婦人改良・婦人奨励（中略）婦人を以て生糸や物産の如き無生物と同視「生糸改良、物産奨励」して議論することは甚だ驚き入りたる議論ならずや
>
> （『東京経済雑誌』第四一九号、一八八五年五月）

卯吉は「婦女改良」を唱える男性が、歴史的、社会的に抑圧されつづけた女性の苦渋を共有できないまま指導者然として「改良」を説くそのことに、この思念の限界と社会生活を有利に過ごす男性の不遜さが潜んでいると指摘する。卯吉は母・まちが貧苦の中、男と同等に商売をし、姉・鐙子が弟・卯吉の会社の男のするようなことをして手伝ってくれるのを目の当たりにして、女性が男性に劣るとはとうてい思えなかったのであろう。彼女たちの優れた人格から女性を敬いこそすれ、上から目線の、改良してやるという発想はとうてい起こり得なかったのだと思われる。それ故卯吉は、母と姉の女性として生きたが故の並ひととおりではない苦労を目の当たりにし、その痛苦を痛苦としてとらえていたのであろう。卯吉は、母、姉たちの彼に対する愛によってそうした感性を一層彼女たちから与えられ、彼は彼女たちを深く尊敬し、愛していたのであろう。それ故、卯吉は直観的に巌本の使う言葉への違和感を持ったと思われる。

自由民権運動家の植木枝盛はどう考えていたのであろうか。彼は明治二一（一八八八）年七月から『土陽新聞』に「男女の同権」（家永三郎編『植木枝盛選集』：一四七—一八六）を五、六回にわたって発表している。彼は、創造主なる「上帝」による人類創造説から、「上帝」が、被造者である人類に「権利」を等しく付与したのだとの判断に立って、男女同権論を打ち立てようとする。「権利」というものは男女の「性」の差異、「力」の強弱、「智力」の大小に関わることなく、人類に本来的に付与されているものだと論じている。これに対して片野真佐子は、「天皇制国家形成下のキリスト者の一断面――巌本善治の人間観をめぐって」において、巌本のことを「未婚女性が職業を自由に選んだり開拓したりすることや、既婚女性の家事育児の合間の文筆業を奨励し、一定程度の政治的教養は必要としたものの、参政権自体は検討課題だとして保留している」と指摘している（『日本史研究』第二三〇号：六）。すなわち、巌本は女性を「性差」という枠に閉じ込め、男女同権とは考えていなかったと論じている。

巌本は「吾人の意見を明かにす」（『女学雑誌』第九四・九五号、明治二一年）で、男性の特性を「剛毅（ごうき）、智、勇、窮理、外」、女性のそれを「優美、情、愛、応用、内」というような語を用いて示し、男女の特性を分類する。性の相異が人間の本質を規定する絶対的なもので、家庭生活における「分労」関係、すなわち夫は職業労働を、妻は家事育児を分担するという関係をも決定しているとする。この「特性」を男女双方が尊重して両性の「自立」と「平等」が起こり、両性が「男女互楽」の不可欠のパートナーとして助け合う社会が生まれるのだ、それは生活を共にするだけでなく、思想や感情すらも共有する最も純粋な人間関係であると巌本は考えた。巌本はこの男女の「特性」を育み、伸ばし合う思想＝「男女同等論」の普及が実際に実現することを望んだのであった。権利論や抽象的議論ではなかったのであった。彼はこの点で、廃娼問題では行動を共にした植木枝盛など「男女同権」論者と一線を画したのである。

一方、片野真佐子は前述の「天皇制国家形成下のキリスト者の一断面」において内村鑑三の論を取り上げている。内村は、同時期の明治二一年八月に「クリスチャン・ホーム」を演説している。「家庭とは、神より受けた者がその愛を相互に交換する所であります。これはそれ故に教会（ほんとうの）の一種であります。／恋愛は自由である。されども神の聖旨の内にありてのみ自由である。第一に神の聖旨、次にわが意志、しかしてわが意志としての恋愛、この順序に従わずして、愛もなければ自由もない。恋愛はそのもの自身のために存立する能（あた）はず」と述べ、恋愛の即自的（アン・ジッヒ）な追求を排斥する。片野はこの内村の排斥したものを巌本に見出している。片野によれば、巌本にとって男女の「関係」は一切に先行するものである（『日本史研究』第二三〇号：一〇）。しかし内村は一夫一婦制、人間関係の即自的な肯定は、被造物神化に通じると徹頭徹尾排斥した結果、「性愛」は「神への愛」を妨げない限りでという禁欲的な意志を媒介としてのみ認められると論じる（同：一一）。「巌本における人間は飽くまで性の相異に象徴される質的差異をもつ人間、自然を背負った人間であった。ここでの性は肉体の一機能どころでなく人間の本質である」（同：一二）とする。巌本は「人は『自然』に依りて教導せらるるもの也、其の鋤型舟掛より其の国家組織の政体に至るまで、悉とく是れ自然の為に教導せられたるにあらさるはなし」と述べており、片野は巌本の人間観は「秩序に内在し秩序を保持すべく運命付けられている」ととらえる（同：一二）。同論で片野は、「巌本の神に欠けているのは、／超越的性格であった。また巌本の説いた神の前での平等も、既存の社会秩序の中で各人の置かれている現実が神から与えられた賜物であると念じることを意味するにすぎないといえよう／各人の所与の現実を神と自然の名により二重に正当化することを通じて甘受せしめていくというきわめて濃厚なイデオロギー的性格を帯びているのではなかろうか」と指摘している（同：一三）。巌本の福沢諭吉の女性観への論難は的を射ているが、田口卯吉の巌本へのそれは感性において率直な指摘である。葛井義憲、植木枝盛の女性観からは、性差の枠に閉じ込める巌本の問題性が明るみに出ている。片野の内村鑑三の女性観と比較しての巌本のそれは、なかなか鋭く的確である。賤子は巌本の女性観をどのようにとらえていたのであろうか。子どもたちは賤子が彼を非常に尊敬していたというが、彼女は前述（第Ⅰ部　四「花嫁のベール」）のように彼の弱点にも気づいていた。自立心旺盛な賤子と巌本の女性観には微妙なズレがあったのではないだろうか。彼女はそれを承知の上で結婚生活を過ごしていたと思われる。

八　その後の巖本善治と明治女学校

火災による妻・賤子の死後、明治二九年二月一八日、明治女学校寄宿生たちは一時、麴町中六番町の島田三郎邸の向かいの華族の邸を借りて収容され、焼け残りの校舎で授業は続けられた。五月二五日の『女学雑誌』第四二二号には「明治女学校新築費募集広告」が出された。前年の明治二八年度には、学校は三井銀行の三井高保から三〇〇〇円を寄付されていた。そうしたところでの火災発生で、三井組の馬場恭平が五〇円を寄送し、同校敷地貸与料を一か年半寄付してくれることになった。岡山孤児院等々多くの人々からの寄付が寄せられた。小鹿島筆子らが発起人となって六月一九日、二〇日、芝公園の料亭・紅葉館で明治女学校新築費義捐慈善市を開き、二〇〇〇円以上の利益が送られた。明治女学校はこうして全国の支援者の後押しで、東京巣鴨庚申塚に新築、移転され、くぬぎ林の中の明るい校舎を持つことができた。巖本は多忙と悲痛の中であったがめげず、明治三一年七月『女学雑誌』第四六七号に、「鉱毒、母の乳を止む」という一文を掲げる。それは田中正造編「足尾鉱毒事変請願書并始末略書」を見て書かれたものである。足尾銅山が渡良瀬川沿岸にもたらした鉱毒被害の状況を取り上げた。足尾銅山での採掘製鋼の増産は、近代日本の「殖産興業」を推し進める上で重要だとされた。しかしそれが多くの魚類が棲む渡良瀬川を「死せる川」にし、多くの「いのち」を奪うものになってしまった。田中の養女・原田たけは（正造の甥・原田定助の娘）は、明治女学校の卒業生であった。巖本が『女学雑誌』を通して渡良瀬川の蘇生を政府に訴える一方、田中は帝国議会で「亡国の道をひた走る」日本の変革を求めていた。実はそれ以前の明治二〇年五月、『女学雑誌』第六五号は、鹿鳴館での伊藤博文の情事を暗に批判した「姦淫の空気」を発表して発禁処分を受けていた。また明治二三年三月、『女学雑誌』第五〇八号は、田中正造の「鉱毒文学」で新聞紙条例に問われ、押収されていた。

この時期、巌本を支えていたのは勝海舟であった。巌本は勝とさまざまなことを語り合っていたようであり、巌本編の『海舟座談』を見ると、明治三二年一月、海舟は巌本に渡良瀬川の鉱毒事件を憂慮していると告げている。巌本が大きな信頼を置いて師事していたその勝海舟が、二一日に亡くなった。海舟と巌本との出会いは、木村鐙子の哀悼集である巌本の『木村鐙子小伝』に、鐙子と旧知の間柄であった海舟より序文を寄せてもらうために訪ねた明治二〇年八月であった。それから海舟の死の直前まで、巌本は週に一、二回、教えを請うために海舟を訪問していた。巌本は『女学雑誌』第四八〇号に「海舟先生逝く」を書き、「巨木抜けたり」と、父のごとき海舟との別離の思いを表した。海舟から与えられた教示・薫陶が風化するものではないことを知りつつも、海舟の死は、悲嘆、寂寥を超えており、巌本を立ち直らせるには相当の時間を要したのであった。

巌本は明治三二年八月一〇日、『女学雑誌』第四九三号の随想「平安気楽」に、「偉大なる人物に接したるほど、掛念なきは無し、誤解さるべき心配も、余計の説明も、世辞も、礼式も、惣べて入要ならず。法外なる望を掛けらるること、不道理なる要求せらるること、出来がたきことに催促せらるることなどなければ、甚はだ心安し。裸体の儘、之に接すとも、為めに増減せらるべき気遣ひのなきは、只但だ此の時ばかりなりけり」（三五頁）と書いている。「偉大なる人物」とは、勝海舟であろう。また、かつては長所も短所も共に理解してくれる、安心して全てをさらけ出せる人物、すなわち妻の賤子がいた。海舟も賤子ももういない。巌本はやり場のない悲しみの中にあった。

続いて巌本と賤子の結婚式の立会人であった友人中島信行が亡くなった。

巌本が妻の賤子を亡くし、孤独の中にあった時、二つの問題が起こっていた。一つは「次第に苦しくなる学校の経済状態」であった。視察と称して北海道に行き、台湾に行き、八方奔走していたのである。前述した当時の社会情勢、すなわち反動思想の台頭、キリスト教界に対する迫害による財政難であった。青山なをは『明治女学校の研究』に次のように書いている。

かつて明治二十六年第六回の卒業生である鈴木げんから、「生徒時代を考へてみると、飯田町時代が一番よかつた。下六番町の建物はバラック建で粗末であつた」ときいて不思議に思つたが、次第に他の人々からも同じ感想をきいた。島崎藤村の『春』や、『桜の実の熟する時』にえがかれ、相馬黒光の『黙移』にうつされたはなやかな明治女学校は、下六番町時代であるが、すでにその時明治女学校の頭上には、経済難の魔手が黒い手をのばしてゐたのであつた。「九段坂上燈台屹立する処」の高燥閑静、教育の場にふさはしい気品ある山の手の表玄関の地［現在の暁星中学の地］は、ひよわい日本の女子教育事業の守りぬくことができない所であつた。かはつて、数百年の伝統に支へられ、世界にむかつて足跡をしるさうとするカトリックの事業団が、今日にまでつづく教育機関の基礎をおいたのである。明治二十年代の日本文化の非力を、明治女学校の運命の中にみるやうな気がする。

（青山なを『明治女学校の研究』：一五二）

明治三六年一二月一六日付の西島政之出木村熊二宛書簡に「岩〔巌〕本君ハ財政難の為ニ資金募集ニ忙しく校長ハ名のみにして教授上の事は小此木、川井、青柳等の諸君ニ委任せられ常ニ外出せられ候由なれば是等の為ニ閉鎖云々の風説の出でしこと無之や」とある（同：一五五）。そして明治三七年四月、巌本は校長を辞し、七月に呉久美が校長に就いた。

巌本に起こっていた二つの問題の中のもう一つは、賤子の死により顕在化していった校長・巌本善治自身の問題であった。黒光は『黙移』に書いている。

明治女学校全盛の時代、先生の魅力は実に大きいものでした。知識と思想を求めてやまぬその頃の若い女性の眼に、これはたしかに神の如くに映りました。深い思想を抱いている人も、外形のととのわぬ時、その思想は長く内に隠されて、直接他に働きかける機会はなかなか恵まれにくいものです。／先生の場合はそれがはじめから身に備わっており、内にあるものを発表するまでに、もう外形が人にそれを感じさせてしまうというような、ほんとうに幸福な生れつきで、しかしそれが不幸の因にもなりました。／極端に女性に興味のあった人物、いや女性に興味を持ち過ぎた人物というような世評に対しては、私は肯かねばなりません。そしてよい意味にも悪い意味にも、それは違うということは誰一人も言われないのではないかと思います。むしろ女性に興味があったればこそ、あの時代に女性を教育することが出来た、同時にあの魅力があったればこそ、女性を帰依させることが出来たと言ってよいと思います。その異常な魅力は悲しい結末を示しましたが、魅力のないものは人生に立って人を教えることなど思いもよらず、教育家に限らず、宗教界の人々、殊に神の子、生仏などと仰がれる人々には、何よりも、この大いなる魅力が備わっていたであろうことを想像します。マグダラのマリアに於ける基督、鈴虫、松虫その他多くの宮中の女官に現世の栄華を忘れしめた法然上人、このような、もとよりくらぶべくもない高い存在ではあっても、なおそこには必ず美があったことを想います。人を捉える程の魂はその外形も又たしかに美しかったに違いありません。ただそれがどこまでも霊的な美であったことは申すまでもないことですが、しかしこの世に生存する限り、その霊もまた肉の衣を着せられておりました。（相馬黒光『黙移』：五八―六一）

臼井吉見は『安曇野』にこうしたことを具体的に書いている。それを要約すると次のようである。巌本校長の身辺については、いろんなうわさがささやかれていて、ことごとくが、女関係だった。三十年あまりのアメリカ生活を終えて帰国し、明治女学校の教師になっていた新井奥邃（すい）に師事し、彼を崇拝する帝大医科の学生の恋人が巌本に誘惑されて刃物沙汰になった後、一と月あまり巌本は姿を消したままである（臼井吉見『安曇野』第一部：三三六―三七三参照）。

黒光は『黙移』に続けて書いている。

／明治女学校の崩壊は半分は女性の手が手伝ったといわれても返す言葉はなかろうと思います。ましてそれが家庭からようやく解放されて、まだ確かな歩みの出来ないその時代の女性、即ち過渡期の犠牲者と見る時、明治女学校の崩壊は女性文化の発達の途上に、一つの悲しい墓碑をとどめたものとも言われましょうか。

（相馬黒光『黙移』：六二）

それは『安曇野』の作品中に描かれた荻原守衛の観察の結論によれば、「負けん気のかたまり」というのが、「明治女学校を目ざして集ってくるような若い女」の実体の一つであった（三四一頁）。臼井は『安曇野』で、木下尚江をしてこのように語らせた巌本の心の中を次のように分析させている。

巌本という男は、才幹のかたまりみたいな、有能な人物で、廃娼問題にしろ、鉱毒問題にしろ、よく協力してもらって、僕は感謝している。可哀そうだが、もう駄目だネ。それというのも、細君の若松賤子が、おそらくは、この世に二人といないような、すばらしい女で、いい女房だったせいじゃないかと思うナ。それに死なれて、かぎりもなくうつろな気持になり、次々に女あさりをやってみるが、いよいよ、うつろになるばかり——そんな事情じゃあるまいかと妄想してるんだがネ。ほかに考えようはないさ。いたましいったらないナ。／このまま、滅び去らせるには、なんとしても惜しい人物だ。守さ〔彫刻家の荻原守衛〕なぞ、ずいぶん面倒をみてもらってたのだがネ。

（臼井吉見『安曇野』第一部：三七四）

賤子は巌本にとって二人といない素晴らしい妻であった。そして賤子にとっても巌本は素晴らしい夫であった。臼井は同じく『安曇野』の中で、黒光の「賤子が巌本を選んだことの評価」を次のように語らせている。

だが、そうであっても、若松賤子が彼をえらんだのは、さいわいだったにちがいないと思った。おそらく巌本善治は、あの美しい妻に、多くの悲しみと苦しみを与えたろう。同時に、情熱と陶酔をもたらしたことは疑いない。それらのことが、彼女の肉体の亡びを早めはしても、あの短い生涯で、あれだけの仕事を残させたのではなかったか。すくなくとも、「小公子」の訳者としての若松賤子の名が消えることはあるまいとおもわれた。

仮に海軍士官と結婚していたら、と良〔黒光〕は考えた。そうなったら、尊敬すべき家庭婦人にはなっただろうが、若松賤子の仕事は残らなかったかもわからない。（臼井吉見『安曇野』第一部：一〇一―一一）

巌本は、当時の女性たちを駆り立て、あるいは彼女らを高きへと導き、あるいは彼女らを奈落の底へと突き落としたのであった。本田和子は、巣鴨時代の卒業生、野上彌生子のこの時のこの状況のとらえ方に注目している。野上の作品『森』を絡めて、次のように言っている。

／巌本の両手に握られていたのが、廃娼運動と「ラブ」の普及というこの二つであってみれば、女学院〔明治女学校がモデル〕の処女たちにとって、岡野〔直巳、巌本善治がモデル〕の周辺に光彩を放つ「愛なるもの」は、まさに肉体を介さぬ形而上的なそれ……。亡き妻とのエピソードは、それを裏づけ、それを補強する絶好の素材であったろう。

／こうした精神主義の支配下で、さながら無いもののように隠蔽されていた「男と女」の形而下的なありようが、最も赤裸々に、極めて非理性的な表現で、爆発的に姿を現したのだ。それは、まさしく、明治近代の掲げた「一つの理想」の崩壊であった。
／巖本個人のスキャンダル／で、彼は、一躍、世の指弾の的となり、女性徒たちの退学も続出した。

（本田和子『女学生の系譜』：二四五、二五二―二五三、二五〇―二五一）

巖本たちが掲げた理想は、若い女性たちに、自身の「内面」を発見する近代の目と、時代と社会を的確にとらえる「社会派」の目とを持たせることであった。しかし、キリスト教という欧米の土台に、四民平等、男女平等という人権思想が、根を張ることはできなかったのである。

他の卒業生たちはどうとらえていたのであろう。卒業生で日本初の女性ジャーナリスト、なおかつ自由学園の創立者である羽仁もと子[2]は、明治女学校廃校という事実に立って、巖本のことを「あの爛漫たる才華のなかに、理もあり情もありながら、生ける信仰を欠いていた。その聡明さはキリスト教思想を解していても、本気に神に仕えようとはしていなかったであろう。そのために美しい学校がとうとう魔の国へさらわれて行ってしまった」（『半生を語る』：六二）と厳しい評価を下している。また、野上弥生子は、「文部省などを全然無視し、」「試験もなければ、修身も」ない明治女学校の教育を顧み、「社会的な権威」とか世間の思惑とか、習俗、形式とかいうことにとらわれない」「ものの考え方」が育てられたと感謝している。そして『森』を収録した全集の後記に引用された野上の日記には、「成瀬氏の日本女子大の出立が岩［巖］本善治に大きな打撃であつたらしい事は誰かも語つてゐたが、丁度私の入学の明くる年、明治三四年に女子大が発足してゐる。これが心理的に多くの作用を及ぼし、彼［巌本］の転落の動機をつくる事になつたとするのを思ひついたのである」（『野上弥生子全集』：六三三―六三四）と書かれている。巌本は日本に最初の女子大学の創設を自分自身の手でとひそかに期していたのであった。そのことの挫折が、その後の彼に大きく響いたのかもしれない。そして明治女学校のことを確かめたく思っていた野上は、青山なをと会った日には、「明治女学校の巣鴨の土地を買つた時の金の件、新井奥スイの生涯、ハリスの教を受けて神秘主義的な傾向のあつた事。岩本氏とおみやさんとの関係［宮子は『妻に準ずる存在』と見られている］。彼女の甘つたるい手紙、をんなが馬鹿に見えた時が男には危険、堕落はその時に生ずると彼が羽仁氏に語つたといふ事など。／岩本氏から金だけ旨く奪はれて捨てられたおとりなる女が、後年おちぶれ果て、葺手町の家にゆすり同様にたづねて来て坐はり込んだ事は覚えてをり、あの家では岩本さんは悪人とされ、／昨年没した亀之助氏は千葉勝が死んだ時わづかに五才で、定年まで五人の後見人によつて守られてゐた。そこが岩本さんの狙らひで、おとりの相続権をタテに多額の金をせしめたものらしい。お清さんまさ治さんがコロンビア大学に留学したのもその金によつてである」（同：六三八―六三九）と、巌本の信じ難いほどの金と女性関係の様子を書いている。賤子亡きあと、巌本は大塚楠緒子、清水豊子らとも噂があった。女教師の阪木夏子とのことは、相馬黒光も明治女学校の卒業生、阪木夏子は卒業後、日本に看護学校を立てるという目的でアメリカに行き看護学を学んだが、帰国して母校の教師となった。しかし巌本との関係があってか、突然消息を絶ったと書いている。そして夏子のことを「明治女学校没落の犠牲者の一人」と記している（『黙移』：九六）。夏子の精神的なケアは、教師の青柳有美が奔走し、「超越して尼になれ」とさとしたが、夏子はついに縊死している。黒光は「苦しみを苦しみ、あやまちに徹し、悶々のままで世を去ったところに私はあの時代を感じ、明治女学校のあの深刻な情熱を思うのであります」（同：九八）と書いている。しかし磯崎嘉治は「高等科英文教授榊夏子の窮死は、アメリカで受けた風土病によることを本誌昭和六十一年五月号ですでにふれた」としている（磯崎「『明治女学校』の再興」、『学鐙』八五巻六号：三二）。そして野上は同じく日記に、巌本の勝海舟に傾倒した点を取り上げ、「岩本氏のクリスト者としての信仰は内村さんや植村さんなどとは著しく違つたもののやうに考へられる」（『野上弥生子全集』：六三五）と述べ、『森』（初出）では、その勝のことを「まことに偉大な変化とも化する外はない勝海舟の多面性」ととらえ、「果して手帖はあまさず摑んだろうか」（同：六六五）と巌本の勝のとらえ方に疑問を呈している。

青山は、『明治女学校の研究』において、「後年植村との間はよくなかつたようで／巌本もキリスト教から離脱したようにいはれているようである。その印象の出所は、相馬黒光『黙移』や、『黙移』が信頼して依拠している羽仁もと子の『半生を語る』に、源があるのではないかと思ふ」と述べ、晩年の塩田良平への手紙は、「巌本が札幌系のキリスト信者との交友の継続をつげ、ひいて、彼がキリスト教と全く絶縁したのではないことを語ってゐる（六六七頁）と論じており、葛井も『巌本善治』において巌本のことを青山と同様に述べ、「しかし、この姿勢も和解よりも対立、許しよりも断罪へと傾きやすく、神の恩寵のもとで、種々の教会・個人が対立を超えて、自発的に対話・連帯することができたはずなのに、それらを怠らせてしまうような分裂状況を生み出す中では色々な評価が下されたであろう」（七六頁）と新神学の流行によるキリスト教界の分裂故の、巌本への断罪に触れて語っている。

かつて巌本の『女学雑誌』は、時代の優れた指導勢力であった。しかしこの頃、巌本は自らの言行が次第に「時代の要求」とかみ合わなくなっているのを知った。彼は『女学雑誌』明治三六年一一月の第五二四号から、編集発行人を青柳有美に託し、その後『女学雑誌』は、日露戦争が始まった三七年二月の五二六号まで発行された。しかしこの号には終刊の辞もなく、未完の記事もある。その後、発行の意思はあっても続かなかったのであろうか。以後の号は現存しない。足尾銅山鉱毒事件の記事が新聞紙条例違反とされ、長期間休刊せざるを得なかったし、年に四回だけしか発行されないこともあった。

明治女学校は、火災の翌年明治三〇（一八九七）年春、東京北豊島郡巣鴨村庚申塚に再建された。五六〇〇坪の広大な土地と建物は、巌本の長女・中野清子によると、木村熊二の実兄・桜井勉（熊一）から買い取って、明治女学校のキャンバスとなり、関係者、教員たちに分譲された。明治女学校が最初に創立された時の麹町区飯田町三丁目の敷地は熊二の義弟・田口卯吉関係の力があって購入されており、木村熊二は、明治女学校に対して形では去っていたが、最後まで関心を持ち続けていたと思われる。熊二の文書「断腸記」には「自己が他年苦心して貧しき中に買ひ集めたる和漢洋の書籍は其数も多かりしか／これを女学校へ寄賦したりき」とある（『明治女学校の研究』：一五九）。熊二の女学校への並々ならぬ思いが伝わってくる。青山は、明治二七年まで法律上は木村熊二が明治女学校の設立者であったことを指摘し、「相当の具体的の理由なしに、設立者の名義を木村熊二のままにしておきさうに思はれないといふのは、巌本に対する誤解であらうか」（同：一六〇）と書いている。

移転した明治女学校の周辺に、女学校を応援する卒業生や教師陣等々が取り囲んでいた。磯崎嘉治は次のように書いている。

九段坂上から最盛期を迎える麹町下六番町に移転した直後の、第二回卒五島千代槌（旧姓千住）の一家が、明治三十六年本郷区曙町より庚申塚構内四百坪に新築、移住したので、その長女で歌人の故五島美代子と昨年九月発刊の『ハイカラに、九十二歳』（河出書房新社）で千代槌姉の異母妹中山正子氏の描いた思い出によれば、国文の湯谷磋一郎、牧師川井運吉一家が新校舎や、勝海舟寄贈の武芸道場を囲み、近くには洋画の神中糸子、音楽の納所弁次郎等のいたことがわかる。

（磯崎嘉治「『明治女学校』の再興」、『学鐙』八五巻六号：三三）

また、野上弥生子の『森』では概略、次のようであると磯崎はまとめている。

学園の近間に英文の青柳有美、数学の小此木忠七郎がいて明治女学校のシンボルといえる当時日本唯一といわれたクヌギ林の中のスコットランド風洋館には、舎監の呉くみ、榊夏子の居住した日常が知られる。明治女学校設立発起人の一人田口鼎軒の経済雑誌社にも同時に籍をおいた布川静淵も、大正大学前の滝野川から歩いて通い政治、社会、経済を教えた。

（同：三三―三四）

野上弥生子自身、週一度の巖本の講話、内村鑑三、徳富蘇峰などの課外講話をめぐって集まる卒業生の感動を伝えている。

しかし、この高い文化的文学的雰囲気の校風にもかかわらず、焼失後の経営難は覆い難かった。続いて磯崎は次のような厳しい現実を書いている。

／三十三・四年の女子英学塾、日本女子大の創立以前に高等教育を進め全国募金で奔走した成果も、火災による損傷の補完、設備費等を含む経常費で消えた。明治女学校独自の高等科の存続も頭打ちだったが、この三十六年の専門学校令のシメツケ、国家規制の経費負担には敢然と闘い各種学校の立場で高等科に見合う専修科をもって特色の維持、継続を計った。とくに理数科の新設（内藤丈吉）は当然私学の立場からの強力な抵抗だったが、日本女子大等にみる専門学校令の適用に対応しない無資格基準が、明治女学校の生徒数減少の一因となり経営収入の不振を、さらに色濃くした事情は否めない。（同：三四）

明治三七（一九〇四）年二月六日、日露の国交が断絶した。磯崎によれば、四月、巌本は明治女学校の校長を呉くみに譲り、巌本（社主）、呉、小此木、青柳、湯谷、福迫亀太郎六名の社員連盟で運営する旨通告したという。巌本はこの社会の変動時に経営挽回を期そうと決したのであった。六月一五日には『女学雑誌』最終号（第五一六号）を発行した。この間、明治三五年に働きながら学ぶ女子実学園（舎監は荻原碌山の婚約者だった渡辺泉）を、三六年に一ツ橋において自由英学塾（自営勉学に資する試みで、舎監は後年のニヒリスト辻潤を計画していた）を設立した。巌本は三七年六月には、創立以来の大隈重信との縁で、『開国五十年史』（明治四〇年刊）の出版を計画し、その編集所に同じ京橋八官町で内外ニュース海外報道機関への媒体会社・内外調査通信社を創立した。翌年には、明治女学校経営増収のための海外教育会の京城学堂（二七年、善隣商業の前身）創立の経験から、日韓併合前の文化的経済交渉で押川方義、松本武平等と韓国に渡った。しかしこれは桂内閣と大隈の対立から敬遠されて目に見る成果は上がらなかったという（同：三四）。

日露戦争後の政治・経済的思想統制の圧迫もあり、木村熊二の小諸義塾は三九年三月閉鎖となる。明治女学校も四一年一二月経営資金が行き詰まって最後の卒業生を出し、在校生は新宿の精華高等女学校へ転校させて翌年廃校となる。

続いて明治女学校の卒業生をざっと羅列すると、次のようである。

東京府知事平塚夫人茂子、慶応大学学長林博士夫人さわ子、東京高等学校長塚原博士夫人はま子、東京帝大前理学部長五嶋博士夫人千代槌子、東北帝大医学部長布施博士夫人、日銀桜田助作氏夫人節彌子、故知事香川輝夫人香代子、慶応大学教授堀江博士夫人たき子、早稲田大学教授煙山夫人八重子、神戸高商教授坂西夫人数代子、閨秀小説家野上彌生子、多摩少年院太田夫人豊子、新宿中村屋相馬夫人良子、青柳有美氏夫人春代子、鯨井工学博士夫人ちが子、東京経済雑誌社長故乗竹孝太郎氏夫人録子／大塚博士夫人楠緒子、救世軍山室軍平氏前夫人、文学者島崎藤村氏前夫人、故小山代議士夫人菊野子、三輪田元道氏前夫人等

（布川静淵「黎明期の女子教育を語る」、巖本記念会編『若松賤子　不滅の生涯』第二巻：一二四）

明治女学校の卒業生は、有数の学者、実業家、官吏等の夫人となっている。その多くは、その子女を女子聖学院で学ばせた。聖学院の校長は石川角次郎であった。女子聖学院交友会誌『ともがき』に、相馬黒光の娘・相馬俊子、そして小平小雪の娘・川井順、その孫・石川治子の文章が残されている。

巌本は教育やジャーナリズムの世界から身を引き、明治四〇年にペルーへの殖民事業に携わり明治殖民会社を設立した。明治四五年にブラジルコーヒーを直輸入する会社を設立したが、はかばかしくなかった。日本活動写真株式会社（日活）の取締役になっている。明治四〇年以降の著述はない。昭和一七（一九四二）年一〇月六日、七九歳で死去した。晩年、神道に傾倒し、葬儀は神道によるものだったという。最後に磯崎はその後の巌本について次のように書いている。

巌本善治が校長を退き経営の再編を、なお南米移民の植民事業（明治四十年）に賭けた理由も、慶応出身の実兄井上藤太郎の盛業の海運業が海外への窓口横浜にあり、巌本の国際感覚―時代の抱えた南進開発による発想の理想主義に始まる。だが教育事業同様、巌本の海外事業も新たな暗礁に逢着し事業理念まで毀誉（きよ）を問われ、自身の後半生を不問の儘（まま）放棄される結果を招いた。だから巌本の内外調査通信の経営と渡韓、殖民事業も学校経営とは無縁とみられ「明治四十二年四十七歳、女子教育界を退き、実業に着手したり、晩年は特殊な宗教に凝ったりもした」の一行で片づけられたが巌本の手がけた事業の根底には常に、学園再建の願いがあったことを除く理由にはならない。

（磯崎嘉治「『明治女学校』の再興」、『学鐙』八五巻六号：三四―三五）

明治四二年二月、一〇月には小石川水道町の校友会幹事乗竹ろく（第一回卒）宅で木村熊二以下旧教員など一八名が出席し、「校友会報告」第一号（同年一二月）が出された。翌年（大正九年）の第二号以下第一一号に校名を継承する意図が読み取れるという。そして七月一五日、呉くみ校長（安政二年生）が永眠した。第二号にはその追悼文を乗竹幹事が寄せ、「幸ひ五島姉の隣家に相当の一家あるを借り受け、朝夕に万事世話せられしかば先生にもいといと心易く思ぼされ─同姉に謝し居られしと聞きぬ」と学園構内の明治女学校前幹事五島千代槌にふれている（同：三三五）。娘・五島美代子も呉校長没後、一三歳で同じ小笠原流礼法家元に入門し、呉女子に心を寄せていた。そして千代槌は大正五年、巣鴨駅近くに晩香女学校（一九八八年認可）を開校した。前述の中山正子の『ハイカラに、九十二歳』に、その千代槌の母校の再現をめざし、全身をこめて闘った姿が描かれている（七六頁）。美代子は「私はその後巖本先生の理想を承けついだ教育をしようとして母の独力で創立した女学校の惨憺たる経営困難の実体をまのあたり見」た（五島美代子『花時計』：六六）と語っている。磯崎はこのことを踏まえて「明治女学校の理想主義は晩香女学校により、〝再興〟継承された」（磯崎「『明治女学校』の再興」、『学鐙』八五巻六号：三三五）と判断している。前述（七（1）木村鐙子）したが、木村熊二はキダーの夫ミラーの因循に、外国宣教師団の考え方に失望し、巖本善治に違和感を持ち明治女学校を去っていたが、小諸義塾閉鎖後長野市に転じ、その後上京して晩香女学校の教壇に立った。彼は昭和二年二月二八日、同校の行方を見守りながら八二歳の生涯を閉じた。

青山なをは、木村熊二と巖本善治を比較して次のように述べている。

／熊二の人物評価が、クリスチャンとして世間に通るか否かといふこと以外にあつたこと、／真正のクリスチャンになりうる人か否かといふ評価が、彼には重要であったのであらうと考へられる。／本質的なもの、純粋なもの、真実なるものを識別し、愛し、尊む心構へと姿勢とが腰をすゑてゐるのである。木村熊二のキリスト教信仰と、彼を生み育てた日本の伝統との連結は、この一線の上につながつてゐるといへるやうに思ふ。
　以上のやうな熊二の純粋さ自由さに比べると、巌本はるかに常識的であり、生硬である。／私はとくに明治女学校のキリスト教の顕著な特色を、純粋な自由と伝統の尊重と、そこに示される明確な主体性にあると思ひ、その功績を巌本にのみ帰せず、木村熊二に源泉をもとめるのである。
　しかし、巌本は俊敏な人である。対象の中に胎動するものをすばやく看取する。彼は熊二の後継者として、その遺産を守つて明治女学校の特色をよく育てていつた。『吾党之女子教育』の序は、／「明治十八年の設立主旨書の文」を次のように引用紹介して、
　明治女学校設立の主旨は道徳の基礎堅固なる文明流の女学校を、本邦人の手にて管理せんと欲するにありと宣言してゐる。キリスト教についてはその信仰を生徒に強要せず、生活の中に看取感得することを重要視するとし、一方学校維持の中心となるべき同志評議会員については、「基督教を信奉すること」を資格の条件の一つとして、ここに学校のキリスト教精神の源泉をもとめたのである。生徒に対するこの種の自由さ寛容さは、たしかな信仰上の確信なくして期待できる態度ではない。「其人の信と不信は神の恵の管する所にして彼等（所謂牧師伝道師）は如何とも為る能はざるなり」といふのは「めぐみの奇蹟」の附記の中の熊二の言葉であつたが、この絶対信頼が、時をかしてまつことを可能にする底力の根源であらう。

（青山なを『明治女学校の研究』：五〇九―五一〇）

賤子が訴えた女性の自立、解放への願いは、その後どのような展開をしたのであろうか。賤子が死去してから七

年後の明治三六（一九〇三）年にイギリスにできた女性政治社会連合（Women's Social and Political Union: WSPU）のメンバーであるエミリー・ワイルディング・デイヴィソン（Emily Wilding Davison）が「女性に参政権を」と訴えてハンガーストライキを行い、拷問でもある強制摂食を受けた。大正九（一九二〇）年、アメリカでは米国憲法修正一九条が成立し、女性に参政権が与えられる。さらにアメリカではルース・ベイダー・ギンズバーグ（Ruth Bader Ginsburg）がアメリカ連邦最高裁判所判事を二七年間務め、リベラル派判事の代表的存在として、「男性の皆さん、私たちを踏みつけるその足をどけて」と訴えた。彼女は一九七〇年代から女性やマイノリティの人権をめぐって重要な裁判に関わりはじめ、男女の賃金格差、投票法の撤廃など誰もが平等に生きられる世界の実現に向けて果敢に闘った。日本では明治四四（一九一一）年、平塚らいてうが『青踏』を発刊して婦人の解放を訴えた。そして大正八（一九一九）年、平塚らいてう、市川房枝らが「新婦人協会」を創立し、女性の政治集会参加を禁じた治安警察法の改正運動を始める。昭和二〇（一九四五）年、男女平等原理を宣言した「国際連合憲章」が発効し、翌二一年、日本で初めて女性により選挙権が行使された。昭和二二（一九四七）年、個人の尊重（一三条）、性差別の禁止（一四条）、男女の本質的平等（二四条）をうたった「日本国憲法が」施行された。

しかし驚くべきことに令和五（二〇二三）年六月二一日発表の「世界経済フォーラム（ＷＥＦ）」のジェンダーギャップ指数で、日本は前年より九ランクダウンして、一四六か国中一二五位、主要先進国で最下位だった。「教育」と「健康」の分野では男女平等の状態に近いが、女性比率は政治分野では低く、衆議員数では一割、女性閣僚もわずかである。経済では、役員や管理職の比率が大幅に低い。各界での女性リーダーも異常に少ない。不思議なことに、自由、平等、愛を真髄においたキリスト教界の一部においてすら長期間例外ではなかった事実がある。また、総務省統計局による「令和三（二〇二一）年社会生活基本調査」で六歳未満の子がいる共働き夫婦の家事関連時間を見ると、妻は六時間三三分、夫は一時間五五分となっている。広島大学名誉教授・平田道憲（家政学）は二〇一三年に、ヨーロッパ先進諸国と比較すると、日本の夫の家事労働時間は世界最短であり、妻が睡眠時間を削って、家事時間を捻出していることを指摘していた（「夫妻の家事労働時間の日韓比較」『広島大学大学院教育学研究科紀要　第二部』六二号参照）。外で働く女性は増えたが、日本の夫の家事労働時間は先進諸国と比べてもまだまだ驚くほど短いのである。

注

一　人間の「罪」

（1）明治二五（一八九二）年創刊。発行者はアメリカ・ドイツ改革派教会東北学院宣教師W・E・ホーイ（William Edwin Hoy）。在日宣教師や基督信徒、アメリカのミッション本部、海外の基督信徒向けの隔月刊の英字新聞である。当時ホーイは押川方義と仙台で教育事業に取り組み、仙台神学校（東北学院大学の前身）と宮城女学校（宮城学院の前身）の副校長を務めていた。

（2）勝次郎は武芸八般に通じ、殊に剣術、水泳の達人であった。筆蹟優れ、容貌も秀麗であった。京都では諜報の役を勤め、相当の功績を上げ、松平公から紋服を拝領したそうである。廻米所は半収入の年貢米などを他藩に回送販売する所であり、勝次郎は京都守護職時代にこの廻米所小役人から公用人物書となった。廻米方は勘定奉行勝手方の配下にあるが、勘定奉行と廻米方とでは身分に開きがある。公用人物書は奉行の官房に勤める手付同心を「公用人」と称し、「物書」はその四番目に位置づけられる。勘定奉行に属する普請役や御小人目付が、隠密になることもある。賤子の家は、「戊辰若松城下明細図」で見ると、鷹匠の住む一廓にあり、鷹匠も隠密として働く場合があった。（巌本荘民「若松賤子のことなど」、『詩界』五六号、および、会津武家屋敷文化財管理室編『幕末・明治に生きた会津の女性』を参照）。

（3）巌本荘民「若松賤子のことなど」、一五頁参照。御所蛤御門（明治元年七月）戦いでは、鬼と言われた佐川官兵衛のもとに、精鋭の誉れ高かった会津槍組の一員として長州勢対手に手痛い働きをしたといわれる。明治元年八月、官軍が三春、二本松を攻略して会津に迫って来た時、勝次郎は前哨隊長であったが、見ると、折式の高さあたりに敵の弾丸が五発、六発と壁を打ち貫いているので驚き、這って陣所を出で、猪苗代湖に潜り入り、水底を泳いで、引いて行く味方の前に現れると、もう隊長の幽霊が出たと部下は吃驚したということである。この戦いに使った刀は賤子の夫・善治に譲られ、その後息子の荘治（民）に渡った。

（4）同「若松賤子のことなど」参照。「嘉志子は渡された小判の包を持っていたが、重いと訴えると、祖母はそれを受取り、「そらよ」と田の中へ放り込んで了った。重代備前長光の刀もこの時失われ、勝次郎は後々迄残念がっていたと言う」（一五頁）。

（5）同「若松賤子のことなど」参照。「九月二二日鶴ヶ城が落ちると、勝次郎は脱走し、武揚榎本釜次郎指揮の幕府の旗艦に乗り込んだ。函館への航海中暴風雨に過うと、武揚は投錨して凌ぐ命を下した。勝次郎は諜報役として其辺の錨搔きの悪いことを知っていたので、蒸気を上げて沖へ出なければいけないと進言した。榎本は聞き入れず、果して旗艦は座礁、破壊して了った。先づ旗艦を失い、其他の軍艦も次々と劣勢の官軍に各個撃破され、幕軍は遂に箱館五稜郭で破れて了った。勝次郎も官軍の捕虜となり、最初八畳の部屋に十六人押込められ、後六畳の間に三六人詰め込まれた。戦争よりも辛かったと述懐したと言う。五稜郭の戦の内、敵弾が勝次郎の佩刀の鍔を砕き、無数の細かい破片が左脇に喰い込んでいて入浴などするとチカチカと光って見えたと云う」（一五頁）。

（6）会津斗南藩資料館「向陽処」。青森県下北郡大間町大字大間六四―一。館長は斗南藩市生（書記）木村重孝、曾孫・木村重忠（斗南会津会顧問）。容保公が木村重孝へ宛てて書いた三文字の書「向陽處」）が当館に保存されている。「明るい大地をめざせ、努力をすれば必ず報われる時がくるぞ」と解釈されている。

（7）「甚平［大川甚兵衛］は商用で会津地方に旅し、一夜福島で遊んだ際、遊女三人を落籍して、めいめい家に帰つて身の振り方を考え自由に暮せよといつて解放するというような寛大な心の持主であつたが、その中の一人おろく女は身寄がないので甚平の身のまわりの世話でもしたいと頼んで来た。丁度妻に先立たれて淋しく暮していた彼は此の申出を聞き入れて後妻にむかえ、共に横浜に一家を構えた。併しこうした境遇を経た彼女には子供がなく家の中は淋し過ぎた。そこで甚平が再び商用で会津に赴いた時、あの子は非常に才たけているという世間の噂を耳にして、かねてから子供が欲しい欲しいといつて居た妻のために貰つて帰つたのが嘉志子であつた」（宇南山順子「若松賤子（文学遺蹟巡礼・外国文学篇第六十一回）」、『学苑』一二巻一二号、三三頁）。

（8）日本には鎖国時代を通じて、長い間キリスト教を邪宗とみなす掟及び思想が公私間に深く存在していた。切支丹邪宗門禁制の高札撤廃は従来のキリスト教政策を思うと驚くべきこと、画期的なことである。しかしそれは欧米の進んだ文化への渇望と、欧米人の日本に対する強硬な批判と勧告、条約改正達成の打算の上に実現したと見るべきであり、信教の自由と近代性とが明治政府に体得されたものではなかったのである（片岡弥吉『浦上四番崩れ――明治政府のキリシタン弾圧』、二二三―二二四頁参照）。

(9) 鈴木二三雄「若松賤子来浜のことなど」、『あゆみ』第七号参照。ヘボン博士の助手であった奥野昌綱は博士の施療所の二階に住んだが、「他の一室には／博士婦人の女生徒嶋田嘉之子などを預つて、之を世話した／此の嘉之子といへる少女は、後に岩本義治に嫁し、『小公子』の訳者若松賤子として有名である」（黒田惟信編『奥野昌綱先生略伝並歌集』：八五）と記されおり、賤子は施療所に住み込んで、夫人の塾に学んでいたことになる。

(10) 赤木昭夫「漱石の政治的遺言――『坊ちゃん』の風刺（下）」、『世界』二〇一六年五月号参照。赤木は、夏目漱石著『坊ちゃん』には「山城屋」の名前が出てくることを指摘し、『坊ちゃん』の登場人物の「狸」は、山城屋事件に関わった山縣有朋の風刺だと指摘している。山城屋事件は、明治五（一八七二）年に山縣有朋が陸軍省の公金を同郷で親交があった陸軍御用達の商人である山城屋和助に勝手に貸し付け、その見返りに金銭的な享受（約六五万円で、当時の国家歳入の一パーセントという途方もない額）を受けていたとされる近代日本初の汚職事件。山城屋和助はヨーロッパの生糸相場の暴落にあって投機に失敗し、江藤新平率いる司法省の調査が始まらんとしていた矢先に割腹自殺し、山縣は陸軍大輔を辞任し、真相は解明されないままに終わった。

「山縣有朋と山城屋事件」は伊藤仁太郎『隠れたる事実明治裏面史「正編」』（大同出版社、一九三九年）にも書かれている。山城屋和助（本名野村三千三）は一八六三（文久三）年に高杉晋作が創設した奇兵隊に入隊し、山縣有朋の部下として戊辰戦争に参戦した。その活躍は「勤王美談野村三千三」として京都で芝居にもなった。

(11) 古川佐寿馬『古川佐寿馬遺稿集――郷土に情熱を捧げた人』参照。古川佐寿馬は長男がフイリピン島の戦いで亡くなり、二男も夭折した。古川家は、佐寿馬の甥の娘夫婦によって継がれ、賤子の生誕当時からの土蔵が大切に遺されている。古川家が賤子の生家だったことや、賤子の生年月日が確認されたのは、古川佐寿馬・きん子夫妻の三〇年がかりの調査による。現在では、古川義助を戸主とする謄本が見られるのみで、義助は天保一四年生まれ、亡父・権之助二男と記され、相続年月日不詳である。義助の兄である賤子の父は、天保一四年以前の生まれ、明治元年に二五歳以上とだけしかわからず、賤子の母はその名すら知ることができない。

二　女性宣教師キダーとの出会い

(1) 巖本善治編、師岡愛子訳『訳文　巖本嘉志子』、一八〇頁参照。注において、「アメリカの詩人、オリバー・ウエンデル・ホームズ（一八〇九―一八九四）の詩である。一八三一年に発表された作品で、独立戦争で活躍した軍人が老いの姿をさらして町を歩く様子を、最後の一葉のようであると、悲哀をこめて感慨深く歌った六行八節の詩である。〝ローエル〟は嘉志子の記憶違いと思われる」と記述されている。

三　自立

（1）フェリス女学院編訳『キダー書簡集』、九二―九三頁。キダーは明治一八（一八八五）年六月二二日、次のように記している。「／神を信ずることなく、おそらくは霊魂の存在を信じない、神に対する罪と犯罪との区別もつかない人々がやってくるのです。彼らは誠に真剣なのですが、これらの点については証拠を求めるのです。ローゼィは毎晩、そしてほとんど毎日午後、会合を開いています。／奇妙なことに、日本人はキリスト教に興味を持ちはじめると、とたんに讃美歌集を買いたがり、歌おうとします。彼らは讃美歌を黒板に書いてもらい、私たちがラカワをたつ頃までには讃美歌を歌うことを覚えはじめていました」（八九、九〇―九一頁）。

翌年三月四日には、「高知には今、一〇〇名以上の会員をもつ教会があります。この教会は昨年五月私たちの着任後につくられたもので、高知を去る時は会員二十名でした。人々は大変熱心かつ活動的で、彼らの中に入って仕事をするのはすばらしい特権です」（九二頁）と書いている。

（2）島崎藤村『桜の実の熟する時』（大正二年）、『藤村全集』第五巻。

加藤周一『日本文学史序説　下』によれば、島崎藤村は、はじめプロテスタンティズムに近づくが、徳冨蘆花、木下尚江等々他の多くの場合の例にもれず、「劇的な内的戦いを伴」わないで棄教していく。「教師の人格に感心したり、西洋文化にひきつけられたり、という程度のことで、日本人の伝統的世界観が根底から否定されること」はなかった（三七〇頁）。また、加藤によれば、「教会の『一切の儀式や形式』の束縛が、伝統の束縛から脱れてキリスト教に赴いた青年たちを失望させたのは、当然である。内村はキリスト教の目的が神の意志の実現にあると考えたが、彼らはキリスト教に彼ら自身の自己実現の手段を期待していた」（三七九頁）という。

（3）ピューリタン（Puritan）はイギリス国教会を不満として一六世紀後半から徹底した宗教改革を主張し、イギリス革命

（清教徒革命）とニューイングランド植民地建設を推進した人々（『日本キリスト教歴史大辞典』教文館、一九八八年参照）。ローマ教会の儀式制度、国王の専制、娯楽や華美などに反対し、信仰と生活の清純を保とうとした人々。日本語では清教徒。

（4）Vassar College。ヴァッサー・カレッジはアメリカニューヨーク州私立学校で、一八六一年に設置され、著名女子大学群であるセブン・シスターズの一校である。リベラル・アーツ・カレッジ（教養教育をし、社会のリーダーの育成をする学校で教会から発展してできるものが多い）で、大山捨松、ルース・ベネディクト（人類文化学者）らが卒業生である。

（5）明治二〇（一八八七）年一一月の『J.E.』Vol.II-No.3・4所収。明治二〇年一一月にアメリカに送られた賤子の論文が得た評価を、二一年五月三〇日の『東京日日新聞』は、「横浜フェリス女学校の嶋田かし子が米国バッサル女子大学へ報告したる英文の日本女況は、彼地に於て非常の喝采を博し、其地の諸新聞紙に於て、毎々評判ありしことなるが、此頃着のクリスチアン、インテリゼンス、ホームジヨウナル等にも其文章の明晰、意義の洪濶、文旨の正整なる等を特の外に賞讃し、若し米国の最良なる女学校卒業生にして、斯る文章を作り得ば、定めし大なる喜びなるべしと迄に賞讃したり」（読点を追加）と報じている。

（6）貴堂嘉之『南北戦争の時代』参照。ハリエット・ストウ（Harriet Elizabeth Beecher Stowe, 1811－1896）は一八五二年に『アンクル・トムの小屋』を出版し、その年のうちに三〇万部以上を売り尽くしベストセラー作家となった。同書は奴隷制の非人道性を描き、北部人の共感をかき立てたが、執筆の動機は逃亡奴隷法強化への怒りであった。

四　「花嫁のベール」

（1）「花嫁のベール」は、長い間、訳されぬまま賤子著作目録から脱けていたが、野辺地清江が乗杉タツに依頼して和訳されて、磯崎嘉治編集の『巌本』創刊第五〇号別冊No.1（巌本記念会、一九七七年）に発表された。

（2）明治一九（一八八六）年に結成された。会頭は矢嶋楫子。三浦綾子『われ弱ければ――矢嶋楫子伝』小学館、一九八九年。久布白落実『廃娼ひとすじ』中央公論社、一九七三年。

（3）明治二二年、佐々城豊寿を中心としてつくる。佐々城豊寿（一八五三―一九〇一）は、仙台藩の儒者の家に生まれ、維新後上京してミス・キダーの学校に学び、明治七年中村正直に師事した。矯風会の書記に就任し、『女学雑誌』へも度々寄稿する。有島武郎『或る女』の主人公葉子は、豊寿の長女・佐々城信子のことである。

五　「大日本帝国憲法」と「天賦人権論」の対立

（1）女子教育についての論議は活発になり、男尊女卑の悪弊を打ち破る『女学雑誌』や『女権』等々が創刊されたが、一方、保守的な『婦女鑑（かがみ）』、『女鑑（じょかん）』も刊行された。

（2）妻の財産といえどもすべて家長である夫の管理にゆだねられ、女性にだけ貞操を求める姦通罪はそのままであり、女性は参政権を与えられず、政治活動は禁止された。近代的夫婦中心の「ボアソナード民法草案」（日本政府法制顧問のフランス人法学家・ボアソナードらによる『ボアソナード氏起稿註釈民法草案』）は、「民法出て忠孝亡ぶ」との反対論のために一〇年の歳月をかけたにもかかわらず廃棄された。

（3）日本では信徒たちは改革派、長老派教会の宣教師に導かれたが、海老名、横井ら士族は指導的な地位に立っていたので、外国の宗派に属することを嫌った、多くが貧窮していたにもかかわらず、他のアジア地域などとは異なり、外国の経済的援助を受けず、単純な福音の信仰に立った。長い教会の伝統を経た欧米の宣教師側は、日本信徒の自己流解釈に対して厳格な信条を提出してきた。しかし、これを受け入れられないで育った信徒、特に組合教会の中から、二〇年代に多くの自由主義的日本主義神学者および棄教者を出した。この自由主義は日本においては、憲法発布後の明治政府の国民主義的国権論、さらに日本主義、国家主義、儒教主義等々と結合妥協する自由として働いた。金森は実業界に入り、横井時雄も実業界に入って政界に転じた。牧師が信仰を捨てることによって多くの信徒が信仰を失った。

（4）「新神学」は、明治一八（一八八五）年のドイツのW・シュピンナー（W. Spinner 普及福音新教伝道会）、明治二〇年のアメリカのナップ（A. M. Knapp ユニテリアン協会）が伝えたもので、シュピンナーは、明治二〇年新教神学校を設立した。神学的にはドイツのチュービンゲン学派の自由主義神学で、日本に聖書批判学を導入した。これらの主張は、日本基督組合教会の指導者や知識階級に歓迎され、大きな影響を与えた。しかし正統的な教会には大きな打撃を与え、教会活動の停滞、教会間の対立を招いていた。

（5）透谷と彼の親友である大矢正夫（蒼海〔そうかい〕）は、自由民権運動支持者の代表的な文人、秋山國三郎と出会い、五日市憲法草案起草者の千葉卓三郎を出した五日市町の民権グループと交流を持ち、当時としては極めて高い文化水準の影響を受けた。大矢は大井憲太郎らに加担し、大阪事件（朝鮮でクーデターを引き起こすことによって日本政府を転覆する）の実行隊の組織にあたっていき、透谷は大矢から非常手段への参加を求められたが、彼はこれを契機に政治行動から身を退いていった。

七　若松賤子に影響を与えた人々

（1）青山なを『明治女学校の研究』。青山は「星野天知や相馬黒光のやうに、明治女学校の内部にゐた人々が、彼等の著書に、木村鐙を校長としるしてゐるのは、やはり不思議である。／彼等をして鐙を校長と誤認させた張本人は、巌本善治であり、その他に出所は考へられないのである」（一六八―一六九頁）と記している。鐙子を校長と誤記させた巌本は「木村鐙子の伝」を書くが、それは原著者である木村熊二の存在を消すような明確な行為ともつながっている。

（2）嚶鳴社は都市民権派の先駆的結社。明治一三年秋、第二回国会期成同盟大会が開かれ、それぞれ各地で憲法起草を持ち寄ることとしたが、嚶鳴社はいち早くつくり、他の者はそれを取り寄せ、憲法の草案的なスタイルを学び、千葉卓三郎の「五日市憲法」にも大きな影響を与えた。嚶鳴社はその他明治女学校の創立等々にも協力している。

（3）宮内庁編『明治天皇紀』等々には、副島種臣（そえじまたねおみ）が開拓使を廃止して三県を設置することを進言し、その県治担当者に卯吉を入れることを想定していたことが記されている。

（4）この塾は居候が四人ほどおり、英語を学ぼうとする青年を中心として勝海舟の三男の勝梅太郎（母方の性を継ぎ、後にクララ・ホイットニー（Clara Whitney）と結婚した。クララはひと頃、明治女学校で教鞭をとっていた。彼女の父・ウィリアム（William Cogswell Whitney）は、森有礼の招きによって来朝し、商法講習所の教師として日本の商業教育に尽くし、彼女の兄・ウィリス（Willis Norton Whitney）は赤坂病院の院長として、医療社会事業に尽くした）、西島三十郎、巌本善治らが入塾している。

（5）明治一六年五月の第三回基督教徒大親睦会の頃は、全国的にリバイバル運動が起こった年であるが、熊二の家を訪れている人（明治一六年一月、二月、三月、一七年八月一五日から一二月末日までの日記に登場）は、その回数を多い順にあげると、井深梶之助18、植村正久10、大儀見元一郎10、奥野昌綱9、星野光多6、乙骨太郎乙5、中根淑5、小崎弘道4、外山正一4、津田仙3、フルベッキ3、勝海舟2、高橋新吉2、ハンダイキ2、ブース1、ミロル1である。関西からは新島襄や宮川経輝らが、北海道からは宮部金吾や内村鑑三が熊二の家を訪れている（青山なを『明治女学校の研究』：三七〇、三七二参照）。

（6）明治女学校では、英文学は「トルストイの『復活』、カーライルの『英雄崇拝論』、シエクスピアの戯曲、エマソンの文集等」が講義され、外国婦人、石川角次郎、青柳有美などが担当した。「心理学は元良博士の赤表紙の『心理学』、／ラッド博士述、浮田博士訳『教育学に応用したる心理学』」などが学ばれた。「経済学は／同志社ラーネッド博士の『経済学の原理』、／持地六三郎氏の『経済通論』」であった。「歴史は初め『日本史綱』／後ち有賀博士の『帝国史略』／を採用した。統計学は呉文聰の著、哲学は藤井博士訳キルヒマンの『哲学汎論』後ち桑木博士の『哲学概論』を参考書とした。／法律は通論の外、民法の親族篇位が主であつた。家政学は米国ウキスコンシン大学の課程に則り、新たに日本的に組織したものを講じ、社会学は主としてウオードのダイナミックに拠つたものであった」（布川静淵「黎明期の女子教育を語る」、巌本記念会編『若松賤子　不滅の生涯』、一二六―一二七頁）。

（7）『女学雑誌』にすでに発表された多量の巌本の論説文の中から十数篇を自ら選んで新たに編集したもの。これには「（1）女子は将来妻となり母となるべきものである。（2）男女は本来的に異なる性質を持っている。（3）したがってそれぞれなすべき役割を異にする」という〝西欧的良妻賢母思想〟（高群逸枝『女性の歴史』講談社、一九七〇年）がその基盤にある。しかし、思想内容は、その枠をはるかに超えて『青鞜』の平塚らいてう等に受け継がれていく進歩的な側面を持っていた。

（8）石川清『伯父石川角次郎』、二九頁参照。「当時の学習院は皇族並に皇室の藩屏たる華族の子弟を主として教育する学校であった。その時の学習院長は近衛文麿公の父近衛篤麿公爵であった。篤麿公は革新の気に溢れた華冑の大器で、学習院の旧弊を打破せんとして優秀な教育家を広く野に求めたが、その撰に当たった一人が角次郎伯父であった。近衛院長は伯父の識見を高く買い、基督教信者たる伯父に敢えて皇族の訓育を託したのであった。北白川宮成久王や東久邇宮稔彦王の家庭教師的な役目を引き受けた様である。／東久邇宮は後年伯父の病篤きを聞かれ小石川原町九五番地の宅に親しく旧師を見舞われた／後年／二荒芳徳伯爵［に］招かれて静岡の官邸に行き、夫人の北白川武子女王の手料理で大いに歓待を受けながら乞われて聖書の話をしたと、伯父から直接聞かされた」。

なお石川は次男であるが、四男・林四郎は東京文理科大学教授でコンサイス英和辞典を編集した。また三男・庄三郎の三男、清は元聖学院理事長、住友系日本海底電線社長、『伯父石川角次郎』の著者である。石川角次郎の長男・石川暎一郎と、暎一郎の長男・石川日出男一家は滝野川教会員であり、長老格である。

（9）ディサイプルス（Disciples of Christ）は、アメリカ合衆国で起きた第二次大覚醒の影響のもとで生まれたプロテスタントの教派。一九世紀初頭、スコットランド系アイルランド人で長老派教会の牧師であったトマス・キャンベル（Thomas Campbell）が一八〇七年にアメリカに移住したことからディサイプルスの運動・歴史は始まる。キャンベルの改革運動のきっかけは、母国アイルランドの長老派教会が、他教派の会員に聖餐式を施すことを禁止する規則をつくり、アメリカの教会においても規則に従うよう、求めてきたことによるものであった。

一八三二年、カルバン主義に疑念を抱き、長老派教会から分離したバートン・ストーン設立のクリスチャン・チャーチ等と合同し、ディサイプルスを結成する。このことにより、大きく躍進し「聖書復帰運動」と呼ばれ、勢力を拡大した。原始教会への復帰による、キリスト教会の再統一を目指し、「万人祭司」の考えに深く共鳴し、バプテスマ（原則として浸礼）と聖日ごとの聖餐式を礼典とした。その後、自由主義神学論争などの影響も受けて分裂、分離も起きた。

この教派は明治一六（一八八三）年一〇月、宣教師ジョージ・T・スミス夫妻、チャールズ・E・ガルスト夫妻を最初の宣教師として日本に派遣し、秋田県を中心に伝道活動を開始。日本ではこの派の教会は基督教会と呼ばれていた。明治二二（一八八九）年にスミス夫人記念会堂（秋田基督教会）が完成した。翌年、本部が秋田から東京に移されて宣教は東京にも広がり、その後、聖学院などの男女神学校の設立・教育伝道が行われた。一九四一年、日本基督教団に加わった。

(10)『梅津政景日記』（江戸時代の秋田藩家老・梅津政景の日記）参照。当時の武士・庶民の生活を検証できる史料として貴重である。原本は秋田公文書館に所蔵されており、東京大学資料編纂所、国立資料館等に写本が伝わっている。

(11)私的所有をベースとしながらも、自然、とりわけ土地は人類の共有財産との考えに基づき、課税を廃止し、地価税への一本化（土地単税）を図った（ヘンリー・ジョージ『進歩と貧困』日本評論社、一九四九年参照）。

工藤英一『単税太郎C・E・ガルスト――明治期社会運動の先駆者』では、「かくのごとく、当時の土地問題に適合すると考えられたヘンリー・ジョージの単税論を、キリスト者として祖述紹介し、明治社会主義史上に特異の地位を占めたディサイプルス派の宣教師ガルストこそ、わが国農村の窮状を媒介として、キリスト教と社会主義とを結びつけた者といえよう」（四一頁）といわれている。

(12) 川井観二は『わが夢わが心――日中平和運動の狭間にて』の中で次のように伝えている。「ミス・ハリソン宣教師は、明治十九（一八八六）年［七月に］秋田の教会に来られた。この教派で最初のスミス宣教師の夫人が伝道に疲れ、秋田で亡くなる前に本国に助けを求めていた。ハリソンはそれに心動かされて秋田まで来られた二人の婦人宣教師の一人であった。ハリソンの時代には、米国でも女子で大学教育を受ける人はごくまれであった。少なくとも卒業したハノーバー大学では女子の卒業生のナンバー・ワンであった。ハリソンは秋田に着いてから、伝道に励んだ。そのときバイブルクラスに出席していた青年の中に父［川井運吉］がいた。ハリソンは婦人刑務所の教誨師もやっていた。その時の女囚が妊娠していることを知って分娩させ、生まれた女児をハリソンが手元に引き取って育てた。赤ん坊のために牛を飼い牛乳を飲ませた。金子ハツを川井運吉のもとに入籍させて彼を養父とし、小学校に通わせた。しかし、噂が立つので、ハリソンはとうとう自分の養女にしハワイに連れ帰った。牛の餌に米本国から送らせたクローバーの子孫が、今も秋田に残っている」（一七六―一七九参照）。

(13) 私立女子聖学院交友会誌『ともがき』（大正三年三月二五日、大正四年三月二五日）に彼女たちの文章が掲載されている。女子聖学院は、小平小雪の娘・川井順、その孫・石川治子、そして相馬黒光の娘・相馬俊子の母校であった。川井順は女子聖学院音楽部、高等家政科および上野音楽学校を卒業して女子聖学院教師となり、大正一三年に小岩教会の石川養之輔牧師に嫁し、次男・観二は聖学院中学校卒で、医師。石川治子は在学中、朝の礼拝の伴奏ピアノを時々弾いており、音楽の道に進んだ。川井順と石川治子は昭和五五年三月末にミス・ハリソン宣教師とその養女コーラ・ジュリア・ハリソン（祖父・川井運吉の養女・金子ハツ）という日本人女性のお墓参りをするためハワイ旅行をしたことが、女子聖学院の「卒業生によるチャペル礼拝」で話された。この礼拝での話が、「我が家の歴史のひとこま」と題して女子聖学院宗教部だより『あめんどう』六一号（二〇〇二年一二月一七日）に掲載された。その時の『あめんどう』発行の責任者は著者宮本沙代であった。

相馬黒光の娘・相馬俊子は画家・中村彝（つね）のモデルとなった。その作品「少女裸像」は文展三等を受賞したが、学校では俊子は校長・バーサ・クローソンを困惑させた。また、彼女は後に、相馬夫妻がかくまい、英国政府に追われて逃亡生活を送っていたインド独立運動の志士ラス・ビハリ・ボースの妻となる。

（14）巌本善治は『女学雑誌』に投稿してきた黒光の文章を見てその聡明さに気づき、「光というものは控えめであってこそ人に受け入れられるのだ」とさとし、彼女に「黒光」のペンネームを与えたという。

（15）中村正直が明治六（一八七三）年に小石川江戸川町に開設した私塾。明治五年に中村正直はジョン・スチュアート・ミルの『自由論』（一八五九年）を訳出して『自由之理（ことわり）』を発行し、それは数十万部出版され、人々に多大な影響を与え、自由民権運動を誘発したといわれている。

第Ⅱ部　若松賤子の作品

はじめに

『女学雑誌』という当時第一線の雑誌に関わり、それも夫・巖本善治が主宰する雑誌に発表の舞台を持てた若松賤子は、幸運であった。病弱にもかかわらず翻訳、翻案、創作をなし、その前後に社説、実利的なもの等々硬軟多くの論述をしていった。若松賤子の著作に詳しい鈴木二三雄は、賤子の約九年半の執筆活動を概観して次のように分類している。すなわち『女学雑誌』に初めて発表した「旧き都のつと」（明治一九年五月一五日『女学雑誌』第二三号）から、絶筆『おもひで』（明治二九年一月一日および二月一日『少年世界』第二巻第一号および第三号）までを次の三期に分けている（「若松賤子と『女学雑誌』」（二）、『フェリス論叢』、一九六四年）。文体との関わりを見ながら整理してみると次のようである。

第一期（明治一九年五月～二二年一一月）

英詩の創作、ロングフェローやプロクターの詩の翻訳、「三人の姫」の翻訳

和文「お向ふの離れ」「すみれ」等々の創作

「旧き都のつと」は和文体で、「野菊」は二人の娘の会話体で書かれている。処女小説「お向ふの離れ」で、初めて一人称での「ました」調の言文一致体を採用した。「すみれ」は地の文を文語体、会話を口語体で書いており、言文一致体への模索が見られる。

第二期（明治二三年一月～二六年三月）

「忘れ形見」「イナック・アーデン物語」「小公子」「吾やどの花」「ローレンス」「アンセルモ物語」「いわひ歌」「セイラ・クルーの話」（「小公女」は第三期に入ってから）等の長編の翻訳、翻案

第三期（明治二六年四月～二七年八月）

感想、随筆を主とする時期。

教訓的な内容のものは「林のぬし」「黄金機会」「犬つくをどり」「砂糖のかくしどころ」「五才の本読」「三階にお住ひなされまし」「新聞の新聞」「たんぽぽ」「淋しき岩の話」

家政的な内容のものは「子供に付て」「小言のいひ様」「家内重宝録」「主婦の精神過労」「主婦となりし女学生の述懐」「婦人の生存競争」「熱湯のききめ」

子どもを中心にした内容のものは「鼻で鱒を釣った話」「病める母と二才の小悴」、科学的読み物は「老いたる象の話」「蜘蛛のはなし」「鳥の話」「海底電線の話」「水銀の話」、そして「着物の生る木」の創作

以上見てみると、詩や小説の翻訳、翻案を中心として創作活動をしている。第二期と第三期の賤子の言文一致諸作品は日本近代文体形成史上、言文一致沈滞期において際立った貴重な役割を果たしたといわれている。

明治に入って欧米の著作物の翻訳紹介は非常に盛んになり、明治一〇年代はそのほとんどが英仏の政治小説の翻訳であった。そんな中、若松賤子の翻訳活動は、時流に流されず欧米の人間的、宗教的な世界を取り上げており、そのユニークさは当時の人々の目を引いたのである。

一　第一期　詩の翻訳、創作

（1）英詩の翻訳

賤子が第一期の訳詩を試みていた時、彼女は人生における一大転期を迎えていた。世良田亮との婚約とその解消、そして結核の第一回喀血（かっけつ）である。賤子のその時期の内面を表す訳詩「世渡りの歌」（明治一九年一〇月二五日『女学雑誌』第三九号）を見てみよう。ロングフェローの有名な"A Psalm of Life"「人生賛歌」を訳したものである。

Tell me not in mournful numbers, / "Life is but an empty dream!"
For the soul is dead that slumbers, / And things are not what they seem.

これを賤子は次のように訳している。

みやひなる、こと葉かさねて、うき世をば、わびてかひなし、ゆめ見てぞ　ねむれる魂は、死にちかし、
かくと見ゆるも、むなしくて、たのむまじきは、ものにこそあれ。（「世渡りの歌」『女学雑誌』三九号：一七六）

これに対して井上巽軒（哲次郎）の訳は、次のようである。

眠る心は死ぬるなり　見ゆる形はおぼろなり　あすをも知らぬ我命　あはれ　はかなき夢ぞかし　などと　あはれにいふは悪し

外山（正一）は、次のように訳している。

そも霊魂の眠るのは　死ぬといふべきものぞかし　人の一生夢なりとあはれなふしでうたふなよ　眠らにゃ夢は見ぬものぞ　此世の事は何事も

また、英語界の先人と言われた山県䴔湖（五十雄）の訳は、次のようである。

眠れる精神は死せるにて、形は生みるにあらざれば「人生は空しき夢なり」と　悲しき歎もていふ勿れ。

比較すると、小玉晃一も指摘しているが、賤子のものは自分の人生観が出過ぎ、装飾のし過ぎはあるかもしれないが、五七調の美しい響きがあり、際立っている。彼女の才能がほの見えているのではないだろうか。小玉はさらに次のように評価している。

／賤子の特色がよりよく現われるのは、同じこの詩の第二聯の三行目の "Dust thou art, to dust returnest" で、井上訳では「人は塵にて又散る」となり、外山訳によると「土より来り又土に」である。ここを賤子は「ちりにいでてぞ、またちりに、かへりなんとは」とサリゲなく訳出しているが、原詩の味を最もよく伝えているものである。少し英文学をやった者、あるいはキリスト教を知っている者なら、これが『旧約聖書』の「創世記」三章十九節の「汝は塵なれば塵に帰るべきなり」からきていることは容易にわかるはずである。このように訳者の資格という点からみても、英米の家庭的・宗教的文学の訳者としては賤子は最適任であったわけである。（小玉晃一「若松賤子」『比較文学の周辺』：二四四）

賤子は戊辰戦争の体験者である。幼くして多くの死を見、この世のはかなさを身にしみて知っていた。そして今、自分は死に至る病を病んでいる。賤子は「たのむまじきは、ものにこそあれ」と歌いきった。そしてこの訳詩の署名を初めて「若松賤」とし、「賤」を名乗った。賤子はこの作品によって、「賤」という名をもって世渡りすることを決意し、表明したのである。

その翌年明治二〇年二月、『女学雑誌』第五〇号にプロクター（Adelaide Anne Procter）の「まどふこころの歌」"A Doubting Heart"を、そして『女学雑誌』第五一、五二、五四号に"A New Mother"の訳出をして「優しき姫の物語」を寄稿している。「まどふこころの歌」を見てみよう。

Where are the swallows flee?
Frozen and dead,
Perchance upon some bleak and stormy shore,
doubting heart!

雲井はるかに　とびさりし　つばめのゆく衛（え）　いづくぞと
とへば答へて　をきつなみ　よせてはかへす　すさまじの
浦にこごえて　果（は）つるらめ

（「まどふこころの歌」『女学雑誌』五〇号：一九四）

流れるような七五調の韻文律で訳され、優美な賤子独自の詩的世界が広がっている。文章表現には評判高い上田敏の「海潮音」を連想させる妙なる美しさがあって見事である。「世渡りの歌」「まどふこころの歌」「優しき姫の物語」はすべて文語体による詩であった。

プロクターはイギリスの女流詩人であり、讃美歌四五番「夕日のなごりは、うすれゆきて」、九二番「ああ讃むべきかな、わが主よ」、三六六番「父の御神よ、わが世の旅路」の作詩者である。メアリー・バーウィックというペンネームでディケンズ主筆のいくつかの雑誌に掲載している。一流と評されていないマイナーな閨秀詩人ではあるが、敬虔な信仰を持ち、女性の自立や社会問題への関心も深く、明るく機知に富んだ心優しい人であったらしい。賤子はこのプロクターに強く惹かれ、その人となり、信仰のありように共感したのか、彼女の讃美歌を愛唱し、傾倒していたようである。こうした初期の英詩の翻訳には、彼女自身の暗い過去の影が払拭されきっていないためか、体調不良のためか、「すさまじ（興ざめ）」のこの世が書かれている。

（2）「三人の姫」の翻訳

明治二〇（一八八七）年四月、フェリス・セミナリ第二回交際会にてシェイクスピアの「レア王」の掛け合いが英語で披露され、好評であった。その翻訳を八月には「三人の姫」として書き、『女学雑誌』第七三号から掲載している。シェイクスピアの長い戯曲の原典の翻訳ではなく、チャールズ・ラムと姉のメアリがまとめた子ども向けの『シェイクスピア物語』の中の「リア王」を翻訳したものである。文語体の読点だけの文章で書かれており、賤子独自の比喩を加え、補足の多い、意訳的な翻訳になっている。老いたレア王は引退し、権力と財力を失って秩序が崩れ、疑心暗鬼が広がり、エゴイズムがむき出しの中、咆哮する。レア王の姿と戊辰戦争での自分たち会津人の姿が重なった。物語の老王レアが三人の娘たちに、自分への愛情の深さに応じて国領を分けようと言った時、長女と次女は「此世に於て其外（父以外）の何物をも愛せず」と偽りの愛を誓い領土をもらうが、父王を裏切る。三女のみが未来の夫を「其の心付も其の心尽しも亦た其愛情も半ばは皆なこの夫の為に取り去られ玉ふべきならずや」と真実を語り、父から恨まれ、領土をもらえなかった。

／凡そ我が児より不信切の取扱ひを蒙むるのつらきは蛇の歯にかまるるよりも尚ほ苦しき
／凡そ世に尤もつらきは人のつれなきことなり然れど吾が尤も愛する所の人われにつらからば其情なきこと一層なるが吾を何よりも愛し呉るると思ひたりし人の一朝にして軽薄ならんには其つらきこと之に比すべきはあらざるべし

（「三人の姫」『女学雑誌』七五号：八九、七六号：一一二）

愛娘の裏切りに激怒するレア王の姿が、老いの哀しみと共に描かれている。賤子の幼児期の肉親との愛の欠落が、作品の底に沈められている。

（3）創作「お向ふの離れ」

「三人の姫」に似た作品は、二年後の明治二二年一〇月に書かれ、『女学雑誌』第一八二号に掲載された「お向ふの離れ」である。呉服屋が来ていて娘たちがあれこれ選り好みをしていた折、祖母が「私にも半襟を買って貰いたい」と願うのを、伯母が聞き入れなかった。そして祖母は突然亡くなってしまった。この時の伯母の後悔と嘆きが描かれている。

／今となつては、あの時なにを置ても、よし六かしい事にしろ仰しやる通りにして上げたら、今の苦しみはなかつたらうに、詰らぬ物惜しみをして、掛がいのないお母さまにとんだ不孝をしたと、取てかへしのならぬ後悔をして居るのでした。／私どもは赤子の中から育くみ育だてうまなかつて今は衰ろへた手や、お御足をいたわり休め、亦私どもを何処までも愛して決して報酬を求めやうとしなかつた其心を、どふぞ終りまで慰さめ安んじたいでは御座りませんか。

（「お向ふの離れ」『女学雑誌』一八二号：二二―二三）

ここには労苦を重ね愛してくれた母（主人公にとっての祖母）を裏切った娘（主人公にとっての伯母）の後悔が描かれている。賤子の、人と人とが愛し得ずすれ違ってしまう過去の経験が、そのベースにあるのであろう。

この作品には「…ました」、「…升」、「…升た」、「…でした」などの文末表現がすでに使われている。

賤子はこれまでに英語の詩や物語を翻訳、翻案した。「第Ⅰ部　三（2）筆名「若松賤子」」の「旧き都のつと」の紀行文も『女学雑誌』に発表してきた。この「お向ふの離れ」と「野菊」が純粋な創作である。「お向ふの離れ」は「わたし」という一人称による回想文、「野菊」は二人の女生徒の会話文であり、どちらも言文一致体である。初めての口語体による表現である。

(4)「すみれ」

「すみれ」が明治二二（一八八九）年一〇月一九日から『女学雑誌』第一八三号に第一回、第一八四号に第二回、一八六号に第三回、一八七号に第四回が掲載され、これまでで最も長い作品になった。しかし、第一八五号には

「編者云く、／此週又々病重りて校正出来がたければ一回休まるる趣き、残り惜しければ代りて断はり申す」（二一頁）という断り書きが出されて休載となった。意欲とは別に結婚後も彼女の体調はいっこうに良くならなかった。作中「ソレハソウトおばさん、ヒョット雑誌社から参りは、いたしませんかつたか？」というすみれの言葉に「…ませんかった」という表現が初めて用いられている。主人公は「すみれ」という経済的に恵まれた良家の娘で、学識、才能に恵まれ、教職について自立した女性である。賤子は家父長制度から自由な女性像をつくろうとしたようである。しかし残念ながらそうした展開は見られず、すみれの活躍は見られないままに終わってしまった。

二　第二期　長編の翻訳、翻案の時期

（1）「イナック・アーデン物語」「ローレンス」の翻案化

『小公子』着手の前年の明治二三（一八九〇）年一月一一日から三月一日まで、『女学雑誌』第一五九～二〇二号に、テニソン（Alfred Tennyson アルフレッド・テニスン）の詩“Enoch Aden”（イノック・アーデン）を物語に翻案し、「イナック・アーデン物語」として発表している。九一一行の物語詩である。三人の登場人物を中心として描いているが、子どもの無邪気さが自然に表現され、犠牲的精神の美しさがテーマの、宗教的に高められた長編叙事詩である。当時の賤子の思いにかなった世界であったのだろう。賤子は英詩をこの作品において初めて言文一致

体の散文に翻訳した。「お向ふの離れ」で初めて使った「…ます（升）」、「…ました」、「…でした」などの文末表現がここでもなされ、成功している。この連載が終わった頃、彼女は小説観を公表するよう求められ、次のように答えた。

> 小説を一ツのミーンスとしての価値は、先手近な例をとれば、子供の弄ぶおもちやに似て居ると思升、若しおもちや屋の代物に一切価値がないと致さば、世に有ふれた数々の小説本も誠に何の功能も御座り升まい、併しそうでない、おもちやは子供の教育に大した関係のあるもの、作り様、用ゐ様によつては、書物や教師の及ばない効用をすると仰やれば、小説も矢張り矯風上、教育上に同様の関係を有つて居つて、間接には学校や論説や説教などのとどかぬ処に其感化力が預つて力が有ると思ひ升。／普ねく人事を写し出す社会の絵又写真の如き小説に、悪人悪行を描き出す時分には、これを善人善行に対して其性質品位を判別し得る已ならず、一方を敬慕すると共に又一方を嫌悪させる様に注意して書事は、小説家の本分と存じます。苟も小説家にして、少くとも此心得がない時は、実に徒らに文学を弄ぶのであつて、道に志す人の共に語るに足らぬ族と存升、
>
> （「閨秀小説家答」『女学雑誌』二〇七号：一四―一五）

賤子は「社会の空気を清める」ために文芸を用いると言う。当時、尾崎紅葉らの硯友社系の人情世態小説が勢力をふるっていた。賤子は彼らを「社会の空気を毒し、其元気を吸い取るものの方が多い」と批判した。

『小公子』執筆後一年の明治二六年一月一四日から三月二五日まで、『女学雑誌』（第三三六甲の巻〜三四一号甲の巻）にジーン・インジェロー（Jean Ingelow）の詩「ローレンス」の翻案化をしている。ローレンスがミュリエルに恋をして、不実な恋人のため生きる力を失った彼女を支え続け、愛を全うする物語である。「壮年は少女の嘆と己れの嘆を比較し、慰める言葉も出ませんかつたがおもへば、小女の嘆も中々容易あらぬことで、心一杯になつては飢も苦痛も忘れるほどであるが、自分の嘆とてそれに越ことはないと覚悟いたし升た」（三四〇号：二〇）とある、恋する者の苦しみがあますところなく描かれている。これは恋愛物語であるが、深い精神的な世界を描いている。

（2）「忘れ形見」の翻訳

賤子は明治二三（一八九〇）年一月、『女学雑誌』第一九四号に、プロクターの長編叙事詩"The Sailor Boy"の翻案化「忘れ形見」を発表した。プロクターは、前述の「まどふこころの歌」の作者であり、賤子の好きな作家である。

この作品は明治二三年一月一日『女学雑誌』第一九四号新年号の付録として、中島湘煙（俊子）の漢詩、下田歌子の和歌、田辺（三宅）花圃の小説、跡見花蹊の絵画とともに、「女学進歩を表彰いたす企画のもと」新作小説として発表された。花圃の小説「蘆の一ふし」は文語体であった。「忘れ形見」は言文一致体を用い、当代一流の人々に絶賛されている。これは、のちに『文芸倶楽部』の「閨秀小説号」（明治二八年一二月号）に、樋口一葉の「十三夜」や田辺花圃、田沢稲舟、北田薄氷らの作品と共に再録された。「忘れ形見」と「イナック・アーデン物語」

そして「ローレンス」の詩の物語翻案化の発表後、特に前者二作品の発表によって、漢学の中島湘煙に対する英学の若松賤子として文壇にその名を馳せたのである。民友社が当時の代表的文学作品をまとめて出した『第三国民小説』に森鷗外や北村透谷の作品と共にすでに収録されており、「閨秀小説号」への再掲により多くの読者に知れ渡った。「若松しづ」というペンネームは投稿時代に使われていたが、「若松しづ子」という表記が初めて用いられた。

中村忠行はこうした一連の執筆活動の中でなされた賤子の「忘れ形見」翻案化の価値を、「彼女の鑑識眼の鋭さ」という点に置いている（中村忠行「若松賤子と英米文学」）。この「忘れ形見」にしろ「セイラ・クルーの話」、「イナック・アーデン物語」そして後に取り上げる『小公子』にしろ、その訳したものが今日なお世界の少年少女の間で読まれているという類の作品であるという事実からも、そのことは知れるであろう。彼女はほとんど無名に近い作者の作品の中から優れた才能を見抜き、読者に紹介してみせたのである。

「忘れ形見」の原詩は一一節からなり、各節には数字をつけず一行ずつとばして節の区切り目を示し、船乗りになることを願っていた一二歳の少年がようやくその夢をかなえられる境涯になるまでの六年前の幼時の思い出を語る形式になっている。夫に先立たれた美貌の未亡人が、貴族に強く望まれて求婚され、身分の違いのため亡き前夫との子ども（主人公の少年）である「忘れ形見」と縁を切るのを条件にその妻になる。原詩と賤子翻案作品の二つを比べると、舞台を日本に移し、固有名詞を日本風に変え、登場人物の名称等の違いはあるが、ストーリーは全く同じである。始まり方、展開する場面、順序、終わり方等々も同じである。まず書き出しを見てみよう。

My life you ask of? why, you know

Full soon my little life is told;
It has had no great joy or woe,
For I am only twelve years old.

これは次のように訳されている。

あなた僕の履歴を話せつて仰る(おっしゃ)の？話し升(ます)とも、直(じ)つき話せつちまひ升よ、だつて十四にしかならないんですから、別段大した悦(よろこび)も苦労もした事がないんですものを、

（「忘れ形見」『女学雑誌』一九四号：一二）

「僕」という斬新な書き出し、人を引き込む歯切れの良いくだけた東京の話し言葉はなかなか見事である。「です」調丁寧体で書かれていて、主人公の少年の回想的自叙文とピッタリ合っていると言えるであろう。その他、親しみやすい俗語の副詞や促音、撥音(はつおん)が多く用いられ、少年のあどけなさが生き生きと写し出されている。

少年が病気になった時の見舞いにきた貴族の夫人とのやりとりを見てみよう。「僕」は少年、「奥さま」は夫人である。「僕」はもちろん「奥さま」の血を分けた子どもである。少年には真実を語っていないから「僕」はそのことを知らない。

奥さまの涙が僕の顔へ当つて、奥様の頬ハ僕の頬に壓(くつ)ついてゐる中(うち)に、僕ハ熱の勢(せい)か妙な感じがムラムラと

心に浮んで、「アア、アア、おつかさんが生て入しやれば好いにネー」といふのを、徳蔵おぢが側から、「だまつてねるだァよ」といひましたつけが、奥さまが「坊ハわたしが床の側についてゐて上れハ、おんなじじやないか」と仰つたのを、僕が又臆面なく「エーあなたも大変好だけれど、おんなじじやないわ、だつておつかさんハ、そんな立派な光る物なんぞ着てる人じやなかつたんだものを」といふと、それはそれは急にお顔色が変つたこと、ワツトお泣なさつた其お声の悲そうでしたこと、僕ハあんなに身をふるわしてお泣なさる様な失礼をどふして云つたかと思つて、今だに不思議でなりませんよ、そして其夜ハ、明方まで、勿体ないほど大事にかけて看病して下すつたんです。（同：一六―一七）

栄華に身を売ってしまった夫人の、取り返しのつかない後悔がにじみ出ているくだりである。捨てられてしまった少年の孤独は何によっても償えるものではない。この夫人の後悔のよってきたるものは、次の箇所になると、もっと凝縮されて表現されている。作品の中で夫人は少年に夢に見た不思議な話「ある気狂い女が夢中に成て自分の子の生き血をとつてお金にし、それから鬼に誘惑されて自分の心を黄金に売払たといふ、恐敷お話」をし、それを聞いて少年は「おつかなくなり、青くなつて震へた」とある（同：一五）。この自分の子の生血をとって金にした女は「狂女」として表現され、それは内実において他でもないこの自分そのものであるとし、貴族の夫人は少年には真実を語らず、自分の罪を恐ろしく思っているのである。夫人が臨終の床にある時、彼女は神に、「いと浅からぬ御恵にもて下女の罪と苦痛を除き、此期におよび、慈悲の御使として童を、遣し玉ひし事と、深く信じて疑わず、いといとかしこみ謝し奉る」（同：一八）と祈る。この罪深い母を母とも知らず、少年は夫人のことを次のようにとらえている。

美人といへばそれ迄ですが僕はあんな高尚な天人の様な美人は見た事がないんです、／よく僕は奥さまの仰(おつし)やる通りに、頭(つむり)をお胸へよせ掛て、いつ迄か抱れてゐると、ヂット顔を見つめてゐながら、色々仰つた其(その)お言葉の柔和(やさし)さ！それからトント赤子でもあやすやうに、お口のうちで朧(おぼ)ろにおつしやることの懐(なつ)かしさ！

（同：一三―一四）

母とも知らず夫人を聖母のように慕う少年の純真さが表現されている。こうした子どもを、前述した罪を犯した母が、許されない制約の中で、限りなく愛しもうとする。夫人は少年に「真(まこと)の名誉と云ものは、神を信じて、世の中に働くことにあるので、真(しん)の安全も満足も此外(このほか)に得られるものでない」（同：一六）と語る。「忘れ形見」に表現された少年の「奥さま」へのあこがれ――少年の心の奥深くにある母へのあこがれは、実は幼時に母を失った賤子自身の思いであったのではないだろうか。子どもはその母を批判することはできない。賤子は、夫人の罪を凝視することよりも、罪を知らない子どもの無邪気さをこそ重点を置いて表現している。それが結果として罪ある者に、無邪気さに触れたが故、一層罪を自覚させ、悲しみを深めさせてしまう。そしてこの子どもの無邪気さが読む者をして涙を誘わせてしまうのである。この子どもを「無邪気」と見る視点は、「第Ⅰ部　三（3）若松賤子の教育と文芸活動」で述べたように、賤子がアメリカ児童文学雑誌から伝えられた子ども観がまさに出ている箇所である。子どもを、大人の罪をクローズアップさせる〝天使のような無垢〟と見る子ども観である。この子ども観は、同年八月から執筆された賤子の代表的翻訳作品『小公子』へと継承されていった。原作はそれほど面白いものではない。それを創作と言えるほどに感動的に翻案しているのである。上田敏は、「月桂冠を捧ぐるは溢美(いつび)の嫌ある可(べ)けれど、翻訳にても此(こ)の如き思想を予等に示し給ふことの嬉しさよ」（上田敏「忘れ形見を評す」『上田敏全集』第六巻：五九六）と述べ、笹渕友一は『近代日本文学とキリスト教』の中で、次のように記している。

> 石橋忍月は小金井きみ子の「皮一重」並びに賤子の「忘れ形見」を「閨秀の二妙」と評して、「二篇とも味へば味ふほど不思議に妙味多し」といひ、又「忘れ形見」については特に「純然たるノヴェルにして言外の余情紙外に溢れ」てゐると称讃した。当時高等中学校の生徒であった上田敏も亦(また)「『忘れ形見』を読んで泣かざるものは不情の極也」と感激した。
>
> （笹渕友一『近代日本文学とキリスト教』：六〇）

「忘れ形見」が発表された同じ月の森鷗外主宰の『しがらみ草紙』に、その妹・小金井喜美子が、『聊斎志異(りょうさいしい)』の翻案「皮一重(かわひとえ)」を発表し、好評であった。以来、口語体の賤子と和文調の喜美子は「閨秀の二妙」と称せられたのであった。鷗外は賤子の感情移入の妙に着目した。また、島崎藤村は『忘れかたみ』（明治三六年）の序文に「無邪気な読物を翻訳して、新趣味を家庭へ入れたいといふ精神がありありと出てゐます」（『藤村全集』第六巻：四七九）と書き、感嘆している。粗筋に沿って豊かな想像力をふくらませ、原作にない加筆をし、翻案ではなく賤子の創作といってもよいほどの出来栄えであった。森鷗外の訳した「即興詩人」と同様の名訳であると評判が高かった。賤子は当時一流の人々の評価を受け、言文一致体という新しい文体に自信を持つようになった。わずかの創作の後すぐに翻訳に取り組んだのは、創作の難しさを思い知ったからであろう。夫の巌本を助けるために何よりも『女学雑誌』の読者拡大を第一にと願っていたからであろう。

これら「三人の姫」「お向ふの離れ」「忘れ形見」の三つの作品に描かれているのは、当然愛し合っていると思われる肉親の間の愛の欠如、すなわち人間の罪である。賤子はこのように醒めた目で人間の中にある冷たい罪を見つめ、それを取り上げて書いた。

前述したように賤子は、肉親の愛が充分得られず、人情ということに疎い生い立ちであった。このコンプレックスが賤子に肉親同士の関係の内実を凝視させたのではないだろうか。充分愛があるはずの肉親同士の間においても、愛を裏切る罪が内在しているということを発見し、それを描くことによって、賤子は自身の人情に疎いというコンプレックスを乗り越えようとしたと思われる。そしてさらに賤子は「忘れ形見」においては、一歩深めて罪ある人間を赦し救うイエス・キリストの存在——キリスト教の神の愛にも触れたのであった。しかしそうした罪の問題の神の愛への追及は深められず、子どもを残して死んでいく母の悲劇性へと重点が定まっていく。

（3）『小公子』の翻訳

1　前編自序における子ども観

明治二二（一八八九）年七月に結婚して新生活に入った若松賤子は、資質故か結婚という生活上の変化故か詩の翻訳は中断され、小説の翻訳、翻案を中心とした作品、オリジナルな創作を手がけている。約六年間に長、短七五篇を、『女学雑誌』と当時の雑誌『少年世界』、『少年園』に発表した。彼女はまた、『J.E.』の婦人、小児各部の主任記者でもあった。

賤子の代表作『小公子』を取り上げることとする。長女・中野清子の述懐には、このように記されている。

> 『小公子』を訳了し、原名Little Lordを初め何と訳さうかと色々迷ひ、結局父の考を容れて「小公子」と名づけた時に、「漢語は簡潔で便利なものと非常に感心して居た」よし。（中野清子「母のおもかげ」、『若松賤子集』：四）

すべての作品と同様、夫・巌本の陰ながらの援助と激励に支えられ、執筆した。「言葉を探すのは、恰度女が半襟を出してみてあれかこれかと迷ふやうなものだ。しかし又折々そっと箪笥から着物を出してみて楽しむやうなよろこびもある」と友人に語り、推敲に推敲を重ね、何度も吟味して翻訳した。

賤子は作品のはじめに「前編自序」をつけている。その最後に書いている（以下、『小公子』の引用は岩波書店版による）。

> 只今訳して此小さき本の前編を出しますのも、一つには、自分が幼子を愛するの愛を記念し、聊か亦ホームの恩人に対する負債を償う端に致し度いのみです。（「前編自序」『小公子』：四）

第二子の出産を一か月後にひかえてのことであった。賤子は前述のフェリス・セミナリ新校舎献堂式での

“Yesterday and To-morrow”という祝辞講演の中でもこの「ホームの恩人への償い」を述べている。その後も明治二七年三月三一日号から三回に分けて、『女学雑誌』に「主婦となりし女学生の述懐」と題して、「ホームの恩人への償い」について語っている。この作品の自序での「ホームの恩人」とは、ミス・キダーはじめ出会ったアメリカの宣教師の人々である。限られた命の中で燃焼させていったものは、宣教師たちの愛に対する負債の償いであった。賤子は万感の思いを込めてこの自序をしたためたのであろう。それ故、賤子の作品の目的、題材は、当時活躍した女流作家の田沢稲舟、樋口一葉、北田薄氷、清水紫琴、三宅花圃などのものと比べると、おのずから趣を異にせざるを得ない。他の作家たちは義理と人情に、あるいは運命に翻弄されて嘆くかよわい女性を描くのに対し、彼女は「幼子を愛する母の愛」を記念することを基として書くのである。

自序のはじめに書いている。

　母と共に野外に逍遥する幼子が、幹の屈曲が尋常ならぬ一本の立木に指ざして、『かあさん、あの木は小さい時誰かに踏まれたのですねい。』と申したとか。考へて見ますと、美事に発育すべきものを遮り、素直に生ひ立つ筈のものを屈曲する程、無情なことは実に稀で御座ります。心なき人こそ、幼子を目し、生ひ立ちて人となるまでは真に数に足らぬ無益の邪魔物の様に申しませうが、幼子は世に生れたる其日とは言はず、其前父母がいついつにはと、待設ける時分から、はや自から天職を備へて居りまして、決して不完全な端た物では御座りません。

（「前編自序」『小公子』：三）

第Ⅰ部で前述したが、賤子の父は敗北者会津の藩士であったが故に経済的にも窮乏し、おそらく将来を考え、彼女をやむなく思いきって養女にやった。ここには「無益の邪魔者」のように安定した家庭を与えられなかった賤子の、成長過程の中での哀(かな)しい体験がある。養母らによって素直に生ひ立つはずのものを屈曲して育てられた口惜しい体験がある。そして何よりも、幼子には重すぎる戊辰戦争の悲惨の刻印がある。賤子は、幼子を不完全な端た者と見る子ども観を厳しく批判し、幼子を一個の独立した人格として見ていると言えよう。その幼子の人格とは、「はや自から天職を備へ」た存在であると言う。賤子はこうしてはっきりと彼女独自の子ども観を述べている。このような考え方は賤子が初めてだったというわけではない。アメリカでは一八世紀までは子どもは生まれながら原罪を持っていると考えられたため、ピューリタンたちは子どもを体罰によって厳しくしつけた。しかしロマン主義や修正カルバン主義者のホーレス・ブシュネルの「キリスト教養育」の影響もあり（森田美千代『「キリスト教養育」と日本のキリスト教』）、「無垢な子ども」というイメージが広がった。ブシュネルは子どもを「可能性のかたまり」と言い、家庭の精神が叩き込まれることによって子どもの性格が形作られると説き、母親の役割が重要視されるようになっていった。

それまでの日本において、「子ども」は大人にとってどのような存在としてとらえられていたのであろうか。明治維新までの封建体制下では、子どもは「子ども」として大人から区分される以前に、まず武士の子どもであり、農民の子どもであり、町人の子どもであった。そこにはさらに男女の差別があり、男児と女児とでは全く異なる扱いを受けていた。そうした区分から子どもを解放し、等しく「児童」という年齢による区分をしたのが明治五年の学制である。しかし学制という制度の形成だけでは、年齢による区分以上の意味は持たず、「子ども」は大人の付属物のままであった。

賤子の子ども観を柄谷行人[1]の論を見る中で考察してみよう。

児童が客観的に存在していることは誰にとっても自明のようにみえる。しかし、われわれがみているような「児童」はごく近年に発見され形成されたものでしかない。たとえば、われわれにとって風景は眼前に疑いなく存在する。しかし、それが「風景」として見出されたのは、明治二十年代に、それまでの外界を拒絶するような「内面性」をもった文学者によってである。それ以後、「風景」はあたかも客観的に実在し、それを写すことがリアリズムであるかのようにみなされる。／

まったく同じことが「児童」についていえる。「児童」とは一つの「風景」なのだ。それははじめからそうだったし、現在もそうである。したがって、小川未明のようなロマン派的文学者によって「児童」が見出されたことは奇異でも不当でもない。／第一に、それは日本児童文学の特色ではなく、西欧においてももともと「児童」はそのようにして見出されたのである。第二に、もっと重要なことだが、児童文学が見出されるためには、まず「文学」が見出されねばならなかったのであって、日本における児童文学の確立がおくれたのは、「文学」の確立がおくれたからにすぎない。

（柄谷行人「児童の発見」『日本近代文学の起源』：一五七―一五八、傍点は原著）

柄谷によれば、大人と区分けされた「子ども」は、文学者のロマン主義的観念として見出されたとしている。それによると、小川未明や鈴木三重吉らによる大正期の「童話・童謡」運動は、それまでの児童文学には見られない新しい「子ども」のイメージを生み出した。彼らの運動の中心となった『赤い鳥』（大正七年創刊）の「子ども」のイメージは、その中核に今日の私たちの「子ども」観につながる「無垢」の観念があるという。当時の作家たちはこれを「童心」と呼んでいた。

佐藤通雅は『日本児童文学の成立・序説』で、「孕むことも出産することも育児にかかりきることも、長い長い間無数の女性がやってきたことだ。／女性が児童の最も近くにいながら、［柄谷氏言うところの］〈児童〉を発見できなかった」が、しかし、賤子にこそそれができたと言う（六五頁）。佐藤は賤子を女性の先駆者、児童文学の先駆者としているのである。若松賤子の翻訳作品『小公子』は、まさにここに言う明治二〇年前後から執筆されはじめている。佐藤によれば、柄谷言うところの大正時代のロマン派的文学者より約三〇年も早く賤子は「児童」を発見していることになる。

柄谷行人の論をさらに見てみると、柄谷は「児童」の発見について述べた後、以下のように論述している。

たとえ彼らがどんなに西欧の児童文学を読み、その影響を受けていたとしても、日本の児童文学が〝影響〟からただちに出てくることなどありはしなかったと断定できる。それは「文学」の形成過程からみて明白である。たとえば、ロシア文学に震撼（しんかん）されていた二葉亭四迷は、『浮雲』第一編においてなかば人情本や馬琴の文体におし流されざるをえなかった。彼がすでにどんなに「内面的」であったとしても、いわば手がそれを裏切るのだ。つまり、表現さるべき「内面」や「自己」がアプリオリにあるのではなく、それは「言文一致」という一つの物質的形成の確立において、はじめて自明のものとしてあらわれたのである。かつてのべたように、

「言文一致」とは、言を文にうつすことではなく、もう一つの文語の創出にほかならなかった。したがって、たんに口語的に書く山田美妙や二葉亭四迷の初期の実験は、森鷗外の『舞姫』（明治二十三年）が登場するやいなや、たちきえるほかなかった。
（柄谷行人「児童の発見」『日本近代文学の起源』：一五九、傍点は原著）

佐藤はこの論に触れ、「明治二十年前後から執筆しはじめた若松賤子が、どういう問題提起をしたのかはまだ充分に明らかにされていない」としながら、当時『文壇の少年家』と呼ばれた巌谷「小波らとはちがったアプローチがあった。にもかかわらず、硯友社系が主流になっていく趨勢の中で、不当にも片隅におしやられてしまったのだ」としている（佐藤通雅『日本児童文学の成立・序説』：五七―五八）。賤子の先見性を見抜いている言葉である。山田美妙の『武蔵野』や二葉亭四迷の『浮雲』が発表されたが、漢文和文の美意識から抜け出すのは並大抵ではなかった。そんな中、賤子は忍耐強く孤独な模索を続けていた。そうした彼女を、川戸道昭は「リットンの小説と初期の翻訳文体――言文一致との関係を中心に」の中で次のように高く評価している。

明治二十年の段階では、日本の文学界は欧文脈に基礎をおく言文一致体を受け容れるほど充分に成熟していなかった。したがって、二葉亭らの試みは、それを次世代へと継承発展させていく後継者も育たないまま一時終息に向かわざるをえなかった。／以上のことには、ひとつ大きな例外があった。二葉亭らの試みとはまったく別のところで、西欧文脈に基礎をおく口語文体をとぎれることなく発表し続けていた人物がいたのである。それは、幼いときから英語を話す環境の中におかれ、その体にしみついた欧文感覚をもとに作品を発表し続けた若松賤子という作家である。

（川戸道昭、榊原貴教編『リットン集』：四〇七）

言文一致とは、単に文を言に一致させることではない。「なり」を「です」や「だ」に直せばできるといったものではない。そんな単純なことではなく、新しい文の創造だという。内面の成熟のないまま、近代化路線の一環として突っ走った人々は、いきおい壁にぶつからざるを得なかったのであろう。賤子の場合、それは逆であった。「新しい言葉を習得した者は、新しい魂を獲得する」と賤子の恩師キダーは、賤子を見てこの格言通りだと評した。[2]欧米の英語を通して人と文芸から学んだものを、賤子は何よりも賤子自身の生きる世界の問題として吸収した。獲得した「新しい魂」、『小公子』の場合は「新しい子ども観による世界」を、さらに賤子は自国語で表現しようとした。それも明治の書き言葉や、漢文くずしや雅文ではない、自分に合った言葉、日常使う口語に近い新しい文章、しかも男性とは異なる女性の文章で書いた。賤子訳『小公子』は、和漢洋三体を折衷調和した文豪森鷗外の『即興詩人』（明治二三年九月～三四年二月）に相対して、消滅しかけていた言文一致文の魅力を独力でクローズアップし、人々に関心を向けさせた類いまれな逸品であった。

2　執筆状況と作品への評価

『小公子』（“Little Lord Fauntleroy”）は、原作者フランシス・ホジソン・バーネット（Frances Eliza Hodgson Burnett 一八四九～一九二四）によって一八八五（明治一八）年に、はじめアメリカ合衆国の一九世紀を代表する児童文学雑誌『セント・ニコラス』に発表され、翌八六年、単行本になっていよいよ大評判になった。『家なき子』『若草物語』『トムソーヤの冒険』等と共に世界名作の中に組み入れられてきたが、若松賤子はそれを初めて日本にもたらした。賤子は原作発表よりわずか四年後の明治二三年、いち早く翻訳掲載しており、クラシックならぬベストセラーから選んで我が国に紹介するという当時としては異例のことであった。バーネットは父親の事業の失敗のため、貧窮のただ中、イギリスの大商業都市マンチェスターで生まれた。そして四歳で父を亡くし、一六歳で南北戦争が終わったばかりのアメリカに移り住む。『小公子』出版の頃、イギリスはビクトリア女王治世五〇年目にあたり、グラッドストンの自由党内閣がアイルランド自由法案を議会で否決され、保守党勢力に取って代わられていた。賤子が『小公子』連載を始めた日本でも自由民権運動は押さえつけられ、キリスト教、女子教育、婦人問題も追いやられていた。バーネットは二四歳の時に米国人医師と結婚し、長男が生まれたが、身体が弱く、イギリスの気候風土を恋しく思い、たびたびイギリスに帰るようになった。後に離婚してイギリスで艱難（かんなん）の中、小説を書いた。劇六篇、小説一七篇、物語二七篇と意欲盛んに健筆をふるった。賤子は同じ苦難を負った者として、バーネットの作品から相通じるものを感じたのであろうか。『小公子』はバーネットの次男・ヴィヴィアンが保守的なイギリス人たちと交わったらどうするだろうか……という空想から生まれたという。出版一年後には四万三〇〇〇部売れ、二年後にはこの作品を基にした劇が成功し、何倍もの売り上げになった。

賤子のこの作品における翻訳執筆状況は、困難を極めている。第一子長女・清子を身ごもると同時に『小公子』を翻訳しはじめ、明治二三年八月二三日発行の『女学雑誌』第二二七号から「小説」欄に連載、一回に四、五頁ずつ掲載した。九月二七日、長女清子を出産。同年一〇月二八日、第四回の前半までを訳出した。その頃から再び結婚前にかかった結核に悩まされ、半年ばかり中断する。翌年五月に至って病も小康を得、再び訳出を続行した。翻訳中ずっと床を敷きづめであったという。この時、掲載欄が「小説」欄、すなわち「母親がその子どもに話してきかするお談」の「筋書」を紹介するために設けられた欄から、子ども向けの「児籃」欄へと変わった。賤子ははじめ前述のバッサル女子大学への論文で述べた考え、すなわち文筆活動を通して人々の意識を改革し、社会を変えていきたいとの考えであったが、ここにきて焦点は子どもに定められていった。その理由はおそらく出産・育児を経験し、賤子の子どもに対する認識が深まったからであろう。子ども読者という存在を強く意識しはじめ、母という役割の重要性と責任の重さを自覚したのである。もう一つの理由、それは巌谷小波（いわやさざなみ）の登場であろうか。巌谷は、ドイツ留学中の兄からのプレゼントであるフランツ・オットーの『メルヘン集』を愛読し、幼少の頃からドイツ語に親しんでいたという。一〇代で硯友社の一員として文学活動を始めていた。明治二四（一八九一）年一月、巌谷の『こがね丸』が、少年文学叢書の第一編として博文館から刊行され、商業的成功を収めた。日本の近代児童文学はこの『こがね丸』によって始まるとされているが、若松賤子はこれに数か月先立つ、明治二三年八月から『女学雑誌』の「小説」欄にバーネットのベストセラー“Little Lord Fauntleroy”を翻訳し、『小公子』と題して連載を始めていた。賤子ははじめ、子ども読者を意識していなかったが、小波の『こがね丸』の刊行によって児童文学の将来性を確信し、「小説」欄から子ども向けの掲載欄へと変えたと思われる。『こがね丸』は面白い、読みごたえのある長編の物語として登場し、「少年文学」という新しい文学ジャンルを人々に認識させた。「小説」欄から「児籃」欄へと変わるもう一つの理由は、賤子の『小公子』執筆休養中に山路愛山がヘンリー・ワズワース・ロングフェローの翻訳で『マイルス・スタンヂツシユの恋』という「新小説」を「小説」欄に連載していたことである。

　翌明治二四年一二月一〇日、長男・荘治（荘民）を出産。翌二五年一月『小公子』は完成した。その間、前編第一回より第六回までは彼女自ら再校訂正を加え、一冊の書籍として明治二四年一一月、博文館より発行している。『小公子』が博文館より発行されたこと、また、後に巌本が博文館発行の『少年世界』や『太陽』に寄稿したことの理由は、博文館二代目館主・大橋慎太郎が同人社で巌本と共に学んだ友人であったからである。『小公子』前編は大人を読者対象としていたのか三八銭（『こがね丸』は一二銭）の豪華な造本であった。再度賤子の病は進行し、その闘いの中で『小公子』後編の校正など著作に専念した。三〇歳になった賤子は、明治二七年八月、次女・民子を出産。翌年、四人目の子どもを身ごもっていた。長女・中野清子は、前述の「母のおもかげ」にその執筆状況を書いている。

／邦文の飜訳は概して結婚後四五年間に試みたものであった。三宅雪嶺博士花圃夫人（生前特にお親しく願つて居た）のお話では「家事のひまひまに人と咄（はなし）などしながら驚くほどに速く容易（たやす）く小公子などの訳筆を走らせた」との事で、亦（ま）た父の談話では「絶えず寝床が敷かれて居た程の病弱さで執筆は中断され勝ち」であつたのだから、書いたものの孰（いず）れもが精魂をつくしての仕事ではなかつたであらうと想像される。育児におはれ絶えない訪客（交際がさまで広くはなかつたのに良い友達に恵まれて居た）に接する片手間の手すさびと思はるる、訳語の創造時代とも言ふべき当時に、寝言も英語、情のこもる手紙も英語といふ、日本語の未熟であつただらう母の、而（し）かも余り多くはない書き残したものが「基督教文学を紹介した力強い存在」であり、「子供を中心とした家庭の読物としての当時では新らしい試み」であるとか言はるる事は少なからぬ驚きでもあり喜びでもある。

（中野清子「母のおもかげ」、『若松賤子集』：一一―一二）

病の中にありながら、出産と育児が絶え間なく続き、かたや次々訪れる来客の世話をする、そういう中での手遊び、手慰みであったという。書く動機に対しても、次のように記している。

／「小公子」の自序の一節にもある様に「良人に対する負務（おいめ）を償ふ一端としたい」といふ家計を助けること、清い平和な無邪気な家庭の読物を作りたいといふ事などの念願によるほかはなかつたであらうが、趣味に生きて居たといふ母としては「半襟のうつりを考へる様に訳語をあれかこれかと考へ」つつ楽んで書いたことは朗かな気軽な筆致にも偲（しの）ばれる。（同：二）

自身が選び取った結婚、出産、育児を通しての執筆と、そうして生まれた作品に対する世の評判の高さは、賤子に自信、余裕を与えたことであったろう。楽しみながら書いたそのありようは、まさに〝生〟の輝きであった。

この『小公子』は賤子のほかにも翻訳されている。山県五十雄は明治二三年八月二五日、『少年文庫』に「寧児」と題して“Little Lord Fauntleroy”の翻案を発表している。悲劇的な身の上が必要以上に強調されている。『少年文庫』にはこの他に幸田露伴の弟の幸田成友（しげとも）がバーネットの「姫百合」を連載している。賤子もまたこの作品を翻訳し、明治二六年九月から『少年園』の「文園」に連載している。しかし成友の「姫百合」は一回きりで終わってしまった。

『小公子』が賤子によって翻訳発表された当時、反応はどうだっただろうか。この作品の清らかな言文一致体の文体は当時の人々を驚かせ、絶大なる称賛を得たのであった。それのみならず、今日に至るまで若松賤子の名を文芸史上に遺す大きな力になっている。しかしそれだけではない。児童文芸という観点から見ると、『小公子』の同時代性とその内容の新しさは際立っている。それまで日本に紹介されていた『ロビンソン・クルーソー』、『イソップ物語』、『天路歴程』、『ガリバー旅行記』など、そのいずれとも違う新しいものであった。多くの書評が新聞雑誌に載り、人々の注目を集めた。翻訳王とまで呼ばれた森田思軒[3]は「小公子を読む」と題し、「世間の謂ゆる言文一致体に由る者にして余が心より服せるもの唯だ『浮雲』ありしのみ今日此書を獲て二となれり」とその文章を絶賛した。彼は翻訳の難しさを強調し、「彼女の尤も服する所は談話ダイアログで、優美であって而かも平易『簡略』」と褒めたたえた。他に坪内逍遥は、「原書の精神は無邪気なる小公子を主人公に利己にのみ傾ける老貴族を副主人公にして『無邪気』の周囲に及ぼせる感化並に周囲の『無邪気』に及ぼせる影響を写さんと力めたるものの如し」ととらえ、「訳文はまことに流暢平易／長幼貴賎の言語を別たんとて又は文章の調和をはからんとて『キツイ』『大したもの』『鼻が高い』『目がない』等の俗語を用ひたるが如きは殊に全力を濺ぎたりと見えていとめでたし」、また、「『人にいひいひしました』『しつかりしつかり歩いてゐました』など言葉を重ねたる」は、「何れも訳者の婦人たるを証してなかなかにゆかし」と賞賛している（「時文評論」、『早稲田文学』第四号：六九、新刊書評文）。そして森鷗外、巌谷小波、矢崎嵯峨舎、尾崎紅葉、宮崎湖処子、天牢囚民などの好評があった。これらの、『小公子』の言文一致文の素晴らしさと史的価値についての評価は、賤子を世に女流作家として位置づけることとなった。しかし、当時のこうした高い評価は、そして幾版も再版を重ねて愛読され続けてきたということから知られるが、無名の読者たちの根強い評価は、その後忘れ去られてきたように思われる。

さて、山本正秀は「若松賤子の翻訳小説言文一致文の史的意義」（『専修国文』一四号）において興味深い指摘をしている。「……ないんですもの」「ありましたッケ」といった促音や撥音の多様に注視し、「papa」を「おとッさん」と訳し、「mama」を「おッかさん」と訳していることに目をとめ、そこにはあどけなさばかりでなく庶民的な親しみもよく出ているとしている。山本は、ほかに松村明の「『ませんでした』考（『国文』第六号）の中の「ませんかった」の出現にも注目している。東京では明治二〇年前後に「ませんでした」は一般的になっていた。「ませんかった」という表現はその過程において出現したものだったらしい。鈴木二三雄は「ませんかった」は、明治初期の横浜ことば、または宣教師など外国人に残存していた方言的日本語を取り込み使用したものと指摘している。[4]また、塩田良平が『小公子』（日本近代文学館編復刻版）の解説中に「当時の言文一致文に「です調」「ます調」はあったが賤子の「ませんかった調」は極めてまれである。賤子は夫と相談してこの句法を用いたというが、リズム感のあるこのハマ（横浜）言葉式語法が一種の魅力となった」と書いていることにも注目している。続いて山本は塩田の『樋口一葉研究』の論述を取り上げ、一葉の唯一の口語体小説「この子」に同じ「ませんかった」が書かれ、疑問の助詞で文を止める修辞法、文章全体の調子、内容に賤子の影響を見ている。鈴木二三雄は、「一葉が『女学雑誌』を知ったのは歌塾萩の舎で勉強していた、おそらく二三、四年頃花圃を通じてのことであったと思われる」（「樋口一葉と若松賤子」、『あゆみ』八号：二三）としている。この頃、島崎藤村はこの雑誌の北村透谷の「厭世詩家と女性」に驚異の念を抱いたが、当時の一葉にはそのことが理解できなかったようである。一葉は賤子を女流の先輩として畏敬していたという。一葉も賤子と同じ病で、同じ年の一一月二三日に、二五歳の生涯を終えた。鈴木は「一葉の文学が言文一致体を志向したということは、一葉文学の大きな転換期となる筈であった」（同：三三）と惜しんでいる。また、山本は笹淵友一の『「文学界」とその時代』（下巻）をも取り上げ、泉鏡花の言文一致体小説処女作品『化鳥』にも同じ「ませんかった」が見られるという。鏡花の場合、さらに「お・・・」の接頭語（逍遥の指摘）や、同語繰り返しの句法が使われていること、内容も母一人子一人の少年を通して純粋無垢な童心を描き、それがそのまま社会批判になっていることに賤子との共通性を見ている。以上諸氏の論評から、当時反響を呼んだ「ませんかった」の使用を基調とした賤子のフレッシュな文体は、言文一致運動の過渡的な役割を担っていたことがわかるのである。

それは言文一致運動史の中で考察すると、もっと明瞭となる。当時の言文一致を手がけた諸作家を取り上げ見てみると、山田美妙と巌谷小波両人による創作童話の言文一致着手があり、これが明治三〇年代の少年文芸言文一致文のいとぐちとなった。そしてその少し前から賤子の諸作が現れている。鷗外の『新世界の浦島』や上田万年の『おほかみ』等見るべき言文一致文もあったが、鷗外は明治二三年から非言文一致に変更、万年は一時的試作に終わっている。明治二三年から二四年半ばの有力な言文一致作家といえば、山田美妙（びみょう）以外では賤子がほとんど唯一の存在であった。それも全盛期の美妙のもののようないやみがなく、また当時の言文一致作家が非難されたような単調や冗長に過ぎる欠点をも比較的まぬがれていた。これらの諸点から、賤子は、言文一致運動史の停滞期にあって、自然で平易な――それは次の3で述べる賤子の「語り手」的性格からきていると思われるが、歯切れよく、庶民的でなおかつ上品優雅なすぐれた言文一致文を創造し、読者に感銘を与えた貴重な存在であったと言ってよいだろう。

また、尾崎るみは『若松賤子――黎明期を駆け抜けた女性』において、主語の省略が翻訳臭さを感じさせず、こなれた日本語となっていることを指摘している。また尾崎は、中村哲也の「語り手は、決して一人称のセドリックではないにもかかわらず、〈語り〉の面では、語り手がセドリックの立場＝視点と一体化している」との批評を紹介している（二〇四頁）。そして、翻訳家の鴻巣友季子の「三人称で始まった文章が、一人称のように終わって」いて、「巧みに視点を切り替えることによって効果的な翻訳が行われている」との評価も紹介している（二〇五頁）。

3　アメリカの民主主義

『小公子』は、庶民の地アメリカで育ったセドリックが、偶然、イギリス貴族になるというシンデレラ姫的出世物語である。当時のアメリカはゴールドラッシュの時代であり、一攫千金（いっかく）の夢が実った時代であった。こうした夢物語は、アメリカ市民のみならず資本主義上昇期の小ブルジョア市民の気運に沿ったものであったと思われる。かなり人気を集めていたようで、売れ行きも相当なものであったらしい。

若松賤子は、宣教師を通して読む機会のあったアメリカの多くの小説から何故この作品を選んだのだろうか。物語の主人公セドリックを中心として流れる生活気分は、賤子の共感できるものであったからではないだろうか。多くのアメリカの文芸作品の中から賤子がこの作品を選んだゆえんは、「1　前編自序における子ども観」で前述したように賤子の関心事である母の愛を描くというテーマがそこにあった故であろう。それとともに、何よりも登場人物の運命とそれへの対処の仕方が、賤子と感性において一致したからであろう。『小公子』の主人公セドリックは、イギリス貴族の血を受け継ぐ父とアメリカ庶民の母から生まれ、ニューヨークの裏街で成長し、父の死によりイギリスに渡って貴族社会の一員になる。一方、賤子は、敗戦故に上級階級ではあるものの格段に貧しくなったが、上級階級の武家の娘として生まれ、平民庶民の町横浜に住んでいる。主人公の置かれた状況は、平民と貴族の両方の身分を体験するということにおいて、賤子と似ている。賤子は母を、セドリックは父を幼くして亡くし、それぞれなじみのない全く違った環境に入っていき、身知らぬ人と暮らしていく。そして、そうした中で、セドリックも、賤子も逆境を前向きに切り開いていこうとする。

作品のはじめ、第一回には大人と子どもの二人の人物が描かれている。一人はこの作品の主人公、七、八歳の愛らしい少年であり、一人は彼より大分年上の男である。この場面は、ほぼ一年後の『女学雑誌』二九一号（明治二四年一一月一四日）では、第一頁に一面全部を使って、大きく宣伝をしており、ここに最も注目してほしいという扱いである。この少年はセドリックであり、年上の男は彼の一番の友だち、かなり年上の角の万屋の亭主で、音に聞こえた癇癪持ちのホッブスである。ホッブスはセドリックだけには一度も怒ったことがないという評判であった。二人の話題は、アメリカの独立戦争、イギリス貴族とアメリカ庶民の対比である。二人のやりとりを見てみよう。

／先づ七月四日の独立祭の事などが話の種で、独立祭の話が始まれば、実に切がない様でしたが、ホッブスは英人と云へば、大の反対で、或時革命の話を、すツかりセドリックに為て聞かせました。其中には敵の奸悪、味方の勇士の功名などに付いて、随分、異様に聞える愛国的の談話が雑つてゐました。其上独立の宣告文まで、言つて聞かせました。セドリックが此話を聞いてゐる間は眼が光り、頬が赤くなり、髪がびしやびしやに汗になるほど、一生懸命でした。／ホッブス氏が、英国や、英国女王の話をばしてゐて、米国には例のない、貴族といふものの講釈をして、大層烈しい事を云ひ、殊に公〔侯〕爵とか伯爵とかいふものに対して、非常に憤つてゐました／ホッブスは折節朝廷の儀式の図のやうな、挿絵のあるロンドンの或る絵入新聞を読んで、大層すさまじい顔をしてゐました。そして、「ヨシ、いまの中、さんざ高上りをして、下々の人を蹈みつけるが好い。今に見ろ蹈みつけた人たちに、いやといふほど飛ばし挙げられるから（是は暴徒ヂナマイトの類を指して云ふ也。）／「／弱いものいぢめをする圧制貴族めらを、ここらの明箱へなんぞ、腰をかけさせてたまるものか。」と四方を睨まへながら、大威張りに持論を陳べて、汗でぽつぽつと湯気だつ額を拭つていました。「／大威張なんだ。なに生れつき道理が分らないンだ。不埒千万な奴等だ。」

（『小公子』：一六―一八）

ホッブスはセドリックに、英国には道理もなく公爵や伯爵など上の身分の貴族がいて、下の身分の人たちをいじめ踏みつけ、威張っている、しかし、アメリカは違うと言う。ホッブスは幼いセドリックに、アメリカ人は身分差のある圧制イギリスから独立して戦い、人々が平等なアメリカを建国したことを誇らしげに語っている。さらにその上、独立の宣言文まで言って聞かせたのであった。彼のアメリカ人としての誇りがセドリックに伝わらなかったはずはない。ホッブスはセドリックに、アメリカの大統領についても語っている。

ホッブス氏は、新聞を読むのが大好きでしたから、ワシントン府にある事柄などは、いつも委しく話して聞かせました。それで、セドリックは、かうかうで、大統領が義務を尽してゐるとか、又かうだから、義務を尽さないのだといふ話をも、感服して聞いてゐました。一度、選挙があつたときなどは、セドリックは大層夢中になり、何でも剛勢なもんだと思ひ、自分とホッブス爺（おじい）さんとが居なければ、随分国の安危にも関らうといふ威勢（いきおい）でした　（『小公子』：一六―一七）

わからないながらもホッブスの熱気で、選挙の話に夢中にさせられるセドリックが描かれていて、彼は幼くしてアメリカの民主主義の一端に触れ、つられて興奮している。ここから翻訳を通して、日本に無い、日本人がほとんど知らない、アメリカの自由と平等の民主的世界が、その雰囲気が、賤子によって伝えられている。「第Ⅲ部　一明治政府」で後述するが、まさにリンカーン、グラント将軍、兵士たちがアメリカの地に血と汗を代償につくった世界をホッブスが語っている。日本の人々の追い求めたもの（その一つに自由民権運動がある）の世界が、そこに書かれている。賤子はおそらくフェリスでキダーからアメリカの民主主義を聞いていたであろう。聞いていただけではなく、賤子はキダーの生身の生活実践を通して大なり小なり体得させられていたのではないだろうか。キダーの実践した教育とキダーの結婚生活から、賤子は民主主義を学んでいたと思われる。また、前述のバッサル女子大学からの要請による論文「日本における女性の地位」の発表からも学びを深め、日本の社会とかけ離れたアメリカの現状をまざまざと知らされていたことであったろう。しかしそれだけではない。彼女は結婚することによって、夫の巌本が関わる明治女学校の教師たちと一つ屋根の下に過ごし、そうした考えを知っていたはずである。後半のセドリックがイギリス貴族になってからの場面では、祖父のドリンコート侯爵とフォントルロイ殿（セドリック）の会話は次のようである。

「／大変金持ちになるのは、さう容易（やさしい）ことぢやなからうツて。自分が始終、いろンなものが沢山あれば、外の人はそんなに運が好くないツていふ事、時々忘れるだらうツて。だから、お金のある人はいつでも気を付けて、人のこと考へなくツちや、いけないツて。／でも、侯爵なンていふものは、大変な権力があるんだから、自分の楽しみのこと計りかまつて、領分に住つて居る人のこと考へなければ、其人（その）たちが困つて、自分が助けられることでも、知らずにしまふだらうツて。／僕が侯爵になつたら、あの人たちのこと、知れる様によく尋ねなくツちやいけないツて考へてたンです。お祖父さんは、どうして、みンなのこと知れたンです？」侯爵が小作人どもを知つて御座るといつても、誰々が年貢が滞りなく納め、誰々が納めぬといふこと丈に止まつて、納めぬ者は早速に引立てるといふ都合になつて居りましたから、此問（この）には容易に答へられませんかツた。

（『小公子』：一七二）

これはまさに地主と小作人の問題、前述「第Ⅰ部七（2）フェリス・セミナリと明治女学校の教育」のガルスト宣教師が指摘した土地問題に関わっている。賤子は、自身の結婚式に貧しい農民を解放せんとする自由民権運動の指導者、植木枝盛（えもり）が参加していたこと、また植木が明治女学校と関わりを持っていたことを通しても土地問題を知る機会があったと思われる。また、結婚式の立会人は自由党の副総裁中島信行と日本立憲政党の客員として演説した女性解放運動家の岸田俊子（中島湘煙）夫妻であった。俊子は明治女学校の学監でもあり、『女学雑誌』を中心に「同胞姉妹に告ぐ」などの論文を発表していた。その俊子を畏敬していた富井於菟（とら）も、明治女学校の最初の教師になっており、自由民権運動と明治女学校のからまった動きの渦中に賤子は身を置いていたのである。また『女学雑誌』を通して、北村透谷の貧窮した農民たちに対する思いもその投稿作品「時勢に感あり」（明治二三年三月）等に見ていたことと思われる。

賤子とガルストの息のかかったディサイプルス派の人々、すなわち石川角次郎、青柳有美、川井運吉等々の明治女学校の教師たちとは同じ校舎で教師をしていた。ガルストは、キリスト教信仰によって人権を尊重し、日本の社会の問題――秋田伝道で出会った貧しい小作農民の土地問題――を具体的に解決しようと努力した人である。賤子はガルストの考え方に影響を受けていたと思われる。

また巖本は、敬愛していた木村鐙子の弟・田口卯吉と関わりがある。ガルストと卯吉もつながりがある。巖本は、ガルストと親交のあった片山潜など労働組合運動家、社会運動家とも交わりがある。賤子は夫・巖本を通してもガルストの「単税論」の考えに全く触れていなかったとは考えにくいのである。ガルストは、賤子の死から約四年後の明治三二年一二月二八日に亡くなっている。

繰り返し述べるが、賤子は明治の動乱の敗北者、会津の出身であった。彼女は北国の奥地のどこよりも貧しい斗南藩に身を置いていた期間があった。幼かったとはいえ、全てを全く忘れてしまっていたとは思えないのである。その後東京に住んだという父から、斗南藩の実態を知らされていたはずである。彼女にとって地主と小作人の問題は大きな関心事だったのではないだろうか。前述のドリンコート侯爵とフォントルロイ殿との会話における地主と小作人の問題は、彼女の『小公子』翻訳の情熱を支えた真髄の一つではなかっただろうか。

賤子は、前述したが、明治二一年の時習会の時、奴隷制廃止の機運を起こした作品『アンクル・トム』の作者ストウ夫人に触れて英語演説をしたことがあった。彼女はストウ夫人の影響を受けて、不平等ないびつな日本の現状をペンによって変革したいという思いがふつふつと湧き上がっていたことであろう。その湧き上がりも、『小公子』翻訳の意欲をかき立てていたと想像される。彼女は楽しみながら書いたというが、ひとときの時間も惜しむように、忙しい中、病弱の中、書きたい一心でペンを執ったと思われる。「母のおもかげ」に長女・中野清子は次のように書いている。

> あれほどの強い信仰や感恩の生活が露（あら）はに記されて居ない様であるのは、亦（ま）た一つには母の趣味の現れかとも思はれる。めつたに自分の信念は口にはしたくなく、又母の考へて居る或（あ）る調和を破りたくなさの自重から、宗教的な表現や外国語と邦語の混用が避けられ、衒（てら）ひ、勿体ぶりなどのあとが少く、真率（しんそつ）第一にと書いて居ることが認められる。
>
> （中野清子「母のおもかげ」、『若松賤子集』：三）

「自分の信念」を口にしなかった賤子の、その秘められた信念は、まさに作品の中に投影されていたのである。そのために彼女は推敲に推敲を重ねたのであった。

4　湧き出る泉のような清素優愛

バーネットは、彼女の次男の可愛らしさ、あどけなさ、子どもらしさから思いついて『小公子』を書いたらしい。賤子もまた我が子を通して子どもという存在を目の当たりにし、その人格に触れうる機会を執筆のまさにこの時期に得ているのである。その上彼女は、病の中で子育てをしていたのであり、そのような母にとって幼いわが子の無邪気な風貌はひとしお愛しかったことだろう。幼い我が子の可愛らしさと重ねながら、バーネットの『小公子』の主人公セドリック像を訳出していったと思われる。

『小公子』の読者対象は、はじめ多くは自分より年下の若い女性たちであった。だが、二六六号（明治二四年）の連載第五回から、「児籃」すなわち児童文学欄を設立し、そこに載せるようになる。「児籃」の目的は母親が子どもに読んで聞かせる話を掲載するところにあったという。また、佐藤通雅はそうした経過への大きな契機は、何よりも彼女の長女出産とその養育にあるとしている（『日本児童文学の成立・序説』：七四頁）。母、賤子は幼い可愛らしい我が子に接することによって、我が子の成長を願い、この『小公子』を読んで聞かせたいと思ったのであろう。

本田和子は、そのような賤子の発表の仕方の変換は、彼女の「語り」の文学、「語り手」的性格からきていると指摘している。

私は、かつて、彼女を「知的巫女」と評したことがある。滅亡した会津の民の沈黙を背に負うて、「語り」への情念につき動かされて生きた女人。しかも、キリスト教とアメリカ文化との出会いの中で、彼女は語るに値いする「啓蒙のことば」を手に入れている。夫巌本善治は、巫女賤子をして心おきなく「語り」に専念させようと、守り支えた同労者であった。

（本田和子『女学生の系譜』：二〇四）

次にこの作品のテーマにつながっていくセドリックの育つ家庭の内実と、そこに表れた教育観を見てみよう。前述の「前編自序」に掲載されている。は次のように言っている。

／ホームの教導者を先づ教へ導き、其清素爛漫の容姿を発揮させ、其ミッションを完うさせるのは、亦両親始め其同胞の務
（「前編自序」『小公子』：四）

幼児を愛する母の愛、すなわち幼児を育てる者についてまず書いている。親は幼児の持つ素直さをそのまま伸ばし、その人格を尊重しなくてはならない。親はそうすることが、人間としての責任であり義務であるという。これは賤子のさまざまな体験を通して感じ取った理想の家庭像の条件、自身には得られなかった切実な条件を述べていると思われる。そのような家庭像を持つに至ったのにはアメリカの児童文芸雑誌からの影響が非常に大きかったと思われる。アメリカの児童文芸作家等の理想の家庭像が、女性性と母性に基づく家庭をつくり、家庭を社会の汚濁から擁護していくこと、特に子どもたちの純粋性を守ることにあったからである。この観点からの翻訳作品について、沖野岩三郎は、すでに若松賤子と同年の、賤子より八年前の明治一五年春、田島香雨によって『世を渡るたつきの風琴』としてなされていることを次のように述べている。

／原著者はイギリスのミス・ウヲルトンで、訳者は香雨女史とだけで其の実名はわからない。巻頭の序文は堂々たる漢文で、その筆蹟も実に立派である。
琴を弾てトレフエ良友を得
宿を借りてクリスチ亡親を慕

というやうな対句の標題で十三章から成つた、四六判百七十一頁の小冊子である。この書は非常に愛読されたと見え、明治二十一年に三版を出し、明治四十年に至つて三浦徹氏が『ふる琴』と改題して出版してゐる。（沖野岩三郎『明治キリスト教児童文学史』：三五―三六）

上笙一郎もまた、子どもたちの純粋性を守るというアメリカの児童文芸作家等の影響を見ており、さらに田島の実名をつきとめている。

［田島は］イギリスのキリスト教児童文学の女流作家オクタヴィアス・フランク・ウォールトンの有名な作品“Crysty's old Organ”（クリスティの古いオルガン）（一八七四年）を「世を渡るたつきの風琴」（米国派遣宣教師事務局、一八八二年）という題名で文語文により訳出した／［田島は］姫路藩の藩校＝好古堂に教える漢学者として相当程度世に知られた田島藍水の三女／日本女子大学の創立者＝成瀬仁蔵が兄事したクリスチャン、大阪＝梅花女学校の創設者としても名を遺す沢山保羅（ぼうろ）の義妹（上笙一郎「〈東の嘉志子〉と〈西の佳志子〉」、『日本のキリスト教児童文学』：八四―八五）

こうした「子どもたちの純粋性を守る」という家庭観は、従来の日本には無いものである。今まで「教育」の対象にも上らず、大方は大人の付属物として扱われ、惰性と慣習で行われてきた家庭における幼児教育を、人格形成の重要な基礎固めの時として発達段階の初期からとらえている。そしてその基礎固めとしての役割を持つ両親との愛情の交流を作者・賤子は強調している。『小公子』本文では、主人公セドリックを育て導いた両親の教育を次のように具体的に書いている。

／［セドリックの性格は］両親（ふたおや）が互に相愛し、相思ひ、相庇（かば）ひ相譲る処を見習つて、自然と其（その）風に感化されたものと見えます。家に在つては、不親切らしい、不礼な言葉を一言も聞いたことはなく、いつも寵愛（ちょうあい）され、柔和（やさし）く取扱はれましたから、其幼い心の中に、親切気と温和な情とが充ち満ちて居りました。例へば父親が母に対して、極く物和かな言葉を用ひるのを、自然と聞き覚えて、自身にも其真似をする様になり、又父が母親を庇ひ、保護するのを見ては、自分も母の為に気遣ふ様になりました。

（『小公子』：一三）

このような両親の関係は、従来の日本の伝統的な家庭の内実には無かったものである。ここに描かれた男と女の関係には、男尊女卑という家父長の権威に支配された封建体制下の不平等はなく、お互いが人格を尊重し合っていて、対等である。その親については、賤子はさらに深く追求して、「前編自序」に次のように書く。

／濁り世（よ）の蓮花（はちす）、家庭（ホーム）の天使（エンジェル）とも推すべき彼（か）の幼子（おさなご）の天職は、いとも軽からぬことで御座ります。／邪道（よこしま）に陥らうとする父の足をとどめ、卑屈に流れ行く母の心に高潔の徳を思ひ起させるのは、神聖なるミッションを担ひたる可愛の幼子に限るので、是（これ）に代つて其（その）任を果すものは他に何も有りません。

（「前編自序」『小公子』：三）

賤子のこの考え方には、新約聖書の「マタイ伝」にある「幸福(さいわい)なるかな、心の清き者。その人は神を見ん」（五章八節）とか「もし汝(なんじ)ら翻(ひるが)へりて幼児(おさなご)の如くならずば、天国に入るを得じ」（一八章三節）という言葉が意味するキリスト教の世界が、その根底に流れているのではないだろうか。しかし、この幼子が邪道に陥ろうとする大人を救うという考えは、キリスト教の世界だけから来ているとばかりは言えないであろう。大方の母は我が子を目の当たりにし、その可愛らしい純粋なまなざしに触れた時、邪道に落ちる我が身を制御するのではないだろうか。子どもを持つ母のほとんどが体験するものであり、ただ異なるのは賤子がそれを言葉によって普遍化したということである。子どもを大人の付属物と見るのは大方が「女子供」とひっくるめて扱ってきた男性のとらえ方であり、女性こそが、子どもの純粋性を見出し得ていたのである。親は子どもを、対等に愛し合う夫婦関係の中で、その人格を尊重して育てる。そして素直で純粋な天性を引き出し育てられたこの子どもから、親は逆に教えられるという。この賤子の家庭観、教育観は、当時の日本の人々の間では驚異的であったと思われる。

賤子は賤子自身の我が子の可愛らしさに触れて、そこに汚れなさ、「濁り世の蓮花、家庭の天使」を見た。そしてそれをセドリック像に重ね合わせ、翻訳する中で表現しようとしたと思われる。セドリックがまわりの人々に与えた印象を描く場面を見てみると、原文ではこうなっている。

And it was not the boy's beauty and grace which most appealed to him; it was the simple, natural kindliness in the little lad which made any words he uttered, however quaint and unexpected, sound pleasant and sincere. As the rector looked at Cedoric, he forgot to think of the Earl at all. Nothing in the world is so strong as a kind heart, and somehow this kind little heart, though it was only the heart of a child, seemed to clear all the atmosphere of the big gloomy room and make it bright

これを賤子は次のように訳している。

> 一体、誰でもセドリックを愛したといふのは、其美麗なのと、風采の潔いのとは言ふまでもなく、其外に最も多く感じた訳は、此小息子の心の中に、湧き出る泉の様な清素優愛が溢れて、妙に成人びたことをいふ時でも、それが何となく心よく、真実らしく聞える処でした。教師がセドリックを眺めて居る中は、侯爵の事はさツぱり忘れて仕舞ひましたが、実に世の中に、深切な心ほど強いものはありません。さうして、其深切を包んで居るのは、誠に小さな子供の心でしたが、此薄暗い様な、鬱陶しい様な、広間の空気を払い清めて、明るく爽快にする様でした。
>
> （『小公子』：一二七）

セドリックという子どもが、人の心を惹きつけ、暗い鬱陶しい世界を明るく清らかにしていく様が実に見事に自然に描かれている。特筆すべきは「清素優愛」の中身を伝える「湧き出る泉の様な」という言葉である。これは原文にはないもので、賤子の創作である。

　賤子は我が子を前にして、そのあり様に「純粋」を見出し感動した。賤子の表現の対象は、「今、目の前にいる賤子自身の我が子」である。その子どもの純粋性の奥には「超越的な存在に通じるもの」がある。賤子は我が子とセドリックを重ね、それを客観的に言語化しようとした。セドリックの賤子による翻訳描写は、陳腐さを感じさせないほどに生々と魅力的になっている。賤子は人々の目を、暗い日本の現実から「湧き出る泉の様な清素優愛」の明るい希望の世界へと向けさせようとしたのではないだろうか。時には翻訳作品の魅力は原作以上である。

賤子は人間そのものをリアルに描くことに主眼を置いていない。「人間」（この場合「大人たち」）が、「人間を超えたもの――超越的な存在に通じるもの」（この場合「幼子が本来的に持っている純粋さ」）によって変えられていく世界を原作から見出し、それに感動し、それをクローズアップして描こうとしたのではないだろうか。戊辰戦争という酷薄な現実のただ中をくぐり抜け、苦しみ、悲しみを背負った者にとっては、その関心の中心は「人間」には置かれない。そうした「人間の現実を刺し貫いてある存在――超越的な存在」に向けられる。

日本文芸の特徴を此岸的日常的な土着世界観の美学――超越的な価値の欠如、鋭い細部の観察と美的感受性、表現においては全体からでなく部分から出発する傾向――に見る見解があるが、賤子の作品はそれとは対照的に、翻訳する中で独自の創作をする仕方ではあっても、超越的な存在の具象化を試みた数少ない一つではないだろうか。この時期、余命いくばくもないことを感じ取っていた賤子は、『小公子』訳出の中で、「人間の現実を刺し貫いてある存在」をとらえ、描こうとすることによって、残された生命を精一杯生きようとしたと思われる。前述（「第Ⅰ部　五（2）北村透谷の文芸と内村鑑三戦争論批判」）したが、賤子の作品は教育的になっていても決して説教ではない。人々に喜び、楽しみを与え、深く感動させるものであった。

賤子と巌本たちは、明治二九（一八九六）年二月五日、突然、火災にあった。そして賤子はあっけなくも一〇日に死亡した。『小公子』は、結核の再発また再発の病苦の中を、中断しながら長い間かかって、活字にしてはまた推敲するという念の入れようであった。その『小公子』の原稿は焼失し、賤子による推敲中の後編は日の目を見なかった。しかし桜井鴎村が、すでに賤子の『女学雑誌』に発表したものを、故人の志に従って誤りをただして前編に合わせて編集し、『小公子』は明治三〇年一月、すなわち一周忌の記念に刊行された。

ここで、『小公子』に対する日本での批評を見てみよう。子どもの中にも悪があるから、セドリックはあまりにも完全無欠で良い子過ぎて現実性がなく鼻につくという批評がある。また、人物性質上、身分貧富上の極端や権力者の慈善等旧秩序志向のセンチメンタルな偏愁、そして変化に富んだ出来すぎた筋等々が、内容を通俗的にしているという批評がある。確かに一部そういうことは言えるであろう。

第二次世界大戦後社会党から首相となった片山哲（てつ）は、母の愛読している手作りの『小公子』を読み、その『人間愛』に感動している。片山の母は特にエロル夫人を強調したという。また、山口玲子は『とくと我を見たまえ』において次のように書いている。

> 『小公子』には、結婚という社会問題を、児童文学の世界に持ちこんだ社会小説的要素のあったことも見落せない。エロル夫人は、忍従一点張りの、「ヴィクトリア朝の女の鑑（かがみ）」と批難されるがその実、あくまで自分の価値観に生きる。その「強い忍耐」と毅然（きぜん）たる姿勢に、遂に老貴族が兜（かぶと）をぬいだのであった。
>
> （山口玲子『とくと我を見たまえ』：一七三）

山口は、エロルを強い女性であったというが、「子どもに対する愛」「人間愛」という「自分の価値観に生きる」エロル夫人は、バーネットの価値観、賤子の価値観でもあったのではないだろうか。

『子どもの本棚』一三号特集「『小公子』の研究」を見ると、関英雄は「『小公子』と私」で、セドリックにしてもエロル夫人にしても、作者の都合のよいように理想化されすぎ、「少しも実在感をもっていない」。セドリックの純真さが冷血漢祖父を階級協調のセリフを吐く慈善家に変身させる。「セドリックという作られた天使が何もかも解決してしまう『大甘の超能力物語』である」と酷評している。そして関は、「二十歳前後に若松賤子訳の『小公子』（改造文庫版）は愛読したが、それは訳文の文章・文体に魅せられたからだとつけ加えている（『子どもの本棚』一三号：一三〇—一三二）。しかし関の酷評は、あたらないと思う。主人公はセドリックなのであり、彼の七、八歳という年齢を考えると、支配者と被支配者の断絶史までも解消することを考えることのできる能力には達しておらず、要求し過ぎではないだろうか。むしろ当時の日本にはないアメリカの平等社会という現実を日本の読者は驚きをもって知らされ、イギリスや日本の格差社会に対して批判の目を向ける契機となる重要な働きをしたのではないだろうか。また、代田昇は「安眠を阻まれた『小公子』」で、「作品『小公子』は、典型的な中産階級の理想を描いた、家庭小説ともいえるであろうか」と述べている（同：三五）。

続橋達雄は「『小公子』と日本児童文学」で、人気の秘密を文章表現の見事さとともに、①セドリックの〝無邪気〟を当時の人々に親しい「論語」の〝思無邪（思ひ邪なし）〟に置き換えて読んだという点、②日本の伝統的な感覚的美意識がセドリックの外面的なかわいらしさを好んだという点をあげている。『枕草子』を取り上げ、作者の清少納言は「うつくしきもの（愛らしいもの）」として、一五一段に特に幼児の顔やさりげない動作、本を読む子どもの声をあげているとし、紫式部著『源氏物語』とともに、外面的なもののかわいらしさ、美しさを感覚的にとらえており、それが精神的なものにつながるらしいことを暗示しているとし、それらは古典文学に流れており、日本人の持つ一つの特徴だと言っている（同：一五一―一六）。そのような日本人の好みにあった読み取り方がされやすい作品であったこともあるであろう。

こうして『小公子』を通して、賤子は理想主義文芸の樹立を志していく。それは当時の近代写実主義文芸[5]に対しての批判とも思われる。賤子はありのままの人間を描く事だけで良しとするには飽き足らず、そうした人間を超えて、人間に働きかけ、人間を高めていく世界を描こうとしたのである。賤子の文芸が「教化文学」と見なされ、子どもを養育する立場の親に対して啓蒙的に働く内容となっているゆえんである。翻訳ではない賤子自身の創作もまた、同様である。ともあれ、当時、ようやく形成されてきた知識的小市民階層の人々は、セドリックのような子どもを持ち、育て、こういう家庭をつくろうと思った。子どもの頃、家庭に恵まれなかった賤子は、ここに理想化された家庭観、親子関係を祈るような気持ちで描いたことと思われる。断腸の思いで残していく幼い子どもへの、切なる遺言ともとれるのである。

賤子は『小公子』翻訳を契機に、子どものための文芸へと積極的に向かっていった。翻訳のみならず、創作にも力を注ぎ、活動の場を『女学雑誌』はもちろんのこと、子ども向け雑誌の『少年園』、『少年世界』、英文キリスト教雑誌『J.E.』（『日本伝道新報』）の子ども欄へと広げていった。

賤子による『小公子』の訳出からすでに約一三〇年を経過しているが、その間、多くの全訳、翻案、抄訳があり、それらはすべて賤子訳を下敷としていた。しかしながら最近、その訳が歪められ、賤子訳とはテーマその他のとらえ方がずいぶん異なったものも出てきている。しかし、賤子訳は、原文に最も忠実な、否、原文以上の豊かな作品になっている。

『小公子』を同時代の他の作品と比較し、考察してみる。巌谷小波は『こがね丸』（明治二四年）を文語体で書き、義理と人情のモラルの上に国家の「少国民」（山中恒『ボクラ少国民』）育成に協力して進んでいく。巌谷はその後、「子供に代って母に求む」（明治二四年において「子どもは子どもらしく」と、子どもを大人の価値観から解き放とうとする考えを述べている。これまでの『少年世界』の子ども観を否定的に述べ、明治の国家主義路線を批判するようになった。また、ジュール・ベルヌの『二年間の休暇』の森田思軒の抄訳は、漢文書き下ろし体の文章で綴られており、『十五少年』（明治二九年）は、原作の結び「秩序と熱意と勇気」を「慎慮慈愛勇武の三者有りて、之に兼ねるに耐忍剛毅の徳」としており、江戸の士族の倫理意識の上に明治の立身出世主義が重なっている。このような内容の作品が歓迎された当時、それらとは異質の作品世界である賤子訳『小公子』が発表され、好評をもって迎え入れられたのは、驚くべき出来事であった。『小公子』の子ども観とテーマ、内容、表現方法の新しさは当時としては実に画期的であった。それはその近代性こそがもたらしたものであり、人々はその魅力を充分感じ取っていたのであった。しかしその後こうした賤子の作品世界は、国家が少年中心の「少国民」育成の方向へと大きく梶を切る中でかき消されていった。裁縫・家事を重視する「女子教育ニ関スル件」という訓令のもと、「少女」は「少女小説」につながり、「少年」と「少女」はそれぞれ独自の世界を築いていった（本田和子『女学生の系譜』：一八〇―一八五参照）。

若松賤子の最初の研究者は、昭和四（一九二九）年の『明治文学襍考』の日夏耿之介である。「日本に新しく生まれたキリスト教家庭文学として／大一流の翻訳文章である」と賤子の才文を高く評価した。沖野岩三郎は『キリスト教児童文学史明治時代』（昭和三二～三四（一九五七～五九）年刊行の季刊雑誌『キリスト教児童文学』第二～一〇号）において、「この翻訳こそ日本に於ける基督教児童文学紹介の本格的な第一歩であるといつて差支（さしつかえ）ならう」と述べている（『明治キリスト教児童文学史』：四二）。また沖野は、文芸界に名のあった戸川残花により、『福音新報』（五九二号の家庭欄）において、「『小公子』、『未だ見ぬ親』、『驪語（くろうまものがたり）』の三書を、基督教児童文学の三大訳書である」と推奨されたことを記している（同：六二）。

また、沖野は同書に、『よろこばしきおとづれ』という四六倍判四ページの薄い雑誌を基督教児童文学の魁とし、日本の文学界における新しき児童文学の先駆としている（同：一二三）。

続いて沖野は「よろこばしきおとづれ」の主筆、植村正久の後を受けて、キダーのもと、『喜の音』を三〇年間執筆し続けた三浦徹の功労を「永久に忘るべからざるものである」（同：七五）とし、高く評価している。また、巣鴨教会の牧師で数多くの児童読物を書いた田村直臣が明治二一年一二月、若松賤子の『小公子』に先立って滑らかな言文一致体で童話単行本『童蒙道しるべ』を出版している（「藤本芳則「『童蒙道しるべ』解題」、大阪国際児童文学館「日本の子どもの本100選（1868～1945年）」参照）。田村は『日曜学校の友』一六八巻（一九三三年）掲載の「我が知れる日本の日曜学校」の中で、「日本で童話を書いたのは、子供の父と云はれて居る小波先生よりは、私が先である。又誰れにも解り易く、言文一致で筆を動かし始めたのも、私が最始と思ふ」（二〇―二一頁）と述べている。

沖野は大きな観点から、基督教宣教師の児童文芸における影響を次のように述べている。

／其の最も勢力のある宣教師の多くは、彼の峻烈なる倫理観と其の教理を遵奉してゐた。だから禁酒禁煙を実行し、一切の享楽を排斥してゐた。／随つて、小説を読むことも罪悪の一に数へられてゐた。／童話もお伽噺も発生する余地が与へられる筈も無い。／さうした日本の基督教が発行する新聞雑誌に掲ぐる所の児童読物も、ひたすら児童の情操を哺育する文芸品は歓迎せられず、その全体が教訓的であり、伝道的でなければならなかつた。それも児童文芸の発達し得なかつた原因の一つであつたらう。／基督教の児童文学が、斯の如き形勢にあつて内に発達する余地のない時、若松賤子、五来素川、本田増次郎、日高善一の四人が、基督教界から外界に対つて送つた訳書、『小公子』、『未だ見ぬ親』、『髑髏語』、『フランダースの犬』は、基督教徒が児童文学の為に如何に関心を有するかを告白したものであつた。

（沖野岩三郎『明治キリスト教児童文学史』：七五―七六）

『小公子』の出版状況を見てみよう。博文館の『小公子』は昭和五年まで四二版を重ね、昭和二年に岩波文庫版が、昭和四年に改造社版が刊行された。また『小公子』は、昭和三年の改造社『現代日本文学全集』第三三篇の鈴木三重吉著作代表『少年文学集』に、巌谷小波の「こがね丸」や森田思軒の「十五少年」などと共に収録された。続いて昭和五年の春陽堂の『明治大正文学全集』に、巌谷小波や斎藤緑雨の作品と共に収められた。『小公子』は、若松賤子の代表作としてのみならず、明治期文学の代表作として評価され、児童向け名作全集の定番となっている。

昭和五八（一九八三）年四月二〇日、『日本基督教児童文学全集』が教文館から出版された。その第一巻が『巌谷小波・久留島武彦・若松賤子集』である。後述するが、巻末に若松賤子の熱い信仰とそこから生まれた児童文芸が、彼女と同じく凄惨な戦争体験を持つ水谷昭夫によって語られている。若松賤子の作品と生涯に並々ならぬ思いを寄せる大木英夫も鈴木健一も同じく戦争体験者であり、その信仰は賤子の信仰と深いところでつながっている。

昭和四二（一九六七）年に臨川書店から『女学雑誌』の復刻版が出され、翌年には『小公子』（前編）が「名著複刻全集近代文学館」の一冊として近代文学館から刊行された。現存するものが少なくて読むことができなくなっている状況が改善されつつある。

明治四三（一九一〇）年、東京の有楽座で『小公子』が上演された。前年、渋沢栄一ら渡米団の記録係の巌谷小波が、現地の『小公子』の戯曲をもとに上演したものであった。他の劇団でも上演され、人気があったようである。賤子の『小公子』は、そうしたことも重なって多くの人々に読まれたようである。

（4）「吾やどの花」の翻訳

明治二五（一八九二）年三月二六日、『女学雑誌』第三一〇号に翻訳作品『吾やどの花』が発表された。同号の目玉として扱われ、タイトルには「曩（さき）に訳したる小公子は男の子を主人としたり此度（こたび）は女の子をあるじとしてホームの楽しき様を写さんとて掲げ初（そ）む」と添えられている。賤子は全二八章の長編小説の八章までを訳して、中断した。原作者は、エリザベス・ペイスン・プレンティス（Elizabeth Payson Prentiss）である。一九世紀後半の牧師の娘で、牧師の妻になったアメリカ人女性作家で、出版後フランス語、ドイツ語に訳され、なかなかの人気であった。賤子はかつて推薦書として英書のリストを寄稿したが、この作品はこのリストの五番目にあげられていた。

主人公ルーセは、一〇人もの子沢山の貧しい農家グラント一家の次女である。彼女は教師が教えるだけはすべて覚えてしまったというほどの賢さで、「裁縫や細々した家の用事が嫌で嫌で、書物を読んだり、勉強したりするのが好で好でしようがない」（三二一号：一三）という娘であった。しかし母の手伝いや幼い弟妹の世話で忙しくて勉強に集中できず、自己実現の夢と女性としての規範との間の軋轢の中を苦しんでいる。この軋轢は、女性解放思想に目覚めた賤子の生きるテーマでもあった。ルーセの信仰深い父親は「神の御慈悲には世の大事已ならず、小事と見做すものをもよく利用なされて、立派な結果をお与へになるからな」とルーセに言い、ルーセは「おとう様が私を神を信愛する様にお導き下すつたことが、私にとつて如何斗りの幸福か知れません」と答えている（三一八号：八、九）。こうした父子の会話は、当時の日本の読者にどのように受け止められたのであろうか。

少女向けの雑誌は明治三〇年代に出てくるが、賤子の少女のための読物はこれに先立って書かれており、賤子は最初の少女向け児童文学者として高い評価がなされるべきであろう。

（5）「アンセルモ物語」の翻訳

明治二六（一八九三）年七月、『女学雑誌』第三四九号に賤子は『アンセルモ物語』を書いている。原作は不明であるが、尾崎るみによると当時中学校で最も広く用いられた『ナショナル・リーダー』等英語教科書掲載の作品ではないかとしている。[6] 賤子逝去二年半前に翻訳された作品である。窮地にある兄の命を助けた弟アンセルモが、兄をひたすら信じて言われるままにわけのわからない仕事——毎夜、指定の時刻・場所・方法で指定の角灯を差し入れる——をする様は次のように描かれている。

／丸でお先真暗な仕事で、兄を信ずることが深く無つたら迚も続けることの出来ることでは有ませんかつた。／時としては其頼母しい忍耐深い心の中にも望は微かに消え残る蛍火の様になることが有升たが、さりとて、決して倦むことはありませんかつた。

（「アンセルモ物語（上）」『女学雑誌』三四九号：一〇）

アンセルモは一一か月と二〇日間、兄を信じて、「ろくろく理由の分らぬ命令を倦まず終りまで守り遂げ」、兄を助け出すことができた。兄もまた、政治上のかけ引きから政府に嫌悪され牢に入れられたが、弟を信じて一片の端書によって角灯の差し入れを頼み、牢から脱出することを試みる。

世に稀なる巧みを用ゐ、此上なき注意をほどこしつつ、此六ケ敷事業に当り升て、倦ず撓まず徐かにこれに従事いたし升た。

（「アンセルモ物語（下）」『女学雑誌』三五〇号：一〇）

兄は、一つ間違えば殺されてしまう危険な行為であるにもかかわらず、このように「一片の端書に通じた依頼は必ず応ずるものと確信して、一身の存亡を一ツの信任に賭し得」て、遂に脱獄に成功する。

汝の為す可きことはかくかくなりとて大恩ある方より命令書を送られたものは誰でせうか？。ただにアンセルモでは有ません、私もあなたも、皆さまがそれと同様上帝より格別の命令を賜はつて居り升。／眼に見へぬ

> 者の力に依り、上に懸つた微かな燈を便りに、孤独の身を以て至難の事業に従事する人は、誰でせう?。アンセルモの兄一人ではなく、世上時として、微かな道徳の光をしるべに、いとも困難なる義務の道に歩を進むる人は皆それで厶ませう。あの様な微かな光では働かれぬと呟やき玉ふな迚も此困難なる事業に堪へ忍ぶことは出来ぬと落胆し玉ふな。堅固な壁もいつまで其勇気ある腕に抵抗いたしませうぞ、あの細く微かな光りが煌々たる白昼につぎ、長く堪ゆる人が霊性の自由を楽しむ日と存外知らぬ中に、最早近きにあるかも知れません。
>
> （同、三五〇号：一二）

「孤独の身を以て至難の事業に従事する人」とは、当時の厳しい現実社会の中で、病弱の身をもって執筆しつづける賤子その人を思わせる。ここに書かれている「大恩ある方」「上帝」とは、キリスト教でいうところの「神」であろう。アンセルモとその兄が、神を「堪へ忍」んで信じることによって、「至難の事業」「困難なる義務」を全うすることができると言っている。賤子は、この作品に出会い、心うたれ、これこそ翻訳したいものだと意欲をそそられたのだと思われる。アンセルモとその兄が信じるありようは、賤子その人の信じるありようと重なっている。

時代は変化し、キリスト教を信じる者たちには、世の風当たりは厳しいものとなっていた。その上、彼女はその前年から王子に転地療養しており、病気との闘いの中で、小さい子どもたちを育てながら執筆活動を続けていた。この作品のアンセルモ兄弟の信じて生きる姿勢にどんなに力づけられたことであったろう。賤子は神を信じ、微小な光を頼りに事態を打開せんと必死で生きようとしていた。彼女は訳出する中で、自身の未来を暗雲立ち込めるものとはせず、「霊性の自由を楽し」ませる超越者実在のものだと指し示そうとしたのではないだろうか。それは日本の精神風土においては稀少なものであったと思われる。

(6)「いわひ歌」の翻訳

明治二六（一八九三）年九月、『女学雑誌』第三五三号から三六〇号に、賎子は"The Birds' Christmas Carol"（バーヅ・クリスマス・キャロル）の翻訳作品『いわひ歌』を発表している。賎子の長男・巌本荘治（荘民）が、昭和三四（一九五九）年日本詩人クラブの例会講演で、この作品の著者はケート・ダグラス・ウイッギン（Kate Douglas Wiggin）であることを明らかにした。幼児教育に携わった後、作家となった人で、大人向けの小説、幼児教育の関連著書を多数残しており、『少女レベッカ』の著者としても有名なアメリカ人女性である。主人公カロルは、クリスマスの日に生まれた末っ子の一人娘で、家族らの寵愛（ちょうあい）を一身に受けていた。しかし、五歳の頃から病弱になってベッドに寝たきりになり、死も間近いのだった。兄たち三人は、カロルに非常に影響を受けていることが書かれている。

／あの位の年格好の男の児にあれほどやさしくつて、兄弟思ひで、一体に控へ目で、人のことを先にするのは滅多に厶（ござり）ませんよ。此家（この）には喧嘩もなければ、荒い声一ツたてるものも有りはしません。なぜかといふと、カロルが聞けば、気を痛める、あの通り「兄弟おもひで、柔和だから」といふんで厶升（ございます）よ。

（「いわひ歌（第二曲）」『女学雑誌』三五四号：八）

母親もまた兄たちと同様である。

> 私なぞもカロルのお蔭でどの位心に益を得て居り升か、私しは、心が清くなつたかと思う程で厶升もの。始終、あの通りですから、あの児の眼にもなり耳にもなり、足にも手にも、寄掛にも成て遣なければならんのですが、其程虚弱ひ我児が、却つて親の手本になつて居り升んですもの。
> （同：八—九）

父親も「不足をいふどころではない、悦んでるが当然だ、カロルの様な神のお使が此家に宿ったのだから」（同：九）と「神のお使」とまで言う。このカロルがクリスマスの日に裏庭の向こうの貧しいラグルスたち一家を招待したいと言い出した。そして彼女は素晴らしいごちそうと自分で用意したプレゼントで心を尽くして一家を喜ばした。そしてその夜天国に召されていった。母は、カロルが愛に基づいて生きた生涯であったことを喜び祝う。

> 母はカロルが、世を去る時も、世に初めて出た時と同然、世界挙つて、満腔の悦びを湛ふる其日、いはひ歌の翼に乗つて行き、殊に世を終ふるの日には人の悦ぶと共に悦び、人の楽しみ笑ふを見て、共に楽しみ、思にも、言葉にも、行にも、我身を忘れて、人を愛する愛に原づかなかつたものは無いといふ一事を何よりも嬉しく感じ升た。
> （「いわひ歌第七回」『女学雑誌』三六〇号：八）

この最終回ではタイトルの前に「クリスマス美談」とある。こうした信仰心篤い子どもが主人公の作品は、欧米のキリスト教世界では珍しいものではなかったかもしれないが、日本においては、やはり新鮮な新しい世界としてとらえられたのではないだろうか。「幼児が彼等を導くべし」は、前述の「忘れ形見」、『小公子』と同じ子どもの純粋性が大人たちを導くという子ども観であるが、それは次のように書かれている。

　ジヤックをぢさんは女房（おかみ）さんと暫（しば）らく話し、帰らふとして、子供等が貰つた品々をお袋に幾度となく見せて居る処を看（み）、又一方には、其（その）悦びの源（もと）になつて居るカロルが寝（しん）に就た部屋の窓を仰ぎつつ、「幼児（おさなご）が彼等と［を］導くべし」といふ一句を思ひつき升（まし）た。　（同：七）

賤子はクリスマス・キャロルにちなんで第一章を第一曲とし、第二曲、第三曲と後に続けた。それは、賤子の思いつきであった。最終章が掲載されたのは、一二月二三日発行の『女学雑誌』であったし、警醒社書店から単行本として出版されたのも一二月であった。プレゼントとしても相応しいようにと発売されたのであろう。長男・巌本荘民は「若松賤子のことなど」に「ウイッギン夫人は自叙伝の中で『最も自分の感興を唆（そそ）るものは、この日本語訳である』と述べている」と記している（一八頁）。言文一致体のなめらかな美しい日本語の訳出、生き生きとした登場人物、読者はその作品世界に思わず引き込まれていったのである。

『いはひ歌』の死を待つカロルは、実は賤子自身なのではないかと思わされる。「思にも、言葉にも、行にも、我身を忘れて、人を愛する愛に原づかなかったものは無い」というカロルのように生きたいと賤子は切実に思ったのではないだろうか。病をおして次々と作品を創り上げていく意気込みの根底には、夫、我が子、恩師、教え子、友人など、人々への愛をこの地上に残したいという切なる願いがあったと思われる。

（7）「淋しき岩の話」「勇士最後の手巾（ハンケチ）」の翻訳

賤子が受容したキリスト教の世界とはどういうものであったのだろうか。それを彼女の作品から具体的に見てみることとする。彼女の作品には創作、翻訳、エッセイ等、さまざまなジャンルがある。彼女自身「創作は難しく、西欧の故人の著作したものの中（うち）、手頃のを選んで、訳したほうがはるかに心易い」と述べている。その翻訳を見ると、彼女の生きたありようは、それら作品の内実とまさに同じではないかと思われるものが多い。賤子は心惹かれたものを翻訳する中で、自身の内面世界を表現していったのではないだろうか。短編「淋しき岩の話」の翻訳には、恩師キダーによって変えられた自身の内面世界の大きな転回が表されていると思われる。

この作品は詩人ジーン・インジェローの“Stories told to a Child”（子供に話せし物語）より抜き出し、明治二七（一八九四）年七月に翻訳され、『女学雑誌』第三八八号に掲載された。その前年二月に書かれた作品「ローレンス」もインジェローの詩を散文として訳したものであった。インジェローは賤子の好きな作家であったのかもしれない。賤子三〇歳の時に執筆された。この翻訳のおよそ一年半後に死去しているから彼女にとっては晩年の作品ということになる。

作中の主人公が療養地で見た印象深い「岩」は、次のように描かれている。

／難破と溺死の原因になつたことは、数知れぬほどでしたが、これに引かへて、鳥にも獣にも一夜の宿りも貸さず一塊の食物をも与へず、一本の雑草を生すでもなく、ただ此海辺に忌まれ恐れられる計りでした。／他に比類なき此岩の淋しさは何より私の心を感動させ升て、／頑固に、無情に、寂寞といふは恐らく此岩の適当な形容でせう。／これぞ、利己的に、無情に、物のあわれを知らぬ人心の此上もない適切な例であらうと思ひ升た。

（「淋しき岩の話」『女学雑誌』三八八号：九）

数多くの漁船がこの無情な岩にぶつかり沈没し、漁師たちは海に投げ出され、逆巻く潮流に呑み込まれていったという。ここで注目したいのは「他に比類なき此岩の淋しさは何より私の心を感動させ升て」という一節である。「此岩の淋しさ」とは、キダーに出会う前の賤子の内面そのものではないだろうか。賤子はかつて「頑固に、無情に、寂寞／利己的に、無情に、物のあわれを知らぬ」少女であり、ひたすら淋しかったのである。

明治二七年四月二一日、賤子は「主婦となりし女学生の述懐」を『女学雑誌』第三七六号に発表している。「淋しき岩の話」執筆の三か月半前の作品である。

振り別がみの頃に母を失なひ、養母は俗にいふ腹痛めたることなき婦人といひ、遂に慈母が温愛の味わひを知らず生立候ものから、身は人生教育の最大要素を欠きたる不幸ものに有之候。／孵卵器に生立し雛鳥の牝［牝］鶏のはがひに温まりしものに比して何となく、物足らぬ処有之候／天然が備へし手術に全然代ふることは

> 六ヶ敷ことに存候。／それかあらぬか、人生常数の中半を過ごし候迄も、自分の人情といふことに疎かりし度合、顧みて長嘆息の外無之候。凡そ生るるといひ、死するといひ、病むといひ、癒ゆるといひ、得失、盛衰、浮沈、人世普通の出来事に対し、自分の心の動かざりしこと、同情の伴はざりしこと、眼にし耳にするも　一切冷淡無頓着なりしこと、我ながら鋭ま敷相成候。
>
> （「主婦となりし女学生の述懐」（其二）『女学雑誌』三七六号：三—四）

賤子の戊辰戦争から受けた心の傷は深く、そのダメージは、母の温愛を味わえず、甘えることもできなかったが故にさらに深められていったと思われる。戊辰戦争という非日常の、人間精神の限界を越えた出来事は、人間にそれ以上の打撃を受けて壊れないよう、感情を押し殺させてしまったのかもしれない。父が賤子に与えた「思無邪」の短刀によって、賤子はさらに自分の情を殺すようになった。この作品の「人情といふことに疎かりし」内面、「人世普通の出来事に対し、自分の心の動かざりしこと、同情の伴はざりしこと、眼にし耳にするも　一切冷淡無頓着なりしこと」は賤子の内実そのものである。これが彼女に決定的なコンプレックスとして認識されていた。

一方、この作品の「淋しき岩」と対照的なのは「婦人」であるという。婦人の父はこの「岩」のために亡くなった漁師であった。婦人は父の野辺送りを果たした後、この悲惨を二度と繰り返すまいと決意し、危険なこの浜に生涯蠟燭を燈しつづけ、多くの生命を救ったという。

> ／五十年間一日も倦みひるむことなく、貧苦の中に細き生活を営み升た。人の起きて働く時間に寝升た。五十

年間の夜番を続け、生涯を此(この)一事に犠牲にいたし升た。其(その)一事とは即ち、一本の蠟燭の火を養ない、其心(そのしん)を挿(はさ)むといふことに止(とど)り升たが、併(しか)し豪傑と呼ばれ、義人なり、賢人なりと讃へられる人の記録を読んで見升ても、これほど立派で、成効の多い事業を見ることは尠(すくな)いことです。

（「淋しき岩の話」『女学雑誌』三八八号：一〇―一一）

「一切冷淡無頓着なりし」賤子の内面のコンプレックスを補うものこそが、「淋しき岩」と対照的な、「一本の蠟燭の火を養ない、其心を挿」み燈しつづけて生きる「婦人」だと気づかされたのである。訳出する中で、その婦人とは他でもない、賤子にとってのキダー、ブースたちであると思いあたったのではないだろうか。故国を捨て、異国の日本の女性が神を知り、自由と平等と愛を得て生々と生きていくようにと身を捧げた彼ら宣教師たちこそが、まぎれもなく全ての事象に冷淡で孤独な賤子を温め、生き返らせてくれた「婦人」その人であると合点したのではないだろうか。主人公はこの岩とこの婦人を比較して次のように言う。

／世には其(その)一代の事業が此(この)婦人に似た者があり、またこれに反して淋しき岩に類した者が有升(ます)。其差違懸隔は非常なものです。其類似の段階もさまざまですが、お互様に世に出でて世の人に対する関係は何れか其一ツに属せねばならぬことです。其婦人に似るか、其岩に似るかです。／世にあつて此婦人の事業の如きが弥(いや)栄へ、岩の如きは益(ますます)衰へ行く様に絶へず祈り、且つ已れも共に嘉(よみ)すべき方に全力を尽す様に致し度(たい)ことです。

（同：一一）

世の人に対する関係として「岩」か「婦人」か、どちらを選んで生きるかということである。主人公は「婦人」のようでありたいと言っている。賤子もまた翻訳する中で主人公と同じでありたい、「婦人」のように生きたいと思ったのではないだろうか。賤子はこの作品を翻訳する中で、自分の生涯を省みた。彼女は、幼少時の「人情に疎い」、「得られなかった情愛」の渇望状態から抜け出し、新しく生き生きと他者に関わって生きようと決意した。賤子は、自身をそのような人格にせしめたキリスト教を自分のものとして自覚したのである。

「勇士最後の手巾」の原作は不明であるが、当時の英語教科書掲載の作品ではないかといわれている。アメリカの南北戦争時代の兵士の苛酷な戦いの場面とその父の嘆きが描かれており、兄の命を救うためにリンカーンに直訴する妹との兄弟愛の物語である。（上）、（下）と二度発表されたが、賤子が翻訳したのは（上）のみであった。（下）には「若松賤子のきみ、上篇後ち病に臥されければ、ここに不束ながら、下の篇をつぎて訳したるは、幸子」とある。

三　第三期　創作

（1）科学読み物

子ども向けの科学読み物は、明治元（一八六八）年の福沢諭吉の『訓蒙（きんもう）　窮理図解』が始まりである。その後、明治二〇年代からの『少年園』や『少国民』などにおいて主要ジャンルの一つになった。『女学雑誌』では明治二二（一八八九）年一月の第一四六号の「子どものはなし」欄から掲載している。以下、次のようである。

第一四六号「蜘蛛のはなし」
第三六七号「海底電信の話」
第三七一号「たんぽぽ」
第三七三号「鳥のはなし」
第三八一号「水銀の話」

英文の記事を参考にしていた故か、視野が国際的になっていき、好奇心あふれる子ども読者を引きつける読み物になっている。「第Ⅰ部　三　自立」で前述したが、キダー、三浦徹が手がけた女性と子ども向けの小月刊誌『喜の音』上での多くの科学的読み物の掲載から賤子への影響を見ることができる。

（２）短編の創作

明治二六年から二九年ごろに書かれた賤子の他の諸作品はどうであろうか。考察してみることとする。

1 「家族の勢力」「幼児家庭教育の原理」

「家族の勢力」は、前述したが、これは中村敬宇が、サミュエル・スマイルズ（Samuel Smiles）の著作"Character"の第二章 Home Power の前半部分を訳出したものである。これを賤子の訳と比較するためにもう一度取り上げてみよう。中村は「西洋品行論」として全一二編一二冊として刊行している。彼は明治四年スマイルズの"Self help"を『西国立志編』と題して訳出刊行しているが、これは明治初期に大ベストセラーになっていた。二人の訳を比較してみよう。中村は次のように訳している。

人ノ品行ヲ鎔鋳するモノハソノ生レタル家ヨリ善ハナク。生レタル家ヨリ首要ナルハナシ

それに対して賤子の訳は明治二一年、『女学雑誌』第九六号「家族の勢力」で次のようである。

ホーム即はち家族なるものは人の品行を養成する最初の学校のごとき者にて而もあらゆる学校の中ちに斯く計り大切なるはあらず

（「家族の勢力」（一）『女学雑誌』九六号：一〇）

賤子の訳は文語体でありながら非常にわかりやすいものとなっている。彼女の訳は次のように続けられている。

／抑も幼年の時子供の品行を形造る感化力はたとひ外見上真に些細に見ゆるとも其感化は彼児一生涯につづくものなれば　（同：一二）

彼女の訳は伝達性があり、貴重であることを知るのである。

賤子は二七年には、米国幼稚園専門家リン夫人の著述を訳し、「幼児家庭教育の原理」（『女学雑誌』三八二号）で次のように書いている。

／子女を持てる両親の中には幼児教育といふことを以つて、専制政治と心得、特に子供の意旨を挫くも、子供の嗜好、傾向などには一切頓着なく、どふでもかふでも我意に従がわせよふと強ふる者が有升。
／私どもは自分の威厳を子供が侵さぬ様非常に心配致し升が、子供の威厳を重んじることに付ては容易に心付ぬ者です。（「幼児家庭教育の原理」『女学雑誌』三八二号：一〇、一二）

大人の子どもに対する感化力は強く、大人には子どもに対して我が意を通そうとする者がいるが、子どもの威厳を重んじることが大切だと書く。

2　「ひろひ児」「邪推深き後家」

明治二六年二月一八日から三月一八日にかけて『女学雑誌』第三三八〜三四〇号乙に「ひろひ児」が書かれている。これは「邪推深き後家」と共に前述の賤子自身の実体験に基づくテーマが取り上げられ、彼女の深い悲しみが伝わってくる作品である。実母と死別して養母に捨てられた少女が、後家に拾われ世話を受ける。しかしその後、後家に甘納豆を盗んだと邪推され耐えられなくなって逃げ出すが、実は濡れ衣であったという筋の展開である。家を出た少女のその後が暗示され、救いようのない作品となっている。前述「家族の勢力」の賤子の「子ども観」に通じるものであり、自己中心的になりがちな大人への批判と、大人の子ども観の改革を促している作品とも言えるであろう。邪推ほど深い罪はなく、『聖書』（コリント人への第一の手紙一三章一三節）にある「人を愛するということが義の骨頂なる」ことを力説している。

翌明治二七年四月、五月のよく似た創作作品に「邪推深き後家」（『女学雑誌』第三七五号、第三七八号）がある。これも「ひろひ児」と似たストーリー、テーマになっている。

／おつるの上に被せ(かぶ)られた疑はいつかな解けず、折ふし声色目色(こえいろ)を変へた夫人の詰問に、おつるもいよいよ恐げ立ち、此頃(この)からなる丈夫人(たけ)の側(そば)へ寄らぬ様にするも年の行(ゆ)かぬ心からは尤(もっとも)なことでした。／夫人の心の中(うち)には何ともいへぬ口惜しさと恥しさが満升(まし)た。さうして確(しか)と心にちかつて、決して邪念は抱くまいたとへば、刃物をもつて人をあやめるほどの恐ろ敷罪(しき)を犯すことがあると、深く自ら箴(いまし)めたといふことです。

（「邪推深き後家」『女学雑誌』三七五号：二〇―二一）

小間遣いの少女が後家の主人に瑪瑙（めのう）の珠数（じゅず）を盗んだと邪推され解雇されたが、実はこれも濡れ衣であったという顛末である。大人への批判である「ひろひ児」の翌年に再び、大人の邪推の「刃物をもつて人をあやめるほど」の罪の深さを取り上げている。「ひろひ児」同様、賤子が受けた幼児体験の傷の深さを思わせる作品である。賤子は一度ならず、再びこのことを訴えないと気持ちが収まらなかったのだろうか。また、世の一般の人々はこのことがわからず、今もこのようなことが繰り返されており、繰り返されかねないことを危惧したのだろうか。これも賤子の『小公子』前編自序の「子ども観」に通じるものである。

「ひろひ児」「邪推深き後家」の両作品は、大人が子どもに対する己の罪に対して後悔するという相似たストーリーになっている。子どもが主人公のこうした作品は、はじめ親が子に読み聞かせるのにふさわしい物語として始まったため、子どもが直接読むのではなく、大人がまず読み、それを子どもに読み聞かせるという順番であった。作者は大人の読者と子どもの読者の両者を意識しての執筆となった。

以上、これら短編を見てみると、賤子の子ども観、すなわち子どもを一個の人格として尊重し、子どもの純真な可能性を伸ばすことが大切だという子ども観が一貫して追求されており、それが他の主題と比較して圧倒的に大きなウエイトを占めている。こうした作品群は登場人物の後悔という結末をとることが多く、結果的には倫理、教訓を離れることができないものとなっている。しかしながらそこには彼女が言わずにおれない現実への思いがあったことを知るのである。前述したが、明治二四年の濃尾地震で高まった巌本の孤児への関心は、賤子にも強い影響を与え、賤子も同じような境遇の生い立ちであったことも相まって、こうした作品が書かれたのであろう。そこには賤子の子ども観が貫かれていた。この時代の、子どもの人権が全く無視されている現実への告発が繰り返し述べられている。

3 「栄公の誕生日」

「栄公の誕生日」は明治二七（一八九四）年六月二三日、『女学雑誌』第三八五号に書かれている。子どもが家の手伝いをしなくては成り立たない家庭の子ども栄光が、誕生日だから遊んでいいと言われて、友達の八（ハチ）と共に遊ぶ話である。美味しいものやけっこうづくめのものが一面に生（は）えているというワクワクした夢を見る。この作品の「夢」を扱う手法は、約一年後の「着物の生る木」に受け継がれる。賤子は、裕福な家庭の子も貧しい家庭の子も、まるで目の前にいるように躍動的に自在に生き生きと描くことができて見事である。

4 「黄金機会」「みとり」「小遣い帳」「三つ宛」

明治二六（一八九三）年四月二九日から七月八日まで、「黄金機会」（『女学雑誌』第三四三〜三四八号）では、主人公を通してありふれた日常生活の中で、善行をしようと心がけながらもそれができない人間の弱さを描いている。子どもの理想と現実との闘いの心理を一人称を使って追っている。「総（す）べて聖（ただし）き御心（みこころ）のままに治めて入（いら）つしやる御神（みかみ）の見まへと思つて万事する様にしたら、キツトしまひには思ひ通り出来る様になりませう」と神への信仰をすすめる優しい母の言葉を添え、子どもの持つ可能性が追求されている。珍しく賤子のキリスト教理解が出ている作品である。

「みとり」は明治二八年九月一八日、『少年世界』一巻一八号に書かれている。女性が守るべき規範が示されている作品である。家族が病気になった時、「令嬢方は我を忘れて看護に心を寄せ玉ふことは当然」と記している。

「小遣い帳」（明治二八年一〇月『少年世界』第一巻第二〇号）と「三ッ宛」（明治二八年一一月一五日『少年世界』第一巻第二二号）にも、女性が守るべき規範が書かれ、「大人」のしつけと教育によって「子ども」が「天の備へた美質を曲げず、変へ」られないようにすることの大切さが書かれている。

どの作品も登場人物はほとんど女性であり、父母の看護、裁縫など家庭内の狭い小さな出来事（家事）だけを扱っており、少女は「家の中」、少年は「家の外」で生きるのが当然であり、ふさわしいと区分けされている。『少年世界』の「少女欄」は全体的に見て多くはなく、大方は少年の幅広い題材が扱われている冒険物、戦記物（日清戦争に取材）などである。賤子はこの時代にしていち早く女性解放思想に目覚めた女性であった。にもかかわらずこうした区分けに甘んじたのは、賤子が、執筆するのは出版社・博文館が当時の国策に沿う『少年世界』の「少女欄」であることを強く意識していたからであろうと思われる。

5　「鼻で鱒（ます）を釣った話」（実話）

「鼻で鱒を釣った話」は明治二六（一八九三）年六月一〇日の『女学雑誌』第三四六号に掲載された。タイトルが「実事」として表記され、読者の関心を引こうとして始まっている。

長男・荘民は母・賤子のことを次のように追憶している。荘民は、賤子の進取の気性など考え方、生き方、好み、人柄にも触れているので、それをも付加して紹介する。

母は釣を好み、箱根へ旅行した時など、姥子(うばこ)寄りの湖水の一枚岩で糸を垂れていたそうである。其時(その)分既に輸入されていたアイヴォリー・ソープを糸で切る事を宮子に教え、それで髪を洗っていた。不思議とおでんが好きで、屋台で売りに来ると人を走らせて買いにやった。

被布を着、又髪に赤い花を挿しているのを現在近くに在居される水谷大佐夫人の母君が二度程見られた事があった。

小児を好み、好まれ、大工さん、植木屋さんなど気取らぬ人々と心安く話した。而し(しか)日常の会話などに英語を混ぜるのを厭った。

（巌本荘民「若松賤子のことなど」：二〇）

賤子は新しいものを取り入れ、なかなか粋でおしゃれで、子どもが大好き。そして気取らない人々との交流を楽しみ、英語が抜群にできるのをひけらかすことなく日本人に徹している。こうした人柄の賤子は釣り好きであった。彼女は湖水で釣りを楽しみ、小話を思いついた。登場人物、武君が自分の鼻を餌にして、大きな鱒を釣り上げるという奇抜な題材が軽快なタッチで描かれており、一気に引きつけられる作品である。母はその様子を見て、おろおろするどころかおかしくて、涙が出るほど笑い興じる。この当時としては物おじせず、事態を跳ね返す、なかなかしっかりした母親ではないだろうか。想定外のユーモアたっぷりの母親である。「新しい女性」として生きようとする賤子らしい作品になっており、賤子のさまざまな作品に挑戦しようとする意欲が伝わってくるものである。

6　「犬つくをどり」

「犬つくをどり」は、明治二六年八月の『女学雑誌』第三五一号と翌月の三五二号に掲載された。夫婦に子ども五人ほど、犬が一匹の豊かに暮らす家族の犬口家は、言葉合戦が好きで絶えない。

> 子供といふものは大概口八釜しくいひ争ふものです。まだ犬ころと同じ様で、自分の思ふ通りいつてはなぜわるいかそんな斟酌はまだ知らぬものですから、その口論を鎮め、世の中には種々さまざまの人が有つて、毎も考へがちがふもの故、大抵のことは辛棒をし、ミスミス違つたと知つても、場合によつては、だまつてさし控へねばならぬといふことなどは、両親が教へ置いて、其手本には自分等の行状を見せねばならぬのです。
> （「犬つくをどり」『女学雑誌』三五一号：一九）

この夫婦の社会人としての不十分さを指摘している。賤子は、新婚時代のエピソードにもあるが、思ったことははっきり言う人であった。賤子の長女・清子は「母のおもかげ」に、叔母の宮子から「かあ様はおとう様（父）の靴下を縫ひながら、よく切れるのね、おとう様の踵にはトゲが生えて居るのかしらと言つて人を笑はせ、また惣領（私）から順々に下（弟妹）へゆくほど眼が小さくなるので、今度は眼のない子が生れるだらうなどと言つて、それはそれは面白い気軽なかあ様だつたよ」と聞かされていたと記している（中野清子「母のおもかげ」、『若松賤子集』：六）。そういう賤子ならではの作品であろう。

子どもの太郎と姉は言葉ではっきり言い、やり込め合っている。太郎と姉の言葉合戦は次のようである。

太郎　／女といふものは男に従がふに始めつから諦つて居るんだもの。
姉　そんな諦りが有るもんか、夫婦になつた人は知らないけれど外の人は。
太郎　一体女は劣等な動物だァ。
姉　そんならおつかさんを………
太郎　男は先導者で、女は附属物だつて、誰に聞いても、いふじやないかね、僕なんか嫁を貰らへば、キットいふことを聞かせるから、見てゐて御覧、姉さんだつて、お嫁に行けば、亭主にヘイヘイしなけりァならんサ。
姉　お嫁になんか行くもんか、独りで勝手なことをしてるは。
太郎　独りでなんか居得るもんか、一処懸命行くとこ見つける方だらう、女なんかみんな嫁に行たがつて計り居らァ。
姉　そんな馬鹿らしいことが有るもんか、弟でもある人はモウ男にはコリコリする筈だは。

（「犬つくをどり」『女学雑誌』三五一号：二〇）

こうしたやりとりは、作者の賤子が女に生まれて、男がつくった社会（シモーヌ・ド・ボーヴォワール『第二の性』）に対しての反論になっている。男の子は、小さい子どもの頃から育ててくれた母親の愛情をないがしろにして、男中心の社会を当然として育っていく。このような日本社会のありようを、皮肉っているともとらえられる。この家のこうした言葉合戦を縁類のひとりものの紳士は、快からず思い、「犬つくをどりにとられて行くよ」と忠告する。その夜、太郎はまさに犬つくをどりにとられる夢を見る。作品の結末を見てみよう。

　そして夜、太郎が目を覚ますと、部屋の中で、「顔は狼に似て犬の如く」の「奇妙不思議な毛だもの」が「あと足でたつて」、「田舎の盆おどりみた様に丸く環になつて」踊っている。これこそが「犬つくをどり」で、けものたちは踊り、言い合っている。怒鳴られ、穏当な返事をしたら毛をむしられ、「何ともいへないほど不気味」であった。その踊りの環の中に引きずり込まれた太郎は戦慄(みぶるい)したが、「君の嗜好(しこう)が違つて居るからだ」と言われ、「高慢で片意地だからだ」と言われ、あげくのはて髪をむしり取られる。「いつの間にか眼をあいて見ると、犬つくおどりは雑煮のたべ過が醸(かも)した不快の夢と分り升(まし)たが、自分は子供ながら矢(ちか)つてこれよりつまらぬ言葉合戦は全く止め、姉も合手(あいて)がなくなつて此頃(このごろ)は大分優しい物いひになつたさうです」（「犬つくをどり」『女学雑誌』三五二号：一二―一四）とある。

　この作品を借りて賤子は男尊女卑の根強いこの日本の社会に対して、女性の側からの痛烈なパンチを男性に効かせたのでないだろうか。これこそが女性の解放を主張してきた賤子の本領だと思われる。この「夢」の中の「犬つくをどり」という手法には、後の「着物の生る木」につながるファンタジーの要素が垣間見える。

7 「おもひで」

明治二九（一八九六）年一、二月、女学校時代の友人に会って、上流社会での交際をするために洋服を新調するが、一回行ったきりでやめてしまうというストーリーである。その思い出を母が娘に教訓として次のように言う。

其日の馬鹿らし加減が深底心に染みて、わたしは上流社会の見習ひも、男女交際会のお稽古も其日限りフッツリ思切升たよ。帰つてきてネ、よふくとう様にお詫を申したら、お笑ひなすつて、交際社会の風俗が呑込たら三十円の服代位は安い月謝だと仰つたよ……。

（「おもひで」一、尾崎るみ編『若松賤子創作童話全集』：一四四）

この作品執筆時は、現実に華やかな鹿鳴館時代は過ぎ去って過去のものとなっていた。国家主義の時代になって洋装はすたれ、和装が復活していた。

賤子の翻訳、翻案作品は、原作という枠組みの中で制約を受けながら、賤子独自の表現をしてなされていった。表現の中で、自身の実体験が重ねられ、つかみ取った世界が横溢していったのである。一方、創作の方では、原作の枠組みがない故に、いきおい真実なるものの対象化への強い希求が先行し、倫理的、教訓的になってしまった。そのことが、賤子の作品は陰翳がなく単純であり、鋭い抉りと構想力を乏しくしてしまっていると批判されがちな要因であろう。しかし、だからと言って、全てを切り捨ててしまってよいものだろうか。文芸とはいったい何であるのか。文芸の力とは何であるのか。賤子のその文章力を通しての作品世界の面白さ、豊かさ、感動は何ものにも代え難い力を持っている。

（3）創作「着物の生る木」

日清戦争が日本の勝利に終わった後の明治二八（一八九五）年九月、それは賤子が急逝する五か月ほど前のことであるが、彼女は同年一月一日に創刊された『少年世界』一巻一八号に「着物の生る木」を執筆している。『少年世界』に「少女欄」が新設されることになり、寄稿を求められたのであった。当時、「娘」や「少女（おとめ）」が用いられ、「少女（しょうじょ）」という言葉はまだ一般的ではなかった。新しく挑戦する博文館の意気込みが感じられる。『小公子』の訳者として知名度の高くなった賤子の作品を掲載して、「其いかに異彩をはなつやは、須（すべか）らくこれを次号に知れ！」と予告文を出している。前述のとおり『女学雑誌』に「児籃」等の文芸欄がなくなっていたので、賤子はそこで息を吹き返そうとしたのではないだろうか。出版した博文館は、前年、戦争の状況を綿密にレポートした『日清戦争実記』という雑誌を発刊し、戦勝に沸いていた人々に売れに売れ、相当の利潤を得ており、中堅出版社としての地位を確立していた。さらなる発展を期して、他の全雑誌を廃刊し、大人向けの『太陽』と子ども向けの『少年世界』を新たに創刊した。そして巖本は『太陽』創刊当初よりその宗教欄に寄稿していた。明治二四年一月に創業者大橋佐平の長男・新太郎（巖本の同窓生）や、妹の婿養子・尾崎紅葉らの説得により、人気絶頂の巖谷小波が『こがね丸』を刊行し、主筆に招かれた。『こがね丸』は、「年頃（としごろ）受けし御恩をば、返しも敢（あ）へず之（これ）より又、御暇を賜はらんことは、義を弁（わきま）へぬに似たれども、親の為なり許し給へ」と文語体の動物に託した仇討（あだうち）物語である。江戸社会の〝義理と人情〟のモラルをベースに、国家の「少国民」育成へとストレートに進んでいくのである。『少年世界』はまさに高揚した愛国心の中で生み出された雑誌であった。少年を将来の兵士である「新強国の少国民」として育て上げる雑誌づくりが企図されていた。少女は次世代を担う子どもを生み「家庭教育の一助たらんことを期す」とされ、「公的領域」の「少年」と、「私的領域」の「少女」が明確に分かれていく。ここには子どもを大人とは異なった存在としてとらえる観点はない。子どもは大人の付属物としてとらえられ、国家主義という大人に都合の良いものに利用されていった。このことは大人も同様で、男女の役割分担は強調されていく。女子教育の様相は一変し、女性を解放していこうとするのとは反対の動きが起こっていった。ミッションスクールは衰退の一途をたどっていく。明治二六年七月に出された「女子教育に関する件」という文部省訓令は、以下のごとくである。

裁縫ハ女子ノ生活ニ於テ最モ必要ナルモノナリ故ニ地方ノ情況ニ依リ成ルヘク　小学校ノ教科目ニ裁縫ヲ加フルヲ要ス。

（文部科学省「学制百年史　資料編」）

女子の裁縫、家事労働が重要視されていった。明治二八年一〇月一日の『少年世界』第一巻第一九号に夫・巌本は妻・賤子の考え方はともかくとして、「裁縫科の勉強」に「裁縫は、女の芸として大切のみならず、女の徳としても亦（ま）た大切なものです」と書いている。やがて『少年世界』の「少女」欄は、「幼年部」と「少年部」の狭間に目立たず置かれるようになっていった。

賤子の『少年世界』での執筆は、翻訳は含まれず全て創作であった。『女学雑誌』の「児籃」欄に多くを発表してきた賤子であったが、直接の読者はあくまで大人であった。『少年世界』において彼女は初めて大人の読者を忘れ、子どもに直接触れ合い、ストレートに語ったのである。死去するまでのわずか五か月の間、翻訳は含まれず毎号創作を発表しており、彼女の気概が伝わってくる。しかしこの時期、病弱の身体はさらに病魔に冒され、不眠症にもかかっていた。呼吸が苦しい。新しい命が宿ると母体をコントロールするという現代医学の発見がある。それを知ってか知らずか彼女は妊娠し、母体の力を信じて最後の力を振り絞るようにしてペンを執った。私はいつまでも子どもを抱きしめたり、子どもの行く末を見届けることはできないだろう。残された時間はわずかである。私は弱ってしまって何もできないが、ただ一つ書くことだけはできる。私が死んだ後、子どもたちが遊べるよう楽しい豊かな世界を書き残そう。身を横たえ、夢うつつの中にある時、不思議な世界が彼女の脳裏に浮かんだ。長女・中野清子の「母のおもかげ」の言葉にあるように着物の色合わせが好きで、「相当に衣裳には凝つて居たらしい」（四頁）賤子の好きな「着物」の世界である。

「着物の生る木」の書き出しは以下のようである。

裁縫なんて、ほんとうに嫌だこと！　前掛なんぞ縫わずに、木に生ってる物なら好(いい)けど！　チヨッ、本統に……。

（「着物の生る木」、尾崎るみ編『若松賤子創作童話全集』：一一七）

この作品は、まさに「裁縫」という、国家が女性に課す規範を率直に嫌う少女の独白から始まっている。従来の『女学雑誌』では、子どもは大人によって大きく影響を受ける存在であるという取り扱い、すなわち子どもと大人の関係に重点が置かれていたが、ここでは直接、社会の規範の中で自我の欲求を抑えられず反発する少女そのものの姿が描かれている。「子ども」のとらえ方が変わってきているのである。

　主人公なつ子が母に言いつけられて、透綾(すきや)のまえかけをしぶしぶ縫い始めていたら、背(せな)にこぶのある奇妙な姿をした老人が、向こうに立っていて、上っ調子なキイキイした声で、「前掛の木に生(な)つてる処が有升(あります)ぜ、わしンとこじや、丁度此頃に秋の収穫(かりこみ)をする処だ」と言う。奇妙な風采の、深切そうな老人がニコニコしている。「わしの住つてる方にやァ、前掛だらうが、着物だらうが、帽子だろうが、何もかもさういふものは、ここいらの桃李(もも)と同(おんな)じこと、木に生つてまさア」（同：一一七）。なつ子が老人に教えられるままに、指貫(ゆびぬき)を親指へはめ、目をつぶり、呪文を唱えると、不思議なことにいつしか見もせぬ土地へ来てしまう。以前の老人は庭作りのみなりになって、手にじょうろを下げてなつ子を案内する。見事に仕立てたまえかけ畑、ぼうしが熟し、リボンが波打ち、あらゆる種類の帯の木、着物が、色褪せしないで生っている。「着物の生る木」のちょうど一年ほど前、『女学雑誌』第三八五号に「栄公の誕生日」という創作があった。畑にせんべいやまんじゅうが生っている設定である。これと同様の手法が使われている。

　てぶくろ、きんちゃく、ハンケチ、げた……。なつ子はたくさんみやげをむき取ってもらい、老人が用意してくれた荷車に載せていくが、重くなっていき、くたびれはじめる。裏門にははさみや、指貫やの墓場がある。なつ子が「時々おぢさんがここへ連れて来て呉れば、あたしだつてあんな嫌な針箱ン中のものはすつかりここへ納めつちまひ升よ」と言って、家に帰ろうとすると、老人は気味悪くにたにたと笑い出し、「へへー、おまへさん、帰るつもりかへ、おつかさんに断りもしないでここへ来る人は、家(うち)へ帰さねへといふのが此国(この)の規則だ、おまへさん何ともいわずに来なすつたから、帰られ様はねへじや有やせんか?」と言う。なつ子は「今頃はおつかさんがどの様に案じて居つしやるだろう。さうしてこんな見事な者を沢山に貰つたとて、おつかさんに見せられなければ、何の嬉敷ことがあらう。アア悪いことをした、辛抱して裁縫してれば好つたに、とんだことになつちまつたと思ふにつけ、駝背の老人が急に嫌になり、悲しさ口惜さが一処になつて、大粒な涙がソロソロ落かかり升た」(同:一二一)。そしてどうにかして家に帰りたい一心で、来た時の指貫と唱えることを思いつき、必死に工夫してわが家に帰ってくることができたのである。主人公の後悔で終わり、最後のおちとして教訓がつけ足されている。呪文を唱えることによって社会の規範を押しつける現実の世界に戻るという設定である。

この社会の規範の受容は博文館の雑誌づくりの意図、国策に沿っているものであろう。しかし、あくまで大半の紙面には「子ども」は自我を持つ者として生き生きと描かれており、結果的に教訓臭さがないのである。読者である子どもは、現実から離れて、着物の生る木の世界で嬉々として楽しむ。夢の中という空想の世界で遊ぶ。そこには読者が現実を離れてしばし空想に身を任せ、自己解放するというファンタジーの世界がある。今までにも、「林のぬし」「犬つくをどり」「栄公の誕生日」には、「夢」がモチーフとして使われていた。それがこの作品では「夢」が中心となってよりリアルに生き生きと描かれている。この発想のユニークさは、日本の近代児童文芸にとって貴重である。その後の大正時代の『赤い鳥』運動にもないものであった。欧米の『不思議の国のアリス』などと同じ超現実世界の物語である。子どもにとって何と魅力的な世界であっただろう。それは賤子が、前述したアメリカの児童文学雑誌『ユース・コンパニオン』等々の影響から抜け出していることを示している。子どもを〝天使のような無垢〟な者と、大人から見て子どもをとらえるのではなく、〝子どもは大人から自由な自我を持つ者〟として、「子どもの視点」に立って子どもをとらえはじめたことを表している。明治一五年、ルソーの影響を受けた中江兆民によって『民約訳解』が刊行され、その平等主義は明治専制政府に対抗する自由民権運動の中心的理論となっていた。また、植木枝盛は『東洋の婦女』を著述し、基本的人権を国家に優先させる無条件、絶対の人権を掲げていた。賤子のこの作品における「子どもの視点」には、彼らと通底するものがあったと言えよう。それは、国家主義を選択していった明治政府への批判を内包するものであった。

注

（1）柄谷行人は「児童の発見」（『日本近代文学の起源』）において、「児童文学史家たちは、日本における『真に近代的な児童文学』の生誕が小川未明（「赤い船」明治四十三年）あたりであるという点でほぼ一致しているようにみえる。また、こうした『童心文学』が出現したことについては、石川啄木のいう『時代閉塞の現状』の下での文学者のネオロマンティックな逃避として、さらに西欧の世紀末文学の影響としてみられている。たぶんこれは文学史的な通説だといってもよいが、児童文学者の内部では、逆にそのこと、つまり児童文学が大人の文学者の詩、夢、退行的空想として見出されたことが批判の的となっている」（一五五頁）と論じている。

（2）キダー "Sketch by the Rev."『J.E.』Vol.III-No.4、一八九六年に賤子への追悼文が載っている。その中でブース校長は、ミラー夫人の言葉を引用している。

（3）思軒居士「小公子を読む」『報知新聞』明治二四（一八九一）年一一月一三日。思軒は少年時代、漢学と英語の素養を積み、報知新聞に入社、後に渡欧し、広く内外の文芸に接していた。なお、明治の四大名訳家という中に、森鷗外、森田思軒、二葉亭四迷そして若松賤子が入っている。

（4）「ませなんだ」「ませんだ」「ませんであった」「ませんだった」「ませんかった」の文例を援用したあとの鈴木の論述である。鈴木二三雄「若松賤子と『女学雑誌』一・二」『フェリス論叢』、一九六〇・六一年。エブラール「日本語読本」一八七四年。

（5）英 realism、仏 relisme。一般的には人生、社会の現実を、作者の主観を排してありのままを写す方法をいう。西欧では、フランスのバルザックやフローベルが代表作家で、さらに、現実分析のため自然科学の法則を取り入れ、自然主義へと移っていった。日本では、二葉亭四迷の『浮雲』に見られるが、当時にあっては、硯友社一派の風俗小説的な写実主義が優勢であった。「しかし日本の小説家は、誤って《naturalisme》という言葉を翻訳した。フランス語でいう《naturalisme》の《nature》は、自然科学の対象としての自然であって、日本語に訳して「自然主義」というときの「自然」のように、「あるがまま」、「無作為」、「無技巧」ではないし、また〔国木田〕独歩らがその言葉で意味したような「天地自然」、汎神論的な「山水」、都会的ならざる「田園的なもの」ではない」（加藤周一『日本文学史序説下』、三八四頁、傍点は原著による）。

（6）尾崎るみ『若松賤子——黎明期を駆け抜けた女性』。『女学雑誌』の「子供のはなし」欄等には、英語教科書から作品がとられ、翻訳掲載されていた。そうした著者である高橋五郎は、フェリス・セミナリで教えていたこともあり、賤子は高橋訳のアンデルセン「裸の王様」、『諷世奇談　王様の新衣装』（春祥堂、一八八八年）に影響を受けた可能性が高いとしている（一三九―一四九頁参照）。

第Ⅲ部　若松賤子の生きた時代

——幕末から明治にかけて

一　明治政府

キリスト教が日本に入ってきたのは、イエズス会（カトリック教会の修道会）のフランシスコ・ザビエル（スペイン人。ポルトガル王の依頼を受けてのインド各地での布教の後に来日）が布教を始めた一五四九年である。世界市場の開発に付随して伝道事業は行われており、日本でも宣教師たちは、貿易商の後に続いてやって来て、二、三〇年で約二パーセント、三〇万人ほどの日本人が信者になった。

幕府は鎖国[1]をし、通商関係を拒否していたが、オランダとは長崎の出島を通して交易しており、そこから蘭学を学んで軍艦の購入、海軍伝習の依頼をしていた。一八五三年七月八日、アメリカ合衆国東インド艦隊司令長官ペリー提督が、圧倒的な巨大軍艦「黒船」を率いて迫ってきた。幕府は、その威容を前にして、翌年三月三一日、ペリーと条約を結び、二港（下田、函館）が開かれ、一八五八年七月二九日、ついに日米修好通商条約[2]に調印し、江戸と大坂など六港が開港された。中国はすでにアヘン戦争で敗北し、多額の賠償金を英仏に支払い、西欧諸国に有利な不平等条約のもとで、いくつかの港を開港させられていたことを知っていたのである[3]。

福沢諭吉、森有礼、中村正直等々は、このままでは日本は植民地化されてしまうであろうという危機感を持ち、早く欧米の科学と人権の文明を我がものにしなければならないと考えた。そのためにはまず国民一人ひとりを人間として確立させる教育、それも女子教育が非常に重要であると考えた[4]。

幕府は列強諸国と条約を結び、生糸、茶、原料の無制限な輸出が行われていった。物価が高騰し、悪いのは外国人だということになり、外国人を受け入れる幕府は批判されるようになっていく。秘密裏に貿易を行っていた薩長は公家をかつぎ出し、尊王攘夷の嵐が吹き荒れた。そうして幕府は一年五か月にわたった戊辰戦争をもって薩長に敗北した。しかし幕府も薩長も、敵対はしていても、外圧につけ入る隙は与えなかった。[5]

戊辰戦争の内実はどういうものであったのだろうか。その実態を原田伊織は『明治維新という過ち』で明らかにしている。[6] 福沢諭吉も指摘しているが、攘夷論者の「単純かつ粗野」の実態は酷かった。会津は柴五郎[7]のように高い品格を備えた武人たちも出ている教育熱心な藩であった。一方、長州の武人の大半は武家の倫理観とは縁遠い出自の者であった。身分の低い者ほど倫理観念が薄かったらしく、京から始まった彼らの戦いは、戊辰戦争における筆舌に尽くし難い、凄惨な「人道に反する残虐行為」（『明治維新という過ち』：八四、二五九—二六九）に直結した。[8] 会津の若松賤子が幼少時に体験したのはこの戦争であった。明治の歴史が掘り下げられ、原田と同じ視点で書かれているものがいくつかある。[9] 原田の考察には、事実と異なるものがあり、今後さらなる史実の考察、検討が必要かと思われるが、既成観念にとらわれない柔軟な歴史の解釈は必要である。

当時、日本と西欧諸外国との格差は圧倒的なものであった。[10] 慶応四（一八六七）年四月六日、明治天皇は明治政府の基本方針「五箇条の御誓文」[11]を発した。天皇の名のもとに日本を欧米化し、世界中の知を得ようとしている。二年後、太政官・総理三条実美はフルベッキ[12]を西洋文明を学ぶために大学南校（なんこう）（東京大学法・理・文学部の前身）の教頭として招き、明治政府の顧問とした。明治四（一八七一）年、フルベッキは政府に、万国公法によって国内法を改正し、国際不平等条約を改正するため、西洋諸国の事情を見て学ぶのが良いと進言し、岩倉使節団が欧米に派遣された[13]。彼ら使節団は欧米のいたるところで、日本政府のキリスト教政策の非と浦上弾圧[14]の野蛮性を責められた。

帰国した大久保利通らは、版籍奉還、廃藩置県によって中央集権化の天皇制官僚体制をつくり上げた。薩長土肥が実権を握り、全国統治の経験を持つ旧幕臣（静岡藩士）が登用された。板垣退助（土佐）、後藤象二朗（土佐）、江藤新平（佐賀）ら前征韓派参議が中心となって愛国公党が結成され、板垣、植木枝盛（土佐）、片岡健吉（土佐）らが立志社を創設する。東京の嚶鳴（おうめい）社、福沢諭吉の交詢（こうじゅん）社等々明治の結社ブームが起こる。

明治七年大久保は、征韓論を唱えて士族の特権回復を要求する反乱（佐賀の乱）の指揮者・江藤新平を鎮圧し、主導権を確立する。が、その後、大久保は台湾征討で失敗する。明治一〇年、西郷隆盛率いる士族氾濫の、西南戦争が起こり、政府側が勝利した。若松賤子の故郷、会津の旧藩士二〇〇～三〇〇人は、警視局巡査の大々的募集に応え、この西南戦争の兵力として戦いに臨んだ。福島県人の戦死者は、氏名のわかった人だけで一三八人に上る。アメリカの南北戦争で余った武器が流入し、行き場所がない南軍系の人たちが大陸浪人のような雰囲気で日本にやって来た。

明治日本の西南戦争とアメリカの南北戦争は関わりが深い。両国には類似点があるが[15]、注目すべきはその相違点である。両国の人々は心身共に傷ついていた。しかし、「二　森有礼と大日本帝国憲法、学校教育」で後述するが、アメリカ南北戦争の北軍の勝利と、日本の西南戦争の政府側の勝利は、その意味合いが質的に異なっている。勝者であるアメリカ大統領リンカーンにとって、勝敗は問題でなく、キリスト教の神の道に適ったアメリカ国家の建設、すなわち人民の自由と平等が打ち立てられた国家の建設が重要だったのである。西南戦争にはそのような宗教的背景、思想は全くない。

西南戦争後のインフレによる好況の中、農民に高率年貢を課す封建的な土地所有の廃止を闘う「中農・富農・小地主層」と、幕末頃から始まった小商品生産の「地方都市ブルジョア」が現れていた。前者のある者は百姓一揆で戦ったが一部の者は神の前の平等、人格を説くキリスト教に惹かれていった。

明治一〇（一八七七）年、植木が起草した建白書の自由民権の三大綱領――国会開設（立憲性）・地租軽減（土地革命）・条約改正（民族の完全自立）を立志社社長・片岡健吉が総代となって天皇に提出した。自由民権運動の始まりである。

明治一一年大久保が暗殺された。大隈重信（佐賀）が政権を握ったが、不換紙幣濫発によって財政は失敗し、大隈―薩摩派と、伊藤―長州派との対立が先鋭化していった。国会開設請願運動が組織化され、愛国社＝立志社と豪農的地方政社の内部対立を含みながら展開されていき、明治一三年二月七日、国会期成同盟が発足した。そんな中、キリスト教に対して、激しい批判が起こっていき、[16] キリスト教徒は迫害と白眼視に耐え、猛烈な伝道活動をなす。[17]

明治一四年三月、北海道開拓使官有物払下げ問題がきっかけで薩長閥反対の運動、いわゆる「一四年政変」が起こった。これに対して政府は、国会開設の詔勅に基づいて天皇制機構の再編に乗り出す。伊藤博文は大隈を罷免し、事実上内閣総理大臣として各参議の上に立ち、行政権を立法権・司法権に優越させた。大隈は下野してイギリス的な憲法と議会政治の実施を求める運動を進め、「立憲改進党」を結成した。板垣は土佐に戻り、明治一四年一〇月二九日、総理・板垣退助、副総理・中島信行、常議員・後藤象二郎、馬場辰猪等々によって「自由党」を結成した。自由民権運動は、政党運動の形態をとって展開されることとなる。「薩長土肥」連合は崩れ、伊藤博文など長州藩閥が実権を握っていった。それに対抗して土佐と肥前、特に土佐が中心となり、自由民権運動を担っていく。その激化する様相は、勝てば「官軍」、錦の御旗をどちらが担ぐかという、内実において明治の動乱と同じ権力争いにすぎなくなっていく。農村は深刻な不況に陥り、経済力のない中小農・小地主層はわずかの負債で土地を失って小作農に転落するものが増加した。小作貧農層中心に急進的な闘争が展開され、目を覆うばかりの苛烈な激化事件が起こっていく。[18]「第Ⅰ部　三（1）母校での活躍」で前述したが、賤子がフェリス・セミナリのブース校長と共に函館へ向かう折に磐城の薄磯で難破したのは明治一四年九月で、まさに自由党が結成されようとしていた一か月ほど前であり、その一年後に起こる福島事件の地から近かった。明治一五年一一月、板垣は洋行（洋行費は後藤象次郎が参議・井上馨を介して三井から出させたもの）し、国権論者に変わっていた。

明治一六年横浜で開かれたキリスト教の初週祈禱会は非常に活気づき、「信仰復興」の状態を呈するようになり、東京英和女学校、海岸女学校の生徒に信仰が高まり、諸方の教会はにわかに活発となった。[19] 長い間社会的運命を共にしてきた自由党が分裂解体の危機にあった時、キリスト教は非常に発展したのである。人格的な罪の意識を知り、単なる倫理宗教から人格的なキリスト教へと深まっていった。

明治一七年七月七日、伊藤内閣は華族令を制定し、自由党中央の板垣退助は、同年一〇月二九日、自由党を解党した。大井憲太郎らの朝鮮を清国から独立させ、朝鮮の民主的改革を助けようとした計画（大阪事件）は、客観的には対外軍備を急ぎつつあった政府の侵略計画に手を貸すものでしかなかった。基本的人権を国家に優先させ、無条件・絶対の人権を掲げる植木枝盛や、自主的な民兵制度、平等主義を唱える中江兆民は、民権派の脱亜論、国権優先論によって孤立していった。

土佐民権運動の指導者・片岡健吉は、自由党の解党による故郷への帰途、同船した宣教師ミラー（若松賤子の師キダーの夫）、ナックスらに伝道上の便宜を図った。この時のことが前述の長老派宣教師トーマス・アレクサンダーの手記に書かれている。[20] 板垣は西洋立憲政治の優れた働きはキリスト教道徳に由来することが大きいと信じ、キリスト教徒にならなかったが、自由民権運動家をキリスト教に結びつけようとしたことがわかる。そしてフルベッキ、タムソン両教師、吉岡弘毅長老、ミラー、ナックス、植村の諸教師、桜井伝道師等が熱心に伝道し、自由党の中島信行、齋藤壬生雄（みぶお）、改進党の島田三郎らが受洗してキリスト教徒となった。

国民の内部からの近代化運動の息の根を止めた明治政府は、不平等条約解消のため外国人の歓心を買わなくてはと卑屈な欧化主義が展開され、鹿鳴館時代が起こる。政府のキリスト教に対する態度は一変し、上流社会の人々が多数教会に加わった。[21] 明治一八年以降、財閥、地主中心の日本資本主義は、政府の強い支援で急速に発展し、好景気が続くが、明治二三年になると日本経済の矛盾が明らかになり、不況が襲ってきた。そこに凶作が重なり、富山に米騒動が起こった。続いて新潟、鳥取、石川、福井など各地に凶作が頻発し、餓死者が出た。民権運動は抑圧され、中下層農民は最も深刻な影響を受けていった。

明治二二（一八八九）年二月一一日、伊藤は自由民権運動の高まりを恐れ、天皇制の家父長的家族国家論を日本の倫理とすることによって、ドイツの憲法を外面的にモデルとした天皇絶対主義支配の「大日本帝国憲法」[22] を制定した。大日本帝国憲法第三条は「天皇ハ神聖ニシテ侵スヘカラス」と定め、神格化された天皇を国民統合の精神的中核とする国家体制を形成し、主権在民は否定され、天皇の陸海軍の「統帥権」が明記された。陸軍卿・大山巖と参謀本部長・山県有朋[23] は、対清軍備拡張を主張しはじめ、増税が強行されて大不況が起こった。

翌明治二三年一〇月三〇日、絶対君主である天皇は「教育勅語」[24]を下し、「臣民」に対して、依って立つべき倫理の基準を教えた。忠と孝を日本の道徳の根本とし、君・臣の関係を父・子の関係に置き換えて国家と家とを家族国家観で結びつけ、国民を教育によってゆるぎなく天皇へと献身させていった。

二三年ごろ、キリスト教は憲法によって認められたが、「教育勅語」の広がりとともに新しい迫害さえ始まり、経済的逼迫、絶対主義の前進、神道、仏教、儒教など新旧思想からの攻撃にあって、非常に厳しい状況に置かれていった。

明治二六（一八九三）年、帝国海軍は、強力化した清国艦隊に対決しようと、軍費の増強を議会に提案したが、民党（自由党・立憲改進党など民権派の総称）と激しく対立して内閣弾劾上奏決議案が可決された。しかし天皇はこれを裁可せず、海軍の増強を強行させた。「立憲主義」が天皇大権の前で瓦解したのである。この出来事を契機に、民党勢力は急速に崩れ、国権（国家の独立）へと向きを変えはじめた。「対外硬」（強硬外交）は逃げ場のない鬱屈していた国民の国家主義的感情に火をつけた。若松賤子の夫・巌本善治はますます海外伝道熱が高じていく。巌本は暴力を否定しながら、結果的には国権拡張に加担していったのである。

翌二七年、朝鮮で農民が武装蜂起し東学党の乱（発展して甲午農民戦争）が起きた。日本帝国はこの戦争の処理をめぐって、清朝は朝鮮の改革、独立を阻んでいるという理由をもって、清国と対立を激化させていった。八月一日、ついに日清戦争が勃発し、日本は清国に勝利して、明治二八年四月一七日、日本全権・伊藤博文と清国全権・李鴻章の間で日清講和条約（馬関条約、正式には下関条約）が結ばれ、その結果、清国が日本に遼東半島南半分・台湾・澎湖（ほうこ）諸島を割譲し、賠償金二億両（テール）（約三億円）を支払うこととなった。その後、列強による清国の分割が進み、日本はこの遼東半島を、ロシア、ドイツ、フランスの黄色人種蔑視による三国干渉によって放棄させられ、その後さらにロシアに租借された。日本は欧州列強に並ぶのだと、富国強兵策に邁進していき、ついに第二次世界大戦の敗北へと進んでいった。

二　森有礼と大日本帝国憲法、学校教育

森有礼は薩英戦争（一八六三年）の敗北後二年たって、実業家の五代友厚らとともにイギリス・ロンドンに密航、留学（薩摩藩第一次英国留学生）した。有礼はあまりにも遅れた国家の現状に衝撃を受け、教育、それも女子教育の必要性を痛感した。続いて彼はアメリカに渡り、ハリス（Thomas Lake Harris）の教団と生活を共にし、キリスト教の影響を受ける。アメリカは南北戦争（一八六一〜一八六五年）後、リンカーン大統領[1]の暗殺死（一八六五年四月一五日）の後であった。その時、アメリカに発生したリバイバル的雰囲気、霊的昂揚を有礼は体験した。有礼は「人民による人民のための人民の政治」を行う「神の道に適った国家」の実現こそを理想としようというリンカーンの言葉に深い感動を覚えた。

有礼は明治元（一八六八）年に帰国し、明治三年、少弁務使としてアメリカに勤務した。明治五年三月一〇日（旧暦明治五年二月二日）、岩倉視察団がアメリカのワシントンにやって来て、それを有礼が迎えた。この日、日本では教派を超えて教会の一致を目指す「横浜基督公会（The Christ In Japan）」が設立された。岩倉視察団を迎えて

のワシントンでは、グラント大統領[2]の挨拶があった。この大統領の言葉はアメリカ人民の「富強・平安」は「貿易の自由と基本的人権」にあるとの強調であった。「三尺の童子もまた君主を奉ずるを恥じる」、「国王の権を憎むこと毒蛇のごとく」と語った。有礼はこのようなグラント大統領の言葉を聞いており、それは彼に強い大きな影響を与えた。有礼は日本で最も早くかつ深くアメリカの政治、アメリカ人を理解していた人物であった。

明治政府の学校教育は、廃藩置県完了後の明治五年九月「文部省」が設置され、翌年「学制」が公布された。そこには四民平等の思想が打ち出されており、関わった人々のほとんどが洋学者であった。文部省は小学教育に重点を置き、次に教員の養成機関としての師範学校がつくられ、第三に教育においての男女同権の道理が取り上げられた。

しかし日本での教育の実態は厳しかった。小作農の生活は貧困を窮め、子どもたちを家内労働の必要不可欠な働き手とし、口べらしのため奉公に出し、就学の余裕などまるでない状態であった。一方、欧米のキリスト教精神の独自な教育が、明治三年のフェリス・セミナリ設立など官立女学校よりも早く宣教師たちによって進められていた。だが、実態としては私塾的なものだったようである。発展する私塾に対し、文部省は明治五年公費支給を停止して、私塾開設を許可制にした。明治一〇年になると西南戦争のため財政の緊縮を迫られ、女子教育に対する不満、否定が起こり、「家」の中で家事を巧みにこなし、外に目を向けない家庭婦人が理想とされていった。

明治七年三月、岩倉使節団理事官であった田中不二麿の要望によって、女子師範学校[3]が設立された。その背後には女子教育の必要性を痛感していた森有礼、そしてアメリカの教育家であり、ラトガース大学教授のデビッド・マレー（David Murray）がいる。有礼は明治五年、アメリカの有識者に向かって教育上の意見を求め、マレーから心のこもった手厚い返書をもらっていた。有礼は後にこれらの意見をまとめ、"Education in Japan"として一八七三（明治六）年、ニューヨークで出版した。その一部の翻訳が「日本教育策」[4]である。有礼が在米中の交友について、海門山人は次のように書いている。

> サムナー氏は南北戦争の前後、リンコルンと同じく、奴隷売買の非道を絶叫せし仁愛家として、且つ著述家として米国の誰人も知らざるなき豪傑なり、／一八六〇年リンコルン撰挙の歳に於て上院に於て、奴隷の非道と称する有名なる演説をなし、頗(すこぶ)るリンコルン等一派の仁愛家に声援を添へたり、吾人は有礼の此(この)豪俊の感化を受けしこと尠少(せんしょう)ならざりしを信ず、
> （海門山人「再び米に遊ぶ」『森有礼』：三三）

有礼が、サムナーからもリンカーンの精神の真髄であるキリスト教精神、仁愛に触れ、感動し、影響を受けていたであろうと指摘している。有礼を通してのキリスト教思想を媒介として、日本精神はアメリカ精神の中核に触れ合ったのではないだろうか。こうしたことを契機としてマレーは明治六年八月、来朝した。マレーは翌七年一一月に文部省の学監となり、明治一一年一二月、帰国するまで田中の背後で尽力した。

有礼は明治一二（一八七九）年、特命全権大使としてイギリスへ派遣され、外交官として駐在していた。明治一五年憲法取り調べのために欧州に来ていた伊藤博文は、有礼の「日本の発展・繁栄のためには教育から築き上げねばならない」という意見に感銘を受けた。彼は明治一八年一二月、第一次伊藤博文内閣の初代文相となる。

有礼は明治一九（一八八六）年帝国大学令、師範学校令、小学校令、中学校令と矢継ぎ早に勅令を公布していき、まず帝国大学を設置した。そして儒教的徳育中心主義を廃し、体育による集団性と知育による合理性とを基盤とした。彼は国民教育の根本を師範教育に置き、それに特に力を尽くし、東京高等師範学校（東京教育大学を経た現在の筑波大学）を「教育の総本山」と称して次々と改革を行った。特に女子は天然の教員であるとして女子師範教育に期待し、日本における女子教育政策に力を入れていった。日本で初めての官立女学校である東京女学校のみならず、外国語学校、師範学校等々の設立は有礼の主導によるものであった。

前述したが、伊藤博文は明治二二年二月一一日、ドイツ憲法をモデルにした天皇絶対主義支配の大日本帝国憲法を制定した。当時のその憲法づくりの動向について言えば、伊藤ら一行はドイツに行き、ビスマルクに面会してアルベルト・モッセから四四回講義を受けた。モッセを日本に招聘し（来日滞在一八八六〜一九〇〇年）、自由民権派の憲法起草をほとんど無視し、フランス人のボアソナード民法典が法律としていったん公布されながら、大日本帝国憲法を発布したのである。そしてモッセが重視した「町村自治」の要素は切り捨てられ、ひたすら上からの行政能力の強化を推し進めていったのであった（片野勧『明治お雇い外国人とその弟子たち』：二八五—二九三参照）。

大木英夫（当時、元東京神学大学学長、聖学院大学理事長）は、「大日本帝国憲法制定へ　伊藤博文と森有礼の論争をめぐって」と題して、大日本帝国憲法起草に関与した重要人物との出会いについて講演した（講演　第二回「日本プロテスタンティズム研究会」於富士見町教会、二〇一五年二月二四日）。

明治二二年六月二二日午後、枢密院における憲法草案の審議での「第二章　臣民権利義務」をめぐっての有礼の発言は次のようであった。

臣民ノ財産及言論ノ自由等ハ、人民ノ天然所持スル所ノモノニシテ、法律ノ範囲内ニ於テ之ヲ保護シ、又之ヲ制限スル所ノモノタリ。故ニ憲法ニ於テ此等ノ権利始テ生シタルモノ、如ク唱フルコトハ不可ナルカ如シ。依テ権利義務ノ文字ノ代リ分際ノ字ヲ用ヒント欲ス。又臣民カ天然受クヘキ所ノ権利ヲ無法ニ扱ヒ、徒(いたずら)ニ王権ヲ主唱シテ民権ヲ保護セサルモノヲ称シテ専制ト云フ。且ツ内閣ハ臣民ノ権利ヲ保護スル為メ働クヘキモノナレハ、仮令(たとい)爰(ここ)ニ権利義務ノ字ヲ除クトモ、臣民ハ依然財産ノ権利及言論ノ自由ハ所持スルモノナリ。

（衆議院憲法調査会事務局「明治憲法と日本国憲法に関する基礎的資料」参照）

大木は、こうした考え方を持つ有礼は、考え方において、「大日本帝国憲法」づくりにおける伊藤博文と真っ向から対立したと言う。すなわち伊藤博文の「プロイセン・モデル」の「天皇主権」と森有礼の「アメリカン・モデル」の「人民主権」との対立である。有礼の「アメリカン・モデル」の「人民主権」は抹殺され、伊藤博文の「プロイセン・モデル」の「天皇主権」が主導していくこととなった。大木はその著『人格と人権』において、次のように論じている。

明治天皇の二つの写真がある。ひとつはプロイセン国王ヴィルヘルム二世「大元帥」のような軍服姿の明治

> 天皇、もう一つは神道のいわば「神官」のようなみなりの明治天皇である。前者は明治維新という外面の姿であり、後者は王政復古の内面をあらわした姿である。この二面性が近代日本にねじれている。
>
> （大木英夫『人格と人権』上：七八）

日本近代化は人間と政治の革命的変化というべき内実を持っていなかった。それはピューリタン革命に見たような「革命」的内実もフランス革命に見たような「革命」的外貌も、全くなかったのであった。軍事力によって幕府を倒した明治政府の人たちは、軍事力に頼って政府を強化した。「これは天皇の命令である」と言いながら、武力によって国民国家を統合していった。

その頃、水面下で洋学派から皇学派儒学派への勢力の交替が起こっていた。教育勅語を成立させた中心的人物は元田（もとだ）永孚（ながざね）である。元田はこの教育勅語を進めるためには人を選ばなければならないと考えており、元田の策はキリスト教に深い影響を受けた森有礼の文相罷免の要求を暗示していた。

有礼は、明治二二年二月一一日の大日本帝国憲法発布の当日、国粋主義者に襲われ、翌日死去した。有礼がなそうとした女子教育は、突如その死によって中断されてしまった。有礼が教育政策に携わってきた間、彼とは異なる女性観、すなわち女性の人格、能力を軽視する人々が根強く存在した。その人々の勢力は、彼の死後大きく幅をきかせていくのである。

三　会津のキリスト者

若松賤子の育った会津は、熱心なキリシタンの人々の地であった。アーミン・H・クレーラーとエヴェリン・M・クレーラーによる『会津のキリシタン』を参考に見てみたい。

近江の国（滋賀県）の人、蒲生氏郷（がもううじさと）は一五五六年に生まれた。一三歳で信長の人質となるが、戦いの功績によって信長配下となり、信長の三番目の娘・冬姫を娶った。禅を修めて文武兼備の将となるが、信長の死後、豊臣秀吉の臣下となり、秀吉から奥羽を押えるよう会津に封じられた。彼は摂津の国高槻の城主・高山右近の強いすすめにより、キリシタンとなる。そして陶器、漆器など文化興隆に力を注いで、茶道を嗜み、秀吉に切腹させられた千利休の子、少庵を会津にかくまった。秀吉の長崎での教会破壊、朝鮮征伐を批判し、秀吉を激怒させ、四〇歳でこの世を去る。蒲生氏郷のもとで有能なキリシタン家臣が育って、布教活動が進み、領内には多数のキリシタンが生まれていった。息子の秀行になって会津のキリスト教は黄金時代を迎え、その数は二〇〇〇名ほどであったといわれている。

徳川時代になると、一六一四年、厳しいキリスト教禁教令が出された。長崎、京都の会堂は破壊されて高山右近らはマニラに追いやられ、外国商船の出入りは長崎、平戸に限定された。東北の各地にキリシタンが移住する。氏郷の家臣であった井上政重は棄教し、徳川幕府の切支丹取締りの責任者となり、穴吊りのような残酷な拷問（遠藤周作『沈黙』）を行った。一六三七年、島原の乱で弾圧はさらに厳しくなり、東北の各地にキリシタンが逃げてくる。その中には鉱山、銀山に入って採掘した人、山奥に隠れ住んだ人、殉教を遂げた人も多かった[1]。

一七〇八年、将軍の顧問格であった新井白石は、日本に潜入したジョヴァンニ・バティスタ・シイドッティ宣教師から世界事情を知り、切支丹邪宗門観を捨て、それを将軍に伝えるようになった。八代将軍吉宗は、一七二〇年禁書令をゆるめ、宣教師の書いた天文書によって暦の改革なども始めた。会津は徳川家康の孫・保科正之を藩祖とする親藩であり、正之の定めた「家訓」が藩教の礎として、幕末に生きていた。「家訓」は武士のみならず、女、子どもにも行きわたっていた。こうして培われ、たたき上げられた藩教精神が土台になって、会津魂と呼ばれるものが形成されていく。

会津の隠れキリシタン一族の精神は、強い信仰のありよう（内海健寿『会津のキリスト教』：二一）において、明治になっても受け継がれていると思われる。山本覚馬は、代々藩主に仕える名士の一族であり、藩校・日新館に入って、ヨーロッパの合理的、近代的な経済の考え方を蘭学で学んだ。内海健寿の『会津のキリスト教』によれば、覚馬の砲術の師は、幕府の砲術師範で、会津の隠れキリシタン一族の下曽根信敦であった。覚馬は彼の影響を受けてプロテスタントのキリスト教徒となる。徳冨蘆花と親交のあった下曽根信守は、この信敦の息子であり、キリスト教牧師になっている。覚馬は明治の動乱時に失明し、脊髄損傷という障害を受けた。にもかかわらず、京都府顧問となり、社会施設、病院、図書館、化学研究所、陶業・染織講習所を創立し、教育、産業等々多方面で活躍した。覚馬はさらにアメリカン・ボードの宣教師らと親交があり、特にゴルドンから贈られた『天動溯源』や『漢訳聖書』によって、キリスト教信仰を深めた。覚馬の親友は、西洋哲学の開拓者・西周であり、佐久間象山、横井小楠、勝海舟を最も尊敬した。晩年は新島襄に協力して同志社の興隆に力を注いでいる。

覚馬の妹が八重である。八重は戊辰戦争で籠城し、女でありながら白虎隊の少年に操銃を教え、七連発のスペンサー銃で果敢に戦った。京都でキリスト教に出会い、同志社の新島襄夫人となり活躍する。

井深梶之助も会津の出身である。当時の知識階級の第一人者、会津日新館の学頭を父に持ち、一七〇〇石の家老・西郷頼母（近思）の娘を母に持って、抜群の才幹に恵まれ、キリスト教徒になった人である。井深は、日本国政府の教育政策の欠陥は、近代市民社会倫理の基盤であるキリスト教を排除したことにあるとし、東京に明治学院を創設した。昭和一二年の日華事変開戦に反対して平和論を唱え、「ファッショ的日本を葬れ、天皇は人間である」と言ったため、東京帝国大学を追われた、

矢内原忠雄は、「近代日本における宗教と民主主義」において、「民主主義精神は個人の人格観念の確立に寄与するキリスト教によってのみ基礎づけられ、個人の人格観念の確立に寄与する宗教こそ、日本民主主義化に最も深く貢献する宗教である。而してそれが基督教であることは、歴史的にも教義的にも証明せられるところである」と論じている（『矢内原忠雄全集』第一八巻：三八八）。この矢内原の論は兼子重光[2]（常五郎）、杉山重義の生涯を見れば首肯されるであろう。兼子は福島事件で投獄され、懲役六年の宣告を受け、後に無罪となったが、杉山重義の示唆によって山本覚馬に拾われ、同志社で新島襄から学び、キリスト教を基盤とした、いわば宗教的民主主義者となっていった。兼子の影響を受けた者は少なくなかった。海老名季昌の妻・りんもそうであり、彼女は会津における幼児教育と女子教育の先覚者になり、受洗して矯風会副会頭となった。杉山もまた農民が弾正ヶ原に激昂して集結した時の指導者で、国事犯で検挙されたが無罪となっている。弾正ヶ原事件は、弾圧される側は会津人であり、弾圧する側

の最高権力者は旧薩州人の三島通庸（みちつね）であった。戊辰戦争での薩摩対会津の対抗関係が、会津自由民権運動に根強く残っているのである。また進歩的、開明的豪農層の代表者であった安瀬敬蔵の生き様にも矢内原が言う「キリスト教に基礎づけられた民主主義精神」を見ることができる。

隅谷三喜男は「天皇制の確立過程とキリスト教」において、次のように述べている。[3]

政治的な思想および運動としての自由民権と宗教としてのキリスト教との間には、／その結びつきは二つの形態をとった。一つは、万人平等の信仰を社会的に実現しようとして、自由民権運動に積極的に参加していったキリスト教徒の動きであり、他は自由民権論者が、その思想的基礎をキリスト教に求めて、これに入信する形態である。

（明治史料研究連絡会編『民権論からナショナリズムへ』：二一二）

この隅谷の指摘は、今述べてきた兼子重光や安瀬敬蔵の生きた足跡を見れば否定できないのではないだろうか。会津のキリスト教は一六世紀半ばからキリシタンに根づき受け継がれ、それは明治になってキリスト教プロテスタントと結びつき、民主主義精神の基礎となっていく。そしてそれは、自由民権運動とつながっていった。

明治四（一八七一）年、日本における最初の女子留学生が派遣された。彼女たちはいずれも明治の動乱時、敗者となった東北地方と関東地方の士族の娘たちであった。そのうちの一人、山川捨松は、久野明子の「山川捨松」[4]によると、戊辰戦争後、他の藩士やその家族とともに本州北の果て斗南（となみ）（青森県）へ移住した人であった。

若松賤子は、こうした熱心なキリシタンの人々、その後の山本覚馬、新島八重、そして井深梶之助、山川捨松等々大きな働きをしたキリスト教徒たちの地、会津で生まれた人である。賤子にとって新島八重、山川捨松は同時代の人であった。賤子は彼女たちの活躍を充分意識していたことと思われる。

「第Ⅰ部　三（3）若松賤子の教育と文芸活動」で前述したが、捨松は岩倉使節団に女子留学生として加わり、米国バッサル女子大学を卒業した。同校は世界各国の女子の景況報告を捨松に依託したが、その代わりに、キルバトリック夫人（バッサル女子大学卒業生）を通して賤子が「日本における女性の地位」を論述し、送った。この賤子の論文が非常に好評であった。

賤子にとってのキリスト教は前述したとおり、当時の大方の日本人が陥った思想としてのものではなく、罪の自覚を通しての贖い主キリストとの人格的な出会いによる信仰の対象であった。

注

一　明治政府

（1）一説には問題は常に宗教問題ではなく政治問題であり、キリスト教が仏教や神道との間に摩擦や争いを起こし、社会秩序を崩壊することを危惧していたともいわれている（山本七平『日本人とは何か』）。

（2）条約に伴い日本にいるアメリカ人は、「自由な信仰活動」が認められ、「適切な礼拝の場を建設する権利」を得ることになった。幕府はイギリス、フランス、オランダとも同様の条約を結んだ。ロシアは、それまでに日本のことをよく知っていたため、日本にいたずらに圧力をかけない形で国交を開設している。こうした条約は諸外国の治外法権を廃止できないものであり、関税自主権は持たず、諸外国に一方的に最恵国待遇を与えることになり、国の主権を蝕（むしば）み、国の誇りを傷つける不平等なものであった。

（3）丸山真男は『翻訳と日本の近代』において、明治の変革を、中国、朝鮮と比較して論じている。日本は広く本来の侍が、事態を軍事的脅威として受け取り、上層部はクレバーで、戦術として尊皇という「玉」を使い、攘夷論を利用してすばやく倒幕し、その後開国したのだ、と。

（4）福沢諭吉蔵版『文明論之概略』一八七五年。幕府は一八六〇（万延元）年、日米修好通商条約の批准書を交換するため、勝海舟、福沢諭吉を随行させ、最初の遣米使節団をアメリカに派遣した。福沢は日本がたちまじって独立を保つには、洋の有形の科学（数理学）と無形の人権（独立心）の文明を取り入れ、真実の文明国、近代国家、富国強兵の国とならなければならないと思った。それには男女の気品の高尚が重要だとし、日本男子の不品行と横暴を指摘しつづけていった。なお福沢は、幕末に『西洋事情』を、明治五年に『学問のすすめ』を出し、いずれも数十万部出版された。明治八年には『文明論之概略』で、「ペリー来航、攘夷論は革命の『近因』であり、旧来の門閥専制を倒した人民の智力の向上が革命の『遠因』である」と論じている。

（5）安部龍太郎と佐藤優は、「日本列島の西側にある長州藩や薩摩藩は農本主義では生きていけないのと同時に、長州は対馬を通じて朝鮮と、薩摩は琉球を通じて清国と密貿易をやっており、財力を蓄え、それが雄藩連合（勢力の強い藩の連合体）を作る下地になったと同時に、外圧に対する危機感が早くから強くあった」と薩長藩が明治の変革へと結びついていく要因について対談している（『対決！日本史』2　幕末から維新篇）。

当時、アメリカの国力はまだ十分でなく、イギリス、オランダ、フランスはそれぞれ植民地経営に取り組んで余裕がなく、ロシアも農奴解放で手いっぱいだった。日本は当時、各国から虎視眈々と狙われていた。一〇年遅れていれば、中国の力が弱いことが列強諸国にはっきり見え、中国とセットで日本も一気に攻め込まれていたかもしれなかった。

イギリスは大反乱を薩長にやらせて幕府に決起を促し、薩長を傀儡（かいらい）にして日本を乗っ取ろうとしていたが、西郷隆盛はその手に乗らなかった。また、幕府はフランスから武器を買っていたが、大事なところではフランスを入れなかった。当時幕府が本気で戦っていれば、絶対負けなかったという。勝海舟の働きで、徳川慶喜は「天皇には絶対逆らえない」と、江戸無血開城となった。そのおかげで治水機能のある、文化的で経済力もある江戸は焦土化を免れた。

ＮＨＫ番組（ＮＨＫスペシャル　新・幕末史　グローバル・ヒストリー「第２集　戊辰戦争　狙われた日本」、二〇二二年一〇月二三日放送）によれば、最近、プロイセンのビスマルクが日本から受け取った「東北同盟軍（奥羽列藩同盟）は新政府軍に対して勝利を治めるだろう」と記された機密文書が見つかり、それによると、プロイセンは自国と風土の似ていた北海道を植民地化しようとしていた意図が読み取れるという。

（6）原田伊織は『明治維新という過ち』において、幕末史の実態を次のようにとらえている。

「長州・薩摩は討幕の勅許を偽造したものの徳川慶喜に『大政奉還』という先手を打たれ、／長州・薩摩の徳川幕府打倒計画は挫折した」（五五頁）。民衆に、徳川を倒したおれたちこそが天下様だ、と見せつけるために、「『赤報隊』というテロ集団を組織して幕府と尊王佐幕勢力を挑発した。／慶喜がまんまとこの挑発に乗ってしまって勃発したのが、〔戊辰戦争の始まりである〕この『鳥羽伏見の戦い』である」（一九三頁）。「長州・薩摩という本来は『反乱軍』であった勢力は、勝つために朝廷を担ぎ、これを脅し、利用して、それが決定的な勝因となって戦に勝った。／最終的にもっとも孝明天皇の信頼の厚かった会津藩を壊滅させて勝者となったから『官軍』となり、会津はただ戦に負けたという、その一点のみによって『賊軍』となった」（六八頁）。

(7) 柴五郎は陸軍大将。「義和団の乱」において、国際的にも称賛された（石光真人編著『ある明治人の記録――会津人柴五郎の遺書』）。

(8) 星亮一『会津落城――戊辰戦争最大の悲劇』によれば、例えば占領軍は犯罪者という理由で、会津藩兵の遺体の埋葬を禁じ、残酷な処遇をした。それ故、遺体は半年間、放置されたままだったという。

(9) 星亮一『偽りの明治維新――会津戊辰戦争の真実』。早乙女貢『敗者から見た明治維新』。永岡慶之助『斗南藩子弟記』。

(10) ヨーロッパは有力な領主が他の領主と連合して絶対君主にのし上がっていき、イギリスの場合、テューダーの絶対王政が成立（一四八五年）してから一世紀半たってクロムウエル革命（一六四九年）が起こっている。またフランスの場合、ブルボン王朝成立（一五八九年）から二世紀もたってフランス革命（一七八九年）が起こっている。日本では、この変動は、絶対王政としての天皇制国家がまだ充分に確立しきっていない時期に起きたのである。日本では二五〇年以上幕藩体制が敷かれ、それは幕府（将軍）と藩（大名）の支配と従属の関係から成り立っていた。幕府の諸藩への支配権と諸藩の民衆への支配権をともに没収しなければ絶対主義が成立しないという特殊性があった。

(11)「五箇条の御誓文」

第一条「広ク会議ヲ興シ万機公論ニ決スベシ」（列候会議を興し万機公論に決し私に論ずるなかれ）

第二条「上下心ヲ一ニシテ盛ニ経綸ヲ行フベシ」（士民心を一にし盛んに経綸を行ふべし）

第三条「官武一途庶民ニ至ル迄 各 其志ヲ遂ケ人心ヲシテ倦マサラシメン事ヲ要ス」（中央政府、諸侯一体となって庶民に至るまで、各々その志を遂げ、人心をして倦まざらしめんことを要す）

第四条「旧来ノ陋習ヲ破リ天地ノ公道ニ基クベシ」（従来の鎖国攘夷をやめて万国公法即ち国際法に則るべし）

第五条「智識ヲ世界ニ求大ニ皇基ヲ振起スベシ」（智識を世界に求めて、広く世界の長を採り、これを集めて天皇が国を治める基礎とする）

　これは、福沢諭吉著『西洋事情』との類似点があげられ、すぐれた構想力と洞察力だといわれている。この誓文には、日本の言語にはない概念をアメリカの言語から借りて翻訳しているところがある。第二条の経済、財政の「経綸」は、キリスト教の「摂理Providence」の意、第五条の「振起」もキリスト教の「振起日Rally Day」からきている。その背景には意識するとしないとに関わらず、欧米の言語と関係の深いキリスト教の影響を受けていると思われる。

　武田清子は『天皇観の相剋』において、「全国諸藩の大名の発言権を認め、諸々の政治勢力をいわゆる『公議』政体の中に抱きこもうとする明治政権の政治的意図に基づくものであったとはいえ、その『公議輿論』のスローガンは、その意図を超えて『民主主義』的要素へと展開する可能性を内包していた」（六頁）と述べている。

(12)西郷隆盛、大隈重信、江藤新平等は、早くも日米修好通商条約調印の翌一八五九（安政六）年、宣教師G・フルベッキから国際情勢など新しい知識を吸収していた。

(13) 各省の官僚、女子を含めての多数の留学生、現地訪問国で同行した者、後から合流した者、平均年齢三〇歳の総勢一五〇名であった。

(14) 片岡弥吉『浦上四番崩れ』を参照されたい。

(15) 英字新聞『トキオ タイムズ』の社説には、「国家統合という考えが、語られ、確立された。一つの国家であるということが受け容れられ、評価されている。／この内戦の教訓は、アメリカの南北戦争と驚くほど一致する。アメリカでも、極めて重大な問題は州と中央権力との関係であった。日米両国の内戦の結果は、中央が上位であり、最終決定をすべきであることを示した。アメリカと同様、日本での『必然的な危機（西南戦争）』がまともに戦われ、好ましい形で解決した」とあった。

この社説に対して明治一〇年、宣教師・トーマス・セロン・アレクサンダー（通称トム）は、南北戦争で深い傷を受けたことを述べている。また明治三年、フルベッキの紹介と斡旋により熊本洋学校の教師として招聘されたジェーンズ大尉（ウエスト・ポイント「合衆国陸軍士官学校」の卒業生、北軍兵士、教官、平信徒）も同様である。

ジョアンナ・シェルトン『わたしの家族の明治日本』には、「内戦は、横浜から遠く離れた地で戦われたが、疲れきった兵士が重い足取りで故郷に帰って行く姿が横浜でも見られた。／トムはこれらの兵士たちを見て、忘れたいと思っていた南北戦争での死と破壊の古い記憶を再び思い起した。十二年前に終わった南北戦争は、トムの青春を奪い、残酷で暗い人間の側面をさらした」（四三頁）とある。

フレッド・G・ノートヘルファー『アメリカのサムライ――L・L・ジェーンズ大尉と日本』には、「ジェーンズの訴え、すなわち『極度の精神的無力感』、『不眠』、『神経的不調』、身体を弱らせる『頭痛』、『半分麻痺』した感覚、『慢性の下痢』、こうした症状は普通の肉体的無力を意味するだけでなく、強い情緒的重圧をも示している。／ジェーンズの南北戦争における挫折は肉体的なものだけでなく、心理的なものでもあったと、かなりはっきり言えるだろう」（一〇二頁）とある。

明治一〇年代、幕末の陽明学者山田方谷、奥宮慥斎の影響があって、岡山県下、高知県下ではキリスト教が広範囲に信じられていった。海老名弾正ら熊本洋学校の学生、すなわち熊本バンド三五名は、この陽明学の影響を受けた。彼らは「人材を養成して第二の維新に備へ、以て他日中央に勢力を張らん」とキャプテン・ジェーンズの熱誠に動かされて信仰を起こし、明治九年一月、花岡山に登り、「奉教趣意書」に署名した。彼らは共和政治の支持者とされ、非国民、売国奴呼ばわりされて猛烈な迫害を受けた。

(16) キリスト教は愛国心、孝行、忠義心を失わせるとする儒教主義。キリスト教は近代科学と矛盾するという東京大学中心の進化論・不可知論。最強の優者が専制の権力を保有することこそが社会進化の基礎であるとする加藤弘之による唯物論。そして、外国資本の圧迫に対応するには国家の援助による急激な資本の蓄積によるほかないとキリスト教を排撃する福沢諭吉による国権論である。

(17) 隅谷三喜男『近代日本の形成とキリスト教』によれば、猛烈な伝道活動をなし得たのは陽明学的教養であったと言う。隅谷は、横井小楠の弟子である海老名弾正の陽明学についての見解を紹介している。海老名は、「天を上帝に人格化し、天が我が心を見、天が我を保護する。……予をして天に向はしめる指南となった。〔かくて基督教を知った時〕儒教でいふ上帝、旻天と、基督教でいふ神とは同じではないか」（二七頁）と言う。横井は共和政治を企図しているとされ、暗殺された。海老名ら熊本バンドの大部分は同志社に学んで伝道者になった。横浜バンドの多数も同様であった。しかし、農村におけるキリスト教の下層からの遊離がこの頃着実に進んでおり、それは明治政府の支柱となっている社会層への接近であり、政府を批判し、政府の批判に堪えて強力に発展する要因を失いつつあった。

(18) 明治一五年一〇月末、福島事件（福島県令・三島通庸が農民の犠牲を前提とする大規模な道路施設を企て、河野広中を議長とする福島県議会の民権派を撲滅した）が起こった。農民たちは、明治一七年五月、「困民党」「借金党」と呼ばれる組織をつくって、高利貸のあくどいやり方を訴えた。同年五月に群馬事件、七月に加茂事件、一〇月に秩父事件、一一月に飯田事件等々激化事件が起こっていった。九月二三日、栃木と福島の二つのグループ（加波山グループ）が三島の暗殺をはかって失敗し、処刑された（後藤靖『自由民権——明治の革命と反革命』参照）。

馬場辰猪は全国的に有名な土佐出身の理論家、民権家。渡米後、馬場は一八八七（明治二〇）年六月二五日、ワシントンの『イブニング・スター』紙に「日本の監獄で」を発表して、獄中での残酷な取り扱いを告発し、条約改正中の井上外相に揺さぶりをかけ、日本政府に打撃を与えるという戦術を用いて抵抗した。色川は「彼は自由党を結成した中心的な人間の一人でありながら、その『無知な党員』と『愚劣な党首』（板垣退助）のあまりにも誤った言動に失望して離党し、単騎よく専制政府とわたりあった独立不羈（ふき）の自由人だった」と述べている（色川大吉「カリフォルニア〝革命通信〟」『自由民権』、一八八頁）。

(19) 宣教師たちは、明治初年以来、伝道の手段として女子教育に力を入れていた。日本の女子の非常に低い社会的地位を向上するため、婦人の解放を企図し、各地に次々と女学校を設立した。二三年までに建てられた女学校は、全国で四四校に及び、そのうち二七校は、一九年以降の欧化主義時代に設立されたものであった。ミッションスクールの女子教育は極めてピューリタン的なものであったが、それは後年の官立女学校のように反動的なものではなかった。後の婦人解放運動は、このような教育の中から生まれてきたのである。当時の群馬県会の湯浅治郎議長、宮口二郎副議長はともに安中教会員であり、常置委員六名中五名はキリスト教徒であった。群馬の廃娼運動は彼らの尽力によって展開された。そしてついに二四年九月、廃娼令が公布された。

(20)「／全国から集まった自由党の代表者の集会が大阪で開かれた。この集会は、板垣さんによって主宰され、何百人もの党員が参加した。／この集会が閉会したころ、私の同僚、トンプソン牧師とヴァーベック博士が、板垣さんの依頼で土佐に行く途中に大阪に立ち寄った。この時、まだ大阪にいた六、七十人の自由党員がわたしの家に来て、客間でヴァーベック博士の興味深い教育的な話を聞いていった。その数日後に、トンプソン牧師とヴァーベック博士は土佐で布教活動を始めた。これは、高知での活動の第一歩だった。／〔一八八五年の〕五月十五日の夜にノックス牧師が、十三人に洗礼を施した。彼らの中には、片岡健吉〔後、同志社大学総長〕、坂本直寛〔後、高知県会議員、牧師。母は坂本龍馬の長姉・千鶴。龍馬の宿願の北海道開拓を龍馬の兄・坂本直から引き継ぐ〕、といった地元に影響力のある男たちがいた。片岡は武家の出で自由民権家であり、板垣と緊密に協力し合い、後に衆議院議長を務めた。／細川義昌〔高知の有名な武道館の館長、実業家〕も洗礼を受けた。／教会は、十七日の日曜日に、二十五人ほどの会員で設立され、トム〔トーマス・アレクサンダー〕が説教をし、ミラー牧師が聖職叙任を行った」(ジョアンナ・シェルトン『わたしの家族の明治日本』、一一七―一一八頁)。

「これはめったにない幸運と思われた。板垣さんがキリスト教運動を支持すると約束をしてくれた。土佐の男たちは、日本の中でもっとも影響力があり、信頼できる人たちだ。板垣さんは／天皇親政の下で参議の一人になったが、自由主義的な考えを表明するため役を辞した。それから自由民権運動の中心人物になった。だから、板垣さんは自由主義的な考えをする人間が多い故郷で、キリスト教支持に強い影響力を与えることができる」（同、一〇七頁）。

　彼ら宣教師たちは、板垣のような有力な人物と組めることの価値をはっきり感じていたが、後述するガルストとは違って、政治家を利用はするが政治に深入りすることは避けたのであった。

(21) イギリス功利主義の影響を受け、ブルジョア的国権論の立場からキリスト教を批難していた福沢諭吉は、進化論を応用して、キリスト教を国教とすべしという社説を掲げた。唯物論者の加藤弘之も、外山正一も同様であった。この頃、最もはなばなしく発展した教会は、明治政府の欧化主義に応じて貴族官僚等を引き入れた政治的性格の強い組合教会、特に熊本バンド系の教会であった。小崎の番町教会、海老名の上州、金森の岡山、横井の今治の諸教会、そして板垣退助の依頼による一致教会である。長い間、社会から迫害されてきたキリスト教会は、大方がこうした当時の有力者の参加を嬉しく思ったことであろう。しかし、それは非常に危険な要素を含んでいたのであった。

(22) 伊藤はドイツに短期留学し、ドイツ代表国家学者・ローレンツ・フォン・シュタインから、「英米仏の自由過激論者の著述を過信せず、プロイセンの憲法をモデルにするのがよい」と教えられた。ドイツでは国民の福祉を民衆の主体的な民主主義、民権主義によるよりも、啓蒙された君主の国権によって推進しようとしていた。それは諸侯、君主は国民の福祉を守るために神によって立てられたのであり、この君主に反逆することは神に対する反逆であるとしたルターの基本的な考えであった。そこで伊藤はドイツのルター主義を、日本では天皇制家父長的家族国家論と儒教のタテ関係の倫理としたのである。こうして明治一八年、天皇絶対主義支配の大日本帝国憲法が制定された。

(23) 半藤一利『幕末史』には、「［明治十一年］木戸、西郷、大久保とほぼ一年の間につづいて亡くなって、ほんとうに幕末の動乱の立て役者はみんないなくなってしまいました。そして、残って国の政治・軍事をリードするのは山県有朋と伊藤博文。／彼〔山県有朋〕は西南戦争で新政府軍の参謀長として、西郷軍を撃破するのに／軍の編成……など軍令事項を決定しますさいに……総督官と……政府の理解と許可を求めなければなりませんでした。／臨機を要するときに不便もはなはだしいものがあります。／山県の献策にもとづいて、……参謀本部があらたに設置されたのです。／山県は陸軍卿を西郷従道にゆずりまして、みずからは参謀本部長になります。／参謀本部が形式的にも内実的にも、完全に独立した軍令機関となること。参謀本部長は陸軍卿にたいし独立し、さらに陸軍卿に優越する地位が与えられること。／国の基本骨格のできる前に、日本は軍事優先国家の道を選択していたのですよ」（四五九、四六三―四六五頁）とある。

（24）「君が代」は「御真影・教育勅語・日の丸」と一体となって、学校教育の中に絶対的地位を占めていった。やがて国民を「皇国民」として統括していくようになる。この天皇制イデオロギーを徹底させるため、授業料は減免されて、それまで低迷であった就学率を向上させていった。男子は資本主義経済を発展させる第一線労働者として、また、軍隊生活のための「身ヲ立テル財本」として、小学校教育は必修欠くべからざるものとなった。

「教育勅語」を成立させた中心的人物は元田永孚である。彼は横井小楠と同じ陽明学系統の実学に立った儒者ではあったが、横井小楠などとは異なり、水戸学皇国史観・国体論に共鳴していた。元田は天皇を王道聖徳をもって教育し、智（学校）、仁（道徳）、勇（軍）を統制させようとした。国家神道を小学校の道徳教育の中に入れて、仁義忠孝を教え、倫理的に国教化し、西洋化・自由化・キリスト教化を防ぐべきであると主張した。

二　森有礼　大日本帝国憲法と学校教育

（1）ドリス・カーンズ・グッドウィン『大統領選』は、一次史料を駆使して克明に描かれている。リンカーンは一八六〇年、奴隷解放を公約として大統領に選出された。一八六三年一月、奴隷解放宣言が公布され、「奴隷解放」が戦いの名目になり、一八六一年から一八六五年四月まで、南北血みどろの戦い（南北戦争）が繰り広げられていった。そしてゲティスバーグで北部の連邦軍が南部連合軍に大勝利する。戦死者は南北合わせて六二万人だったといわれている。リンカーンは「人民による、人民のための、人民の政治」を行う「神の道に適った国家」の実現こそを理想としようと演説した。演説を聞いた人々は驚嘆と崇敬の念で「微動だにせず言葉なく立ち尽した」という。リンカーンは、勝敗ではなく、アメリカの人々の自由と平等が打ち立てられ、神の道に適った新たな国家が誕生することを問題としたのであった。しかし彼は南軍の者に暗殺された。

（2）東京上野公園に「グラント将軍植樹碑」がある。そこには、「明治十年（一八七七）から同十二年にかけて、グラント将軍は家族同伴で、世界を周遊した。その際、来日。同十二年八月二五日、ここ上野公園で開催の大歓迎会に臨み、将軍はロウソン檜、夫人は泰山木を記念に植えた。／胸像下部には、英語で、将軍の言葉「平和を我等に」の文字を刻む。グラント将軍のフルネームはユリシーズ・シンプソン・グラントという。北軍の義勇軍大佐として、南北戦争に従軍。戦功を重ね、のち総司令官となり、北軍を勝利に導いた。明治二年、アメリカ合州国大統領に選ばれ、同十年まで二期在任した」とある。

グラントは世界旅行の途中、日本で二か月間滞在した。グラントはこの旅行ではじめにイギリスに行き、そこでヴィクトリア女王の子であるケンブリッジ公爵の部隊を閲兵させられた。日本においても近代化した日本軍を閲兵させられた。「私が二度と見たくない唯一のもの、それは軍隊の行進である」と述懐したという。グラント自身、南北戦争で深く傷ついていたのである。

　明治一二（一八七九）年八月一〇日、明治天皇（二七歳）は、浜離宮でこのグラント（五七歳）と会見した。明治天皇がグラントに会った明治一二年は、西南戦争を経て為政者大久保利通が暗殺された翌年である。グラントが見たくないと言った戦いの傷がまだ癒えない時である。グラントは明治天皇に、政府は「人民ニ依拠」することがいかに重要であるかを述べ、国家の「外債」に頼らない経済的自立を助言し、日清の平和を提言している。江戸幕府はフランスから莫大な借款をしており、明治政府は、その返済と国力の充実（近代技術等の導入）のため、イギリスからさらなる借款を負い、喘ぎ焦っていた。

（3）田中の女子師範学校設立の申し立ては、マレーと全く同じであった。田中は建議書で、「女子ノ性質婉静啻ニヨク其教科ヲ講習スルヲ得ルノミナラス向来幼稚ヲ撫育スルノ任アレハナリ」「欧米諸国ニ於テハ女子ハ常ニ児童ヲ教授スル最良ノ教師ナレハ希クハ日本ニ於テモ亦女子ヲ以テ教育進歩ノ媒ト為サンコトヲ」と述べ、熱い真心で女子の師範教育の開始をすすめている。女子師範学校の摂理嘱託は中村正直であった。中村もまた女子教育を重要視していた。この女子師範学校には皇后の行啓が度々あり、当時、為政者は、女子教育を国家の緊急事としていたことがわかる。

（4）森有礼編「日本教育策」"Education in Japan"、『明治文化全集』第一〇巻（教育篇）。森は米国の政治家や学者に書簡を送って、日本教育策に関する意見を求めたのであった。その書簡の趣旨は①一国の物質的繁栄について、②一国の商業に対して、③一国の農業上工業上の利益について、④国民の社会的・道徳的・身体的状態に対して、⑤法律統治上の効果についての五点に対して、教育がどのような影響を持つかを尋ねたものであった。この書簡に対して米国の有識者三人からの返信を得ることができた。森はこれら返信書簡を編集して『日本の教育』として出版した。

三　会津のキリスト者

（1）多くのキリシタンの遺跡――十字架のある観音像や地蔵尊、墓石、石灯籠が村々には残っている。新潟県の佐渡ヶ島、仙台の広瀬河畔、宮城県の東和町、岩手県の藤沢町、山形県の米沢市などでも何百人ものキリシタンが殉教した。さらに北海道では、大千軒岳の殉教も起こった。

（2）旧会津藩主松平容大の補育役は兼子重光であった。容大は山本覚馬の進言によって京都同志社に入学し、宗教的教育を受けた。また、兼子の出身地勝常村には、その後も自由民権運動を受け継ぐ労働運動とキリスト教の影響が残っている。クリスチャン鈴木文治が創立した友愛会は、日本労働総同盟の前身で、日本の労働運動を再興する有力な足がかりとなったといわれている。

（3）安瀬は、明治一九年、新島襄の郷里群馬県安中教会の牧師杉田潮と同高崎教会の牧師星野光多（フェリス・セミナリのブース亡き後の教頭）を招いて、喜多方キリスト教演説会を開いて成果を上げた。安瀬は製糸業の産業奨励者であり、肝煎（きもいり）（庄屋）すなわち「豪農」層に呼びかけ、後の自由党会津部に発展する愛身社を創立した。若手党員が三方道路反対運動の先頭に立って闘争を展開し、犠牲者も多く、投獄された者も少なくなかった。

（4）久野明子「日本最初の女子留学生　山川捨松」、会津武家屋敷文化財管理室編『幕末・明治に生きた会津の女性』参照。「粗衣粗食の生活を送っていた山川家では、／捨松を不憫に思い、斗南よりもはるかに人間らしい生活が送れる函館の知人宅に預けることにした。／その後捨松はフランス人の家庭にあずけられ」たと書かれている。（一八頁）彼女の留学時、すでにアメリカ留学中の兄・山川健次郎（後に東京帝大総長）は、エール大学出身の牧師レオナルド・ベーコンに、幼い妹の世話を頼んでいた。森有礼の助力もあり、捨松はベーコン家の暖かい愛情に包まれて育ち、名門校ヴァッサー・カレッジ（バッサル女子大学）で「優等生」として活躍し、アメリカ社会へ見事に順応した。帰国後、山県有朋と共に陸軍で最高の地位に昇った一八歳年長の大山巌と結婚する。捨松の会津と大山の薩摩は、戊辰戦争では敵対関係に置かれていたが、キリスト教に縁のある西郷従道（西郷隆盛の弟。従道の長男・西郷従理はギリシャ正教の洗礼を受けている）の山川家説得で結婚したのである。彼女は留学時に同期であった津田梅子が開いたキリスト教主義の女子英学塾を顧問として、後に理事となって支え続けた。また彼女は西欧との不平等条約解消のために鹿鳴館で活躍した。兵士たちの未亡人と孤児のために愛国婦人会の理事としても働いた。

おわりに

若松賤子は明治時代に生きた作家である。幕末政権交替期の敗者の側の会津の娘として生まれ、戦争の惨禍をくぐり抜け、大人となった人である。病の中、名訳『小公子』を書き遺した。幼いアメリカの少年の生き生きと織りなす明るい世界が、当時の暗い日本の子どもたちに届けられた。また、賤子は創作「着物の生る木」を書き、日本に初めてファンタジーの世界を垣間見せてくれた。日清、日露戦争へとなだれ込んでいく当時の異様な現実社会の中から、未来へと抜け出し羽ばたく力をひそめるものである。その他賤子は、詩、論文、エッセイも含めて長短百編余の著作を遺している。そのいずれもが、弱い立場にある幼い子どもや女性の人格を尊び、まっとうに生きられるよう著したものである。彼女は日本に真実の児童文芸、近代文芸の姿を示してみせた。

当時、日本の児童文芸は、巌谷小波がその先がけであるという定説があった。しかし、その巌谷小波や、山田美妙、尾崎紅葉、幸田露伴ら写実主義の文芸は、半ば封建的な硯友社系の体質を持っており、男性中心の富国強兵の波に吸い込まれていった。そのような中で、賤子の諸作品は、いわゆる女、子どもの「たわごと」として軽視されていった。賤子の高い業績は、長い間、なんらの評価もなされないまま歴史の片隅においやられてしまっている。このことの検証は、今後の日本文芸、児童文芸を研究するにあたり、また、日本の近代化の内実を見るにあたり、重要な意義を持つことと思われる。

賤子は数奇な生い立ちから、日本語と英語の二つの文化圏の中で成人し、他の誰よりも直接的にキリスト教教育を受けた人である。欧米文化に生きるピューリタンの女性宣教師キダーやブースによって、自由、平等、愛のキリスト教精神（プロテスタンティズム）を、直接に生活と学校教育の場で教えられた人である。しかし彼女は、士族の娘として生まれたが故に日本人としての誇りが高く、また、夫の巌本善治と共に天皇制を信奉していた。日本の現実が酷薄な戦争へと突き進んでいく時、巌本は急激に強いナショナリズムへと傾いていき、賤子はプロテスタンティズムとナショナリズムのはざまに入ってしまう。賤子と巌本夫妻のナショナリズムは、その後、彼らの思いとは別に意外な展開をしてしまった。

日本の近代化は、国家の中心に天皇制を導入することによって、欧米とは異なる展開をしてしまった。一部の権力者が、人間である天皇を神に祀り上げ、権限の主力を天皇に持たせることによってそれを巧妙に利用した。そして本来の民主的な議会の働きを空洞化させ、国民を思うがままに動かしていった。この天皇制のもとで日本の近代化は大東亜共栄圏を目指し、八紘一宇（世界万国を日本天皇の御稜威（みいづ）のもとに統合し、おのおのの国をしてそのところを得しめようとする理想）の実現を掲げ、植民地支配を進め、日清、日露戦争、ひいては第二次世界大戦へと突入していった。そして第二次世界大戦における大敗という結末を迎えてしまう。他国に対して赦されざる侵害をし、日本国民には悲惨な犠牲を負わせ、取り返しのつかないことをしてしまった。この日本のナショナリズムは諸外国によって罰せられるが、それは各国の天皇観によって天皇の戦争責任を追及する論議の中で相剋していった。

文部省が教育勅語の奉読を廃止し、勅語・詔書の謄本などの神格化の廃止を全国の学校に通達したのが一九四六年一〇月八日である。このようにして「教育勅語」に代わる「教育基本法」が公布されたのは、一九四七年三月であった。降伏後一年半以上かかっている。

あとがき

本書執筆の動機は、恩師である関西学院大学名誉教授・水谷昭夫先生との出会いでありました。その後、学校法人聖学院名誉理事長・大木英夫先生ご夫妻にお会いし、身に余るご指導をいただきました。大木先生の若松賤子、巌本善治、聖学院への思いは、今思い返しても胸が熱くなるものがあります。なお、大木先生は賤子の遠戚にあたられ（八―九頁、家系図参照）、先生から若松賤子と聖学院との関係など貴重な資料をいただきました。元聖学院院長・元女子聖学院校長・小倉義明先生にはずっと見守っていただき、ありがとうございました。

元女子聖学院中学高等学校教頭・鈴木健一先生からは長年にわたり、病の中、深い、手厚いご指導、お励ましをいただきました。今も言葉では言い尽せない感動の中にあります。お礼の言葉も見つからないくらいです。また聖学院大学総合研究所名誉教授・森田美千代先生からもたくさんの労力を割いていただき、広い視野のもと、懇切丁寧で的を射た鋭い貴重なご指導をいただきました。ありがとうございました。

そして青山学院大学名誉教授・小玉晃一先生は、アメリカ文芸に疎い私に丁寧なご指導をくださいました。奇しくも小玉先生は水谷先生と同じ日本キリスト教文学研究会に所属し、思いを一つにされておられた方でした。小玉先生は若松賤子の次女・民子の夫君、松浦嘉一氏を恩師とされる方でもあります。体調の優れない中をありがとうございました。

明治時代の重要人物、江藤新平の遠戚で、かなりの読書家の伊藤淳二氏（元鐘紡社長、元日本航空社長、山崎豊子著『沈まぬ太陽』のモデル）との思いがけない出会いがあり、一〇年もの間、温かいお交わりをいただきました。その折、会津にまつわる貴重な資料までもいただきました。ありがとうございました。

本書はその他、嘉悦女子中学・高等学校の社会科教諭（教育哲学者）・清水俊久先生、ラジオ伝道の石井正治郎先生、そして濱田辰雄先生等、大木先生の直弟子・ゼミの方々、また文グルの皆様（元関西学院大学水谷昭夫先生門下生）等々、多くの諸先生方、友人の篤いご指導、お励ましで出来上がりました。ありがとうございました。フェリス女学院歴史資料館の山口まどか氏には細やかに対応していただき、お世話になりました。また、古川家の古川宏子様には、口絵で使用した賤子文学碑の写真をご提供いただくなど、ご助力を賜りました。ありがとうございました。そして花岡和加子氏、菊池美紀氏はじめ聖学院大学出版会の方々は著者に細やかに寄り添ってくださり、大変お世話になりました。改めて感謝申し上げます。

戦争という暗い時代へと向かう中で、一条の光を放つ「若松賤子」という女性とその作品に焦点をあて、現代によみがえらせることができたらと願っております。

ちなみに私が最初に勤務していた嘉悦女子中学・高等学校（今は「かえつ有明中・高等学校」として豊洲に移転）は、千代田区富士見二丁目一五—一にあり、植村正久の富士見町教会は、二〇一三年に新しい会堂となり、今も千代田区富士見二丁目一〇—一にあります。私は毎日、ＪＲ飯田橋駅で下車し、明治女学校の生徒や若松賤子、そして有名なキリスト者、作家や生徒が集っていた角にある富士見町教会の前を通り、桜並木の美しいお堀（千代

あとがき

田城の内堀と外堀に囲まれたドーナツ状の地域で侍の居住地であったため堀があった）に沿って十数年、学校へと行き帰りしていたのです。次に私が十数年勤務したミッションスクール女子聖学院は、ＪＲ駒込駅近くであり、賤子が病気療養のため一時的に住まって静養した、桜で有名な王子村に近く、火事の後に再建された明治女学校も、駒込駅の隣の駅、巣鴨です。そこにはソメイヨシノの原種といわれるエドヒガンザクラとオオシマザクラが植えられています。私は明治女学校、若松賤子、巌本善治・・・と見えない糸でつながっていたのだなあと深い感慨を持つのです。

長年にわたり、教職、家事、育児、介護の中でほそぼそとこの原稿を書き続けてまいりました。夫と三人の子どもたちの理解と協力を感謝しております。特に夫は、後年、病を得て肉体に弱さを覚える中でありました。感謝しきれないものがあります。

最後に、第二次世界大戦の厳しい戦中戦後の時代を生き抜き、私を育ててくれた両親の堀江東作、美栄子に「ありがとう」の言葉を贈ります。特に母は男尊女卑の封建体制根強い奈良の生まれでしたから、感謝の思いひとしおです。

宮本　沙代

二〇二四年五月八日

引用文献（『女学雑誌』の引用は除く）

若松賤子の著作

若松賤子「会津城籠城」前文、柴田亜由美「巌本嘉志子による英文の訳出」(三)、フェリス女学院歴史資料館紀要『あゆみ』第三八号、一九九六年

若松賤子「木村鐙子小伝」(上)、柴田亜由美「巌本嘉志子による英文の訳出」(四)、フェリス女学院歴史資料館紀要『あゆみ』第三九号、一九九七年

若松賤子「木村鐙子小伝」(下)、柴田亜由美「巌本嘉志子による英文の訳出」(五)、フェリス女学院歴史資料館紀要『あゆみ』第四〇号、一九九八年

若松賤子「比較宗教学の短い考察」、『婦人矯風雑誌』第一五号「小傳」欄(明治二八年一月二〇日)、柴田亜由美「巌本嘉志子による英文の訳出」(六)、フェリス女学院歴史資料館紀要『あゆみ』第四一号、一九九八年

若松賤子「比較宗教の研究小論」、The Japan Evangelist, Vol.II-No.4、一八九五年

若松賤子「田舎だより」、『評論』一号、女学雑誌社、一八九三年

若松賤子「昨日と明日」、巌本善治編、師岡愛子訳『訳文　巌本嘉志子』龍渓書舎、一九八二年

若松賤子「キリストのための大日本」(The Japan Evangelist, Vol.II-No.1)、巌本善治編、師岡愛子訳『訳文　巌本嘉志子』龍渓書舎、一九八二年

若松賤子「出征する二人の伍長」（The Japan Evangelist, Vol.II–No.2）、巌本善治編、師岡愛子訳『訳文　巌本嘉志子』龍渓書舎、一九八二年
若松賤子「日本における女性の地位」、巌本善治編、師岡愛子訳『訳文　巌本嘉志子』龍渓書舎、一九八二年
若松賤子「日本の家と家庭の躾」（The Japan Evangelist, Vol.III–No.1）、巌本善治編、師岡愛子訳『訳文　巌本嘉志子』龍渓書舎、一九八二年
若松賤子「私どもの敬愛する皇后陛下」（The Japan Evangelist, Vol.II–No.6）、巌本善治編、師岡愛子訳『訳文　巌本嘉志子』龍渓書舎、一九八二年
若松賤子『着物の生る木』、『少年世界』一巻一八号、東京博文館、一八九五年
若松賤子「花嫁のベール」（乗杉タツ訳）、磯崎嘉治編『巌本』創刊第五〇号別冊No.1、巌本記念会、一九七七年
若松賤子「雛嫁」、『国民之友』一六三号付録（一八九二年）、藤原正人編『国民之友』第一一・一二巻、明治文献資料刊行会、一九六七年
若松賤子『若松賤子集』冨山房百科文庫、冨山房、一九三八年
若松賤子、尾崎るみ編『若松賤子創作童話全集』日本児童文化史叢書4、久山社、一九九五年
若松賤子訳、名著複刻全集近代文学館・編集委員会編『小公子』名著複刻全集近代文学館、近代文学館、一九六八年（女学雑誌社明治二四年刊による復刻版）
バルネット著、若松志づ子訳『小公子』博文館、一八九七年
バアネット著、若松賤子訳『小公子』岩波書店、一九二七年初版・一九三九年改版

その他
青柳安誠「母のこと」、青山なを『明治女学校の研究』慶應通信、一九七〇年（『青山なを著作集第二巻』慶應通信、一九八二年）
青柳安誠「母のこと」、『PETIT忘れえぬ人々』金芳堂、一九六三年
青山なを『明治女学校の研究』慶應通信、一九七〇年
秋山繁雄「ミラー夫妻と三浦徹の盛岡伝道」『続明治人物拾遺物語――キリスト教の一系譜』新教出版社、一九八七年
秋山　操編著『滝野川教会七五年史』日本キリスト教団滝野川教会、一九七九年
安部龍太郎、佐藤優『対決！日本史』2　幕末から維新篇、潮出版社、二〇二一年
E・S・ブース「巌本嘉志子夫人」、巌本善治編、師岡愛子訳『訳文　巌本嘉志子』龍渓書舎、一九八二年（In Memory of Mrs. Kashi Iwamoto, The Japan Evangelist, Vol.III-No.4, 1896）
家永三郎『植木枝盛研究』岩波書店、一九六〇年
家永三郎編『植木枝盛選集』岩波書店、一九七四年
石川　清『伯父石川角次郎』石川清（講談社サービスセンター製作）、一九七二年
磯崎嘉治「『明治女学校』の再興」、『学鐙』八五巻六号、一九八八年
市原正恵「明治女学校と静岡」、巌本記念会『明治女学校の百年　記念資料』巌本記念会、一九八五年
井上幸子「きかされたままを」、巌本記念会編『若松賤子　不滅の生涯』日報通信社、一九九五年

色川大吉「カリフォルニア〝革命通信〟」『自由民権』岩波書店、一九八一年
色川大吉『北村透谷』東京大学出版会、一九九四年
巌本荘民「若松賤子のことなど」、『詩界』五六号、一九五九年二月号
巌本善治、塩田良平対談「撫象座談」、『明日香』第一巻第八号、一九三六年
巌本善治編、師岡愛子訳『訳文　巌本嘉志子』龍渓書舎、一九八二年
巌谷小波「子供に代って母に求む」『ふところ鏡』大倉書店、一九〇七年
植木枝盛「植木枝盛日記二」『植木枝盛集』第八巻、岩波書店、一九九〇年
植木枝盛「男女の同権」『土陽新聞』、家永三郎編『植木枝盛選集』岩波書店、一九七四年
上田　敏「忘れ形見を評す」『上田敏全集』第六巻、教育出版センター、一九八〇年
植村正久「武人たる神学者」、斎藤勇編『植村正久文集』岩波書店、一九三九年
宇佐美承『新宿中村屋　相馬黒光』集英社、一九九七年
臼井吉見『安曇野』第一部・第二部、筑摩書房、一九八七年
内海健寿『会津のキリスト教――明治期の先覚者列伝』キリスト新聞社、一九八九年
宇南山順子「若松賤子」、『学苑』一二巻一二号、昭和女子大学、一九五〇年
鵜沼裕子「日本」、日本基督教団出版局編『アジア・キリスト教の歴史』日本基督教団出版局、一九九一年
榎本義子「ミス・キダーの手紙（2）」フェリス女学院歴史資料館紀要『あゆみ』第二号、一九七八年
榎本義子「ミス・キダーの手紙（3）」、フェリス女学院歴史資料館紀要『あゆみ』第三号、一九七九年

榎本義子「ミス・キダーの手紙（5）」、フェリス女学院歴史資料館紀要『あゆみ』第六号、一九八〇年
榎本義子「ミス・キダーの手紙（9）」、フェリス女学院歴史資料館紀要『あゆみ』第一〇号、一九八二年
榎本義子「ミス・キダーの手紙（10）」、フェリス女学院歴史資料館紀要『あゆみ』第一一号、一九八三年
榎本義子訳、フェリス女学院資料室編集『キダー公式書簡集――ゆるぎない信仰を女子教育に』フェリス女学院、二〇〇七年
L・D・ガルスト、小貫山信夫訳『チャールズ・E・ガルスト――ミカドの国のアメリカ陸軍士官学校卒業生』、聖学院大学出版会、二〇〇三年
大木英夫「自由とは未来への選択」、『キリスト教と諸学』二〇巻、聖学院キリスト教センター、二〇〇五年
大木英夫『人格と人権――キリスト教弁証学としての人間学』上、教文館、二〇一一年
大木英夫「鮮烈なる共和主義者　木下尚江」、『本のひろば』四一六号、教文館、一九九三年
沖野岩三郎『明治キリスト教児童文学史』久山社、一九九五年
海門山人「再び米に遊ぶ」『森有礼』民友社、一八九七年
片岡弥吉『浦上四番崩れ――明治政府のキリシタン弾圧』筑摩書房、一九九一年
片野　勧『明治お雇い外国人とその弟子たち――日本の近代化を支えた25人のプロフェッショナル』新人物往来社、二〇一一年
片野真佐子「天皇制国家形成下のキリスト者の一断面――巌本善治の人間観をめぐって」、『日本史研究』第二三〇号、一九八一年

加藤周一『日本文学史序説　下』筑摩書房、一九八〇年
上笙一郎「〈東の嘉志子〉と〈西の佳志子〉――若松賤子と田島香雨」、冨田博之、上笙一郎編『日本のキリスト教児童文学』国土社、一九九五年
柄谷行人「児童の発見」『日本近代文学の起源』講談社、一九八八年
ガルスト著、小川金治編『単税経済学』経済雑誌社、一八九九年
川井運吉「大事に一致　小事に自由　万事に愛」、『聖書の道』第八号、二〇一九年
川井観二『わが夢わが心――日中平和運動の狭間にて』創造、一九八八年
川合道雄『川合山月と明治の文学者達』基督心宗教団事務局出版部、一九五四年
川戸道昭、榊原貴教編『リットン集』明治翻訳文学全集《新聞雑誌編》一四、大空社、二〇〇〇年
北村透谷、山路愛山『北村透谷・山路愛山集』現代日本文学大系6、筑摩書房、一九六九年
木村熊二「勝海舟と其門下」（下）、「報知漫筆」、『報知新聞』一九〇七年二月一三日
陸羯南、西田長寿、植手通有編『陸羯南全集』第一巻、みすず書房、一九六八年
工藤英一『単税太郎　C・E・ガルスト――明治期社会運動の先駆者』聖学院大学出版会、一九九六年
久野明子「日本最初の女子留学生　山川捨松」、会津武家屋敷文化財管理室編『幕末・明治に生きた会津の女性』会津武家屋敷、一八八九年
黒田惟信編『奥野昌綱先生略伝並歌集』一粒社、一九三六年
幸徳秋水「兆民先生」、『兆民先生・兆民先生行状記』岩波書店、一九六〇年

鴻巣友季子『明治大正翻訳ワンダーランド』新潮社、二〇〇五年
小柴昌子『高等女学校史序説』銀河書房、一九八八年
小玉晃一『比較文学の周辺』笠間書院、一九七三年
五島美代子「明治女学校の記憶」『花時計』白玉書房、一九七九年
小檜山ルイ「大阪大会におけるMiller女史の報告」、フェリス女学院歴史資料館紀要『あゆみ』第二二号、一九八八年
小檜山ルイ『アメリカ婦人宣教師――来日の背景とその影響』東京大学出版会、一九九二年
斎藤恵子「若松賤子と英詩『花嫁のベール』」、共立女子大学文学芸術研究所編『共同研究　日本の近代化と女性』研究叢書
第一六冊、一九九八年
桜井鷗村「若松賤子君を懐ふ」、『太陽』第二巻六号、一八九六年
桜井彦一郎編『忘れかたみ』初版、発行者：大橋省吾、一九〇三年
笹淵友一『近代日本文学とキリスト教』ナツメ社、一九五二年
佐藤通雅『日本児童文学の成立・序説』大和書房、一九八五年
実方　清『日本文芸理論　風姿論』弘文堂、一九五六年
佐波　亘編『植村正久と其の時代』第三巻、教文館、一九六六年
島崎藤村『桜の実の熟する時』、『藤村全集』第五巻、筑摩書房、一九六七年
島崎藤村「序」（『忘れかたみ』文武堂刊）、『藤村全集』第六巻、筑摩書房、一九六七年
ジョアンナ・シェルトン『わたしの家族の明治日本』滝沢謙三、滝沢カレン・アン訳、文藝春秋、二〇一八年

代田　昇「安眠を阻まれた『小公子』」、日本子どもの本研究会編『子どもの本棚』一三号特集「『小公子』の研究」明治図書、一九七五年
進藤嘉子「序文」、巌本記念会編『若松賤子　不滅の生涯』第二巻、日報通信社、一九九五年
鈴木二三雄「樋口一葉と若松賤子」、フェリス女学院歴史資料館紀要『あゆみ』第八号、一九八一年
鈴木二三雄「若松賤子来浜のことなど」、フェリス女学院歴史資料館紀要『あゆみ』第七号、一九八一年
鈴木美南子「E・S・ブースのキリスト教女子教育理念」、『フェリス女学院大学紀要』第一〇号、一九七五年
鈴木美南子「若松賤子の思想とミッション・スクールの教育」、『フェリス女学院大学紀要』第一二号、一九七七年
隅谷三喜男『近代日本の形成とキリスト教』新教出版社、一九六一年
隅谷三喜男「天皇制の確立過程とキリスト教」、明治史料研究連絡会編『民権論からナショナリズムへ』御茶の水書房、一九七八年
関　英雄「『小公子』と私」、日本子どもの本研究会編『子どもの本棚』一三号特集「『小公子』の研究」明治図書、一九七五年
相馬黒光『滴水録』相馬安雄発行、一九五六年
相馬黒光『明治初期の三女性――中島湘煙・若松賤子・清水紫琴』復刻版、不二出版、一九八五年（厚生閣、一九四〇年）
相馬黒光『黙移　相馬黒光自伝』平凡社、一九九九年
相馬黒光「若松賤子女史のこと」『明治初期の三女性』復刻版、不二出版、一九八五年
高塚　暁「木村熊二信州入の一面について」、『明治女学校の百年　記念資料』巌本記念会、一九八五年

高橋政俊「『小公子』の評価――『賤子』の理想と文章表現を中心に」、『日本文学研究』第九号、一九七〇年
田口卯吉「婦人に関する新語」、『東京経済雑誌』第四一九号、一八八五年五月
田口　親『田口卯吉』吉川弘文館、二〇〇〇年
武田清子『天皇観の相剋――1945年前後』岩波書店、一九九三年
武田清子『土着と背教――伝統的エトスとプロテスタント』新教出版社、一九六七年
田村直臣「我が知れる日本の日曜学校（二）」、日本基督教会日曜学校局編『日曜学校の友』一六八巻、一九三三年
続橋達雄「『小公子』と日本児童文学」、日本子どもの本研究会編『子どもの本棚』一三号特集「『小公子』の研究」明治図書、一九七五年
坪内逍遥「時文評論」、『早稲田文学』［第一次第一期］第四号、一八九一（明治二四）年一一月
中野清子「母のおもかげ」、若松賤子『若松賤子集』冨山房百科文庫、冨山房、一九三八年
中村忠行「若松賤子と英米文学」、矢野博士還暦記念刊行会編『近代文芸の研究――矢野禾積博士還暦記念論文集』北星堂書店、一九五六年
中村哲也「若松賤子訳『小公子』の〈語り〉と文体」、『国文学』六四巻七号、一九九九年
中山正子『ハイカラに、九十二歳』河出書房新社、一九八七年
布川静淵「『明治初期の三女性』を読みて」、巌本記念会編『若松賤子　不滅の生涯』日報通信社、一九九五年
布川静淵「黎明期の女子教育を語る」、巌本記念会編『若松賤子　不滅の生涯』第二巻、日報通信社、一九九五年
野上弥生子『野上弥生子全集』第Ⅱ期第二八巻、岩波書店、一九九一年

野上弥生子『森』新潮社、二〇〇五年
羽仁もと子『半生を語る』［新訂］羽仁もと子著作集第一四巻、婦人之友社、一九六九年
林　貞子「追憶記」、山本秀煌編『フェリス和英女学校六十年史』フェリス和英女学校、一九三一年
原田伊織『明治維新という過ち――日本を滅ぼした吉田松陰と長州テロリスト』改訂増補版、毎日ワンズ、二〇一五年
半藤一利『幕末史』新潮社、二〇〇八年
フェリス女学院編訳『キダー書簡集』教文館、一九七五年
福沢諭吉立案、中上川彦次郎筆記『品行論』時事新報社、一八八五年（明治一八年の一〇回にわたる『時事新報』社説をまとめたもの）
福田英子『妾の半生涯』岩波書店、一九五八年（日高有倫堂、一九〇四年）
葛井義憲『巌本善治――正義と愛に生きて』朝日出版社、二〇〇五年
フレッド・G・ノートヘルファー『アメリカのサムライ――L・L・ジェーンズ大尉と日本』飛鳥井雅道訳、法政大学出版局、一九九一年
星野達夫「熊二と善治と星野光多・嘗見」、巌本記念会『明治女学校の百年　記念資料』巌本記念会、一九八五年
星野天知『黙歩七十年』聖文閣、一九三八年
本田和子『女学生の系譜――彩色される明治』青土社、一九九〇年
水谷昭夫『着物のなる木――巌谷小波・久留島武彦・若松賤子集』教文館、一九八三年
三宅花圃「若松の雪折」、『太陽』第二巻六号、一八九六年

明治史料研究連絡会編『民権論からナショナリズムへ』明治史研究叢書第四巻、御茶の水書房、一九五七年
安田　寛『唱歌と十字架――明治音楽事始め』音楽之友社、一九九三年
矢内原忠雄「近代日本における宗教と民主主義」『矢内原忠雄全集』第一八巻、岩波書店、一九六四年
山口玲子『とくと我を見たまえ――若松賤子の生涯』新潮社、一九八〇年
山路愛山、山路平四郎校注『基督教評論・日本人民史』岩波書店、一九六六年
山本秀煌編『フェリス和英女学校六十年史』フェリス和英女学校、フェリス和英女学校同窓会、一九三一年

主要参考文献

若松賤子関連

赤木昭夫「漱石の政治的遺言――『坊ちゃん』の風刺（下）」、『世界』、二〇一六年五月号
巌本記念会『巌本』年誌第三号、若松賤子歿後１００年特集、一九九七年
巌本記念会編『若松賎子　不滅の生涯』日報通信社、一九九五年
巌本荘民「若松賤子のことなど」、『詩界』五六号、一九五九年二月号
巌本善治編『In Memory of Mrs. Kashi Iwamoto』（英文遺稿集、龍渓書舎、一八九六年）、復刻版（叢書　女性論１）、大空社、一九九五年
巌本善治編、師岡愛子訳『訳文　巌本嘉志子』龍渓書舎、一九八二年
宇佐美承『新宿中村屋　相馬黒光』集英社、一九九七年
尾崎るみ『若松賤子創作童話全集』日本児童文化史叢書４、久山社、一九九五年
尾崎るみ『若松賤子――黎明期を駆け抜けた女性』港の人、二〇〇七年
キダー　"Sketch by the Rev.", The Japan Evangelist, Vol.III-No.4、一八九六年
小玉晃一『比較文学の周辺』笠間書院、一九七三年
柴田亜由美「巌本嘉志子による英文の訳出」（一）―（七）、フェリス女学院歴史資料館紀要『あゆみ』第三六―四三号、

一九九六―一九九九年
鈴木二三雄「若松賤子と『女学雑誌』」（一）・（二）、『フェリス論叢』一九六〇、一九六一、一九六四年
鈴木二三雄「若松賤子来浜のことなど」、フェリス女学院歴史資料館紀要『あゆみ』第七号、一九八一年
相馬黒光『滴水録』相馬安雄発行、一九五六年
相馬黒光『明治初期の三女性――中島湘煙・若松賤子・清水紫琴』復刻版、不二出版、一九八五年
相馬黒光『黙移　相馬黒光自伝』平凡社、一九九九年
中野清子「母のおもかげ」、若松賤子『若松賤子集』冨山房百科文庫、冨山房、一九三八年
中村忠行「若松賤子と英米文学」、矢野博士還暦記念刊行会編『近代文芸の研究――矢野禾積博士還暦記念論文集』北星堂書店、一九五六年
日本子どもの本研究会編『子どもの本棚』一三号特集「『小公子』の研究」、明治図書、一九七五年
野辺地清江「花嫁のベール」、『巌本』創刊第五〇号別冊No.1、巌本記念会、一九七七年
古川佐寿馬『古川佐寿馬遺稿集――郷土に情熱を捧げた人』古川登発行、一九七一年
星野達雄「星野光多とその一族（1）」、フェリス女学院歴史資料館紀要『あゆみ』第一一号、一九八三年
本田和子『日本児童文学体系』二、ほるぷ出版、一九七六年
松村　明「『ませんでした』考」、『国文』第六号、一九五六年一二月（『江戸語東京語の研究』東京堂、一九五七年）
水谷昭夫『着物のなる木――巌谷小波・久留島武彦・若松賤子集』教文館、一九八三年
師岡愛子「若松賤子と英詩」、石井正之助編『饗宴――若松賤子の生涯』ドルフィン・プレス、一九九〇年

山本正秀「若松睦子の翻訳小説言文一致文の史的意義」、『専修国文』一四号、一九七三年

『女学雑誌』巌本善治関連

『女学雑誌』復刻再版、臨川書店、一九八四年
巌本善治『海舟座談』岩波書店、一九八三年
巌本善治、塩田良平対談「撫象座談」、『明日香』第一巻第八号、一九三六年
臼井吉見『安曇野』筑摩書房、一九七〇年
片野真佐子『孤憤のひと柏木義円――天皇制とキリスト教』新教出版社、一九九三年
片野真佐子「天皇制国家形成下のキリスト者の一断面――巌本善治の人間観をめぐって」、『日本史研究』第二三〇号、一九八一年
勝 海舟、江藤 淳・松浦 玲編『海舟語録』講談社、二〇〇四年
野辺地清江『女性解放思想の源流――巌本善治と『女学雑誌』』校倉書房、一九八四年
葛井義憲『巌本善治――正義と愛に生きて』朝日出版社、二〇〇五年
星野天知『黙歩七十年』聖文閣、一九三八年（『明治大正文学回想集成』九、日本図書センター、一九八三年）

明治女学校関連

青山なを『明治女学校の研究』慶應通信、一九七〇年（『青山なを著作集』第二巻、慶應通信、一九八二年）

秋山　操『基督教会（ディサイプル）史』基督教会史刊行委員会、一九七三年
家永三郎『植木枝盛研究』岩波書店、一九六〇年
石川　清『伯父石川角次郎』石川清（講談社サービスセンター製作）、一九七二年
石川治子「卒業生によるチャペル礼拝　我が家の歴史のひとこま」、『あめんどう』No.61、女子聖学院、二〇〇二年一二月一七日
市原正恵「明治女学校と静岡」、巌本記念会『明治女学校の百年　記念資料』巌本記念会、一九八五年
巌本記念会『明治女学校の百年　記念資料』、『巌本』年誌第二号、巌本記念会、一九八五年
植木枝盛「男女の同権」『土陽新聞』、家永三郎編『植木枝盛選集』岩波書店、一九七四年
L・D・ガルスト、小貫山信夫訳『チャールズ・E・ガルスト――ミカドの国のアメリカ陸軍士官学校卒業生』聖学院大学出版会、二〇〇三年
金井景子・森まゆみ・本田和子・川村邦光ほか「特集　明治の女学校伝説」、『東京人』第一三巻七号（一三〇号）、東京都歴史文化財団、一九九八年
北村透谷研究会編『北村透谷とは何か』笠間書院、二〇〇四年
木村熊二「恵みの旅路」、内村鑑三主宰『聖書之研究』第四一一号、復刻版第1巻・第2巻、聖書之研究復刻版刊行会、一九六九年
佐波　亘『植村正久夫人季野がことども』教文館、一九四三年（佐波亘編『植村正久と其の時代』復刻版第七巻、一九七六年）

佐波　亘編『植村正久と其の時代』第二巻・第三巻、教文館、一九三八年初版、一九七六年復刻再版
私立女子聖学院交友会『ともがき』（大正三年三月二五日、大正四年三月二五日）
田口　親『田口卯吉』吉川弘文館、二〇〇〇年
野上弥生子『森』新潮社、一九九六年
渡辺淳一『花埋み』河出書房新社、一九七〇年

メアリー・キダー、フェリス女学院関連

秋山繁雄「ミラー夫妻と三浦徹の盛岡伝道（1）」、フェリス女学院歴史資料館紀要『あゆみ』第一四号、一九八四年
榎本義子「M・E・キダーの教育における異文化融合の試み」、松下鈞編『異文化交流と近代化――京都国際セミナー1996』一九九八年
榎本義子「ミス・キダーの手紙（1）―（11）」、フェリス女学院歴史資料館紀要『あゆみ』第一―一二号、一九七八―一九八三年
榎本義子訳、フェリス女学院資料室編『キダー公式書簡集――ゆるぎない信仰を女子教育に』フェリス女学院、二〇〇七年
太田愛人「キダーと盛岡」、フェリス女学院歴史資料館紀要『あゆみ』第一四号、一九八四年
小檜山ルイ『アメリカ婦人宣教師――来日の背景とその影響』東京大学出版会、一九九二年
フェリス女学院編訳『キダー書簡集――日本最初の女子教育者の記録』教文館、一九七五年

森田美千代『「キリスト教養育」と日本のキリスト教』教文館、二〇一一年
安田　寛『唱歌と十字架――明治音楽事始め』音楽之友社、一九九三年

キリスト教関連

アーミン・H・クルーラー、エヴェリン・H・クレーラー『会津のキリシタン――会津キリシタンの歴史』会津農村伝道センター、二〇〇六年
秋田高陽教会教会創立130周年記念誌『キリストの弟子として生きる』日本キリスト教団秋田高陽教会、二〇一五年
秋山　操編著『滝野川教会七五年史』日本キリスト教団滝野川教会、一九七九年
内海健寿『会津のキリスト教――明治期の先覚者列伝』キリスト新聞社、一九八九年
L・D・ガルスト、小貫山信夫訳『チャールズ・E・ガルスト――ミカドの国のアメリカ陸軍士官学校卒業生』、聖学院大学出版会、二〇〇三年
遠藤周作『沈黙』新潮社、一九六六年
大木英夫『人格と人権――キリスト教弁証学としての人間学』上・下、教文館、二〇一一、二〇一三年
片岡弥吉『浦上四番崩れ――明治政府のキリシタン弾圧』筑摩書房、一九六三年
工藤英一『単税太郎C・E・ガルスト――明治期社会運動の先駆者』聖学院大学出版会、一九九六年
ジョアンナ・シェルトン『わたしの家族の明治日本』滝沢謙三、滝沢カレン・アン訳、文藝春秋、二〇一八年
隅谷三喜男『近代日本の形成とキリスト教』新教出版社、一九六一年

隅谷三喜男「天皇制の確立過程とキリスト教」、明治史料研究連絡会編『民権論からナショナリズムへ』御茶の水書房、一九七八年
田川建三『イエスという男』作品社、二〇〇四年
日本基督教団秋田高陽教会編『秋田高陽教会百年史』日本基督教団秋田高陽教会、一九八九年
藤　一也『黎明期の仙台キリスト教——傍系者の系譜』キリスト新聞社、一九八五年
フレッド・G・ノートヘルファー『アメリカのサムライ——L・L・ジェーンズ大尉と日本』飛鳥井雅道訳、法政大学出版局、一九九一年
松谷好明「あなたは天皇をだれと言うか」『キリスト者への問い——あなたは天皇をだれと言うか』一麦出版社、二〇一八年
マルチン・ルター『キリスト者の自由』石原謙訳、岩波書店、一九五五年
矢内原忠雄『時論1』矢内原忠雄全集第一八巻、岩波書店、一九六四年
山路愛山、山路平四郎校注『基督教評論・日本人民史』岩波書店、一九六六年
米田彰男『寅さんとイエス』筑摩選書、二〇一二年

会津藩関連

会津斗南藩資料館「向陽処」（容保公が木村重孝へ宛てて書いた三文字の書）
会津武家屋敷文化財管理室編『幕末における会津藩——松平容保公の時代』博物館会津武家屋敷、一九九八年

会津武家屋敷文化財管理室編『幕末、明治に生きる会津の女性』会津武家屋敷、一九八四年
会津武家屋敷文化財管理室編『北辺に生きる会津藩――斗南に移された人たち』会津武家屋敷、一九八三年
石光真人編著『ある明治人の記録――会津人柴五郎の遺書』中央公論社、一九七一年
久野明子「日本最初の女子留学生　山川捨松」、会津武家屋敷文化財管理室編『幕末・明治に生きた会津の女性』会津武家屋敷、一八八九年
永岡慶之助『斗南藩子弟記』文藝春秋、一九八六年
星　亮一『会津落城――戊辰戦争最大の悲劇』中央公論新社、二〇〇三年
横田　新『松江豊寿――板東俘虜収容所長』歴史春秋出版、一九九三年

歴史関連

新井勝紘編『自由民権と近代社会』日本の時代史22、吉川弘文館、二〇〇四年
色川大吉「カリフォルニア〝革命通信〟」『自由民権』岩波書店、一九八一年
色川大吉『北村透谷』東京大学出版会、一九九四年
梅原　猛『日本の深層――縄文・蝦夷文化を探る』集英社、一九九四年
ガルスト著、小川金治編『単税経済学』経済雑誌社、一八九九年
貴堂嘉之『南北戦争の時代――19世紀』岩波書店、二〇一九年
工藤英一『近代日本社会思想史研究』教文館、一九八九年

工藤英一『単税太郎C・E・ガルスト――明治期社会運動の先駆者』聖学院大学出版会、一九九六年
宮内庁編『明治天皇紀』吉川弘文館、一九六八年
幸徳秋水「兆民先生」、『兆民先生・兆民先生行状記』岩波書店、一九六〇年
後藤　靖『自由民権――明治の革命と反革命』中央公論社、一九七二年
早乙女貢『敗者から見た明治維新』日本放送出版協会、二〇〇二年
田口　親『田口卯吉』吉川弘文館、二〇〇〇年
武田清子『天皇観の相剋――1945年前後』岩波書店、一九七八年
ドリス・カーンズ・グッドウィン『大統領選』平岡緑訳、中央公論新社、二〇一三年
原田伊織『明治維新という過ち――日本を滅ぼした吉田松陰と長州テロリスト』改訂増補版、毎日ワンズ、二〇一五年
半藤一利『幕末史』新潮社、二〇〇八年
福沢諭吉『文明論之概略』著者蔵版、一八七五年
星　亮一『偽りの明治維新――会津戊辰戦争の真実』大和書房、二〇〇八年
丸山真男『「文明論之概略」を読む』上・中・下、岩波書店、一九八六年
丸山真男、加藤周一『翻訳と日本の近代』岩波書店、一九九八年
明治史料研究連絡会編『民権論からナショナリズムへ』明治史研究叢書第四巻、御茶の水書房、一九五七年
森　有礼編「日本教育策」"Education in Japan"、吉野作造編集代表『明治文化全集』第一〇巻 教育篇、日本評論社、一九二八年

山中　恒『ボクラ少国民』辺境社、一九七四年（講談社、一九八九年）
山本七平『日本人とは何か。——神話の世界から近代まで、その行動原理を探る』祥伝社、二〇〇六年

女性史関連

碓井知鶴子「明治のキリスト教女子教育の定着過程——明治二十年代を中心に」、『東海学園女子短期大学紀要』六号、一九六九年
久布白落実『廃娼ひとすじ』中央公論社、一九七三年
小柴昌子『高等女学校史序説』銀河書房、一九八八年
福田英子『妾の半生涯』岩波書店、一九五八年
ボーヴォワール『第二の性』生島遼一訳、ボーヴォワール著作集、人文書院、一九六六年
三浦綾子『われ弱ければ——矢嶋楫子伝』小学館、一九八九年
村上信彦『文明開化』明治女性史・上巻、理論社、一九六九年

文学史関連

沖野岩三郎『明治キリスト教児童文学史』久山社、一九九五年
加藤周一『日本文学史序説　下』筑摩書房、一九八〇年
柄谷行人「児童の発見」『日本近代文学の起源』講談社、一九八八年

笹淵友一『近代日本文学とキリスト教』ナツメ社、一九五二年
笹淵友一『「文学界」とその時代――「文学界」を焦点とする浪漫主義文学の研究』下、明治書院、一九六〇年
佐藤通雅『日本児童文学の成立・序説』大和書房、一九八五年
塩田良平『樋口一葉研究』中央公論社、一九五六年
塚原亮一「明治・大正・昭和翻訳史概説」(巻末解説)、滑川道夫ほか編『作品による日本児童文学史』3昭和後期、牧書房、一九六九年
冨田博之、上笙一郎編『日本のキリスト教児童文学』国土社、一九九五年
内藤知美「初期児童文学と外国婦人宣教師」、冨田博之、上笙一郎編『日本のキリスト教児童文学』国土社、一九九五年
日夏耿之介『明治文学襍考』梓書房、一九二九年
森まゆみ『こんにちは一葉さん――樋口一葉ってどんな人』日本放送出版協会、二〇〇四年

染井墓地の若松賤子の墓前にて（2019年11月）
左から、濱田辰雄、大木英夫、今野武美、宮本沙代（著者)、塩谷道子　（敬称略）

著者紹介

宮本沙代（みやもと　さよ）

1967年、関西学院大学文学部日本文学科卒業
1969年、関西学院大学大学院文学研究科修士課程修了
1986年、嘉悦女子中学高等学校国語科教諭
1999-2010年、女子聖学院中学高等学校国語科教諭

大木英夫先生主催の研究会に参加し、ライフワークとして若松賤子の研究を行う。

若松賤子（わかまつしずこ）の生涯（しょうがい）とその文芸（ぶんげい）
——女性、子どもへの愛に生きて——

2025年1月21日　初版第1刷発行

著　者　宮　本　沙　代

発行者　小　池　茂　子

発行所　聖学院大学出版会
〒362-8585　埼玉県上尾市戸崎1－1
Tel. 048-725-9801　Fax. 048-725-0324
E-mail : press@seigakuin-univ.ac.jp

印刷所　三松堂株式会社

ISBN978-4-909891-17-4　C0095